本书为圆明园管理处资助项目

清代圆明园御制诗文集

第一辑

一

何瑜//编著

中国大百科全书出版社

图书在版编目（CIP）数据

清代圆明园御制诗文集：第一辑/何瑜编著．—北京：中国大百科全书出版社，2020.10

ISBN 978-7-5202-0846-8

Ⅰ.①清… Ⅱ.①何… Ⅲ.①古典诗歌—诗集—中国—清代②古典散文—散文集—中国—清代 Ⅳ.①I214.92

中国版本图书馆 CIP 数据核字（2020）第 189520 号

出 版 人 刘国辉
责任编辑 程广媛
封面设计 黄 琛
版式设计 博越创想
责任印制 常晓迪
出版发行 中国大百科全书出版社
地 址 北京市阜成门北大街 17 号 邮政编码 100037
电 话 010-88390969
网 址 http://www.ecph.com.cn
印 刷 北京君升印刷有限公司
开 本 710 毫米 ×1000 毫米 1/16
印 张 141
字 数 817 千字
印 次 2020 年 10 月第 1 版 2020 年 10 月第 1 次印刷
书 号 ISBN 978-7-5202-0846-8
定 价 399.00 元（全四册）

凡例

一、收录标准

1. 清代雍正、乾隆、嘉庆、道光、咸丰五朝皇帝所咏圆明园之诗，包括圆明园、长春园、熙春园、绮春园、春熙院五园。

2. 五朝皇帝在圆明园所作之诗，包括园居理政、园林景观、节日庆典、祭祀游观、述志抒怀、记事咏物、问农观稼、书画题诗等。

3. 五朝皇帝身为皇子时所咏有关圆明园之诗。

4. 五朝皇帝在园所咏之诗，系指其驻跸圆明园当日始，至起驾离园止。如其在往返途中所作之诗，涉及圆明五园，亦录。

5. 五朝御制文主要收录清帝所著有关圆明五园之记文等，

其余在园所著与圆明园无关之文章及上谕等内容，概不收录。

二、编排格式

1. 圆明五园分开排列，即以园为单位，各园统各园之景群，以朝按时为序。诗目中有景观名称，不能确属为哪一景群者，则暂放各园名下。诗目中凡有御园、御苑等名称者，均纳入圆明园，有御湖、后湖等名称者，则归入游观类。

2. 每一景群的御制诗，均按具体殿阁景观分列。如圆明园勤政亲贤景区，即按勤政殿、洞明堂、飞云轩、静鉴阁、怀清芬、秀木佳荫、生秋庭、芳碧丛、保合太和、富春楼、竹林清响等御制诗排列。熙春园和春熙院因景观较少，则不分景群，按时收录。

3. 不能纳入圆明五园和具体景群景观之诗，则按下述八类编排，即：记事、重农（因内容较多故单列）、述志（含有感）、节日、游观、题诗（含赠诗）、咏景（如春夏秋冬、日月星辰、雨雪风霜等）、咏物（如各种动植物、饰物、花木树石等）。

4. 关于园中一名多景的问题，如“随安室”等，则按诗中内容，分别列入所在景群。

5. 有关圆明园御制文，附于各朝、各园、各景群御制诗之后。

6. 雍正、乾隆、嘉庆、道光四帝（文宗御制诗中未有相关诗作）为皇子时所咏圆明园之诗，作为附录，列于第四册御制诗之后。

三、注释方法

1.原诗已有之序或跋，完全保留；诗中自注，另编注号，列于该诗下；诗中用典难懂及晦涩之处，编著者略加注释，中间隔以虚线。

2.因御制诗中用典、用词与涉及人物，前后重复较多，故以一册为准，前诗已注，后诗重复者，则不再加注。

3.圆明五园与各景群之御制诗前，编著者略加文字说明，以助读者了解各景观园林之修建时间、历史沿革、功能特色等。

4.作为附录，历朝皇子所作之诗，仅保留自注，编著者不再加注。

5.五朝御制文亦不加注解。

四、依据版本

《清代圆明园御制诗文集》所据版本，乾隆朝为中国人民大学出版社 1993 年 8 月出版的《清高宗（乾隆）御制诗文全集》，其他则为故宫博物院编由海南出版社 2000 年 6 月出版的故宫珍本丛刊《清世宗御制诗》《清仁宗御制诗》《清宣宗御制诗》《清文宗御制诗》。其中印刷等错谬，则随文更正。

序一

北京市西郊的“三山五园”，是闻名于世的中国优秀的历史文化遗产。“三山五园”指的是清代建筑的畅春园、圆明园、香山静宜园、玉泉山静明园、万寿山清漪园（颐和园）这一古典园林建筑群。北京市党代会做出了建设“三山五园历史文化景区”的规划和决策，把“三山五园”作为整体进行维护和修复，建设成为优秀历史文化的标志性引领性景区。习近平总书记在北京视察工作时指示：“北京是世界著名古都，丰富的历史文化遗产是张金名片。传承保护好这份宝贵的历史文化遗产是首都的职责……”他还说：“要……重视修史修志，让文物说话，把历史智慧告诉人们，激发我们的民族自豪感和自信心，坚定全体人民振兴中华、实现中国梦的信心和决心。”“三山五园”就是北京市和全中国的金名片。建设好“三山五园历史文化景区”，首先必须更全面系统地认识“三山五园”真实的历史面貌，加强对这组古典园林的研究。圆明园作为几代皇帝居住和理政的御园，更是研究的重中之重。研究园林的基础是占有大量丰富的历史资料，特别是第一手资料。圆明园的研究者大都阅读过连续刊登在《圆明园》专刊二至五集上朱家溍、李艳琴清五朝《御制集》中的圆明园诗和舒牧、申伟、贺乃贤编的《圆明园资料集》。这两部资料书对推动圆明园的研究发挥了基础性和深化发展的重要作用，功不可没。朱先生搜录了五朝御制诗仅几千首。如今摆在面前的何瑜教授编著的《清代圆明园御制诗文集》一书共辑出圆明五园五朝御制诗一万两千八百余首，御制文二十三篇。这必然给圆明园的研究带来巨大的助力和推动，定会受到圆明园研究者和社会公众的热烈欢迎。

“三山五园”乃至圆明园的规划和修建，着力最大的当属乾隆帝弘历，撰写“三山五园”乃至圆明园御制诗文最多的也属弘历。在清代五帝中最需要重视和研究的也应当是弘历的诗文。

弘历是一位颇有作为的皇帝，延续了康乾盛世的良好局面。他还是一位优秀的造园艺术家和造诣深湛的学者和诗人。虽然弘历的诗被批评为内容重复、缺少诗味、晦涩费解等诸多问题，但是他吟咏出的“三山五园”诗的纪实性和史料性，使之具有独特的不可替代的历史价值和文化价值。第一，弘历诗记录和反映了重大的历史事件和重要的政治、军事活动，是认识清代历史的一面镜子。第二，弘历诗从多方面多角度体现了乾隆年间最重要的建国方略、基本国策和治国理念。如以农立国、重农兴穑，重视统战、扶持藏传佛教，提倡尊老敬老、以孝道治天下等。第三，弘历诗真实具体地反映了他的重要行踪、理政规制、思维方式、生活态度以及喜怒哀乐，无异是这位旷世君主的诗体传记。为研究乾隆帝的生平事迹和清代宫廷生活，提供了弥足珍贵的历史资料。第四，弘历诗是中国优秀传统文化的组成部分。其内容不仅有对儒家经典和佛学的阐释、对气候天象和农业生产的掌管和指导，还有对诗文、书法、绘画的鉴赏。他对各学科的研究和发展做出了一定的贡献。第五，弘历诗对深入和正确地认识“三山五园”皇家园林群的真实面貌是至关重要的。我们甚至可以说，弘历诗是打开“三山五园”研究之门的一把钥匙。

我们认识了清代五帝特别是乾隆帝诗文的历史价值，我们也就认识了何瑜教授编著《清代圆明园御制诗文集》的文化价值和社会价值。它必然会成为圆明园研究的必备参考书，催生出一批圆明园研究的新成果。在此书推出之前，何瑜教授已经主编出版了《清代三山五园史事编年》这部巨著。这是清史专家集中精力于“三山五园”历史研究的突出成果。我们还非常感谢继中国人民大学清史所的权威学者戴逸、王道成之后，又有黄兴涛、阚红柳组建了“清代皇家园林研究中心”，出版了多部“三山五园”学术专著。这是全面认识“三山五园”真实面貌的新成果和新突破。在“三山五园”研究新的高潮中，清华大学、北京大学、北京师范大学、北京林业大学、北京语言大学、首都师范大学、北京联合大学、天津大学等多所高等院校的教授学者，不断有新的研究成果问世。这就形成了多学科的专家从不同的方面向我们揭示“三山五园”的历史文化内涵，将清代皇家园林的研究推向新的高度，必将逐渐形成蓬勃发展的生动局面。

我的书案摆放着这部《清代圆明园御制诗文集》书稿。我要一首首认真阅读揣摩，希望能增长知识，深化对皇家园林的认识。我非常感谢为编著此书献出创造性劳动和智慧的何瑜教授。谢谢他贡献一部研究圆明园及三山五园的珍贵的资料书，它也是一部彰显中国传统文化的优秀著作。

张宝章

2020 年 4 月

序二

中国造园的历史，可以上溯到商、周。秦、汉以后，不仅历代的统治者要兴建规模宏伟的皇家苑囿，贵族、官僚、士绅也要建造私家园林。在长期的造园实践中，积累了丰富的经验。明崇祯（1628—1644）年间，吴江（今属江苏）计成，写成一部系统总结造园经验的著作《园冶》。该书的第一篇《兴建论》，就明确提出主人的重要性。他说："世之兴建，专主鸠匠，独不闻三分匠、七分主人之谚乎？非主人也，能主之人也。古公输巧、陆云精艺，其人岂执斧斤者哉？"就圆明园而言，经常在此居住和向全国发号施令的五朝皇帝自然是它的主人，而"能主之人"是否也是这五朝皇帝？回答就不是那么简单了。因为圆明园存在的时间达150年，经历了雍正、乾隆、嘉庆、道光、咸丰五朝皇帝，他们生活的时代不同，社会经济的发展不同，个人的禀赋和文化素养不同，他们给圆明园留下的印记也是不同的。

清朝初年，沿袭入关前的做法，国家大事均由议政王大臣会议讨论决定。这样的政治体制，不利于清王朝的巩固和发展。为了改变这样的局面，康熙十六年（1677），选调翰林等官，入值乾清宫南书房，除陪康熙读书、写字、作诗、作文外，还秉承康熙的意志，草拟谕旨，发布政令，实际上是康熙处理政务的秘书班子。雍正八年（1730），因与准噶尔部作战，军情紧急，需及时处理，设军机处于隆宗门内，直接听命于皇帝，"军国大计，无不总揽"。到乾隆的时候，皇权已高度集中。乾隆在谈到康熙以来皇权集中的情况时说："本朝家法，自皇祖、皇考以来，一切用人听言大权从无旁落。""朕亲阅本章，折中酌定，特降谕旨，皆非大臣所能参与。"皇权的集中，为清代皇家园林的兴建创造了有利条件。

康熙二十年（1681），平定三藩。二十二年（1683），台湾归顺，清王朝的统治得到巩固，经济也有所发展，改变了顺治一朝"岁支常浮于入"的困境。康熙的健康，却因"久积辛劬，渐以滋疾"。一次，康熙来到北京西北郊的丹棱沜，"酌泉水而甘，顾而赏焉。清风徐引，烦疴乍除。"于是，在明代皇亲武清侯李伟清华园的旧址上，兴建清代第一座皇家园林：畅春园。但是，这座用以"避喧听政"的"御园"，与李伟的清华园相比，"絜其广袤，十仅存夫六七"。园中的建筑，也是很俭朴。"其轩墀爽垲，以听政事；曲房邃宇，以贮简编。茅屋涂茨，略无藻饰。于焉架以桥梁，济以舟楫，间以篱落，周以缭垣，如是焉而已矣。"看来，康熙兴建的这座皇家园林，其规模和建筑还不如明代皇亲的清华园。

由于康熙经常住在畅春园，为了“扈跸”，一些王公大臣和康熙的已成年的儿子们纷纷要求在畅春园附近兴建自己的住所。康熙四十六年（1707），康熙将畅春园北一里许，地名华家屯（挂甲屯）的一块土地赐给他的第四个儿子胤禛。胤禛用几个月的时间建成一座小园。四十八年（1709），康熙为之题额曰：圆明园。因为是皇子的赐园，不论是规模还是质量，都不能超过畅春园。有人认为，这时的圆明园，占地面积大约600余亩，我认为是可信的。从一些景区的命名，诸如：深柳读书堂、竹子院、梧桐院、桃花坞、耕织轩、菜圃、牡丹台、莲花池、涧阁等，可以看出，这时的圆明园，的确像雍正在《圆明园记》中所说的那样：“林皋清淑，陂淀停泓。因高就深，傍山依水，相度地宜，构结亭榭。取天然之趣，省工役之烦。槛花堤树，不灌溉而滋荣；巢鸟池鱼，乐飞潜而自集。”其规模和质量都是很一般的。

康熙六十一年（1722），康熙病逝，胤禛即位，这就是雍正。雍正二年（1724），雍正在圆明园原有亭台邱壑的基础上进行扩建，“建设轩墀，分列朝署，俾侍值诸臣有视事之所，构殿于园之南，御以听政。”全园面积增至3000余亩，有风景建筑组群28处。从此，圆明园成为清朝五代皇帝经常居住和向全国发号施令的政治中心。但是，这时的圆明园，仍然以康熙为榜样，“采椽栝柱，素甓版扉，不斫不枅，不施丹雘”，与畅春园的风格别无二致。

乾隆即位的时候，清王朝已经建立了将近100年，国家的统一，政权的巩固，经济的恢复和发展；国库的存银已有

3000余万两，为乾隆的大兴土木提供了物质基础。乾隆认为，“泉货本流通之物，财聚民散，圣训甚明。与其聚之于上，毋宁散之于下。”他以“物给价，工给值”的方式，将国库的存银散到民间。从乾隆三年（1738）开始，陆续对圆明园的景观进行调整，并增建若干建筑组群以丰富园景。乾隆对中国的传统文化有很深的造诣。他能写诗、填词、作文、绘画，书法也有一定水平，具有相当高的文化素养和艺术鉴赏能力。对于造园，他有许多精辟的见解。他既是圆明园的主人，也是圆明园的“能主之人”——圆明园的总设计师。在他的主导下，圆明园继承和发展了中国古代建筑艺术和园林艺术的优秀传统，把建筑、山水、花木有机地结合起来，创造出四十处各具特色、富有诗情画意的景区，这就是圆明园四十景。

乾隆对圆明园是十分欣赏的。他在《圆明园后记》中踌躇满志地写道：“圆明园规模之宏敞，邱壑之幽深，风土草木之清佳，高楼邃室之具备，亦可称观止。实天宝地灵之区，帝王豫游之地，无以踰此。”为了使这座举世无双的名园胜景留传后世，乾隆三年正月初六日（1738年2月24日），令清宫画家唐岱、沈源将圆明园各所合画册页一册。沈源画房舍，唐岱画土山树石。乾隆四年八月二十九日（1739年10月1日），乾隆令将圆明园绢画四十张裱做册页二册，用文锦糊套。这时圆明园四十景图的初稿就已经完成了。但是，圆明园的一些重要工程仍在进行，四十景图也就无法定稿。乾隆九年九月（1744年10月），圆明园工程基本结束，所以，四十景图的最后一幅《洞天深处》，落款为乾隆九年九月，这就是四十景图定稿的时间。这年六月，乾隆写成四十景诗。因为是一景一诗，所以称为“对题诗”。写成后，令著名书法家、工部尚书汪由敦书写。接着，又令将雍正手书的《圆明园记》和自己手书的《圆明园后记》依次裱在第一册的画前。乾隆十一年四月（1746年6月），汪由敦将四十景对题诗书写完毕，正在盛京的乾隆，令将汪由敦书写的四十景对题诗送往盛京，审阅后，又送回北京装裱。乾隆十二年四月十四日（1747年5月22日），圆明园四十景装裱完毕，乾隆令用楠木插盖匣盛装。六月十九日（7月26日）送往圆明园奉三无私殿呈览。乾隆看后，非常满意，钤盖了98颗图章，其中最大的一颗就是“圆明园宝”。这部由皇帝、大臣、艺术家集体创作的艺术精品用了将近十年的时间，在中国艺术史上是绝无仅有的。它集诗文、绘画、书法、篆刻于一身，被称为《圆明园四十景图咏》。

但是，圆明园的建设并没有到此为止。因为，康熙当了六十一年皇帝，乾隆认为，自己在位的时间不能超过祖父。他决定：乾隆六十年（1795），他年满八十五岁的时候，就将皇位传给自己的儿子。为了使自己在“归政”之后有一个“优游之地”，乾隆三十五年（1770），在圆明园的东邻兴建一座新的园林。因为他在当皇子的时候，雍正将圆明园的长春仙馆赐给他居住，所以将这座新园命名为长春园。他虽然没有写《长春园记》，却写了一首长律《长春园题句》，在序、诗和注中将兴建长春园的缘由做了说明。此后又将两座赐园收入，改名绮春园，形成圆明三园的格局。在这期间，又先后改建或扩建了玉泉山的静明园，香山的静宜园，并借疏浚西湖的机会修建了万寿山的清漪园。这就是人们常说的“三山五园”。

乾隆朝是“康乾盛世”的顶峰，乾隆不仅对兴建皇家园林很感兴趣，对其他方面也很关心。他在《日下旧闻考·题词》的注中说：“予临御四十余年，凡京师坛庙、宫殿、城郭、河渠、苑囿、衙署，莫不修整。”在这期间，北京出现了一个建设高潮，北京的面貌发生了巨大的变化。康熙二十五年（1686），著名学者朱彝尊从1600多种古籍中选录有关北京的记载并通过实地考察编成的《日下旧闻》已不能反映北京的现实。乾隆三十六年（1771），令大学士于敏中等对《日下旧闻》加以增补、考证，编成《日下旧闻考》一书。《日下旧闻》，分13门，42卷。《日下旧闻考》，分15类，160卷。较之原书，内容增加了三倍。虽然仍沿用《日下旧闻》的编次、目录，但是书中的《国朝宫室》20卷，《京城总记》2卷，《皇城》4卷，《国朝苑囿》14卷，都是新增的。北京西北郊的畅春园、圆明园、长春园、清漪园、静明园、静宜园等皇家园林都被收入，康熙、雍正、乾隆的有关诗文，也成为以上诸园的重要内容。《日下旧闻考》中，有乾隆在乾隆五十年（1785）写的诗，《光绪顺天府志》称此书已于乾隆五十三年刊行，则此书的问世当在乾隆五十年至五十三年之间。如果说《圆明园四十景图咏》是绘图本的圆明园四十景御制对题诗专集，《日下旧闻考》中的圆明园、长春园部分，就是雍正、乾隆关于圆明园的御制诗文选。遗憾的是，《圆明园四十景图咏》只有一部，珍藏在圆明园中，《日下旧闻考》虽已刊行，但是，印数很少，能够看到的人不多。嘉庆、道光、咸丰三朝，圆明园的建筑虽然也有兴建、改建、增建和重建，也有相关的御制诗文，却没有人编纂类似上述二书的著作了。

圆明园是清朝五代皇帝经常居住和向全国发号施令的政治中心，地位十分重要。为了保证安全，圆明园禁卫森严，即使是王公大臣，没有皇帝的批准，也不能擅自进入。经过皇帝批准进入圆明园的人，活动范围也很有限。其他的大小官员和人民群众，更是无缘问津的。了解圆明园历史变迁和皇帝园居生活的只有皇帝自己。他们的有关诗文就是圆明园历史变迁和他们园居生活的记录。

1860 年，英法联军入侵北京，在对圆明园进行疯狂抢劫之后，又野蛮地纵火焚烧。1900 年，八国联军入侵北京，圆明园又一次遭到破坏。这座享誉世界的名园成为一片废墟。在这片废墟上，人们只能像谭延闿所说的那样“于瓦砾想见亭馆，于芦苇想见湖沼，于荆棘想见花树”了。圆明园的盛时景观和五朝皇帝的园居生活，在人们心中几乎是一片空白。

1930 年，圆明罹劫 70 周年的时候，著名学者向达来到北京，“尝过海淀，遥望荒烟蔓草间，残迹历历与斜阳相掩映，恍惚犹见当日黑烟漫天，火蛇飞舞之状。七十年至今不为久，而士大夫于此事已不为省。仅存之一二残迹，或则任有力者豪夺以去，以点缀其私家之园林，或则置之瓦砾丛中，听牧童樵竖斫毁之而不知惜。”他深感痛心，在《大公报》上发表了《圆明园罹劫七十周年述闻》：“以悼名园，兼以恳当世之士大夫。”这得到了北京的一些专家学者的响应。他们收集、整理有关圆明园的文献资料，撰写论文，翻译外国论著，举办圆明园遗物与文献展览。由于时局动荡，对圆明园的研究未能继续下去。

中华人民共和国成立后，党和政府对圆明园十分重视。20

世纪 50 年代初，周恩来总理就明确指示：圆明园遗址要保护好，地不要拨出去，以后有条件可以修复。北京市人民政府根据这一精神，做出了圆明园一草一木不准动的决定。但是，由于措施不力，对圆明园的破坏没有停止，“文化大革命”期间更加严重。1980 年 10 月 18 日，圆明园罹劫 120 周年的时候，以国家副主席宋庆龄为首的党政军领导、专家学者、各界知名人士 1583 人联名发出《保护整修及利用圆明园遗址倡议书》，在国内外得到了热烈的响应。为了贯彻《倡议书》的精神，成立了中国圆明园学会，专家学者从不同的方面开展对圆明园的研究。由于新材料的陆续发现，圆明园研究日益深入。

1860 年 10 月，英法联军焚掠圆明园的时候，《圆明园四十景图咏》被法军杜潘上校掠走，1862 年，在巴黎德鲁欧拍卖行拍卖。后来，法国国家图书馆从一个书商手中以 4200 金法郎购得，列为远东特藏精品。1928 年，被我国著名学者程演生发现，经该馆同意，摄成玻璃底片，由中华书局出版黑白版的《圆明园四十叶》，使国人在圆明园罹劫 68 年之后第一次看到圆明园盛时景观。1980 年中国圆明园学会成立后，我国外交部部长韩念龙将我驻法使馆人员于法国国家图书馆摄得的《圆明园四十景图咏》黑白底片转交中国圆明园学会。1983 年 8 月，在《圆明园》学刊第 2 集刊发，大多数中国人才第一次见到圆明园全盛时期的面貌。这时，距程演生先生《圆明园四十叶》的出版已经 55 年了。1983 年 9 月 23 日至 30 日，法国外交部派出东方艺术史学者皮拉佐莉女士、18 世纪欧洲艺术史学者达尼尔先生、建筑师菲利浦先生对圆明园进行为期一周的访问，北京市政府指示以中国圆明园学会的名义接待。在交流活动中，法国学者将法国国家图书馆藏《圆明园四十景图咏》彩色底片赠给中国圆明园学会。1991年，文化艺术出版社将其翻拍，收入《圆明沧桑》一书，国人对圆明园的盛时景观才有了进一步的了解。1981年10月，于敏中等编纂的《日下旧闻考》由北京古籍出版社出版。《圆明园四十景图咏》和《日下旧闻考》中有关圆明园的御制诗文，为我们研究圆明园提供了重要的第一手资料。现在，我们对圆明园的研究能够超越前人，和这两部书中的御制诗文是密不可分的。

这两部书中也有局限。《圆明园四十景图咏》反映的是乾隆九年（1744）的情况，一画一诗也不能反映四十景的更多方面。《日下旧闻考》也只能反映乾隆五十年（1785）以前的情况。书中的御制诗，有的是“恭载首见之篇”，有的是“谨绎有关纪述事实者恭载卷内”，以致大量的御制诗都被排除在外。而嘉庆、道光、咸丰三朝连这样的书也没有。所以，我们对雍正、乾隆两朝的圆明园还比较了解，对嘉庆、道光、咸丰三朝的圆明园则若明若暗，甚至漆黑一团了。要进一步了解圆明园，就不能不在五朝御制诗文上下功夫。

五朝御制诗文对研究圆明园的重要性在20世纪80年代，就有专家注意到了。但是，《清六朝御制诗文集》中，雍正至咸丰共44函，摞起来足有4米高。乾隆是一位多产的诗人，他在位60年的御制诗共5集，434卷，诗41800首，加上他当皇子时的《乐善堂全集》和退位后的《御制诗余集》，其数量相当于一部《全唐诗》。由于卷帙浩繁，工作量大，编辑出版，困难重重。不免令人望而却步。何瑜先生在推出100余万字的《清代三山五园史事编年》之后，又将目标转向圆明园五朝御制诗文的编纂。有胆有识，令人钦佩。经过几年的努力，第一批成果即将问世。我相信，这一规模宏大的基础工程，必将对圆明园的研究产生深远的影响。

王道成

2020 年 9 月 2 日

序三

在中国古典诗词中“借诗言志”者比比皆是，“借诗咏园”者也不鲜见，特别是造园之初，园主的情趣所在，这些势必反映到园林的风格之中，借景抒怀尤为凸显。例如苏州的沧浪亭，临河而筑，园主苏舜钦由于在官场被陷害而隐居于此，园名源于《孟子》的孺子歌“沧浪之水清兮，可以濯吾缨；沧浪之水浊兮，可以濯吾足”。苏州的拙政园，园名取自晋朝《闲居赋》“灌园鬻蔬，以供朝夕之膳……此亦拙者之为政也”。官场失意后，回到自己的园子中，种植果蔬，远离尘世，自称为“拙者之政”。在苏州园中一些建筑的名称也是园主的精神寄托，既有伤感的“留听阁”，取自李商隐“留得败荷听雨声”，又有表示与邻居交好“宜两亭”，取自白居易“绿杨宜做两家春”。在苏州的私家园中，处处可见古人的诗情画意，为今天人们了解当年园林建造缘由找到了答案，同时还可体味到园主的思想、感情。因此有人把园林比喻成“凝固的诗、立体的画”。不过，这样的概括并不适合早期模仿名山胜景的写实园林，而是后来从写实转换到写意以后的状况。

皇家园林又如何呢？从两千多年来的历代皇家园林大体也经历了写实和写意的不同阶段。北京现存的几座皇家园林已是中国造园史后期的作品，其景观设置、园林布局也必然反映出这个时期帝王的审美情趣。它不同于当时的私家园林，仅仅是抒发一己之私情，许多诗文是借园喻世、借景言志等等。由于他是处于国家万千子民之上的皇帝，为自己造园。就圆明园而论，每朝皇帝如何对待这座园林？通过他们所写的诗词，体现出的圆明园的景区构成、景观塑造的审美理想等，也必然会反映到造园活动的各个层面之中。

然而自从1860年圆明园惨遭英法联军焚毁之后，如何知其原貌？在寻找各类档案过程中，发现了宝藏——帝王御制诗，特别是乾隆帝的御制诗，如同他的日记，每天在园中的生活，通过所写的诗词可探查到他园居理政的行踪、处理人事关系乃至喜怒哀乐情感的抒发，同时也使我们能回望到圆明园远逝的辉煌。

圆明园的历史大体可分为“皇子赐园时期”“皇家园林初期－雍正时期”“皇家园林盛期－乾嘉时期”“皇家园林后期－道咸时期”“皇家园林被毁”。不同时期的每位皇帝都有御制诗留存，例如皇子赐园时期：以胤禛《雍邸集》的“园景十二咏”为代表，其中的景物有竹子院、葡萄院、鱼池、菜圃、桃花坞等等。使人们了解了当时圆明园是一座以自然景物为主的园林，具有文人隐士园的风格。

御园初期：雍正帝登基后在御园听政，他写的《夏日勤政殿观新月作》[①] 道出了他的执政心态：

勉思解愠鼓虞琴，殿壁书悬大宝箴。
独揽万几凭溽暑，难抛一寸是光阴。
丝纶日注临轩语，禾黍常期击壤吟。
恰好碧天新吐月，半轮为启戒盈心。

园中农事景观占有相当的比例，身为农业大国的皇帝，关注农业状况是他理政的重要方面。另一首《诗·四宜堂集》[②] 则明确写出了面对无法掌控的大自然的心情："朕因去冬未雪，忧怀莫释，夙夜竭诚祈祷。于惊蛰后二日，荷蒙上天鉴佑，春雪下降，朝野同欢。因成一律，用志欣庆。"

霡霂愆期忧岁俭，临轩愁咏悯农歌。
三冬望雪心如渴，此日飞霙气始和。
苍昊垂慈施恺泽，黔黎有幸沐恩波。
遥思九土应同庆，积素凝华知几多。

雍正帝在圆明园中建了一座造型为"田"字的建筑，称为"田字房"，乾隆帝曾著有《田字房记》，称"皇父万几之暇，燕接亲藩游豫于此。是地也，西山远带，碧沼前流，每当

① 世宗宪皇帝《御制文集卷二十九，诗，四宜堂集》，《四库全书》。
② 世宗宪皇帝《御制文集卷三十，诗，四宜堂集》，《四库全书》。

盛夏，开窗则四面风至，不复知暑。其北则稻田数亩，嘉禾生香，蔼闻于室。盖我皇父重农之心，虽于燕闲游观之所，亦未尝顷刻忘也。”[①]

御园盛期：以乾隆、嘉庆帝御制诗为代表，经过这两位皇帝的建设、整治，圆明三园（圆明、长春、绮春）已经成型，乾隆中后期还将东侧的熙春园和北侧的春熙院纳入御园。当时，园中景物最多的有三种，农事景区、文化类景区——书院书楼书屋、宗教建筑景区。御制诗多有“借景咏政”“借园喻世”的作品。乾隆写观农诗多首，例如《多稼轩》诗写道：“园居岂为事游观，早晚农功倚槛看，数顷黄云黍雨润，千畦绿水稻风寒，心田喜色良胜玉，鼻观真香不数兰，日在豳风图画里，敢忘《周颂》命田官。”[②]表明了他的执政理想。为了观察农业的事情，不仅在园中开辟农事景区，而且在圆明园北围墙内临墙建了一组建筑，名“耕耘堂”，诗称：“山堂临园墙，墙外田近阅。弄田园中多，莫如此亲切。园中属官物，墙外私垦别。当官与治私，尽力殊勤拙。何事不穷理，亦弗苛察屑。耕云见始春，因之生慰悦。”还进一步解释自己这样做的理由：“墙内公田不如墙外私田耕垦之善，此亦人情，非可以法制禁令治之也。孟子所云：公事毕，然后敢治私事。乃言其理而殊不近情……”[③]

春雨的多少关系着一年农业收成的好坏，乾隆帝不得不为此操心。面对上天，他能做的事，只有乞求神灵的护佑，于是

① 《皇清文颖，卷首十四，御制文，田字房记》，《四库全书》。
② 清高宗《御制诗》二集卷八十七，《多稼轩十景》。
③ 清高宗《御制诗》三集卷九十一，耕耘堂。

把祈求“春雨”的心情以“物化”的形式来体现。乾隆二十年，在杏花春馆建了一组名为“春雨轩”的建筑群。结果颇为灵验，心情格外喜悦，于是赋诗：“春雨名轩果是奇，自兹春雨每逢之。最优渥者为今岁，未烂漫兮恰好时。彻日彻宵还莫问，或踈或密总相宜。凭栏却幸何修遇，喜共东郊农父知。”①

圆明园中书院书屋随处可见，乾隆帝自称“生平喜读书，处处有书屋”。②

从乾隆帝的圆明园御制诗中，也可觉察出人在园中，但心系国家疆土大业的事情。例如在乾隆二十五年，圆明园举行一年一度的廷臣宴，当时一些部族的首领已经先后来京参加了宴会，他曾写道：西山积素喜迎人，今岁韶春果是春。振旅三军前后接，朝天使者到来频。③但远在西北平定准噶尔的将军兆惠等正班师至哈密，尚未抵京师，他在《上元后一日曲宴廷臣》④诗中写道：“翼宵曲宴集公卿，豫乐胥殷恭敬情。……刚欣绝域功成日，尚缱长途振旅人。”对于平定准噶尔胜利感到欣慰之情的同时，挂念着正在班师回朝的兆惠将军和他的部队，所以写下了“尚缱长途振旅人”之句。到了乾隆二十六年的上元节廷臣宴上，特别邀请了兆惠参加。他在《上元后一日曲宴廷臣》⑤诗中写道：例宴朝臣元夕后，灯筵排日答韶年……武成上将皆陪座（去岁曲宴廷臣有“尚缱长途振旅人”之句，今兆惠、富德等皆预宴），远靖何邦敢弗庭。

---

① 清高宗《御制诗》三集卷三十七，春雨轩对雨作。
② 清高宗《御制诗》三集卷六十二，养素书屋。
③ 清高宗《御制诗》三集卷一，新正恭奉皇太后幸圆明园即事。
④ 清高宗《御制诗》三集卷二。
⑤ 清高宗《御制诗》三集卷十。

嘉庆帝从执政六十年的皇父手中接过大宝，深感自己的差距，于是写了若干首述志诗，其中《文源阁》一诗写道：

荟萃精华四库收，欲探文海问源头。
三皇道启千秋鉴，万卷书藏百尺楼。
希圣缉熙勤效法，传心宥密敬推求。
自惭浅薄望洋浩，强勉观摩德业修。

园中的宗教建筑是帝王的精神寄托，希望得到神佛的护佑，因此乾隆帝写下了“何分西土东天，倩他装点名园”[①]的诗句，足以代表其思想。因此园中佛寺、道观、关帝、龙王、广育宫、惠济祠，乃至灭蝗虫的刘猛将军庙应有尽有。

御园后期：以道光、咸丰帝为代表。皇帝对已有景物的重新改造，个人审美欲望的表达凸显，例如寝宫区“九洲清晏”分成三路，中路为礼仪活动场所，西路为皇帝居住、读书的场所，东路为后妃生活场所，道光皇帝拆掉了西路原有的大部分建筑，重建寝宫慎德堂。同时在慎德堂西侧的清辉阁，改成了一组供爱妃居住的湛静斋院落。道光帝写了多首咏“慎德堂”诗：

为爱新堂远俗缘，不雕不绘喜安便。
面开松嶂涛初起，背映冰湖月正圆。
永戒骄奢心勿放，时操勤俭力须坚。

① 清高宗《御制诗》初集卷二十二，日天琳宇。

清虚静泰承天语，气志由中悟浩然。[①]

同时，在道光的御制诗中还透露出边疆地区的不太平，发生多起战事。

咸丰帝尽管执政时间很短，在咸丰七年写的一首《慎德堂对月有述》诗，回忆了皇父这里宣谕立储，因之“受命恩深倍惕乾”。紧接着写道：“往事何堪重回首，多情唯有月知圆。”反映出他无力左右乾坤的复杂心态。

五朝御制诗过去的刊本采用编年体，何瑜先生新编《清代圆明园御制诗文集》基于文献，重新编写。例如，乾隆朝，面对乾隆帝的一万多首诗，重新分类排比，不仅有咏园景物的诗，还加入了在园中吟咏国家军政大事、社会状况、自然灾异的诗，堪称内容最齐全、类别最清晰。对于帝王园居理政，借园喻世的特点更为突出。真可谓史无前例的浩大工程。

何瑜先生分别摘出不同年份所写的圆明园诗，精细到各个景区的每一幢建筑，景观状况，并对其重新编年排列，其难度极高。现举几例说明之：

景区辨认：在几万首诗中，建筑名称相同者时有出现，例如圆明园中的“廓然大公”一景，是位于福海西北角的一组小园子。然而在玉泉山静明园中，却把南宫门内的大殿殿名也称为“廓然大公”。圆明园的“廓然大公”在《四库全书》中可以查到的有 9 次题诗，静明园的仅有 1 次，尚可辨别。有的建筑同名者多处，如“狮子林”“随安室”则不止一处。还有的

① 何瑜主编《清代三山五园史事编年》（嘉庆 - 宣统），《御制慎德堂》，第 347 页。北京，中国大百科全书出版社，2015 年。

同一栋建筑，不同朝代名称改变，如“上下天光”，道光朝重修之后改称涵月楼，道光八年有诗称：“高楼明暖喜春阳，一鉴澄清上下光。”在咸丰五年《泛舟至上下天光即景》一诗称：“御苑秋来似图画，晚凉好泛月波舻。扬舲清浅波生渚，倚槛澄华月满湖。”说明咸丰朝又改回原来名称。还有的将同一建筑名称不同时间出现在不同地点，该研究团队通过查找每朝皇帝的“实录”“起居注”等大量史料以确定皇帝的具体行踪，最终厘定哪一首诗该选入“圆明园御制诗文集”中，真可谓之大海捞针。

景观演变：将同一个景区的御制诗集合起来，按年代排序，使读者能够从景区吟咏的变化中，发现景区建筑的变化。例如九洲清晏西路，乾嘉时期有多首咏“乐安和”“清辉阁”“怡情书史”“池上居”的诗篇，道光三年有《清辉阁晚坐遣怀》《清辉阁听松用白居易诗韵》等，四年有《雨后清辉阁即景成什》。然而道光中期以后则不见咏这些建筑，道光十一年开始出现《慎德堂对雨喜成五月十九日》一诗，接着又写了多首。后来咸丰帝《慎德堂对月有述》中有“经营尚忆我生年，受命恩深倍惕乾”诗句，并加以注释：“慎德堂落成于道光辛卯（十一年），庚戌（三十年）春宣谕立储在兹殿之寝宫。”这些诗说明了九洲清晏景区西部的变化及时间。

景物确定：圆明园中有的景物一般文献极少记载，但在御制诗中却多有述及，如园林植物，乔松、修竹、玉兰、梧桐，在许多景区出现，御制诗不仅记录其所在位置，还透露出更多信息。例如九洲清晏的松，乾隆帝二十六年有诗称：“清晖阁之前，九松盘当阶。五十年以长，已与高阁齐，无端被回禄，枯焦气为低，是有叹松作，园人命补栽。”[①]这首诗透露出清晖阁松树的数量，种植时间，阁前有 9 棵，已有 50 年树龄，高度与阁相同，在这一年因火灾焚毁。这件事在乾隆五十一年所写的《五福堂玉兰花长歌志怀》一诗中又重加叙述：“御园中斯最古堂，其年与我相伯仲。清晖阁松及此花，当时庭际同植种。松遭回禄花独存……忽忽今复廿余载，对花那忍能无言，苍松应较花禁久，花益茂荣松乌有。”

乾隆帝酷爱玉兰花，在乾隆三十七年所写的《含韵斋玉兰》一诗中写道：“今岁韶光未孤负，庭前六树灿芳华。……亭亭玉立朴斋前，恰似竹溪对六贤。”[②]另一首写道：“桃魂杏魄逐香尘，玉树临风尚占春。”由此可知园中当年有多处种植了玉兰。

此外对牡丹、腊梅、芍药、白莲等名贵品种也多有题咏。在表达对花的欣赏之外，除了透露出花所在的景区位置，还探讨种植技术，例如考据了白色玉兰是从紫色玉兰嫁接而成，紫玉兰原名为辛夷花。

《御制诗》不但有御园本身的各处景物，而且反映出与其他几座园子的关系，例如乾隆帝向太后问安诗，得知乾隆朝太后是居住在畅春园寿萱春永殿。而道光帝向太后问安诗《诣绮春园问安恭记》，另一首《还绮春园问安恭记》中写道“驻马敷春喜问安”，可知太后寝宫已移到绮春园的敷春堂了。

清代各朝皇帝御制诗中的注释也是重要史料，例如对于边疆战事，道光朝御制诗中有多首注释谈及，从中可以看到发生

---

① 清高宗《御制诗》三集卷十三，庭松用白居易韵兼效其体。

② 清高宗《御制诗》四集卷四，含韵斋玉兰。

的时间、地点，了解当年的军政要事。

另一方面，该诗集对于御制诗中难懂，或现代已经少见的词语进行了注释，帮助人们更好地理解原著。例如，牡丹花称之为“鼠姑”；太监称之为“中官”“中涓”；“摛藻”表示施展才华、铺陈辞藻；御医的“肘后方”表示随身携带的丹方等等。

《清代圆明园御制诗文集》对于研究圆明园的造园史有着重要的价值，不仅可以欣赏圆明园的景物，而且使人们可以清楚地看到圆明园建筑、植物、景观、河道的变迁，同时也看到圆明园帝王思想的变化，审美情趣的追求，以及社会同步发生的变化。真渴望早日见到全书的问世。

郭黛姮

2020 年 5 月于清华园

自序

从计划编纂一套清代圆明园御制诗文集，至今已整整六年了，我和我的学生们为此付出的艰辛，终于有了一个阶段性成果。今天呈现给读者的《清代圆明园御制诗文集》第一辑，是按圆明五园建立之先后，雍、乾、嘉、道、咸五朝皇帝所作的诗文，以园内景区为序，顺时编排。其他不能按园按景排列的，则分八类编辑，即：记事、游观、节日、述志、咏景（如春夏秋冬、日月星辰、雨雪风霜等）、咏物（如各种动植物、饰物、花木树石等）、重农、题诗（含赠诗）。这种以景观和类别为线索的编排体例，我把它称为研究型编纂。因为清廷的统治方式与前朝相比，最大的不同就是园居理政，清帝在园时间远多于在紫禁城的时间。同时，作为清宫史的研究，其所存档案多记紫禁城禁垣以内事，京师西北三山五园和热河避暑山庄等皇家园林，清廷则均以“行宫”视之。故这些园林史料多集中在内务府的《奏销档》和造办处的《各作成做活计清档》等园林修建资料中。其他，帝后在园之典章制度、文化生活等史料则非常零散、匮乏。因此系统的圆明园御制诗文，就是研究清代皇家园林和大清王朝兴盛衰亡不可或缺的重要史料。

但真要把这件事做好，又绝非易事。首先，要把五朝皇帝咏圆明园和在圆明园吟咏的诗以及有关圆明园记文等，从五万余首诗作和数百篇文章中确认并摘录出来，其难度可想而知。其中，清帝往来频繁，巡游不定，加之很多景观相似，称谓相同，因此要想界定无误，是需要认真考证的。其次，圆明五园历经五朝一个半世纪的不断修建发展，其中景观与称谓多有变更，要想把有关圆明园的近一万三千首诗，均合理编排在各园各类之项下，也是颇费功夫的。再次，清帝题咏多为记事抒怀，阐发儒先奥义，其中涉及诸多历史典故、宗教术语、典章制度、传统风俗，以及一系列重大的历史事件和历史人物，这对才疏学浅的我们来说，要想一一读懂并加以注释，真可谓是力不从心。

但是，要深入系统地整理万园之园的圆明园史料，更好地展示集中国传统文化之大成的圆明园风采，我们觉得费再大的力气也是值得的。

一

目前所见故宫博物院编，海南出版社出版的《清世宗御制文》内，所载雍正帝题咏共五百四十首。其中《雍邸集》载其皇子诗计三百八十首，继位后题咏，包括赐予王公大臣的诗三十三首，共一百六十首。可见雍正帝一生诗作不多，其登基后每年平均写诗也就十一二首，与其子弘历之题咏数量，相去甚远。

雍正帝在《雍邸诗集序》中言：“朕素不娴声律，每于随从塞北，扈跸江南，偶遇皇考命题属赋，勉强应制，一博天颜欢笑，初不计字句工拙。至于讌赏登临，触物寓感有会而作，因诗记事，借以陶写性情而已。岂曰与文人墨客较论短长耶？”

雍正的诗作不仅数量不多，且编纂成集的“诗”，亦不以时间顺序编排。如以七卷的《诗·雍邸集》为例，其中有明确时间的诗，和从诗中可考定出具体时间的诗，按卷排列：

卷 21《热河园中避暑》写于康熙五十一年夏秋之际。

卷 22《禁苑秋霁应制》写于“康熙庚辰（三十九年）秋七月十九日”。

卷 23《瞻仰盛京宫阙念祖宗创业艰难恭赋二十韵》写于康熙六十年夏。

卷 24《恭谒五台过龙泉关偶题》写于康熙四十一年二月。

卷 25《闰中秋》写于康熙五十七年秋。

卷 26《冬日潞河视仓》写于康熙六十一年十月。

其余《耕图二十三首》《织图二十三首》《群仙册一十八首》全部放在了 27 卷。另外，最让人不解的是，康熙帝曾五次临幸雍亲王在京的赐园，其中康熙六十一年三月，皇上接连两次幸其园进宴，后一次还有皇孙弘历随侍，留下了三朝天子同聚牡丹台的佳话。且在此时或之前，康熙帝钦赐“圆明”二字园额。这一系列与雍亲王关系重大的历史事件，在《诗·雍邸集》中我们却看不到一首，没有任何的记录。倒是怡亲王允祥《交辉园遗稿》三十二首诗中，有《圆明园讌集呈兄雍亲王四首》，其中后两首记载下这珍贵的历史时刻。

芝榜高题御墨鲜，阳春烟景浩无边。
圆通妙谛谁能会，一片光明照大千。

路入仙源迥不同，披襟面面受和风。
向荣花木欣欣意，同在尧天长养中。

再细读登基后的雍正百余首诗，其中除去赐与王公大臣和怀念其父其母及怡亲王的诗之外，多是咏景游观之辞，绝少记事抒怀之作。这对于想通过其诗来探究康熙晚年和雍正朝宫廷政治史，以及雍正帝内心世界的专家学者来讲，不能不说是一个很大的遗憾。

二

据戴逸先生统计，乾隆皇帝一生“陆续结集出版的五集《御制诗》已收诗四万一千八百首，加上皇子时代的《乐善堂全集》及去世后刊行的《御制诗余集》，总数达四万三千六百三十首。其诗作之多，有史以来，首屈一指，无人可以望其项背。”其实，这四万三千六百三十首诗，只是编辑成集最终问世的数字。乾隆生前所作之诗，要比此数目还要多，笔者估计应在四万五千首左右。因为乾隆继位后，其主张诗以言志，贵在内容，故皇子时所作的诗文，大多都被其删除了。如雍正八年九月，弘历在《乐善堂全集》原序中言："以前七年所作者十之三四，略次其先后序、论、书、记、杂文、诗赋，分为十有四卷。"皇子诗作多有删减一事，在后来的诗文中，乾隆帝亦多有论及。如乾隆三十五年，《戏题品诗堂》诗中有：

四十年前此乐闲，倚吟清课绿窗间。
偶然旧集重披捡，只合从头一例删。

四十一年，《品诗堂》诗中再言：

昔日书堂到以闲，吟风弄月忆其间。
品诗设欲循名者，先合从吾旧集删。

可见，《乐善堂全集》所载的七百余首诗，远不是乾隆为皇子时所写诗的全部。

当然，这四万五千余首诗，尤其是继位以后的诗作，并非全部出自乾隆之手。对此，乾隆自己也并不忌讳，他曾不止一次地坦露，其诗"或出词臣之手，真赝各半"。但即使是捉刀代笔之作，最终还是要皇上过目钦定的。

对于从小就爱写诗的乾隆帝来讲，作诗题咏是他一生的"结习"和最大嗜好。"吾无所好好为诗""平生结习最于诗""假藉名言奚底止，笑予结习未忘诗"。他在《初集诗》的小序中曾言："几务之暇，无他可娱，往往作为诗、古文、赋。文赋不（过）数十篇，诗则托兴寄情，朝吟夕讽。”其诗之内容，即“凡坛庙祭祀，用人行政，省方问俗，关心旸雨，廑念农桑，并几暇辨订经、史、子、集，阐发儒先奥义，或游览所至，或一名一物，抚笺染翰，不觉已成四万二千余首。作皆有为，却匪夸多。”以至到了耄耋之年，老皇帝依旧是“训政敕几，未敢自耽逸豫。每关几务之大，及课量晴雨，涉笔成吟，犹不能自已也。”这其中，吟咏最多的还是有关农作的诗，约占其全部诗作的十分之一。其深知：“帝王之政，莫要于爱民，而爱民之道，莫要于重农桑，此千古不易之常经也。”所以，他能在御园中“座席间，与农父老较晴量雨”，也能够认识到，农夫胼胝劳作，“斯实苦之最”，并愿意“乐同农父处，润土起新耕”。正由于此，乾隆帝在很多诗中都表达了“虽是乘闲试游揽，那能一刻忘农思”“祈岁要哉他岂虑，劭农性也那能移。刻下甘膏亟相待，知何时是放怀时”的重农敬农思想。

乾隆诗作的特点非常突出：

一、诗以言志，贵在内容。乾隆帝主张：“志言要归正，丽句却须删”，“设使无关性情正，纵工辞藻亦虚车。”他甚至提出：“拈吟终日不涉景，七字聊当注起居。”把题诗吟咏变成了每天的日记和生活实录。因此，我们看乾隆诗的内容，主要是“天时农事之宜，莅朝将祀之典，以及时巡所至，山川名胜，风土淳漓，罔不形诸咏歌，纪其梗概。……而较晴量雨，悯农疾苦之作为多。”如每年圆明园的“上元三宴”，乾隆均有诗作。如他自己所说：“予每岁元旦及上元前一日家宴近支宗藩，自壬戌年始有诗纪事，戊辰以来，上元前日宴必有咏，已成例事。”“予于庆节锡宴，必即事成吟，以纪岁时而志盛典，即杜甫诗史之意也。”此外，他在重大典礼、重要节日、巡游各地期间，也常常因灵感所至，随兴作诗。

二、纪事咏史，因文见道。与一般文人墨客寄情山水，对景抒怀的吟咏不同，作为“朕即天下”的封建帝王，乾隆帝的诗作多涉及治国安邦，用人行政，坛庙祭祀，省方问俗等。用他自己的话说，就是：“予向来吟咏，不屑为风云月露之辞。每有关政典之大者，必有诗记事。”即使是“寻常题咏，亦必因文见道”。

如乾隆十年，《上元前一日宴外藩》诗：

象占三接晋，位应五飞乾。
内外连堂陛，勤思继治权。

十八年《上元后一日小宴廷臣用重华宫赐宴韵》诗：

见舞民安物阜字，每关后乐先忧心。
今朝三爵申相悦，尚藉昌言佐知临。

四十七年《雅涵堂有会》诗：

堂涵弗自言，在人识其美。
雅者文之宗，文者道之旨。

三、句出天真，夙戒靡焉。乾隆主张写诗作文应以“清真雅正”为鉴。故其题咏避暑山庄之《清绮书屋》时明言：“诗法有云：绮伤俗，斯厌清，积健为雄。两字味题额，诗诠括个中。”又有云：“绮或近乎丽，济之清乃佳，盖亦酌剂得中之意。”他提倡：“写心即景，有如劳者之歌，夙戒靡焉之作。”“结习谁能顿与忘，吟之一字我犹当。却非绮耳惟朴耳，句出天真又岂妨。”可以说，乾隆所追求的作诗标准，就是“似淡味弥永，外朴中乃腴”。

四、七步成诗，不拘格律。乾隆写诗很快，他自认为是“拙速”。在《至保定府行宫驻跸叠辛丑韵》诗中，有“拙速吾犹惯，不输响钵成”，即用叩钵成篇的典故，来炫耀自己有七步成诗的本领。乾隆写诗不拘格律，信手拈来，成诗确实很快。如乾隆二十六年，其游香山作《清寄轩》：“三日驻山诗卌首，邈然清意寄斯轩。”四十七年，他有一首《香山旋跸御园之作》：“四日游山诗五十，御园勤政合言归。”诗后自注曰：“是游得诗五十余首，举成数耳。”四十九年，他又作《香山旋跸于玉泉山静明园传膳视事》诗：“五日香山小豫游，几曾解闷只增愁。便宜六十篇新咏，亦未万几政久留。”诗中有注曰：“五日得诗凡六十七首，云六十篇，举成数也。”可见，乾隆写诗，确是快手。但速成之诗的水平，按戴逸先生的评价：“总的看来，乾隆诗虽不乏清新自然之作，但许多诗，特别是那些应景即兴诗，往往似信手涂鸦，读来诗意不浓，甚至味同嚼蜡。”

当然，乾隆的诗也不全是政治化的直白与实录。也有很多描写景物，援笔抒情的清新之作。

如乾隆二十五年咏圆明园的《春雨轩》：

雨歇园花总濯然，轻风暖日泮朝烟。
禽音带润飘林外，蝶影含香到埭边。

三十三年咏熙春园的《花韵轩》：

一气春和万物知，晴栏小立意为迟。
试言花韵于何妙，只在含苞未放时。

同年咏长春园的《晴望楼》：

快雨还欣遇快晴，登楼骋望惬遥情。
黍高稻下都芃绿，荞麦初看趁伏耕。

另外，乾隆帝也有极富情感的抒情之作。如乾隆八年，其在圆明园写的一首《长相思》：

长相思，思且长。未如嫠妇忆征客，非关游子怀家乡。惄如调饥谁慰藉，日复一日，中心徬徨。思且长，长相思。殷宗梦里图形日，周帝占中获士时。呜呼！望美人兮曷其遇，清歌一曲长相思。

十三年三月，皇后富察氏病故后，乾隆连续写了多首悼念亡妻之作，读来令人落泪。如《大行皇后移殡观德殿，感怀追旧，情不自禁，再成长律以志哀悼》，内有：

凤輴逍遥即殡宫，感时忆旧痛何穷。
一天日色含愁白，三月山花作恶红。
廿载同心成逝水，两眶血泪洒东风。
早知失子兼亡母，何必当初盼梦熊。

还有思念富察氏的诗《梦》：

深情赢得梦魂牵，依旧横陈玉枕边。
似矣疑迟非想像，来兮恍惚去迁延。
生前欢乐题将遍，别后凄愁话未全。
无奈彻人频唱晓，空余清泪醒犹涟。

三

细品乾隆诗作，还有许多与众不同的地方，尤其是他写诗，事先会有规划。这种规划包括两个方面：一是诗的体裁、字数有些是预先规定好的，如《元旦试笔》诗“始以七言终五字，遂成常例属吟笺”。乾隆自注曰：“每岁元旦及试笔诗，皆七言；除夕诗皆五言，数十年来遂成常例。”二是其御制诗的写作和编纂也是有规划的。如乾隆《初集诗》小序中言：先“取丙辰（乾隆元年）以迄丁卯（十二年）所作，略加编定，都为四十四卷。……命翰林中字画端楷者，分卷抄录，装为一集。”迄嘉庆元年，他在《观历年诗集即事》诗的注释中又说：“自乾隆元年丙辰以后，所作诸诗，每十二年编次为一集，兹六旬年满，共得五集。”

为如期完成规划，乾隆帝几乎天天都要写诗记事，曾在乾隆中叶任军机章京的赵翼，在《簷曝杂记》中就记有乾隆帝每日：“或作书，或作画，而诗尤为常课，日必数首。”如果因故不能作完，乾隆帝则戏称为“诗债”，后必想办法完成。乾隆四十四年三月，其有一首名曰《诗本》的诗：

诗本例分上下编，率当一百卌余篇。
丁年乐府补空半，戊岁盛京缀帙全。
秋月春风景无问，山情水态句捐妍。
即今祥禫游犹懒，月令搜吟拟阙填。

乾隆自注曰：“丁酉（乾隆四十二年），新正联句，西苑例宴及御园灯节，悉视常年得诗，将盈半册。自正月二十三日大事以后（按，指乾隆生母孝圣皇太后病故），惟记典、述悰、雨旸、志事，间有所作。而御园、万寿山、玉泉山，概罢游览题咏。故所有之诗，非但不能分两编，并不能满一帙。因以丙申年（四十一年）所存，拟白居易新乐府五十首，补足一本。戊戌岁（四十三年），仍无游咏之作，以全韵诗篇帙较多，足敷上编之数。而下编则因秋间诣盛京瞻谒祖陵，即事记述，计诗一百四十余首，遂得盈帙。今年（四十四年）四月中旬以前，仍当不事游咏。所得诗，尚恐不能满上编页数。因拟按月令七十二候，赋以填阙。”

意思是说，乾隆规定自己每年要完成一本（或称一帙）诗作，每本一百四十页，分上下两编。每十二本编为一集。如以乾隆帝所作诗的总数算来，其平均每月要作诗六十首，如不能完成则想办法补之。如乾隆四十二年正月，其生母病逝。因“概罢游览题咏”，故成诗不足数，用上年“白居易新乐府五十首补足”。四十四年四月中旬以前，因还在守孝期，“仍当不事游咏”，“所得诗尚恐不能满上编页数”，乾隆对此谓为“诗债”。于是利用“暇日，欲以曩时所用阁臣、功臣、词臣、督、抚各抡五人，旧学三人，人系一诗，以志怀旧之意。且尚在禫服中，无游览即景之作。而黄绫诗本以百四十页为一本，虽近为七十二候之咏。尚恐不能满篇数，因觅题赋什以足成之。”

而更多的诗债，则是乾隆帝自已用功补足，谓之“补咏”。如六十年四月，其《游香山出御园门，见水田稻秧已长，欣然有作》一诗，其中有：

欲到香山补咏篇，往还四日戒耽延。
舆轻甫出御园者，途坦近临溪陇焉。

自注曰：“往岁夏初至此，率有诗数十首，前自潭柘回，经此少驻，得诗无几，今复来此欲补咏也。然以十三至十六为期，不过四日，亦不欲久耽静赏也。”嘉庆元年，其《题狮子林十六景·水门》一诗中也有注释说：“近因楚南筹擒苗匪首恶，及剿洗楚北邪教，日内捷报未至，殊劳盼望。偶此胪吟，用解烦闷。亦缘黄绫上本，往年皆以三月以前书满百篇，而此时百篇尚余数页，藉此亦可以足其数耳。”由此可见，乾隆一生所题咏的约四万五千首诗，绝大部分都是在某种计划中完成的。

这其中，还有一个鲜为人知的流程。据史料记载，乾隆作诗时，“皆用硃笔作草，令内监持出付军机大臣之有文学者，用折纸楷书之，谓之‘诗片’。遇有引用故事而御笔令注之者，则诸大臣归，遍翻书籍，或数日始得，有终不得者，上亦弗怪也”。旋“由‘诗片’抄入‘诗本’，则内监之职”。

此外，乾隆写诗还有个习惯，即每年都把在圆明园上元节后小宴群臣的诗作，“书悬勤政殿东之飞云轩壁间”，“以纪岁时而志盛典，即杜甫诗史之意也”，以至于六十年间“四壁已满，再无隙处”。嘉庆二年正月，乾隆帝最后一次题《上元后一日小宴廷臣作》，内有：

翌节臣工宴，历吟岁月明。
飞云泐壁满，后拟罢题卿。

四

在清朝皇帝中，诗作数量排在第二的应属嘉庆皇帝。其在治国理政等各方面都仿效其父乾隆帝。如对诗文，他也主张：“德行为本，文学为末，实政为先，虚词为后。人君日理万机，游艺寄兴，所以养心而适情也。若沾沾于此，与文人争胜，则失其本务矣。”嘉庆八年正月十六日，当文渊阁大学士庆桂等恳请刊刻《御制诗初集》，以颁示中外时，嘉庆谕曰：“朕万几余暇，偶事摛毫，……篇章所积，大率纪捷勤民之什居十之八九，其泛览留题者绝少。朕素不喜风云月露之词，亦不欲以此擅场。”“游艺篇章，曷敢上同圣制，意欲以八年为一集。”也就是说，乾隆诗作是以十二年为一集，嘉庆帝以八年为一集，即自丙辰至己卯年（嘉庆元年至廿四年）编为三集一百七十六卷。嘉庆二十五年，即其病逝当年所题之诗，则编为余集六卷，共一百八十二卷。其中，嘉庆帝咏圆明园诗和在圆明园所作之诗共三千六百八十余首。

道光帝继位后，诗作不多，按他自己的话说，即“临御以来，孜孜图治，原不宜效文人学士掞藻摛华，擅长艺苑。然于几暇拈毫，寄情吟咏，率皆由莅朝将事之典、承欢侍膳之仪，以及较晴量雨、望捷勤民、治河转漕之事而发者居多。其他留连景物之作，十不逮一。”他也仿效其父嘉庆帝“每八年为一集”命人编辑，但奇怪的是道光九年，大学士曹振镛等将其《御制诗初集》二十四卷，“总千五百篇”编纂完成后，就没有了下文。后《余集》只编辑到道光十五年，有诗三百六十首。且自道光十三年，其诗作就异常稀少，如《余集》十二卷载：十三年有诗十二首；十四年七首；十五年仅有三首，最后一首诗则是咏同年九月初三日，他的两位已故皇后，即孝穆与孝慎皇后梓宫至龙泉峪飨殿奉安时，其亲临奠酒述怀。其中，道光皇帝咏圆明园和在圆明园咏的诗，共有六百五十六首。至于后来的十五年中（按，道光帝于三十年正月卒），是道光皇帝不再写诗，还是诗作太少羞于刊刻，至今也没有答案。

咸丰皇帝的《御制诗集》，内容更是少得可怜，总共才有八卷三百零九首诗，主要集中在咸丰八年以前。其后，更是逐年减少，八年十七首；九年七首；十年一首；十一年二首。其中，咏圆明园和在圆明园咏的诗有一百二十九首。比起其曾祖乾隆的四万五千余首诗，和咏圆明园的诗一万余首，何啻霄壤。

写到这里，不禁感慨：上述清帝的诗文数量，是否也是清王朝盛衰交替的印记之一呢？

古人言“以诗记史，诗以证史”。在清帝园居理政的大背景下，圆明园的盛衰无疑是清朝历史的一个缩影。而《清代圆明园御制诗文集》的问世，不啻打开了清代宫廷史的一扇窗户，而且为深入研究清史和清代皇家园林史，提供了不可或缺的重要史料。但由于编著者才疏学浅，呈现在读者面前的这套御制诗文集难免会有这样那样的问题，错谬之处，还望方家批评指正。

本书在编撰过程中得到我的博士研究生马维熙、马俊恩，硕士研究生魏星三位学子的鼎力支持和帮助。在此，表示衷心的感谢！

何瑜

2020 年 6 月于北京什刹海

目录

圆明园

圆明园

圆明园，清代大型皇家园林，坐落于京城西北郊，盛时占地约五千五百亩，由圆明、长春、熙春、绮春、春熙五园组成，有一百二十余景区，上千余建筑景点，是雍乾嘉道咸五朝，包括香山静宜园、玉泉山静明园、万寿山清漪园和畅春园在内的清代五园三山之核心。

圆明园始建于康熙四十八年（1709），初为康熙帝赐给皇四子胤禛的赐园，额曰“圆明”。雍正即位两年后，始大规模扩建，先后形成景观三十余处。并在园南增建正大光明殿、勤政殿，以及内阁、六部、军机处等诸多值房，以便“园居理政”。乾隆帝在位期间，除对圆明园进行局部增建、改建，形成圆明园四十景外，还相继在园东建长春园，将园东南的赐园熙春园、春和园（改为绮春园），园东北的赐园淑春园（改为春熙苑），收归御园。从而形成圆明五园的盛世格局。嘉庆朝，主要对绮春园进行了大规模拓建，形成景观三十余处。道光帝时，清王朝国事日衰，园内建筑、装饰及各项开销等，已均趋紧缩。

经过150余年的苦心营建，圆明园形成了一座集中国古代精美建筑、典籍文物，以及各种珍稀动植物于一身的综合博物馆，被中外誉为“万园之园”。而自雍正至咸丰五朝，因清帝大部分时间均在此“园居理政”，故圆明园实为清代的“园林紫禁城”。

咸丰十年（1860）八月二十二日，英法联军闯入圆明园，疯狂抢掠，焚毁殿宇。旋英国侵略者又放火焚烧了以圆明园为首的三山五园，大火三日不息。同治帝时曾欲部分修复圆明园，但因财力窘迫而作罢。光绪二十六年（1900），八国联军侵华期间，被焚毁后的圆明园又惨遭盗匪洗劫，终成一片废墟。

圆明园

雍正朝

雨后湖亭看月

鄙听秦声却楚优，每于山水暂淹留。
翠含宿雨千竿竹，高出层云百尺楼。
湖影远浮随棹月，柳塘斜系钓鱼舟。
坐深暑退凡情爽，一片清光入镜流。

响泉山房赏月

薄暮鸣蝉歇，松涛响曲廊。
清阴生殿阁，霁色映林塘。
皎洁银河近，迢遥玉漏长。
波飘菰米滑，风动藕花香。
坐石吟新月，临流纳晚凉。
一钩才吐艳，灿烂隐萤光。

玉漏：古代计时漏壶的美称。

菰米：菰是禾本科多年生宿根水生草本植物，菰米就是菰结的种子，果实像米，故称。

一钩：形容新月。元 贡师泰《题丁元善炼师阳明楼》诗："丹光散作霞千缕，剑气吹成月一钩。"

仁明斋咏怀

忆昔园林趋觐回，朱门静掩不轻开。
怡情看竹邀僧话，余事移松傍水栽。
勤政原因涵养到，任劳却自静功来。
万几日日如丝绪，勉竭心思手自裁。

自裁：自作决定，自己处理。

百花亭春咏

涟漪碧水浸苔痕，垂柳丝丝静掩门。
月上海棠惊鸟梦，雨来庭院浴花魂。

秋日登四佳楼晚眺

庶务纷纭综理暇，偶将幽兴寄泉林。
楼台况复秋光洁，花木偏宜霁景临。
西岭层峦千叠翠，东湖细浪万重金。
澹烟轻霭疏槐杪，接阵鸿归夕照沉。

圆明园道中寓目

御园西郭外，初夏景堪娱。
金线遮桥柳，浓阴夹道榆。
麦翻千顷浪，鱼跃半池珠。

雨后平芜绿，尘清辇路濡。

平芜：草木丛生的平旷原野。

辇路：天子车驾所经的道路。

立秋前二日游湖亭

放情幽兴付渔蓑，潇洒林亭乐太和。
每踏芳丛寻古句，闲乘小艇泛清波。
烟凝翠黛山疑雾，风蹙斜纹水似罗。
深砌蛩鸣残暑退，高梧蝉噪晚凉多。
炎云渐敛秋将近，霁景才看夏欲过。
静听菱歌音韵好，何须箫鼓济汾河。

砌：台阶。

蛩：古指蟋蟀。

菱歌：采菱之歌。

何须句：语出汉武帝《秋风辞》："泛楼船兮济汾河，横中流兮扬素波，箫鼓鸣兮发棹歌。"

初夏西苑游瞩

前廷午退紫宸班，回辇寻幽竹石间。
一息不停新绿水，四时相对旧青山。
溪烟澹荡平台晚，林影参差夕照闲。
鸟识禁园栖讬稳，每看飞去又飞还。

紫宸：宫殿名，天子所居。亦泛指宫廷。

 乾隆朝

乾隆三年

秋日圆明园即景

红叶千林似锦张，秋容端不让春光。
南轩日暖帘初卷，曲沼波寒鱼半藏。
战雨晚桐漏疏影，冒霜早菊先重阳。
平添诗客三分兴，熟境应忘若个忘。

乾隆四年

暮春圆明园即景杂赋五首

夜来膏雨足，晓起倚前楹。
芳园景已佳，百卉争鲜荣。
迷离柳丝重，间关鸟和鸣。
远峰螺髻翠，新涨镜面平。
依依陌上花，向人如有情。
维我值几暇，裁诗聊品评。
品评何所乐，所乐足春耕。

螺髻：古代妇女发式之一。此处形容山峰形状。

陌上花：语出“陌上花开，可缓缓归矣”，吴越王钱镠寄信其妃戴氏，以申相思之情。

扫黛山排障，拖蓝涨满塘。

楼台凭点缀，花木杂芬芳。

夹镜浮飞蛛，平流泛画樯。

风凌松干古，日逗竹阴凉。

信矣神仙境，悠然物我忘。

画图曾省识，三岛水中央。

蛛：蝃蛛，即虹。

画樯：有画饰的桅杆。此指装饰漂亮的游船。

悠然凭眺乐如如，万顷波光接太虚。

不定烟岚浮岭岫，无心飞跃任鸢鱼。

风吹縠面文章好，诗托峰眉气象舒。

试弄扁舟泛寥廓，遐情还忆渭滨渔。

渭滨：源见“渭滨垂钓”，此指姜太公吕尚。

心闲境自幽，树老园更古。

况复近西山，云气时吞吐。

结茅为屋宇，欲识农家苦。

俯仰觉安和，何必夸瑶圃。

瑶圃：王逸注《楚辞·九章·涉江》曰：瑶，玉也。圃，园也。后即以“瑶圃”指仙境。

石泉绕砌听鸣琴，花竹当轩畅远襟。

不必静观方自得，由来物物见天心。

乾隆五年

御园秋深

雨余凉转峭，徙倚日三竿。
秋老山川净，林疏天地宽。
蛩音鸣节晚，鱼跃怯波寒。
消息凭元化，忘言仔细看。

漏声催日影，倏忽过窗前。
霜履诚堪念，秋阑亦可怜。
登山应蜡屐，载月漫开船。
一卷长随手，豳风七月篇。

蛩：蟋蟀。
豳风七月篇：即《豳风 · 七月》。

御园初冬

轩斋亭午日暄妍，一弄明窗暖更鲜。
漫惜园林饶寂寞，青山黄树小春天。

曲池风定晓来冰，渐暖阳和散复凝。
恰似玻璃铺镜面，只堪观玩不堪凭。

兽炭初红爱地炉，封章频问到来无。
分阴应惜穷阴候，一字常怀敬作符。

兽炭：做成兽形的炭。亦泛指炭或炭火。《晋书·外戚传·羊琇》：“琇性豪侈，费用无復齐限，而屑炭和作兽形以温酒，洛下豪贵咸竞效之。”

分阴：谓极短的时间。《晋书·陶侃传》曰：“大禹圣者，乃惜寸阴。至于众人，当惜分阴。”

穷阴：古代以春夏为阳，以秋冬为阴。冬季又是一年中最后一个季节，故称。

乾隆六年

圆明园初夏即景

绿荫轩庭昼影移，清和时节午熏吹。
巢残旧燕啣泥补，声涩新蝉度柳迟。
逸兴惟凭佳句遣，忧怀未许近臣知。
日长几暇翻芸简，还似当年下董帷。

芸简：指书翰。

下董帷：指汉代董仲舒下帷讲诵。此借指专心读书或写作。

御园新秋

无边素景澄虚宇，一派清光媚远川。
梧影萧疏风过处，渐看凉意到阶前。

柳外蝉声晚益喧，似争余暑向秋园。
明霞刚抹西峰顶，乍喜新蟾照满轩。

平湖红缀数枝荷，弄棹清流偶一过。
剩有余芳风信度，半欹残盖露珠多。

数畦绿水稻风香，却喜西成届白藏。
半载雨旸经较量，肯教游豫暂时忘。

西成：指秋天庄稼已熟，农事告成。

迎凉台榭即仙壶，隔树流莺三两呼。
秋蚤风光似春暮，只饶仙掌露华濡。

欹枕蛩声入耳频，冰帷翠簟净无尘。
此夕榆关明月下，刀环悲唱定谁人。

榆关：犹“榆塞”，泛指北方边塞。又山海关亦称“榆关”。

秋日御园即景

台馆含秋爽，衣衫切晓凉。
乱荷红带紫，疏柳绿兼黄。
砌草藏蛩语，池波印雁行。
凭栏无限喜，千顷稻风香。

乾隆七年

北郊礼毕回圆明园道中作

熏风应律调元化，膏雨知时利夏耕。
不独公田霑渥泽，一花一木总敷荣。

缯燎光中葆吹闻，回瞻黄幄瑞氤氲。

棕街步出仙韶引，槐柳阴浓绿似云。

黄伞朱斿凤甸隈，属车剑珮有邹枚。

天公赐与迎梅景，绣陌青葱绝点埃。

朱斿：旌旗上的红色飘带。

属车：帝王出行时的侍从车。

邹枚：汉代邹阳、枚乘的并称。二人以才辩著名当时。后以借指富于才辩之士。此处指皇帝身边的文学侍从。

垂杨十里窣青丝，警跸声中驾六飞。

最爱霑衣朝气润，轻云犹作雨霏霏。

警跸：古代帝王出入时，于所经过路途侍卫警戒，清道止行。

六飞：亦作“六騑”“六蜚”。中国古代皇帝的车驾六马，疾行如飞，故名。

夏日御园闲咏

几暇登楼畅远襟，喜因南亩足甘霖。

松篁籁静青含润，谿壑云生翠欲沉。

鱼唼花红浮水面，蜗盘藓绿匝堦心。

篆凝金字澄怀永，物理民情独自斟。

松篁：松与竹。

霁后园林夏似秋，瀼瀼仙掌露华流。

溪声滑笏添新涨，山色疏眉入小楼。

疑有片云生晚岫，谁撑扁舫破烟洲。

昼长赢得清吟兴，不觉鸡人报午筹。

鸡人报午筹：鸡人，皇宫中报时的卫士。汉代，宫中不得畜鸡，卫士候于朱雀门外，传鸡唱。筹：计时的用具。

风槐烟柳绿成帷，影度纱棂午日迟。
暂向几余闲学草，偶因吟罢亦敲碁。
曲池新涨分鱼子，碧宇高空放鹤儿。
最爱子西传好句，依稀山静小年时。

偶泛扁舟晚濑明，风摇芦荻洒然清。
一天佳景谁为领，几个闲鸥自作盟。
山木无言偏得意，野花有分亦敷荣。
溪田爱看新秧茁，绿水平畴正好耕。

相风金凤尾当南，绿满文窗生意含。
昼永花香醺似醉，雨收天色碧于蓝。
行看鱼鸟闲来适，坐拥诗书静里耽。
日暮池边还徙倚，一钩新月镜中涵。

清晖阁畔几株松，著雨虬枝绿更浓。
每爱涛声吹谡谡，常看盖影荫重重。
轩窗静对含朝爽，乌鹊归飞带夕舂。
陆叶山花纷斗艳，坚贞只拟待三冬。

谡谡：象声词。形容风声。晋 陆机《感时赋》："寒冽冽而寖兴，风谡谡而妄作。"

舂：通"冲"，冲击。韩愈《刘生》诗："洪涛舂天禹穴幽。"

壶天佳景入窗纱，翠幄千层衬彩霞。

林壑画图疑伯虎，池塘鼓吹奏官蛙。
天光云影供诗料，鸟语花香长道芽。
讵乐萧闲弛乾惕，忧心时切万民家。

林壑画图：明代著名画家、文学家唐伯虎著有咏春诗《暮春林壑图》。此处系为诗人赞美御园风景如画。

乾惕：即朝乾夕惕。语出《周易·乾》：“君子终日乾乾，夕惕若厉，无咎。”形容君子一天到晚勤奋谨慎，没有一点疏忽懈怠。

绿润红浇景倍新，寻常行处草铺茵。
鸟鸽花片惊眠蝶，鱼傍蒲根避钓人。
漫拟闲情吟九夏，那堪忧思度三春。
公田雨足心差慰，生物从知天地仁。

九夏：夏季，夏天。

三春：指春季三个月。农历正月称孟春，二月称仲春，三月称季春。

仲秋御园即事

新凉侵翰席，佳景入吟评。
月桂廊腰馥，霜鸿天半鸣。
爽澄兰沼镜，籁泛竹林筝。
极目西成好，凭轩独畅情。

西成：《尚书·尧典》：“平秩西成。”孔颖达疏：“秋位在西，于时万物成熟。”

水落沙纹出，苔消蹊径长。
阶蛩鸣意懒，梧月望中凉。
欲老荷凋谢，将归燕颉颃。

今朝看枫柏，秋染半丹黄。

颉颃：鸟上下飞貌。语本《诗·邶风·燕燕》：“燕燕于飞，颉之颃之。”

御园初冬

曲池澄澈水增波，近小阳春景气和。
爱看残红留旧干，却疑嫩紫放新科。
鱼偏识节群辞饵[①]，鸟为知寒自补窠。
赢得一窗明影在，年来诗思个中多。

① 霜降后鱼不饵。

小阳春：农历十月。

丹枫黄菊斗霜朝，晚翠西峰入绮寮。
蔓引老壶悬败架，波沉碎叶贴欹桥。
时披青简垂前鉴，却爱苍松独后凋。
讵为几余弛乾惕，淮扬南望廑怀遥。

绮寮：雕刻或绘饰得很精美的窗户。
青简：竹简。古代用以书写的狭长竹片。亦借指青史，史书。

乾隆八年

正月十二日幸圆明园

步辇逶迤出禁闉，微风灯信布光春。
雪消麦陇青含润，喜动茅檐望岁人。

禁闉：闉，古代瓮城的门。禁闉，此指紫禁城。

才见宜春彩燕飞[①]，行看映月玉蛾辉。
砌苔堤柳添颜色，都报韶光次第归。

① 是月十日甫立春。

玉蛾：雪花。

御园早春

柳岸桃蹊未放春，东风有信报诗人。
苑葩谁与添颜色，一夜枝枝尽缀银。

莫道春迟春不迟，含韶景色已如兹。
朝来静对明窗坐，电影棂光渐渐移。

御园仲春

柳唐霭霭曳烟梢，竹埭森森突笋勹。
新水蔚蓝鱼涉冻，远林缛绿鹊营巢。
无边生意归芳甸，有象清明绘野郊。
小阁摊书玩周易，体乾时复九三爻。

笋勹：“勹”同“包”，此指竹子的嫩芽包。
九三爻：此爻为《易经》乾卦第三爻，意即终日戒惧谨慎，不敢稍加懈怠。

春写园林灿绮窗，流澌已解漱琤瑽。
养花天气迟莲漏，擘柳风光袅羽幢。

别院漫催排宴赏，甫田旋念肇耕耰。

几余只有诗消日，篆炧蛟炉焰吐缸。

琤琮：象声词，形容水流声或玉器相击声。

耕耰：即耕种。

春日御园闲咏

榆烟寒食候，杏酪养花天。

波涨鱼儿跃，窗开燕子穿。

诗题春与富，画意景增妍。

兰棹随堤转，仙家别一川。

寒食：即寒食节，亦称“禁烟节”。是我国北方较早的节日，初时禁烟火、吃冷食，后渐成祭扫、踏青等民俗。

琼华楼畔柳，窣地是黄金。

日煖花蒸雾，春深鸟弄音。

湖山多静气，松鹤空尘心。

一卷南华趣，忘言独与寻。

南华：指《南华真经》，亦即《庄子》。唐玄宗于天宝元年诏封庄子为“南华真人”，尊其书为《南华真经》。

苔砖铺绿毯，桃坞簇红霞。

乐与物华共，静知春事嘉。

端溪供晚咏，顾渚试新茶。

思到深耕处，吾悰讵有涯。

端溪：溪名。在今广东高要市，盛产砚石，制成者称端溪砚或端砚，为砚中上品。后即以“端溪”代称砚台。

顾渚：地名。在今浙江省长兴县，盛产名茶，以春秋时吴王夫差“顾其渚次”而得名。后用为咏茶的典故。

万物向芳荣，乘时也畅情。
讵能忘慄慄，藉以验生生。
消息否而泰，循环利与贞。
怀安悬炯戒，勤政访名卿。

否泰：否，表厄运。泰，表好运。否泰比喻命运的好坏。

利贞：即元亨利贞，语出《易·乾》，各家解释不一。北宋周敦颐以元亨利贞配春夏秋冬四时。

春日同諴亲王和亲王游宴御园作

偶乘芳候遣几闲，乐事天伦礼法删。
春半园葩开笑靥，雨余山翠濯烟鬟。
风经锦埭香犹细，鹤步兰皋篆欲斑。
却喜绿塍千顷润，稍纾云汉赋民艰。

乐事句：諴亲王，名允祕，康熙廿四子，小乾隆帝五岁，是其最小的嫡叔；和亲王，名弘昼，雍正六子，与乾隆帝同年生，为其弟。故游宴御园“礼法删”。

雨歇芳林万绮纷，缘溪红映碧波文。
欣浮桂舫同追景，何异芸斋共乐群。
百和浓香薰艳卉，数峰轻缕带归云。
今年膏泽叨灵贶，敢懈祈年夙夜勤。

回圆明园道中作

豹尾鱼须拂绿杨，轻舆时送早风凉。
兰衢莎埒经行处，想像千家饼饵香。

豹尾：天子属车上的饰物。

鱼须：旗竿。《文选·左思》：“旗鱼须，常重光。”刘良注：“鱼之髭须，以为旗竿。”

兰衢：两边长满兰草的路。此指京西北至圆明园的官道。

莎埒：杂乱的荒地、田垄。

祠回非是纵宸游，晨景冲融驾六虬。
数日慈宁疏问寝，趋承色笑倍依留。

祠：祭祀。此指夏至日帝诣方泽坛行礼。

冲融：冲和、恬适。

六虬：六龙。此指天子御驾。

慈宁：即慈宁宫。此代指乾隆生母孝圣宪皇后。

露湿青皋晓气清，千官雾拥佩鱼鸣。
由来尽有临民责，抚景应同望岁情。

佩鱼：原唐朝五品以上官员所佩带的饰物。此处形容文武官员甚多。

麦陇行知半有秋，大田多稼正盈眸。
雨旸此后犹难定，展转何能暂解愁。

七月初八日，因往盛京叩谒祖陵，恭奉皇太后始发圆明园作

虞采绥旌次第排，金风凑爽满天佳。
王途于迈高秋净，帐殿承欢爱日谐。
望里关东多王气，行经塞北畅清怀。
绵绵宝穑秋成近，触拨吾悰讵有涯。

绥旌：垂旒舒展的旗幡。此处借指御前仪仗。

悰：心情、情绪。

乾隆九年

新春恭奉皇太后驾幸圆明园

柳眼花心各待春，传言青帝驾青轮。
香霏寒圃飘金粉，色转晴丝惹曲尘。
最爱风光迎午夜，却离宫阙未由旬[①]。
玉沟冻解琉璃滑，恰与阳和布泽匀。

① 庾信诗注《支僧载外国事》：由旬者，晋言四十里也。

青帝：为春与百花之神，是中国古代神话中的五帝之一。

阳和：春天的暖气，亦借指春天。元 萨都剌《雪中妃子》诗：“疑是阳和三月暮，杨花飞处牡丹开。”

谁道仙家别有京，依依爱日永蓬瀛。
鸣春鸟择昌条语，画水鱼穿嫩藻行。
炬为迎蟾莲万朵，梅因饯腊玉千茎。

芳年合有新诗咏，物物春台总向荣。

爱日：可爱的阳光。唐 宋璟《梅花赋》：“爱日烘晴，明蟾照夜。”

蓬瀛：蓬莱和瀛洲。神山名，相传为仙人所居之处。亦泛指仙境。

饯腊：送别残冬腊月。宋 苏轼《紫宸殿正旦教坊词·勾合曲》：“东风应律，南籥在庭。饯腊迎春，方庆三朝之会。”

御园暮春

红雨点书帏，绿阴笼钓矶。

无能答春事，有分问宵衣。

令德何曾进，深心只觉非。

东郊需泽亟，那复赏芳菲。

红雨：代指落花。李贺《将进酒》诗：“况是青春日将暮，桃花乱落如红雨。”

钓矶：水边突出的岩石。

流水落花红，林亭罨画中。

韶华诚过隙，诗思亦飘蓬。

鹤步新苔坂，蜂攒嫩药丛。

一般春可乐，胡不与人同。

飘蓬：飘飞的蓬草。唐 贾岛《送友人游塞》诗：“飘蓬多塞下，君见益潸然。”

御园亲耕

皇考时屡行之。当春举趾，兹惟其时。率循旧章，并劝良农。触景兴怀，点笔成什。

姬周肇豳岐，所勤维穑事。

爱土物心臧，八百基由是。

言考三代旋，开国非一致。
岂无仁民君，务农姑且置。
我朝得天下，马上搴旗帜。
创武守以文，耕稼尤留意。
皇祖绘为图，种获编次第。
皇考耕耤田，岁岁禾双穗。
谓是御园中，朝暮便亲视。
况匪司农掌，毋庸甸人治。
近验雨旸时，遥为仓廪备。
小子承遗教，深惧德弗嗣。
民天念在兹，敢懈肯播志。
时云暮春初，修我耒与耜。
谷种备青箱，服犁曰黄牸。
既耕亦既种，时雨仰天赐。
讵止劝良农，子弟示勿替。

豳岐：豳，亦作“邠”，古地名。岐，山名。二者均在今陕西省，史称周朝肇基于此。

姬周：即周朝（前1046年—前256年）是中国历史上继商朝之后的第三个王朝。

八百：指西周东周相继存世八百年。

司农：古代官名。上古时代是负责教民稼穑的农官。

甸人：官名。周朝设此官，掌管公田。《左传·成公十年》：“晋侯欲麦，使甸人献麦。”注：“甸人，主为公田者。”

青箱：古代行藉田礼时装种子的箱子。 宋 李长民《广汴都赋》：“遂播青箱之嘉种，以成高廪之丰年。”

黄牸：牸，雌性牲畜。黄牸，此指黄牛。

御园暮春即事

红雨嫣香已乱纷，东皇催试送春文。
生憎轻絮萦愁绪，无那终风翳野氛。
泼剌鱼跳依藻见，栗留莺语隔林闻。
拟将书史消闲闷，触目时惭古圣君。

东皇：指司春之神。

夏日御园即事

薄爽浓阴凑阁斋，优游义府散尘怀。
气清松竹有余韵，雨足湖山是处佳。
乐志无如对书史，养生常欲去淫哇。
临池近学挥枯笔，屋漏痕成更折钗。

义府：义理之府藏。常指《诗》《书》而言。《左传·僖公二十七年》：“《诗》《书》，义之府也。”

淫哇：淫邪之声，多指乐曲诗歌。

枯笔、折钗：书法用语，比喻用笔的一种技法。

闲斋雨后似秋凄，绿缛轻莎不作泥。
却爱清风来牖北，谁将夕照挂林西。
玳梁巢冷飞新燕，沙嘴波清浴晚鹭。
茂对恢臮思解阜，几曾民物被薰兮。

玳梁：即玳瑁梁，画梁的美称。唐 宋之问《宴安乐公主宅》诗：“玳梁翻贺燕，金埒倚晴虹。”

恢臮：广大貌、旺盛貌。

解阜：语出舜帝《南风歌》：“南风之薰兮，可以解吾民之愠兮。南风之时兮，可以阜吾民之财兮。”意为要为百姓排忧解难，让百姓安居乐业。

烟岫重重正蔚蓝，谁欤仁者惬心耽。
数声蝉韵耳根净，一缕檀烟鼻观参。
波浸月光偏泛滟，花承露气越馣馤。
敢因清宴渝初志，观象居常玩九三。

馣馤：香气。

九三：即《易经》中《乾》卦九三爻。卦辞是：“君子终日乾乾，夕惕若厉，无咎。”此处指玩味、学习《易经》。

御园新秋

林馆绝尘嚣，微凉沁葛袍。
荷香辞夏细，蛩语到秋高。
梧影新穿月，沙纹旧涨涛。
硬黄铺棐几，时复一挥毫。

硬黄：古纸名，用以写经和摹帖，唐、宋时最为流行。

云缕恋峰头，金风吹不留。
波光沉碧宇，月色洁新秋。
砌卉皆堪掇，盘瓜底用浮。
萧然当素节，我兴亦云侔。

御园深秋

晓牖轻寒侵袷袍，登临纵目兴偏豪。

秋当季月无余净，云敛寥天分外高。
回忆韶华浑逝水，安排佳句待题糕。
柿红蕉绿挥毫润，何必瑶笺夸薛涛。

瑶笺：瑶，美好的、珍贵的。笺：古书的一种注释。
薛涛：字洪度，今陕西西安人，唐代女诗人。

昼漏丁丁几度催，几余揽景一徘徊。
树多红叶因风落，鞠有黄华冒雨开。
帘卷长空心与净，松留佳荫鹤常陪。
北村观获真堪乐，能否绥丰遍九垓。

北村：指园内北远山村。
九垓：九州之极数。这里意指天下。

乾隆十年

正月初十日恭奉皇太后幸圆明园

银海光摇界道斜[①]，乘时茂对乐昭华。
物标太皞青旗旆，气转苍寅玉斗车。
一道垂虹朝贝阙，万年春酒进仙家。
输他羯鼓传佳话，俄顷瑶林尽发花。

① 是日雪。

银海：雪之别称。
太皞：一作大皞，又作太昊。是古代官方祭祀的东方天帝青帝。
苍寅：苍，草色。寅，正月阳气上升万物复苏的样子。

斗车：旧指北斗星。宋 司马光《春帖子词·皇帝阁之一》：“寒随土斗尽，暖应斗车回。”

羯鼓：一说是源自羯族的鼓乐器，一说是用公羊皮做鼓皮，故名之。此为羯鼓催花的典故，出自唐 南卓《羯鼓录》。

瑶林：仙境，这里借指圆明园。

御园春晓

雨后轻烟荡林表，风暄日丽光春晓。
繁禽殢蕊未昌昌，洞房曲院殊窈窈。
今年人度去年春，今岁春无去岁人。
镜花水月皆常住，三万六千只刹尘。
刹尘常住春风里，昔人今日嗟何似。
谁家舞袖袅春长，何处歌声逐风起。
春歌春舞由人恋，昔日今人会相见。
试看逸少挈壶觞，永和三日兰亭宴。

殢蕊：殢，滞留。此指花草尚未茂盛。

刹尘：佛教语。谓国土无量犹如微尘，而每一尘中复有无量国土，重重无尽。

永和三日兰亭宴：指东晋永和九年（353）三月三日，王羲之与谢安、孙绰等在会稽山阴之兰亭聚会，临流赋诗。

季春御园三首

谁道春光最可怜，如斯明媚会年年。
禽音仍唱迦陵偈，花色全标幻海禅。
嫩绿池塘新雨后，软红栏榭晚风前。
芳园迟赏非辜负，无那牵情倍惘然。

迦陵偈：清康雍年间北京西山大觉寺住持迦陵性音的字，法名性音。圆寂后被追封为圆通妙智大觉禅师。偈，佛教术语，译曰颂。

昼长人静读书楼，座有兰芬古与谋。
佳景环中惟自会，韶光户外倩谁收。
营巢得意梁头燕，命侣忘机水上鸥。
出岫白云归亦得，也无欢喜也无愁。

命侣：呼唤友伴。

迩来景物太昌昌，小坐参春幻与常。
生厌流莺出幽谷，死怜倦蝶抱残芳。
游丝著树频思绾，落瓣成泥尚有香。
我代春光还问客，惜春端的是谁忙。

昌昌：繁多貌。

御园躬耕

今日敕几暇，三春举趾时。
无心问花柳，著意事耕耘。
农要于焉劝，民劳尚克知。
昨朝灵雨降，沃土总含滋。

举趾：举足；抬脚。《诗·豳风·七月》：“三之日于耜，四之日举趾，同我妇子，馌彼南亩。”朱熹《集传》：“举趾，举足而耕也。”

耘：耕地。

甸者告时哉，扶犁往复回。
几经劳茀治，争似辟污莱。
玉食奚堪恃，鸠形实可哀。
祈年终始意，此际重低徊。

鸠形：即鸠形鹄面的省称。身体像斑鸠，脸像黄鹄。形容人因饥饿而身体瘦削、面容憔悴。

御园新秋

碧梧枝浥露华鲜，寥泬迎秋饯夏天。
过雨山含螺黛影，度湖舟破蓼花烟。
节酬牛渚双星会，诗咏豳风七月篇。
稍觉愁眉舒望岁，几余义府得周旋。

寥泬：空虚幽静；开阔清朗。

牛渚双星会：明 吴承恩《贺金秋泉翁媪障词引》：“牛渚双星，徒望银河之水。”此处指七夕节牛郎织女之相会。

御园初冬

落叶飘兰沼，游丝罥网轩。
园林殊飒沓，羲鸟尚温暾。
一晌躭闲咏，三余乐静存。
明窗还似昔，消息验贞元。

温暾：微暖；不冷不热。唐 王建《宫词》之四八：“新晴草色绿温暾，山雪初消漉水浑。”

三余：古人以“冬者岁之余，夜者日之余，阴雨者时之余。”后以三余泛指空闲时间。

贞元：古代以元亨利贞喻春夏秋冬，故贞元也借指时令的周而复始和天道人事的转换。

景物入萧枯，禅心契本无。
山容看了了，天籁唱于于。
波澈游鱼伏，林空冻鸟呼。
学书收柿叶，几暇一临摹。

学书收柿叶：《尔雅》言，柿有七绝，其七曰“落叶肥滑，可以临书”。

红树空留影，黄华纷落英。
由来剥近复，要识悴因荣。
乐志消清燕，吟怀漫触撑。
分茶烹六一，摵摵听瓶笙。

清燕：清闲安逸。

瓶笙：古时以瓶煎茶，微沸时发音如吹笙，故称。

漏声催急景，暝色入清宵。
香穗常喷麝，灯花胜剪绡。
霜钟来远寺，寒月在疏寮。
省岁心犹切，何曾六幕调。

疏寮：通明的窗。《文选·西京赋》：“何工巧之瑰玮，交绮豁以疏寮。”高步瀛疏：“疏寮即疏寥也。”

六幕：即六合，指天地四方。

乾隆十一年

三月初八日幸圆明园

秉时御气暮春初，灵沼灵台艳裔舒。
似毯绿茵承步辇，含胎红杏倚玫除。
下空回雁无忧弋，画水文鳞底用渔。
满眼韶光如有待，东风著意为吹嘘。

艳裔：鲜花嫩苗。

御园耕种

皇考时岁举行之。盖自丰泽演耕与夫耤田亲耕并此而三，重农之意，于周有昭云。

弄田播种近臣从，不比亲耕典秩宗。
布谷有声春已暮，看花无兴草全茸。
劳躬漫谓勤民亟，愁意多缘望雨浓。
丰泽耤田将御苑，年年端是重三农。

重三农：指清代重农的三个方面。一是清帝在西苑丰泽园行演耕之礼；二是于先农坛亲祭先农、行亲耕礼；三是在圆明园弄田播种。

御园暮春

日涉原成趣，偶临亦复佳。
紫苞新笋箨，绿染老松钗。
燕羽初窥户，花阴渐下阶。

消闲惟义府，堪以适幽怀。

日涉：语出东晋 陶渊明《归去来兮辞》：“园日涉以成趣，门虽设而常关。”

繁红漂锦浪，嫩绿锁书帷。
春色阑珊矣，莺声睍睆而。
护纹鸥性野，逐蕊蝶情痴。
大块文章富，时为一写之。

睍睆：美好。《诗·邶风·凯风》：“睍睆黄鸟，载好其音。”

御园初夏

山云常送雨，溪籁每迎人。
新笋平安信，苍松夭矫身。
鹤驯常守户，鱼饲不惊纶。
消得愁眉释，诗书结宿因。

宿因：佛教语。前世的因缘。宋 陆游《苦贫》：“此穷正坐清狂尔，莫向瞿昙问宿因。”

曲岸增新涨，青舟泛晚漪。
鸢鱼上下察，山水智仁知。
石鼎烹云细，莎茵步屧迟。
子车称四圣，夫子圣之时。

山水智仁：典出《论语·雍也》：“智者乐山，仁者乐水。”

步屧：屧，泛指鞋。步屧，行走意。

子车称四圣：四圣，指“儒家四圣”，即至圣孔子、复圣颜回、宗圣曾子和亚圣孟子。子车，即孟子的字。

响钵成诗拙，临池下笔难。
因思行鲜逮，堪以静而观。
味道窗移鸟，忘言篆袅兰。
碧霄如洗净，吾意共高宽。

幸圆明园途中偶成

雨洗郊原万亩青，苗怀新处几延停。
依然去岁曾经路，此日凭舆意稍宁。

西山迎面叠浓青，拟为传真笔辄停。
数日斋居烦热剧，心殷夏清谒慈宁。

御园新秋

树色溪光静且佳，飒然秋意到闲斋。
巢梁风里全无燕，篆壁雨余时有蜗。
青鸟未传瑶岛信，羲车犹驻挈壶牌。
日暄风散符金令，伫待西成已惬怀。

青鸟句：原指神话中神鸟为西王母取食传信事，此借指使者传递书信。

羲车句：上古神话中，以羲和为替太阳驾车之神，后遂以“羲和驭日”喻时光流逝。挈壶：职官名，古代掌漏刻之官。

玫阶簇簇发秋花，微递清芬饱露华。
今古常醒风月梦，朝晡几报蝶蜂衙。

浇书瀹茗燃枯竹，摹帖临池翦绿芭。

消得闵农眉略放，澄心味道足生涯。

玫阶：石阶的美称。

蜂衙：群蜂早晚聚集，簇拥蜂王，如官吏到上司衙门排班参见。宋陆游《青羊宫小饮赠道士》诗：“微雨晴时看鹤舞，小窗幽处听蜂衙。”

浇书沦茗：浇书，指晨饮。宋 陆游《春晚村居杂赋绝句》之五：“浇书满挹浮蛆瓮，摊饭横眠梦蝶床。”宋 赵与虤《娱书堂诗话》卷上：“东坡谓晨饮为浇书，李黄门谓午睡为摊饭。”

乾隆十二年

新正恭奉皇太后幸圆明园

凤城烟霭凑韶光，迤逦天街柳渐黄。

宝月行开上元夕，春风先进万年觞。

天街：京城中的街道。

宝月：即明月。明 梁潜《元夜陪驾燕午门》诗：“银汉横空宝月团，六鳌飞出五云端。”

景物逾年倍可人①，行时未敢弛虔寅。

瑶阶冻草萌新绿，消息传来有脚春。

① 去年宫中度上元节。

瑶阶：石阶的美称。

暮春圆明园作

经旬未倚画栏边，婉娩韶华顿可怜。

四野云低频酿雨，一篙水涨恰胜船。
茂林修竹兰亭景，烟缕晴丝上巳天。
暂遣几闲非玩物，赢将诗句答芳年。

上巳：旧时节日名。汉代前以农历三月上旬巳日为“上巳”，魏晋以后，则定为三月三日。

御园耕种

郊南耕耤后，苑北弄田时。
布谷声鸣矣，洪縻手御之。
轻云笼日嫩，沃壤覛膏滋。
触景筹为政，曾无越畔思。

洪縻：洪，大；縻，牛辔。
覛：同“觅”。

雨后圆明园　三月廿六日

园亭标净爽，花木长精神。
幸尔过愁雨，犹然及践春。
茶来南国贡，雁去北天宾。
漫惜韶光促，清和亦可人。

水郭连山墅，农功周览知。
麦烟初羃际，谷雨乍过时。
底用翻车引，行看秧马骑。
千愁消一夕，合有识怀诗。

翻车：中国古代的农业灌溉工具。
秧马：中国古代稻作区的插秧、拔秧的工具。

对景真佳矣，看山总沃如。
晓寒轻料峭，大块善吹嘘。
画栋差池燕，文波拨剌鱼。
几闲心稍适，一试里绵书。

大块：大自然，大地。

东沼含烟渺，西轩挹翠来。
所欣町绿重，那惜榭红摧。
水面鸥眠絮，阶心鹤步苔。
诗怀滋雨后，濡笔待恢良。

御园初夏

法宫广殿致斋回，水榭山堂得雨才。
茂对清和胜往岁，西峰又复送青来。

法宫：正殿。古代帝王处理政事之处，此指紫禁城。

飞絮游丝扑绮寮，锦阶花色嫩如浇。
谁知偶尔拈吟处，偷度春风倏几朝。

荡漾烟光霁景霙，拍浮新涨半含堤。
最怜北远山村外，翠剡新秧已插齐。

翠剡：青色的稻苗。

老翁犁把耕新润，弱妇筐钩伐远扬。

常在豳风图画里，那能辛苦忘农桑。

豳风：古代《诗经》十五国风之一。共有诗七篇，其中多描写农家生活，辛勤力作的情景。

猊喷薄雾簟含波，林外金衣宛转歌。

赢得几余罢愁雨，好因平秩验南讹。

猊：狮子，此处指镂刻成狮子状的香炉。

金衣：指黄莺鸟。

南讹：亦作“南为”，指夏时耕作及劝农等事。

鱼跳远浪珠千点，燕彻新泥玉一窝。

看到自然该物理，越深颙若奉天和。

颙若：语出《周易·观卦》“盥而不荐，有孚颙若。”颙若，仰视貌。观卦是虔诚仰视的象征，此借以喻君王体察民情，广施德教。

秋日，恭奉皇太后巡行塞外，晓发圆明园即景成什

拂曙行旌发，金天凑好晴。

有风皆递爽，无露不晞明。

野水溪边退，塞山马上迎。

大安欣奉处，触目庆西成。

金天：秋天的天空。唐 陈子昂《送著作佐郎崔融等从梁王东征》诗：“金天方肃杀，白露始专征。”

塞堞倚层峦，遥遥云际看。
整辎尘净路，策马潦收滩。
缨犬思驰足，韝鹰欲奋翰。
时巡古有制，讵是重游盘。

缨犬：缨，绳子、带子。此谓拴着绳子的狗。
韝鹰：韝，古代射箭时戴的皮制套袖。此谓伏于臂韝之上的鹰。

三时勤望岁，历览夙忧舒。
黄已禾堆圃，青还菜绕庐。
花边蝶引辔，树底鸟窥闾。
得句催赓韵，邹枚在属车。

三时：指春、夏、秋三季农作之时。

长空莽霁烟，柳外听鸣鞭。
秋色真佳矣，农功庶慰焉。
风清人意适，川阔骑行连。
阅塞兼修武，仁皇丕烈传。

仁皇：指康熙皇帝。
丕烈：大的功业。

初冬圆明园

文轩复阁小俄延，启辔新秋倏已旋。
两月风光异尔许，初冬景色又依然。
迎霜锦树疏兼密，向晚黄华淡复鲜。

每自静观知道妙，无停停处不迁迁。

赴渚泉和万籁吟，侧听俯瞰散幽襟。
风依山送三分冷，叶向波沉半岸阴。
画夺天工神贵淡，诗探月胁思逾深。
两言于我诚何有，即景因之试体寻。

月胁：出语惊人，非同寻常。

乾隆十三年

新春恭奉皇太后幸圆明园

嫩日和风丽凤城，御园韶孟更鲜清。
恭陪慈豫行时令，乐向春台验物情。
冻柳临堤舒眼缬，温花向席发心荣。
初来别有生欣处，弥望鳞塍积瑞霙。

慈豫：指乾隆生母孝圣宪皇后。
鳞塍：密集的田垄。
瑞霙：雪。

御园初春即事

灯事将阑月渐弓，文窗点笔向东风。
池心几许春冰脆，帘角一番晴照融。
冻柳欲回消去绿，温花难驻幻来红。

每因代谢参生灭，毕竟循环无始终。

灯事：即元宵节，亦称灯节。

竹坞云轩路迳斜，芸垆茗椀各清嘉。
侵寻书课消繁虑，次第闲情乐岁华。
啅树春禽弹舌绮，友松古鹤泯心葩。
中庭步屧知消息，嫩绿缘阶已作芽。

啅：同啄。

结习诗吟未尽删，搜题月下更花间。
也知是道诚何益，且喜流光往复还。
带雪高峰明碧落，向阳新水响潺湲。
迩来底觉相应处，忧喜频经闹后闲。

首夏圆明园

芳园同驻行春跸，邃阁孤搴掩月帷。
睫眼此来非昔往，惊心今日忆前时。

邃阁：深幽的楼阁。清 俞蛟《梦厂杂著·梦游天台山》：“及琳宫梵宇，邃阁幽轩，可以凭弔，可以谯游。”

睫眼：比喻极短的时间。

榭柳台花依旧荣，触怀无处不伤情。
柔桑正值新蚕候，黄鸟惟传子夜声。

触怀句：乾隆十三年三月，孝贤皇后富察氏卒于德州舟次。帝悲痛不已。

谁云常住不迁流，信是光阴逝水遒。
二十年来消底事，长春仙馆顿长秋①。

① 忆自雍正七年，蒙皇考赐居是处。即位后，仍为后宴息之所，至今盖二十年矣。年节伏腊，即奉皇太后暂居于此。昨诗所云“温凊慈闱谁我代”者，感时触境，益切哀悰。

仲夏御园闲咏

拟散闲愁驻御园，无端翻致黯销魂。
但逢景物试追想，率觉凄凉不忍言。
偕老羞看连理树，忘忧空对背堂萱。
稍赢雨后千畦绿，穑事常年系念繁。

背堂萱：指萱草。语出《诗 · 卫风 · 伯兮》：“焉得谖草，言树之背。”毛传：“谖草令人忘忧。背，北堂也。”谖草，即萱草，俗名忘忧草。诗中反映出孝贤皇后病逝，乾隆的思念之情。

锦蹊红雨早成尘，节抚南讹律又新。
今岁春光欺我过，当年心事共谁陈。
巢梁乳燕呼儿切，护水文鸳命侣频。
揽结寻常怡性处，云何长遣两眉颦。

命侣：呼唤友伴。唐 李商隐《越燕》诗：“命侣添新意，安巢复旧痕。”

溪亭对雨

午热乍逼人，披书聊汲古。
滃然一片云，忽作弥天雨。
置书坐溪亭，棼丝垂四宇。

驱炎爽顿来，益瀑波增怒。
水天同一色，万状谁能谱。
须臾晚照明，眼前幻尔许。

棼丝：乱丝。此指雨丝。

御园早秋

小别顿成昨，重来已报秋。
风光异尔许，凄感信宁不。
爱读潘家赋，懒登庾氏楼。
金经参四句，聊以驻如流。

潘家赋：潘，即潘岳（247—300），字安仁，又名潘安，西晋著名文学家。

庾氏楼：庾，即庾亮（289—340），字元规，东晋时期名士。庾氏楼，即庾公楼，典出《世说新语·容止》，指吟咏欢娱的胜境。

暑气腾中伏，天心向白藏。
午停虽觉热，风过已知凉。
枫柏欺霜绿，芙蓉恋水香。
安排闲笔砚，只拟咏秋光。

旭影檐前上，繁英砌外新。
泥情谁问景，秋意易伤人。
蛩语传莎底，萤光散水滨。
抚时届流火，北郭去咨豳。

流火：语出《诗·豳风·七月》："七月流火，九月授衣。"孔颖达疏："于七月之中，有西流者，是火之星也，知是将寒之渐。"

廿首诗成后，生秋为建庭。
梧风初送爽，蕉雨乍堪听。
唱晚蝉嘶急，鸣阴鹤梦醒。
屏间生色画，陶铸合称灵。

秋季御园即景杂咏

依旧湖山景自分，霁空澄朗绝纤氛。
风前锦树披红雨，夏首青堤忆绿云。
图展鹊华怀胜赏，垆焚鸡舌有清芬。
奏章每稔灾田少，稍慰祈年适静欣。

红雨：代指落花。李贺《将进酒》诗：“况是青春日将暮，桃花乱落如红雨。”

鹊华：月光、月色。

鸡舌：香料。

瑶轩汲古阅居诸，明影疏棂暖气舒。
大邑瓷瓶宜供菊，小团凤茗当浇书。
梦缘孰辨蕉成鹿，诗料何须獭祭鱼。
即景苕华吟落叶①，应嗤夙习未全除。

① 向作落叶诗，命张照书，已勒石。

瑶轩：华丽的屋子。

大邑瓷瓶：大邑是四川一处古地名。因盛产白瓷而闻名。唐 杜甫《咏大邑瓷器》：“大邑烧瓷轻且坚，扣如哀玉锦城传。”

小团：宋代作为贡品的精制茶叶。亦称小凤团。以模压成凤纹，故名。

浇书：指晨饮。宋 赵与虤《娱书堂诗话》卷上：“东坡谓晨饮为浇书，李黄门谓午睡为摊饭。”

蕉成鹿：典出《列子·周穆王》之“蕉鹿梦”，意为迷离梦幻，糊涂了事。

獭祭鱼：亦称“獭祭”。喻罗列故实，堆砌成文。

莫谩霜华屐齿侵，午亭闲趁一幽寻。
楼台入画成蓬阆，山水当秋效静深。
几许崇情托远迹，无边清况惬澄襟。
小斋新构名无倦，拟欲书屏大宝箴。

屐齿：屐底的齿。唐 独孤及《山中春思》诗：“花落没屐齿，风动群不香。”亦指足迹；游踪。

蓬阆：蓬，蓬莱；阆，阆风，传说中神仙的住处。泛指仙境。

大宝箴：唐太宗即位时，张蕴古献《大宝箴》一篇劝诫书，希望唐太宗能做个明君。帝王之位曰“大宝”，箴是古代一种文体。

试询造物意何为，栽者培之倾覆之。
霜叶打窗晴亦雨，秋山入幌画兼诗。
余乾惕志常观易，无胜负心何碍碁。
菊秀松蕤皆妙契，底求仙药事安期。

碁：同“棋”。

安期：即安期生。人称千岁翁，琅琊阜乡人。为方仙道的创始人，被奉为上清八真之一。

乾隆十四年

御园春仲书事

行时来御苑，泛舸溯仙津。
雪岭方销战，金川已化仁。
敢忘心益凛，嘉与物偕新。
骀荡青韶景，芊绵绿草茵。

云容频欲雨，花意不胜春。

晓日临勤政，畴咨引席珍。

雪岭、金川：均指清军征剿四川金川土司之役。先是，乾隆帝以皇太后名义命经略大学士傅恒撤军，旋大金川首领莎罗奔乞降。

畴咨：访问，访求。

席珍：旧指有才能的人。

首夏幸圆明园西直门外即目三首

鸣梢晓日凤城西，润逼郊原绿意齐。

鱼海洗兵蓬苑丽，清和景物待新题。

洗兵：即洗兵雨。典出汉 刘向《说苑 · 权谋》。武王出师遇雨，认为是老天爷洗刷兵器，后擒纣灭商，战争因此停息。后人常以“洗兵”喻胜利结束战争。

嘉禾入夏麦临秋，接叶阴中唤雨鸠。

敢懈宵衣并旰食，讵图后乐只先忧。

来往兰衢每问农，为生庆慰为无悰。

麦芒润露桑阴满，此景常年得未逢。

悰：欢乐。

首夏奉皇太后御园行乐之作

人事天时两相谐，御园行乐豫慈怀。

春归花木犹饶丽，雨后池亭是处佳。

鱼织锦纹浮翠浪，鸟鸣仙乐下瑶阶。

云笺玉几才堪对，急管繁弦概可排。

五月朔日奉皇太后御园宴赏之作

粽席蒲觞答令辰，天中景物一番新。
雨余山色深于黛，风定波光正可人。
麦已到秋扑陇亚，榴初明火步檐巡。
欢颜上食还增感，前岁今朝事不伦。

夏日侍皇太后御园赏荷之作

水晶宫殿静无尘，绮席冰厨择胜频。
喜值麦秋登上稔，得陪荷夏赏芳辰。
香因风细常清远，色带雨鲜恰净真。
漫道西池桃实好，岂堪王母笑称春。

西池：相传为西王母所居瑶池的异称。

溪亭对雨

午热微嫌剧，溪云送雨过。
凉暄随以异，旸雨信称和。
村陇丰登麦，公田勃长禾。
慰余还自问，勤政应如何。

倚槛眄平湖，苍茫乍有无。
真奇许氏句，巧幻米家图。

烹茗供清兴，敲诗课静娱。

倾盆刚少间，古树尚垂珠。

米家图：指北宋书画家米芾的绘画。

爽气逼溪亭，澄观合杳冥。

瀑泉浑助壮，荷芰似添馨。

坐可消尘壒，谁能拟色形。

须臾云脚敛，净展远山青。

杳冥：指天空，高远之处。唐 魏朴《和皮日休悼鹤》：“直欲裁诗问杳冥，岂教灵化亦浮生。”

乾隆十五年

初春之吉，恭奉皇太后驻辇圆明园，抚景得句，忆昔有怀

依迟淑景向和融，更喜轻阴瑞旭笼。

恩许外藩娱节夜，欣陪慈辇驻林宫。

今春雨雪良多幸，前岁风光杳莫同。

椒阁依然悬绮缀，难堪温卉傍人红。

恩许外藩：自乾隆三年始，帝每于正月十五元宵节期间都有宴赏外藩的庆祝活动。

椒阁：亦作“椒閤”，后妃、贵夫人的居处，常用来称美闺房。

暮春奉皇太后驻跸御园之作

西巡弭节三旬返，南耤乘时千亩耕。
正喜熙春饶艳裔，得迎慈驭驻圆明。
朝烟已傍山村泮，宿雨应催苑卉荣。
今岁田功真庆幸，承欢圣母倍怡情。

暮春圆明园

初春启驾暮春回，花事犹然及胜开。
烟重柳轻难辨陌，月明李碧好登台。
景醺蜂蝶迷芳埒，润逼园林绝点埃。
刚到山村阅耕者，东风又送雨丝来。

雨后御园即景

希霖弥月两眉颦，岂有闲心事幸巡。
仍此亭台添美致，饶他花木长精神。
寄怀编简方知趣，极目林泉总绝尘。
一趁晚凉闲放艇，红霞香度碧涟沦。

三春早觉因循度，半夏全教愁闷过。
幸得耕耘仍不误，便因欣慰定如何。
蜩蝉饮露鸣深树，蚯蚓乘泥上浅莎。
赢得情田滋雨后，几回步屧一吟哦。

恭奉皇太后御园赏荷之作

快霁林塘景倍嘉，斑龙王母降仙车。
冰盘玉润千年果，鉴水霞蒸五沃花。
稍幸雨旸符肃乂，得陪色笑赏芳华。
双成云里休疑顾，暂借西池此作家。

斑龙：传说中为仙人驾车的彩龙。

王母：又称西王母、王母娘娘等。是古代传说中的女神。此代指乾隆生母孝圣皇太后。

五沃：沃土。土质肥沃的上等土壤。

双成：即董双成。神话中西王母侍女名。唐 白居易《长恨歌》：“金阙西厢叩玉扃，转教小玉报双成。”

乾隆十六年

雨后御园即景

雨足园林净绿涵，树生凉籁草生馣。
几多心慰黍禾茁，一晌几闲书史耽。
何必羲皇傲牖北，非关山水忆江南。
即今时若休徵应，保泰还恒玩九三。

馣：香气。

羲皇：古代传说中的太阳神。

雨后御苑泛舟

急雨初过晴亦佳，兰舟闲泛锦云涯。

峰姿濯翠入澄照，镜影含虚惬旷怀。
一櫂忽忘原液沼，数湾拟欲学秦淮。
春游小忆吟诗稿，高阁旋闻报午牌。

午牌：揭报正午的时牌。借指正午。

乾隆十七年

新春奉皇太后驻跸圆明园

西山积素见巃嵸，六出重欣旋舞空。
景益上林初报喜，吉占多稼敢言丰。
行春玉树银花丽，侍辇千秋万载同。
却指鳌山成隔岁，青郊灯事记途中[1]。

① 去春因南巡，灯时未至园中。

巃嵸：高耸貌。司马相如《上林赋》："崇山矗矗，巃嵸崔巍。"

上林：古宫苑名。秦旧苑，汉武帝时重建。故址在今西安市西。亦泛指帝王的园囿。此指圆明园。

鳌山：此处指"鳌山灯"，是把彩灯堆成山，又把灯山做成巨鳌状。清乾嘉时圆明园山高水长，每逢上元佳节，即有陈设鳌山灯之例。

季春圆明园作

载止行时跸，言旋上林苑。
上林春正佳，芳菲接近远。
我志不在兹，切切有所思。
临御十七载，惕励无已时。

未能免水旱，遑云致皞熙。

边境幸敉宁，虑文恬武嬉。

户口幸日增，虑艰食无衣。

俗尽有奸伏，野宁无贤遗。

抚躬一再省，此咎其谚谁。

皞熙：亦作“熙皞”。和乐；怡然自得。明 李东阳《送仲维馨院使还淮南》诗：“况当朝省盛才贤，且向山林乐熙皞。”

雨后御园即景

春霖达曙势廉纤，怪底朝寒料峭添。

云敛长空直北望，居庸玉积数峰尖。

一篙春水涨清漪，欲泛兰舟意转迟。

犹忆常年方待泽，瞻云频蹙两眉时。

恰报庭前绽海棠，弄珠风韵腻人芳。

倩谁扶起娇无力，今日真看出浴装。

江南春月鲜逢晴，今岁燕山候颇更。

最爱烟航凌北渚，适如明圣画中行。

攒团未下又徐垂，风势飘来湿玉丝。

正喜麦牟增秀发，回看花树总华滋。

御园雨中流览　三月二十五日

芳时刚入夏[1]，好雨又依旬。
惊喜从无有，钦承倍敬寅。
麦牟期饼饵，花木长精神。
回忆向年际，终风正卷尘。

① 是月二十二日立夏。

一雨为民喜，吾心何所凭。
水能凛舟喻，龙御勉时乘。
渚柳翠光合，隄花暖气蒸。
香山漫游目，权付远烟凝。

水能凛舟喻：即“水能载舟亦能覆舟”。语出魏徵《谏太宗十思疏》。

志乐景逾美，时和气亦清。
略兹解愁郁，可以赏芳荣。
绿竹风前重，黄鹂叶底鸣。
翰林近多暇，即事进新赓。

赓：作诗唱和。宋 张耒《张右史集·屋东》诗：“赖有西邻好诗句，赓酬终日自忘饥。”

木兰回跸驻圆明园之作

塞蒐旋跸涖皇州，仙苑澄辰霁景浮。
恰似看山移画帧，忽因乐水漾棠舟。
枫留红叶宜题句，菊艳黄花欲挽秋。

两月景光不多子，一窗明影故如流。

塞蒐：塞，边界，险要之处。蒐，春天打猎。此处指清帝木兰秋狝。

皇州：帝都，京城。

乾隆十八年

新正恭奉皇太后幸圆明园即景成什

芳园行乐撰良辰，九陌风和不动尘。

笑指亭台成隔岁，即看草树早回春。

九陌：田间的道路。宋 苏轼《次韵蒋颖叔钱穆父从驾景灵宫》之一：“雨收九陌丰登后，日丽三元下降辰。”

高年人爱祥晖永，新祉天教大地均。

解事琼霙积瑶圃，庆霄雅合踏灯轮。

祥晖：吉祥的日光。唐中宗《祀昊天乐章》：“戎车盟津偃，玉帛涂山会。舜日启祥晖，尧云卷征旆。”

琼霙：指雪花。

御园仲春

仲月茁蓂初，春光渐绮舒。

绿苔依北陀，轻籁入东疏。

林暖能言鸟，冰消负陟鱼。

调元廑亮政，弃暇喜翻书。

生意滋韶苑，农功载始畬。

行时将命驾，保介共咨茹。

圮：台阶两旁所砌的斜石。
疏：指窗。
畬：播种前，焚烧田里草木。
保介：农官的副职。
咨茹：商量、研究。

暮春之初恭迎皇太后御园游赏

时晴时雨识天恩，行乐宫中奉寿萱。
绿水红桥过轻舫，农阡蚕舍具名园。
觞流内史微邻放，马射华林更觉喧。
何似承欢申孝养，岁华胜事重量论。

首夏御园

禋祀次第举，法宫致虔斋。
蒇事临御园，绿浓映楼台。
韶华荏苒去，清和宛转来。
阶前木芍药，几朵迎曦开。
嬗代不假借，即景聊澄怀。

法宫：宫室正殿，帝王处理政事之处。此指紫禁城。

溪亭雨中即景

急点徐丝纵复横，披风襟袖飒然清。
底缘泚笔艰佳句，迩日忧深意未平。

泚笔：以笔蘸墨。《新唐书·岑文本传》：“或策令丛遽，敕吏六七人泚笔待，分口占授，成无遗意。”

水阁珠帘面面垂，几余清切坐来宜。
高低杨柳舞无定，舒卷烟云态越奇。

清切：指秋时之气。

回青禾黍绿铺塍，晏坐溪亭涨影增。
略有闲心揽烟景，将无即此忘兢兢。

溪亭雨霁

阵云犹是夏峰尖，嘉霪倾盆尽涤炎。
蓝蔚天光忽澄霁，无边秋意一时添。

初冬御园即事

塞狝依然往返为，明窗惟觉白驹驰。
山高水落无多子，菊瘦松坚又一时。
觅句寒郊虽自得，翻书温室雅相宜。
灾民泽国常廑念，惭愧何方救垫危。

垫：陷，陷入。时年秋，黄河先后于江苏高邮、江南铜山等地溃决，灾情严重。

乾隆十九年

新正十一日，奉皇太后幸圆明园之作

金根肃驾撰良辰，上苑行时先早春①。
万岁千秋申庆叠，龙花燕树奉欢巡。
元冰镜浦凝坚璧，素雪鳞塍积薄银。
盈尺亟祈霏六出，迩来问夜又教频。

① 是月十三日立春。

金根：指御用车驾。
鳞塍：密集的田垄。
六出：花分瓣叫出，雪花六角，故称六出。

御园暮春即事

年来翠辇每乘春，农扈瞻蒲事省巡。
仙苑恰欣值清暇，可无藻句答芳辰。

农扈：亦作“农鳸”。古时各种农官的总称。此为乾隆帝自称。
瞻蒲：看见菖蒲初生，便督促农民耕种。南朝 陈 徐陵《司空徐州刺史侯安都德政碑》：“望杏敦耕，瞻蒲劝穑。室歌千耦，家喜万钟。”

山桃正放树梢红，洞口源头宛转通。
惯被封姨作媒蘖，蓬蓬镇日厌颠风。

封姨：古时神话中的风神。
颠风：暴风，狂风。

鸣鸠唤雨鹊呼晴，爱听鸠音厌鹊声。

宴坐闲斋参耳观，物无分别概人情。

鸠雨鹊晴：古语云："鸠鸣唤雨，鹊噪呼晴。"此处表求雨之情。

新波曲岸板桥横，仙树真花景正明。
缓棹湖心成静寄，米家书画不相争。

米家句：米，即米芾，北宋杰出的书法家、画家。

汀兰岸芷吐芳馨，漪碧偏宜近水亭。
未可春园亟行乐，周书无逸每书屏。

周书无逸：即《尚书》"周书·无逸"篇，意为周公诰诫成王不要贪图安逸。

才喜御园春好看，又愁南亩雨嫌迟。
却怜九十韶光里，放眼舒眉付阿谁。

御园雨泛 闰四月初八日

晓阴微雨雨还晴，却引中心慰望生。
过午密云旋大霈，烟波耐可畅予情。

疾徐嘉霪正迎梅，暗数前番十日才。
银竹森森洲渚渺，潇湘画帧面前开。

银竹：银白色的竹子。常比喻大雨。

霡霂入土实称甘，结穗方欣二麦含。
此地佳哉晴亦可，一时悬念到畿南。

霡霂：小雨貌。

御园雨泛

朝烟欲泮景偏殊，细霔旋零优且濡。
旰食才教纾望切，午闲略可适清娱。
轻浮彩鹢行还止，密织空罗有若无。
恰似辋川图画里，一篙冲雨泛欹湖。

辋川：即《辋川图》。是唐 王维所作的单幅壁画，原作已无存，现只有历代临摹本存世。宋 黄庭坚《山谷题跋》云："王摩诘自作辋川图，笔墨可谓造微入妙。"

乾隆二十年

新正恭奉皇太后幸圆明园

乘春行庆大安扶，岁岁仙园奉燕娱。
迎节林光才澹荡，向阳物意已昭苏。
山亭水榭旧题品，银燕金凫新画图。
阁雪轻阴频酿势，望滋麦垅几踌躇。

御园仲春

宿润连林暗远岚，韶光耐可事幽探。
绿凝柳陌丝方罥，红重桃蹊蕊尚含。
新水柔于云出谷，平湖圆似镜开函。

溶溶著个轻舟泛，明圣遥同印月三。

恭奉皇太后御园游览即景成什

嫩日光风宿雨晴，御园节物报清明。

烟花契妙将三月，歌舞承欢合众情。

北地桃开先杏发，东郊土沃带泥耕。

慈怀预为田农喜，麦垅迎舟兆已呈。

节物：各个季节的风物景色。宋 苏舜钦《秋夕怀南中故人》诗：“向夕依阑念昔游，萧条节物更他州。”

恭奉皇太后御园赏荷

雨过河源霁景鲜，七襄辉映赏花筵。

徽称宝帙新开瑞，尊养瑶池永介年。

鱼鲜弄珠跃纹绮，蝉如度曲杂清弦。

持盈讵独予心切，慈训频听勖体乾。

七襄：指织女星。明 高濂《玉簪记·重效》：“灯辉月朗，鹊度星桥会七襄，鸾笙凤管吹悠扬。”

勖：勉励。

体乾：履行天命。宋 岳飞《谢讲和赦表》：“大德有容，神武不杀，体乾之健，行巽之权。”

乾隆二十一年

新正恭奉皇太后幸圆明园即景得句

首祚行时卜日佳，金舆翠辇奉思齐。
灯迎元夜衔花始，画对西山积玉皆。
泽润芳阶苏冻土，融怡暖埭纽萌荄。
言泉也觉当春涌，江砚宣毫取次排。

祚：年，一年的开头。

思齐：《诗·大雅·思齐》：“思齐大任，文王之母。”毛传：“齐，庄也。”后因以“思齐”赞美母教及内助之词。此处指乾隆生母孝圣皇太后。

宣毫：宣城产的毛笔。唐 王建《宫词》之七：“延英引对碧衣郎，江砚宣毫各别床。天子下帘亲考试，宫人手里过茶汤。”

御园即事

山亭水榭报清和，逾月流光迅若何。
树试绿阴方张王[①]，花留红意亦婆娑。
亡魂纵是逃猃狁，获丑惟应待洛那[②]。
也识事难期尽善，洗兵志在挽天河[③]。

① 二字去声。

② 叛贼阿睦尔撒纳窜入哈萨克界，计当擒缚以献。洛那即大宛，今哈萨克也。

③ 去岁，平定伊犁。而阿睦尔撒纳中道叛归，煽惑伊犁。宰桑喇嘛等亦有附彼为乱者，已而众知悔过，欲擒彼赎罪，又以众志不齐，竟致窜逸。今我军既至伊犁，大局已定，特以穷极游魂未即致俘，而大兵又不可遽撤，为可懑耳。

张王：高涨、炽盛。

猃狁：古代族名，即犬戎，此为对西北游牧民族的蔑称。

恭奉皇太后御园观荷之作

快雨刚逢此快晴，尽驱炎暑晓凉生。
承欢日爱三庚永[①]，及节花看五沃擎。
微露延年金掌胜，度风清夏玉阶清。
云龢笙是双成按，岁岁筹添海屋盈。

① 是日初伏。

日爱：即爱日。指儿子供养父母的时日。

金掌：铜制的仙人手掌。为汉武帝作承露盘擎盘之用。唐 岑参《尹相公京兆府中棠树降甘露》诗："魏宫铜盘贮，汉帝金掌持。"

筹添海屋：即海屋筹添。原指长寿，后为祝寿之词。

御园即景

旭影温暾射瓦霜，稚冬景物足徜徉。
庭松不改青葱色，盆菊仍霏清净香。
省岁幸逢秋有获，翻书恰喜夜方长。
闲心略拟湖山寄，无逸关怀未敢康。

温暾：暾，初升的太阳。此指朝阳温暖，不冷不热。

乾隆二十二年

南巡回銮驻跸圆明园之作

麦登秋穰黍全耕，喜气迎銮达帝京。
又此南巡成北返，恰看夜雨值朝晴[①]。

康功灾壤怜群赤，勤政明廷接九卿。

懿旨身遵心膝下，所欣旬日近归程[②]。

① 是夜微雨。

② 皇太后驻跸灵岩，以十九日启銮回京，午热缓行，计当迟十余日。

康功：抚慰、安居。《尚书·无逸》：“文王卑服，即康功田功。”孔传：“文王节俭，卑其衣服，以就其安人之功，以就田功，以知稼穑之艰难。”

群赤：一无所有的穷苦百姓。此指河南、山东、安徽等地遭受水患的灾民。

恭奉皇太后御园观荷之作

曰旸曰雨以时应，五沃欣邀懿赏凭。

香泛沼池西地锦，爽延窗户玉壶冰。

景禧绥履如川至，藻句题屏与岁增。

慈顾尚询三捷报，忧勤敢忘益兢兢。

慈顾句：指孝圣皇太后问询清军围剿厄鲁特叛臣阿睦尔撒纳一事。

御园深秋

惠远行时玉塞旋，御园景阅杪秋天。

林光暖留[①]枫犹绩，篱韵霜稀菊欲燃。

于澹泊中寻理趣，非空色际忘言诠。

底缘陡切心头闷，念到伊犁集赛边。

① 去声。

乾隆二十三年

正月四日，恭奉皇太后幸圆明园，是日复雪

一夜霏霙晓势加，祥符端喜在农家。
延庥衮泽春朝四，行庆承欢万寿遐。
早报鱼龙增瑞气，恰看楼阁衬银霞。
女夷今岁迎銮巧，苑树高低遍缀花。

鱼龙：鱼和龙。泛指鳞介水族。明 李贽《环阳楼晚眺得碁字》诗：“水底鱼龙醒，花间鸟鹊饥。”

女夷：主春夏长养万物的神。司花女神。

御园雪霁

宿霭轻阴蕴酿晴，紫澜不作日华晶。
御园纵是迟灯火，已听烟村豳吹声。

腊前已快霑三白，春后偏欣继六花。
消得慰心畅行庆，翻因心慰畏尤加。

三白：指冬季三度下雪。金 元好问《雪后招邻舍王赞子襄饮》诗：“河南冬来已三白，土膏坟起如蜂房。”

楼头积素双层叠，冰上寒光一色交。
督课扫收培树本，恩膏率为惜虚抛。

恩膏：此指落地的雪。乾隆帝曾有旨，命太监将积雪扫至树下以培根。

缀枝著叶蕊珠凝，一带西山列玉崚。
雾色烟姿浑是画，画中得句昨年曾[①]。

① 去冬香山曾有积雪之句。

御园雨泛

禁烟才过惠风柔，酥雨偏先禊事修。
展谒明将启春跸，起居便偶事清游。
骋怀每凛所无逸，寓意由来贵不留。
大似昨年圣湖上，沿堤红润度芳舟。

禊事：系古人于农历三月上巳日，临水洗濯、消灾祈福的祭祀活动，又称禊祭。

雨后御园即景

半月春巡两度雨，御园景物恰堪题。
所欣在彼不在此，遂及曰东复曰西。
丝柳轻梳惠风畅，绮花润缬霁光霎。
西山新翠满襟袖，又见生云傍晚低。

霁光霎：霁光，雪后或雨后的日光。霎，云开雨止。

溪亭对雨

倏忽河源霔雨倾，溜檐摐下万琴声。
溪亭飒景故如此，何事今朝始惬情。

霔雨：大雨。

半藏柳外新螺黛，全湿松旁老鹤翎。
稻下黍高忧始释，得教闲兴赏溪亭。

急雨飞空晴亦急，明霞几缕晚凉新。
一时静揽生清会，杨厉终输蕴藉人。

蕴藉：谓含蓄而不显露。宋 吴曾《能改斋漫录·记文》：“前辈文采风流，蕴藉如此。”

雨中泛舟，自讨源书屋归御园

较射金吾雩雨前，旌能行赏各无偏。
昆明且置传回跸，便放烟中顺水船。

金吾：古官名。负责皇帝警卫、仪仗以及徼循京师、掌管治安的武职官员。此指宫廷侍卫。

永宁寺前净植花，拂舟芳润锦云霞。
水中卉且资灵雨，况是原禾与亩麻。

三日晴曦郁溽暑，淋漓嘉澍洗炎蒸。
更欣水涨通舟楫，升斗当平市价增。

御园初冬

冬孟修禋孝思舒，平明命驾候兴居。
更因三接怀柔远[①]，聊值万几清暇余。
枫叶耐暄红间绿，菊花过节秀而疏。
春园莫漫夸桃柳，悦志由来在集虚。

① 将于御园再宴布鲁特命回部落。

修禋：古代烧柴升烟以祭天：“以禋祀祀昊天上帝。”亦泛指祭祀。

兴居：指日常生活，犹言起居。此指园居。

三接：谓三度接见。语本《易·晋》：“晋，康侯用锡马蕃庶，昼日三接。”后多以“三接”为恩宠优奖之典。

集虚：语出《庄子·人世间》：“唯道集虚。虚者，心斋也。”意为心志统一，摆脱世俗功利，才能达到内心的宁和。

乾隆二十四年

新正恭奉皇太后幸圆明园，凭舆即景得句

上苑欣扶凤辇临，顺时行庆奉徽音。
祭回昨适飘轻霰，跸启云重布密阴。
细糁寒村维羃䍥[①]，低依远岫渐深沉。
信乎犹未徘徊望，越是难堪此际心。

① 是日复微雪。

羃䍥：弥漫。豆卢回《登乐游原怀古》诗：“羃䍥野烟起。”

新正御园即目四首

青阳凑达气融和，几点琼英缀古柯。
宝扇书联迓新祉，大都祈岁意居多。

青阳：即春天。《尔雅·释天》：“春为青阳。”郭璞注：“气青而温阳。”

迓新祉：迓，迎接。祉，福。

彩缀华灯拂网轩，摄提协纪验铜浑。

云容迻日频生岫，欲与人间助上元。

摄提：即“摄提格”。为上古时代岁星纪年中的年岁名，对应简化后十二地支中的“寅”。

协纪：即《协纪辨方书》三十六卷，为中国古代典籍中集大成之作，主要内容为择吉、选择用事之用。乾隆四年，由允禄等人奉敕编撰完成。

铜浑：即浑天仪。

开韶池馆恰清佳，火树星桥依例排。
讵是无端寻宴赏，千春燕喜奉思斋。

火树星桥：形容节日的夜晚灯火辉煌的景色。唐 苏味道《正月十五夜》诗：“火树银花合，星桥铁锁开。”

千春燕喜：即清升平署《千春燕喜 百花献寿》唱本的简称。

林致山光意气投，几余义府且优游。
瑞霙时洒时还止，畅好元宵度得不。

义府：义理之府藏。常指《诗》《书》而言。

瑞霙：雪的别称。

御园雪泛

溶溶新水恰胜舟，过午澄瀛小泛游。
迻日春云晴不放，掠空雨雪①乍浮浮。

柳稊重冠玉鬖鬖，前坞舟通景试探。
几曲烟堤濛湿润，讶同清绝锦泾南。

① 去声。

稊：通荑。树木再生的嫩芽。

圆明园·圆明园

鬑鬖：形容柳丝修长散乱。

画是维摩著色图，镂冰曾讵费工夫。
非关访戴浮烟舫，境与山阴却不殊。

维摩：即维摩诘，早期佛教著名居士、在家菩萨。

土膏喜助润方达，荇甲虞伤冷太过。
北地虽然此常有，需霑濡耳不需多。

荇甲：荇通孚，犹孚甲，种子的表皮。

雨后御园闲泛

雨后园林润意含，溪山几曲似江南。
好春景得未曾有，几暇烟舟试一探。

云未曾经有亦曾，去年春雨也频仍。
夏初原是愁希泽[①]，念此吾惟倍凛兢。

① 北方例望春雨，今兹甘澍，致为霑渥，然客春得雨故优而初夏仍不免望泽，愁农无已时也。

凛兢遑敢事游盘，况复官军未解鞍。
何日回酋双系颈，时和兵偃始心宽。

回酋：此指新疆南部叛乱的维吾尔族首领大小和卓。

御园漫题

西抹东涂亦有年，御园诗债转忘旃。
徒因欣矣其所遇，率竟失之于目前[①]。
讵我欢新犹芥蒂，问谁温故与周旋。
进斯惟是忘言好，底事南华更著编。

① 迩年来，如香山、万寿山、静明园，偶一游历，辄成数什。而日日居御园中，其作反少，故戏及之。

芥蒂：本指细小的梗塞物，后比喻心里的不满或不快。

小石林

石林精舍构田盘，亦有虚斋纳翠峦。
何事须弥名曰小，可知芥子较犹宽。

须弥芥子："须弥"，梵文音译，相传是古印度神话中的名山，为诸山之王。而"芥子"是芥菜的种子，极其微小。"须弥芥子"，言偌大的须弥山可纳于芥子之中，暗喻佛法之精妙。

御园雨泛

凑云为雨易，溽暑应时行。
霏拂池塘过，涨浮艇子轻。
凉丝侵袂湿，乱点激波明。
曰乂兼旸祝，悠哉望岁情。

乂：治理，安定。

御园深秋

饱看秋山不厌秋，御园清景小淹留。
候暄林叶飘还缀，霜澈湖波澹且流。
漫惜登高孤胜约，那忘定远廑深谋。
传闻佳语兼疑信[1]，露布何时望转愁。

① 将军兆惠奏，所遣侍卫塔尼布自将军富德军营驰报，拔达山汗邀击逆回，生擒波罗泥都，其霍集占亦已枪毙。富德闻信，即拟率兵往取二酋，而捷奏尚未至京，刻为悬念。

露布：此处指军队的捷报。

乾隆二十五年

新正恭奉皇太后幸圆明园即事

西山积素喜迎人，今岁韶春果是春。
振旅三军前后接，朝天使者到来频[1]。
逖疏率与光明耀，劳徕犹宜燕衎申。
略得对时博慈豫，寿征福履自骈臻。

① 时诸部并遣陪臣入觐。安集延使陀克塔玛特等、拔达山使额穆尔伯克等已先后与宴。而布鲁特所遣西拉噶斯等亦即日抵京。

逖疏：亦作“疏逖”，既指荒远之地，又指荒远地方之人。

劳徕：慰问、劝勉前来的人。《楚辞·卜居》：“将送往劳来，斯无穷乎？”朱熹集注：“劳者，来者劳之也。”

燕衎：礼制名，清代皇帝对年班来京的“外藩”王公的赐宴制度。

骈臻：并至，一并到来。明 陈汝元《金莲记·重贬》：“相公既逭三尺，朝云又添一丁，二喜骈臻，一门胥庆。”

新春御园即事六首

华灯彩胜绘韶妍，瞥眼林塘又隔年。
今岁春光早往岁，冰消乍可试兰船。

山亭水榭一相于，火树银花待节舒。
所觉便宜定奚是，不须丙夜治军书。

丙夜：半夜子时，即午夜十一、十二时。

安集延将拔达山，仰流群集觐天关。
劳徕行庆逢嘉节，敦俭焉能一例删。

安集延：古称安都康，今为乌兹别克斯坦安集延州首府。

仰流：即鳞集仰流。如鱼群迎向上流，比喻人心归向，语出《史记·司马相如列传》："四面风德，二方之君鳞集仰流，愿得受号者以亿计。"

天关：指宫廷。

西山积素矗遥稜，又见轻云傍晚兴。
不雪何妨雪终好，由来知止定谁曾。

雁回鱼陟柳稊枝，春到人间万物知。
观象羲经思茂对，惴矜惟是奉无私。

羲经：即《易经》。相传，伏羲始作八卦，故名"羲经"。

先春三白兆农宜，山脚庭心总润滋。
原是朝乾夕惕所，敢夸累洽太平时。

朝乾夕惕：语出《周易·乾》："终日乾乾，夕惕若厉，无咎。"指终日勤奋，不敢松懈。

御园仲春即事

春郊快揽绿牟回，更值园花雨后开。
姹紫嫣红珠露缀，含苞缬蕊信风催。
水增新影涵白芷，山改常姿点翠苔。
却为畴咨疏十日，略无余暇赏登台。

畴咨：问询、访求之意。

御园舟泛三首

春雨频霑湖水肥，几闲琳沼泛澄辉。
棹牵蔓藻醉鱼跃，帆拂垂杨乳燕飞。

牡丹花比寻常好，宜雨宜晴絮不颠。
却为[①]忽忽无暇赏，今来舣棹见骚然。

① 去声。

舣：使船靠岸。

山村已见插新秧，早较去年两月强。
敢即吾心此庆慰，夏耘秋获日方长。

雨后御园即景 四月廿九日

一夜殷雷枕上闻，既霑既足既氤氲。

欲知雨后御园景，物态人情总向欣。

氤氲：烟云弥漫的样子。

诘朝京兆报优霑，嘉澍还称近远兼。
大益农功宁不慰，又虞慰即弛精严。

垂珠岸柳窣波轻，欲泮朝烟恋放晴。
晴亦奚妨雨亦得，西山又见族云生。

黍高稻下润含嘉，麦熟都云粟实加。
底事最予侥幸处，忧农未久罢筹遐。

恭奉皇太后幸圆明园西直门外作

庆典行云过，节辰又届临。
爰因回御苑，惟是奉欢心。
谷圃堆黄满，菜畦芃绿深。
石衢来往惯，所见罕如今。

冬日御园即事

塞外初冬暖异常，归来带得十分凉[①]。
人情定论曾谁是，园景小春耐可偿。
窗日嫩思赊日驭，池冰薄懒试冰床。
庭葩砌草都逾节，洋菊还留别样芳。

① 启跸时，咸云将及严寒。而今年塞外殊觉暄暖。回跸至都，翼日乃朔风作冷，众更谓带来之寒。故戏及之。

日驭：指太阳。

冰床：又称冰车、拖床，这里指圆明园冰面上的滑行工具。

乾隆二十六年

新正恭奉皇太后幸圆明园

西山积雪出城迎，节物欣堪豫懿情。
七帙初开绵祚永，上元多乐奉时行。
盆梅白玉条摅遍，陌柳黄金色染轻。
宜博慈娱骈庆典，微嫌群致颂丰亨。

七帙：帙，量词。此处指孝圣皇太后年已七十岁。

新正御园即景

日丽风条景物和，纽芽生意发卷阿。
御园喜气迎人处，万树琼英缀尚多。

琼英：此指雪花。

松轩筠牖有那居，勤政亲贤励岁初①。
略得予心闲适者，华灯下免治军书。

① 理事处，皇考御书额也。

爱延嫩日一窗明，又是隔年摛藻情。
高阁莲花漏声报，迁无迁里镇丁丁。

莲花漏：古代计时器的一种。

九州去岁多逢熟，三白今春又兆佳。
外靖内安诚庆慰，戎盈刻刻警于怀。

御园暮春三首

春风銮辂省耕归，喜看沿途麦色肥。
上巳清明都过了，御园花事尚芳菲。

銮辂：犹銮驾。

细雨轻风一漾舟，柳娣将褪絮飞浮。
山村北远偏宜涉，绿水溶溶浸稻畴。

韶光粲晏暮春时，趁景言游意更迟。
逾月岂无疏略处，亟临勤政切畴咨。

粲晏：粲，鲜明，美好；晏，迟，晚。此处形容暮春。

御园雨泛三首　三月十九日

傍晚云容方霴霼，霏空雨脚乍霎零。
打船薄冷诚何碍，北地三春得鲜逢。

霴霼：浓云密集的样子。
霎零：细雨濛濛的样子。

柳绿花红春已都，一经濯沐趣尤殊。
拈毫真是漱芳润，兴在江南莺脰湖。

莺脰湖：湖名。在江苏省吴江市，以湖形似莺脰得名。

漭沆沧池好泛船，一天云意满溪烟。
鱼山梵唱知何处，转过芳堤见眼前。

漭沆沧池：漭沆，水广大貌。《文选·张衡》：“顾临太液，沧池漭沆。”沧池，泛指水色碧青的池塘。唐 韦元旦《兴庆池侍宴应制》诗：“沧池漭沆帝城边，殊胜昆明凿汉年。”

鱼山：《法苑珠林》卷四九：“〔陈思王曹植〕赏游鱼山，忽闻空中梵天之响，清雅哀婉，其声动心，……乃摹其声节，写为梵呗。”后遂为咏佛教梵呗的典故。

御园首夏三首

雨歇轻烟恋上林，繁红带润绿方深。
予心喜在农占好，余事芳园耐可寻。

春天多雨又稀风，养牡丹花锦绽丛。
二十年来率未赏，敬勤惟是凛渊衷。

言欲赏花旋命罢，凭他常侍笑空还。
政经自我久成诵，狂圣惟争一念间。

恭奉皇太后御园观荷作

霁云初过雨，拖雨又生云。
暑月无炎气，清花有净芬。
允宜邀懿赏，至乐谢繁文。
镜面披仁寿，香霞于上氲。

雨中泛舟回御园

籞林前后一舟通，进止惟钦退百工。
欲返御园荡兰棹，烟丝风片尚濛濛。

水光接上涨溪滨，溪畔新荞润意匀。
今日昆明聊不泛，恐妨衣履湿多人。

昆明：指清漪园昆明湖。

眄来凉雨甫生喜，澍势微长转惘然。
却拟丰隆听我语，只宜此日不宜连。

丰隆：古神话中的雷神。后多用作雷的代称。

乾隆二十七年

南巡回銮驻跸圆明园作

快雨兼欣值快晴，回銮益觉惬群情。
元亨四阅月时序，信屈六千里路程。
几政宜勤取骑速，慈闱图逸御舟行。
三朝偻指还仙苑，正喜金萱映砌荣。

偻指：屈指而数；屈指。

恭奉皇太后御园赏荷作

南巡甫回跸，弥月值愁霖。
晴定农民庆，荷开圣母临。
得申欢养志，久鉴敬勤心。
试听龙池乐，都成角徵音。

龙池：原指唐代长安皇家宫殿兴庆宫内的“龙池”。此指圆明园内的荷花池。

御园初冬即景

午暖朝暮凉，园林正小阳。
菊芳犹满盎，冰脆未拖床。
几暇亲书史，窗明爱景光。
遐思三代上，返己只傍徨。

乾隆二十八年

新正恭奉皇太后幸圆明园即事一律

人日初过日卜祥，佩韶行庆发仪锽。
远来近悦蒙熙洽，万岁千秋奉寿康。
曲折园林余雪色，高低炬树艳年光。
谷辰喜值晴和候，敢曰占丰实吁穰。

人日：旧时称农历正月初七日为“人日”。
仪锽：锽，古代兵器。仪锽，即用为仪仗的斧钺。此指皇太后的卤簿仪仗。

御园新正书怀

郊坛蒇毖祀，林苑答韶春。
慈庆千秋奉，朝仪万国遵。
放灯今夕始，锡爵远方均。
丰歉评量处，匪欣慊以频。

毖祀：谨慎祭祀。《尚书·洛诰》：“予冲子夙夜毖祀。”孔传：“言政化由公而立，我童子徒早起夜寐，慎其祭祀而已。”

挹春室

万物既形既色，四序曰嬗曰乘。
总是乾元一气，不息化工独能。
讵止花花草草，弗遗蠕蠕翁翁。
我意宁惟斯室，春台普愿同登。

化工：指自然的造化者，或指自然形成的工巧。

弗遗句：蠕蠕，公元 4 世纪后期至 6 世纪中叶，在蒙古草原上的柔然汗国的别名。此处意为不遗弃边远地区的少数民族。

春台：指春日登眺览胜之处。典出《老子·道经》：“众人熙熙，如享太年，如登春台。”

御园新春即景

于无停处识常停，试看生蓂与落蓂。
背日冰光难恋白，向阳草色已含青。
宁夸池馆消闲暇，雅喜诗书悦性灵。
春意昌昌知几许，最宜玩是未全形。

生蓂、落蓂：蓂，是中国古代神话中尧时的一种瑞草，亦称“历荚”。诗家亦用“蓂”代替荚。

仲春御园三首

十日还宫讵觉赊，春光尔许暗中加。
绿深阶草全舒叶，红润山桃欲放花。

风软云轻少雾时，花光柳态镜中披。
尔年大有江南意，调燮其间一忖之。

山禽嗥树不知名，春入能言尽作声。
万物乘时欣自得，吾民饥溺那怡情。

御园暮春即事

仲春启跸暮春旋，风惠气清上巳天。
禁籞有花皆簇锦，上林无鸟不调弦。
懒教问景寻芳埒，饶切忧心忆涸田。
疏导报称才退寸①，悔予调剂失迟延。

① 上年近京洼地秋霖积水未涸。昨命兆惠增泄海河坝口，并督同御史等相度文安大城一带疏消事宜。据报，各工减水日以寸计，皆地方大吏经理稽延之咎，已有旨敕部察议。

禁籞：禁苑周围的藩篱，此处指圆明园。

上林：即上林苑。秦旧苑，汉武帝时重建。亦泛指帝王园囿。此借指圆明园。

回跸至御园即事书怀

霜叶沿途看到来，周旋久喜御园隈。
满湖芳锦偷人歇，亚砌寒蘤饯节开。
容膝新居不啻矣，缱怀往事底为哉。
塞巡回惧疏几务，勤政[①]明朝引见催。

① 殿名。

蘤：同花。

初冬御园即景

问安之便御园临，寒景清光稚可寻。
叶落阳林犹带绿，花开霜圃总标金。
漏听高阁催遄箭，帖抚明窗玩古针。
翼日香山传小驻，早飞逸兴到云岑。

诣畅春园问安因至御园驻跸即景成什

仙苑大安停，隔旬必一经。
抚时逮长至，旋驾奉慈宁[①]。
小驻兰轩暖，静闻梅盎馨。
西山微积素，展得玉为屏。

① 将以十二日恭奉太后还宫。

长至：此指冬至日。

乾隆二十九年

新正奉皇太后幸圆明园即景成什

阊阊景报园林美，穆穆欢承福履康。
初岁行时将庆节，开韶有喜祝无疆。
日长莲漏三阶正，春到梅盆合殿香。
更向西山看积雪，天教灯夕萃千祥。

穆穆：仪容或言语和美。《诗·大雅·文王》：“穆穆文王，於缉熙敬止。”毛传：“穆穆，美也。”

灯夕：元宵节的别称。

仲春御园泛舟即景

法宫数日小淹留，冻解居然可泛舟。
试舣兰桡观石激，光阴却讶似兹流。

嫩芷新花都未发，头鹅回雁已纷来。
曰矰曰网全无用，那更高称三面开。

御园仲春即事

嫩日轻阴润意含，御园春景称吟探。
花光未烂因寒勒，芫色才舒欣露酣。
我念农功兴二月，人言节气似江南。
由来枚卜在山左，谁得天津骋怪谈[1]。

① 宋邵雍闻天津桥杜鹃，谓将用南人作相，专务变更云云。夫史策所纪宰臣，

北人南人皆互有贤否，岂独一王安石。古称立贤无方，顾所以用之耳。即今之汉大学士，一为刘统勋，乃山东人；一为杨廷璋，乃汉军。虽有好事者，亦不能腾其口。故明沿家谬说爰立辄事争持，真足贻笑千载。以有“节气似江南”之语，故并识如右。

枚卜：以木条为工具的占卜。古代以占卜选官，此处指选用官员。

山左：即太行山之左，指山东。

天津：指洛水河上的天津桥，横跨河之南北。

小石林

窗中列岫殊非远，阶际假峰宛似真。

何必黄山三十六，由来享帚亦堪珍。

享帚：即享帚自珍。语出《东观汉记 · 光武帝纪》：“家有敝帚，享之千金。”比喻物虽微劣，而自视为宝。

精舍田盘忆石林[1]，飞来枣叶坠庭阴。

须弥大小休量比，[illegible]例无心足悦心。

① 盘山行宫内有石林精舍，最为幽胜。

御园仲春恭奉皇太后赏桃花之作

雨后园林霁景披，山桃灼灼发琼姿。

得迎王母仙舆降，正是西池春宴时。

嫩萼欲禁风韵擘，低枝犹带露华垂。

懿情别有承欢处，指顾连塍绿麦滋。

溪亭对雨 六月十八日

时行大雨正斯时，倒峡倾盆势畅奇。
今岁犹然此初遇，为符农谚也欣怡[1]。

① 农人有“六月连阴吃饱饭”之谚。

每当稍望即优沾[1]，迩日连阴大涤炎。
却有渊衷筹事豫，只须应节不须淹。

① 今岁自春徂夏，每略觉望泽即得优霑，麦既获而黍禾更复油然，较往年农况为尤幸。

竖落斜飞满意凉，溪亭画景入潇湘。
橹声何处扁舟泛，咫尺湖中却渺茫。

山东西及河南北，率报麦登逢泽优。
缱念甘凉余数郡[1]，未知此泽逮沾不。

① 陕督杨应琚奏，西省雨泽情形，惟甘州平凉、兰州巩昌所属州县，内有得雨未遍之处。迩时序当小暑，晚禾待泽正殷，日来尚未接续沾之报，深为悬伫。

溪亭夕照

澍雨凌晨洗炎暑，快晴午后坐溪堂。
今朝不拟游船放，直到西山看夕阳。

西北风吹襟袂清，溽收柱础嫩凉生。
前朝苦热如秦越，却笑何曾有定情。

秦越：春秋时两个国家，一南一北相距很远。后喻两方疏远。此指气温相

差很多。

几片薄云染作霞，映池波复皱金蛇。

溪亭今日为孤注，不肯轻输五柳家。

五柳：即东晋诗人陶渊明。因其在《五柳先生传》里有“宅边有五柳树，因以为号焉”，故世人就用“五柳先生”来之。

种树沿溪取布阴，满亭延得翠深沉。

间[1]间露出新诗趣，闪闪风摇叶叶金。

① 去声。

秋巡回跸驻御园即事

秋狝年年幸木兰，昨稍纡跸莅田盘。

虽然出塞缘习武，以曰游山乃取欢。

周度奏章虞意忽，历观纳稼为心宽。

独因两月疏廷对，明日宣看大选官。

诣畅春园问皇太后安遂信宿驻御园即景之作

冬节还宫禁，侵寻又及旬。

园居顺志养，驾出敬安询。

陌叶柳全落，盆葩菊尚新。

小阳披嫩景，窗纸正温闻。

仲冬御园即景

驻园仍以问安来，景气仲冬又异哉。
水半凝冰罢舟泛，日全烘暖爱窗陪。
护培如法余晚菊，熏养偷天得早梅。
游目西山已生望，何当积素画屏开。

乾隆三十年

南巡回銮驻跸御园之作

往还水陆六千里，春夏推迁百廿朝。
望埭早无争色卉，听林已有试声蜩。
对时展转布膏雨，敕政传宣觐庶僚。
凤舸仍迟到三日，潞川钦溯一心遥。

推迁：推移变迁。晋陶潜《荣木》诗序："日月推迁，已复九夏。"
凤舸：雕绘华美的大船。此指皇太后所乘之船。

季秋御园即景

秋孟去来倏秋杪，御园飒景雅宜披。
波漂红叶疑花片，山失青林露石姿。
池底潜鱼恋深藻，庭间寒雀觅丛枝。
四时代谢生机蕴，茂对兼怀育物思。

诣畅春园恭问皇太后安遂驻御园即景得句

小阳慈豫畅春驻，例事欣将奉万年。
旬日问安知有喜，一心伸悃乐无边。
御园便[①]可因停憩，冬月惟饶是静便。
闲坐明窗读书史，东方兴趣得同然。

① 去声。

乾隆三十一年

新正恭奉皇太后幸圆明园即事一律

绣陌祥扶紫凤车，新年行庆始天家。
十分暖日烘韶景，几缕轻云变太霞。
积雪半融香土润，冻冰未解曲池洼。
先声爆竹喧鸣处，散作园林万树花。

绣陌：华丽如绣的市街。南朝陈 陈暄《长安道》诗：“长安开绣陌，三条向绮门。”

紫凤车：指皇太后所乘的车子。

御园雪景

一夜同云雪已酣，朝来冷润禁林含。
节过漫惜灯光缺，几暇何妨园景探。
石戴芝英艰撷秀，树看梅朵不闻馣。
分明寻丈假山耳，讶薄高空耸玉岚。

御园泛舟即景

春水溶溶碧漾池，冰床收矣泛舟宜。
即看风送轻波逝，五日流阴迅若斯[①]。

① 经筵祭社进宫，往返才五日耳。

柳色鹅黄染嫩梢，杝桃欲绽尚含苞。
空明大块文章假，岂在寻常字句敲。

杝：同篱。

御园仲春即景

岸柳叶将吐，山桃花欲开。
端倪春色露，来往一旬才。
池舫泛无碍，斋窗清可陪。
东风作雨后，净润鲜生埃。

仲春御园即景

西巡趋驾问安回，御苑春光骀荡开。
堤柳欲争后凋柏，山桃全放不香梅。
法宫有事明当返，芳囿无妨斯暂陪。
一路农功毕兴揽，静思差慰此归来。

法宫：宫室正殿，古代帝王处理政务之处。此指紫禁城。

上巳日御园作

祓禊由来此日灵，秉蕳赠药咏葩经。
古惟上巳遗风邈，今用初三俗例听。
胜节景光披澹荡，御园花木正薰馨。
还宫屈指晨昏四，塘柳丝添尔许青。

祓禊：古代于春秋两季，有至水滨举行祓除不祥的祭礼习俗。春季常在三月上旬的巳日，并有沐浴、采兰、嬉游、饮酒等活动。三国魏以后定为三月初三日。亦称修禊。

蕳：兰草。

上巳：即上巳节。与祓禊同。

御园牡丹

御园正值牡丹芳，春雨频霑盛异常。
芍药输情惟受役，柳荚作势那能殃[①]。
嗅闻拟罢金炉爇，护惜何须锦帐张。
君子急周不富继，吾因絜矩到文场[②]。

① 近在宫中詠牡丹，有“风絮相殃背人过”之句。其日略作风霾，入夜即雨。

② 今岁会试命四书首题即“君子周急不继富”句。周子云，牡丹，花之富贵者也。故并及之。

君子急周不富继：意谓救急不救富，应“雪中送炭”，非“锦上添花”。

絜矩：絜，度量；矩，尺子。引申为规则。

溪亭对雨

云容过午又添浓，雨脚旋教落下舂。
似为[①]溪亭凉顿遽，珠帘四面下重重。

渺茫忽失远山青，五合临书悦性灵。

避雨白鹅来近岸，無端漫拟换黄庭。

① 去声。

五合：语出唐 孙过庭《书谱》：“神怡务闲，一合也；感惠徇知，二合也；时和气润，三合也；纸墨相发，四合也；偶然欲书，五合也。”

黄庭：指晋 王羲之书写的《黄庭经》法帖。

作势斜飞复倒倾，遥知水志足昆明。

斯時晴可雨亦可，言愿吾將意在晴。

溪亭对雨

夜雨已优沾，晓来云作势。

一阵东北风，复送棼丝至。

缘是时行候，况值久晴际。

稻田待渐润，未虑为霪滞。

坐我溪亭上，朅揽烟雨意。

溟濛接水天，山树藏青翠。

幽赏良已酬，仍望明当霁。

所以切切者，无非为[①]农计。

① 去声。

恭奉皇太后回跸至圆明园之作

两月猕巡一旦归，承欢处处奉庭闱。

南山如寿惬忱愿，四海为家仰德辉。

去喜秋田看宝穑，回仍冬阁坐明晖。

选官即引来朝见[1]，批阅原无间[2]敕几。

① 每遇巡幸，阁部本章间日驰奏行在。督抚折奏亦即随时批阅。惟吏、兵二部选官五品以下者，命留京王大臣验看赴任，以免留滞。其四品以上，则命俟回跸引见，人既不多，并昭慎重。

② 去声。

命驾恭问皇太后安遂驻御园之作

承欢养志奉林园，抚岁行时返禁垣[1]。

却已周旬疏定省，遂教清晓命舆轩。

适看冬令景逾洁，且喜仙壶气尚温。

退即苑宫成小驻，明窗书史静堪论。

① 冬令应进宫办理诸务颇多。皇太后则以园居为乐，不敢违也，故每于冬至前方奉以还宫。而往来问安，亦不过经旬，数年以来率为例事矣。

乾隆三十二年

新正恭奉皇太后幸御园即景得句

庆节行春吉日诹，凤舆虔奉御园游。

欣看柳陌轻黄染，惜少西山积素留。

安得六花即优霈，庶几二麦卜佳收。

声声爆竹胥鸣喜，吾喜由来在雪酬。

六花：雪花。

御园雪景

希泽元宵刻廑怀，今朝始识御园佳。
山如失色烟藏密，树不论名花放皆。
落地春融润霑砌，铺池气暖冻酥涯。
惬心消得聊揽景，点笔因之应律谐。

御园泛舟

解冻冰已酥，不胜冰床矣。
五日紫禁中，重来御舟俟。
河固未全开，凿由人力耳。
非供凌阴纳，见因行船起。
循岸亦可行，讵必泛春水。
邪许信劳哉，皲瘃难免已。
効勤彼其常，然非吾所喜。

陵阴：藏冰的地窖。语出《诗·豳风·七月》：“二之日凿冰冲冲，三之日纳于凌阴。”毛《传》：“凌阴，冰室也。”

邪许：拟声词，众人齐用力时的呼喊，即号子。

皲瘃：皲，坼裂。瘃，寒创。手足受冻坼裂，生冻疮。

御园暮春

御园驻跸返巡方，迩日心怀欠悦康。
只虑面从慎庶政，那因背过惜群芳。
叹无好雨春将暮，剩有残花风更殃。

万里军情重缱念，佳兵戒亦武应扬[①]。

① 缅夷僻在荒陬，初未尝欲兴师勤远，昨莽匪既平，其首恶窜入缅境，自当向彼索逋。且杨应琚抵滇后即奏称缅夷连年扰及近边。历任督臣姑息贻患，不可不穷究根株。适木邦蛮暮等相率投诚，遂以为有可乘之机。急欲筹办、意亦未为不善。乃受降以后漫无成算，致缅夷复侵归附之区，新街小挫，杨应琚即忧惶成疾，李时升朱仑等惟事畏葸退缩，贼众益无忌惮，更入内地，凌犯土司。杨应琚病懵失智屡据绿营欺诈之报，饰词入告，谓已杀贼万馀。且云缅酋乞降，欲图罢兵蒇事。经联察其舛谬支离，严切诘问，始将诈妄实情自陈请罪。并称缅夷一面诈降，一面仍阑人抄掠，是欺朦失律之提镇不可不严惩，调度乖方之督臣不可不更易。而缅夷之鸱张稔恶，尤不可不兴师问罪。因命将军公明瑞前往总督滇黔，整励戎行，用张挞伐，以申国威而靖边徼。

佳兵：语出《老子》：“夫佳兵者，不祥之器，物之恶也，故有道者不处。”意即好战非祥事。

武：指武备。

恭奉皇太后御园游赏即事得句

总是慈深忧喜同，雨霑真足慰徽躬。
舟行岸麦从新绿，辇驻园花依旧红。
又见油云生碧宇，欣披首夏得薰风。
为承今豫纾前切，我则无时敢懈衷。

溪亭对雨

两日之间两霈灵，闲心始得对溪亭。
寻常隔岸分明景，善与深之入杳冥。

峦宇云容散复凝，棼丝成片讶拖绫。
渥霑更不计分寸，只计湖波拍岸增。

密树丛中鸟雀藏，白鹅偏觉意轩昂。
乘波忽至石栏侧，似笑临池不类王。

树色花枝净与揩，宣毫湘砚雅宜排。
会心拟向园林语，不此安能识尔佳。

恭奉皇太后御园赏荷即景成什

中宵密雨晓来晴，撰此良辰凤舸迎。
最喜晨凉清暑气，惟钦天意惬人情。
节因通闰铜壶永，荷解乘时琳沼荣。
叶叶花花承露满，都知献寿座前擎。

铜壶：古代铜制壶形的计时器。
永：时间长久。

溪亭对雨　六月十七日

朱明赤日烈，炎气迫衣履。
三五日觉旱[1]，俗谚原有矣。
族云傍午生，密雨逮申洒。
入池接上下，隔岸迷彼此。
飒然座席爽，蒸郁一与洗。
禾塍黍陇间，念之宁不喜。

① 谚语：六月中，三日一小旱，五日一大旱云。

朱明：夏季。《尸子》卷上：“春为青阳，夏为朱明，秋为白藏，冬为玄英。”

族云：凝聚的云气。南朝 齐 谢朓《齐雩祭歌·青帝》：“族云蓊郁温风煽，兴雨祁祁黍苗遍。”

溪亭对雨 六月廿八日

傍晚西山始吐云，须臾急澍万丝棼。

悠扬激楚声千状，恰是洞庭众乐闻。

薄才望雨雨优霑，中伏吉从上伏占[①]。

漫诩休征太如愿，吾惟慰与敬勤兼。

① 农家占候，以上伏日有雨，三伏被泽必优。雨过又须即晴，向后方免霖潦。兹日届中伏，甘膏应时，与初庚吉占信若左券。

休征：吉祥的征兆。

御园季秋即景

孟秋启跸季秋回，三月流阴亦迅哉。

罨槛山枫半摇落，亚盆洋菊正争开。

景萧曲院欣初见，日暖明窗爱久陪。

午后祥霙飘几点，缀林忽讶有寒梅。

祥霙：雪的别称。唐 徐彦伯《苑中遇雪应制》：“千钟圣酒御筵披，六出祥霙乱绕枝。”

诣畅春园恭问皇太后安遂驻御园即景

养志思前訓，问安例往年。

及旬温室阔，信宿御园便。
窗暖宜拈笔，池冰不放船。
云容过午重，望雪又心悬。

乾隆三十三年

新正恭奉皇太后幸御园即景得句

撰辰行庆合新正，喜奉安舆出凤城。
广陌韶光柳梢露，御园节景面前迎。
西山尚积玉峰雪，东野欣占谷日晴。
较比去年犹胜者，灯前望泽正萦情。

仲春御园泛舟即事杂咏

颇厌凿冰放水流，旬余冻解总通舟。
效勤笑尔曾何谓，耐可新波试泛游。

紫禁平明出御园，园中春事渐堪论。
黄薰堤柳弱于线，绿染池波涨自源。

碧溪几曲足清遨，何必匆匆急进篙。
傍岸忽疑霞脚重，近看知欲绽山桃。

镜光拖处远山沉，戟戟新蒲刺渚浔。
鸥傍人来去亦可，几曾说到有无心。

御园仲春即景

来往曾无过一旬，御园景物鬯熙春。
红桃绿柳天然趣，夕惕朝乾依旧身。

鬯：同畅。

常有轻云酿雨意，爱看新水泛烟光。
对枝好鸟殷勤语，弹萼闲花自在芳。

清明才过未春酣，姹紫柔青润意含。
试偶溪村漾轻舫，隔花茅舍学江南。

已见春郊播麦禾，又逢上苑绘春和。
近臣漫拟斯有喜，心系滇南虑正多。

滇南：云南省迤南之地，此指征缅战事。

御园泛舟即景

一日还两日，仲春忽暮春。
舟帷云去可[①]，岸卉似来亲。
绿意行行重，红情渐渐陈。
却看琼片落，已自点芳津。

① 舟棚四面施帷，春暖则去之。

恭奉皇太后御园赏荷之作

甘雨既霑渥，芳荷正向荣。
允宜承懿豫，总为眷予情。
风麝花间吐，露珠叶上擎。
收来沃仙茗，进御祝长生。

溪亭对雨　六月初二日

晓望英英布渐覃，略飞细点止难堪。
间[①]零历午终艰霈，快洒当申似欲酣。
对处溪亭倏又歇，凭来棐几只增惭。
西南晚复雷声作，曷惠庶几彻夜甘。

① 去声。

英英：轻盈明亮的样子。《诗 · 小雅 · 白华》："英英白云，露彼菅茅。"朱熹集传："英英，轻明之貌。"

庶几：希望，但愿。《诗 · 小雅 · 车舝》："虽无旨酒，式饮庶几；虽无嘉肴，式食庶几。"袁梅注："庶几，幸。此表希望之词。"

溪亭对雨　六月初八日

晓云轻散午云浓，乍失西山万叠峰。
洒玉喷珠方落落，倾江倒峡遂重重。

雨落平溪溪欲立，溪吞骤雨雨如无。
岸傍著个溪亭好，坐对潇湘烟雨图。

六律宫商声若合，三千世界色如银。
即斯声色摐摐地，洗尽人间万斛尘。

六律：五音六律是古代音律。后也泛指音乐。五音指宫、商、角、徵、羽。

摩酰数[①]数[②]笑无能，恰似银河泻玉绳。
宣命林丞须细问，昆明湖水几多增。

① 上声。
② 去声。

摩酰：即摩醯首罗，原系印度教所崇奉创造宇宙之最高主神，佛教视之为色界顶色究竟天之主。简单理解就是老天爷。

恭奉皇太后迴銮至御园即景成什

两月秋巡一旦旋，御园飒景倍堪怜。
霜枫叶烘[①]千林熻，洋菊花张百锦妍。
山露遥峰游目畅，窗含明日著吟便。
大安奉豫增康健，如是承欢愿万年。

① 去声。

熻：燃烧；热。此指枫叶红了。

诣畅春园问皇太后安遂驻御园

养志娱慈志，小春驻畅春。
拟将例以万，又觉阔逾旬。
眉寿欣增健，颜龢敬倍寅。

御园兹信宿，图重[①]省清晨。

① 去声。

眉寿：长寿。《诗·豳风·七月》："为此春酒，以介眉寿。"
颜龢：颜，面容、脸色。龢，同"和"，平和、和缓。
信宿：表示连住两夜，或谓两三日。

乾隆三十四年

新正恭奉皇太后幸御园即景成什

日丽风和喜善晴[①]，西山雪色面前呈。
青埋麦垅铺银海，素积烟郊度彩旌。
御苑韶光今岁好，上元灯事五朝迎。
承欢行庆愿何似，于万斯年未觉盈。

① 农家以雪后无风为善晴。

仲春御园即景

右文寅祀礼胥竣，欢喜询安谒畅春[①]。
御苑韶光益增畅，体乾元德信为仁。
柳摇金色笼桥齿，水潋银澜涨岸唇。
节彩灯华都已撤，闲斋净几足怡神。

① 仍康熙年间命名，皇太后居之。

右文句：指前一日（二月初六日）帝御文华殿举行经筵典礼，衍圣公孔昭亦随班观礼。

暮春御园泛舟之作

耕耤成仪返翠銮，畅春先诣敬询安。
御园有暇兰舟漾，五日风光又改观。

耕耤：礼制名，亦作“耕藉礼”。中国古代帝王亲耕田地的礼仪制度。

嫣红姹紫暮之春，岸影摇波织锦沦。
恰喜韶光方骀宕，已看花片点芳津。

骀宕：即骀荡，使人舒畅。

前朝甘雨润如酥，林籞花田濯净都。
面面欲看围丽景，坦然六棹泛中湖。

御园暮春

旬日春园顿尔殊，花花叶叶发株株。
韶光炯若敲石火，曦影迅于过隙驹。
二麦观来真庆慰，三时望去尚遥纡。
薄云作雨飞轻点，泽岂辞多企继濡。

敲石火：以石相击，迸出的火花，其闪现极为短暂。
过隙驹：喻时间短暂，光阴易逝。

哈萨克汗阿卜赉遣其子斡里苏尔统来请安，于御园赐宴，因成是什

未徵侍子入朝参，却以输诚叠遣男。[1]

不督因之深感慕，无私应与遍包含。
笙镛并奏春光畅，金帛优颁恺泽覃。
忽忆朱波方梗化，一为惬意一为惭。

① 右部哈萨克阿卜勒比斯，遣子卓尔齐于新正入觐，令随朝正外藩宴赉。今左部阿卜赉之子亦至，特命一例锡宴，用均柔远恩礼。

朱波：古国名，今缅甸。此处指第三次征缅战事结束。

清晨细雨洒霏微，开宴穹庐朗旭晖[①]。
已是泽沾惟霁好，敢夸天与及人归。
戴恩永矢无他向，式礼还嘉弗少违。
章服荣颁刚称体，被教异部耀光辉。

① 张大幕于西园。凡宴外域，每用之，以顺其俗尚也。

御园雨泛　四月望日

昨来午澍晚晴暹，京兆晨称二寸沾。
拟泛御湖新霁景，升云又送雨连纤。

天末遥看雨脚垂，烟丝顷刻面前披。
斜飞竖注有余态，塘柳池蒲无不滋。

雨来楼阁若为藏，雨过衣襟生峭凉。
大似行春桥那畔，石湖湖上进烟航。

溪亭对雨　五月初九日

西北油云送雨来，光飞列缺殷其雷。

溪亭未展伯时卷，眼底翻成滟滪堆。

列缺：指闪电。列，通裂，分裂。缺，指云的缝隙。电气从云中决裂而出，故称列缺。

伯时：宋代李公麟，字伯时，号龙眠居士。好古博学，擅长书画。明 韩洽《题李龙眠诸夷职贡》诗："为问伯时图作贡，何如郑侠绘《流民》？"

过午炎蒸觉异常，水风拂座顿生凉。
白鹅似避翎毛湿，也自依依到槛傍。

正是田间麦逮秋，雨宜霑耳不宜稠。
片时解作曦光露，云暗东南向晚收。

溪亭对雨　五月十九日

骤雨东北来，一片空罗委。
午热适觉歊，正赖炎威洗。
溪声参合相，上下连天水。
须臾云脚卷，夕阳散霞绮。
篝车登场时，宜旸实欣此。

篝车：指水车。

恭奉皇太后御园赏荷即景成什

庆值惟时若雨旸，红荷芳茂亦殊常。
花台叶屿承欢豫，万岁千秋奉寿康。
映座晃曦晨露润，开轩却暑晓风凉。

收来沆瀣烹仙茗，即是瑶池介祉觞。

沆瀣：夜间的水汽。

介祉：大祚，大福。

溪亭对雨　六月初六日

卓午薰风觉赫炎，驱之有藉雨凉霙。
高低黍稻均芃长，耘毕何妨一尺霑。

竖注横排势亦豪，树林竹埭若翻涛。
溪亭欲咏还思罢，不及楼头许氏高。

輣轧如闻倾吕洪，万波奔凑接浮空。
丰隆功在资长养，只合冯夷拜下风。

輣轧：形容水声宏大。《文选·张衡》："流湍投濈，砏汃輣轧。"李善注："砏汃輣轧，波相激之声也。"

冯夷：传说中的黄河之神，即河伯。泛指水神。《庄子·大宗师》："冯夷得之，以游大川。"

昆湖减较往年少，[①]春夏幸因雨及时。
灌稻略亏兹渥霈，定知水可足前规。

① 昆明湖水，志以露岸三尺为准。往年春夏之交，泄以灌稻塍，每减至一尺有余。今年雨屡霑，湖水才减数寸，已足供溉田之用。得此大雨时行，湖波当增长如志矣。

自讨源书屋雨中舟回御园二首

二更报雨歇，九夏问安晨。
咨政仍书屋，言旋进画舲。

忽然飞急澍，顿觉窘多人。
不见笠蓑者，烟江正理纶。

九夏：夏季，夏天。

竖洒横排迅，水天上下连。
雨衣真让瓦，塞猎忆持弦。
觉尽驱余热，况饶利晚田。
秋霖欣杀①势②，指日启行旃。

① 去声。
② 今年每夜雨朝晴，而未连阴一两日。此雨方有作霖意，恰可杀秋霖之势，为之欣慰。

行旃：帝王或高官出行时所树的大旗。唐 储光羲《荥阳马氏二子》诗："圣君封太岳，十月建行旃。"此指帝后即将起銮赴承德避暑山庄。

溪亭对雨　六月廿六日

几日晴暄炎弗禁，一时澍雨爽开襟。
农功物象都调顺，只觉迩来太遂心。

遂心未敢信斯然，惟有祈年意倍虔。
对此亦应稍慰适，仍萦远虑廑南滇。

南滇：此指云南前线的征缅事宜。

南滇近报可为舟，水陆齐功大举秋。
伫俟王师平缅甸，安民靖远武功收。

回跸至圆明园作

园门平楚向东开[①]，逾两月程一旦回。

直北崇山望已远，自南佳信愿频来。

庭余绿荫树犹茂，座有黄花菊作陪。

铨部大员需引见[②]，明当速奏面抡材。

① 往来热河，皆从园东门出入，以路便也。

② 得缺人员秩卑者，由留京王大臣照例验放。其京员及外任同知以上官，俟回銮引见亲定。

平楚：从高处远望，丛林的树梢齐平，犹平野。

孟冬御园即景

来往御园为问安，小阳候了不知寒。

锦辉洋菊花争放，绿缀堤杨叶未残。

舟水迟冰原可泛，楼阴微雪已宜看。

浓云入夕思酣洒，望得恐孤转觉难。

乾隆三十五年

立春日恭奉皇太后幸圆明园即景得句

京兆春山进法宫，一年农计忖量中[①]。

安舆奉驾辰逢吉，御苑承欢景渐融。

千顷麦田看积雪，两行柳陌飏条风。

皇州气象由来好，薄海吾民可尽同。

① 立春日，顺天府例进春山宝座，于乾清宫阅受之。其春牛芒神并按岁德干支及纳音准五行配色为制，以备农占。

御园泛舟

七日复来冰已开，黄头六棹候河隈。
小游沿俯逝波迅，却忖流阴似此哉。

四面氍帷蜃窗朗，鸣榔犹觉水风凉。
无遮画意皆诗趣，耐可随时揽景光。

氍帷：氍，毛毯。此指船四周用毛毯制成帷幕，以避寒。

虽是春冰酥弗坚，凿开原只可行船。
平湖鱼陟冻故在，不为怡然为憪然。

憪：不安。

恭奉皇太后回銮至御园之作

逾月行銮奉寿康，摅忱并阅祝徽庆。
八旬健体谁堪比，万岁颙心此卜长。
却为渴希畿甸雨，那能欢赏御园芳。
群黎诚爱诚尊意，益以怀哉愧不遑。

畿甸：京城周围五百里以内的土地，后泛指京城地区。

御园孟夏即景

祭雩返驾问慈安，御苑清和即景看。
蝶阵已纷逐红雨，鼠姑侵渐放朱栏。
泄云初吐心重盼，渥泽未沾志敢宽。
嘉澍设滋新佈种，始应得共老农欢。

祭雩：即雩祭，礼制名，是中国古代求雨的祭祀活动。
鼠姑：即牡丹。

御园雨中泛舟

嘉澍濛濛势未休，畴咨罢试进轻舟。
天光水态一匹练，了识梭因玉女投。

树叶欲黄竹笋阏，悯农无暇灌浇勤。
今朝一雨回生意，余事还因为汝欣。

分流都与溉菑畬，略浅池波何碍诸。
密注纷投刚半日，漾船水志已如初。

菑畬：耕耘。宋陆游《新年书感》诗：“朋旧何劳记车笠，子孙幸不废菑畬。”

溪亭对雨　闰五月初八日

肩舆湖岸聊问景，西北油云过午生。
列缺丰隆都技痒，一时急雪遂盆倾。

雪：大雨。

恰欣避雨坐溪亭，竖洒横排接杳冥。
六律五音大合乐，便教韶頀不思听。

韶頀：亦作“韶护”。韶，舜乐；护，汤乐。后亦指庙堂、宫廷之乐。

雨后新耕逮已毕，继沾喜此正宜农。
坐观霑霑霖霖势，益欣慰因益敬恭。

霑霑霖霖：霑，下雨；霖，久雨。

风吹万点似飞珠，宜听宜观有是乎。
曲岸长堤纷落瀑，片时水志长①平湖。

① 上声。

溪亭对雨　闰五月十六日

夜雨朝微间①，暑云辰更浓。
霏空时断续，作势更舂容。
涤热开清抱，宜时利老农。
小民怨重廑，无刻可忘恭。

① 去声。

舂容：用力撞击。此指雨势较大。

自高梁桥泛舟由长河回御园即景

太和晓日视朝回，趁爽长河画舫开。
拍岸盈堤涨水足，溯游鲜值自兹来。

太和：指太和殿。

沼园乐善路经过，倒影楼台写碧波。
遮莫泊舟寻柳径，缮营欲笑向缘何。

乐善：即乐善园，其址位于北京动物园一带。原为康亲王私宅。乾隆十二年（1742）重修，成为长河水畔皇家行宫。

广源闸隔水高低，那畔兰舟傍岸徯。
易舫川途还便进，不须白业访招提[①]。

① 万寿寺即枕长河岸边。

白业：佛教语。谓善业。
招提：佛寺。

绣漪桥入即昆明，淼淼波光镜浦平。
却是水华亦需泽，香霞过雨总舒荣。

凤皇墩峙水中央，檐际波翻潋滟光。
屈指三年未经入，主人自问有何忙。

到岸轻舆返御园，有谁章奏候金门。
沿缘半晌足游目，过此应非敬所存。

恭奉皇太后御园赏荷即景成什

迩来时雨复时旸，略可农祥慰寿康。
凤艒沿观岸禾茂，象筵张对水华芳。
庭心曦影全无暑，浦面霞光却有香。

岁岁承欢如一日，十千为日岁同长。

凤艒：艒，小船。此指太后所乘小船。

象筵：象牙制的席子，多形容豪华筵席。

溪亭对雨　六月初二日

侍膳观荷历晚飧，凤舟恭送返前园。

溪亭闲坐避炎暑，西北云生远宇昏。

晚飧：晚饭。

前园：此指畅春园。因畅春在圆明南，故称。

礲礋光飞霹雳鸣，须臾峡倒复盆倾。

向时酷热驱何处，顿欲添衣凉气迎。

礲礋：即闪电。

连日时阴复时霁，丰隆作势意犹酣。

晚来阵雨净收去，蝃蝀拖开天蔚蓝。

蝃蝀：彩虹的别名。

恭奉皇太后回跸至圆明园即事得句

行秋玉塞奉慈娱，冬孟回銮暖尚姁①。

连顷宿麰秧正茁，两行官柳叶全无。

向东又自园门入，望北如忘山路纡。

体察精神承志意，扈游长此易言乎。

① 今岁中秋后一日始起銮，故回跸较往岁略迟，而和暖如常，故可喜也。

乾隆三十六年

新正恭奉皇太后幸圆明园即事有咏

豫节春园好，涓辰侍大安。
肇称八帙庆，愿奉万年欢。
康健心中喜，曾元膝下看。
微怜寸阴速，新月又将团。

涓辰：选择吉日良辰。

八帙：八十岁。

曾元：即曾孙和元孙。

东巡回跸恭奉皇太后至御园作

水陆舟车里数千[①]，仲春启驾夏初旋。
康强逢吉心增幸，来往咸亨念释悬。
那惜杏桃消御苑，益怜禾麦渴公田。
封章无误明扬阔[②]，铨部宣传莫慢延。

① 往还计三千余里。

② 每行幸阁部，本章隔二日一发，不致误览，独六品以上大员，俟回銮始引见耳。

咸亨：指万事亨通。

明扬：举用，选拔。

祭毕轻舆回跸御园之作

蒇事斋宫更[①]祭衣，轻舆趁爽御园归。
畅春路近先趋问，又已连朝定省违。

① 平声。

定省：子女早晚向亲长问安。语出《礼记·曲礼上》。宋 范成大《次韵陈融甫见赠》：“归骖不可驻，晨昏思定省。”

东西黄寺阅年陈，途便拈香落鼎新。
敬识当时具深意，联情因抚远方人[①]。

① 蒙古素敬黄教，世祖时因于京城北建两黄寺。选梵僧居之，使外藩朝正来者，瞻礼梵像，咸生欢喜，以寓柔远之怀。东寺已于前岁鼎新，兹以西寺葺治蒇工，路便临阅，拈香落之。

纱衣轻逼晓凉切，兰埒润沾露气浓，
却是寻常雨后景，渥优终欠为[①]无悰。

① 去声。

悰：欢乐，乐趣。李商隐《乐游原》：“无悰托诗遣。”

麦柄初收积圃场，黍禾遍野蔚新秧。
似兹略觉先忧早，然此先忧正不妨[①]。

① 道旁见麦已登场，梁黍秧苗并皆蔚茂，似农田尚不至迫于望雨。然晚禾正须耕种，此时若早沾渥泽，庶秋稼可冀有收，不能不切廑先忧耳。

向北雨佳潦积涂，问知此胜迤南输。
遂多六寸称沾者，不是慰吾竟诮吾。

御园雨泛　五月十七日

昨夜浓阴雨未零，辰牌嘉澍遂濛溟。
午过申逮时疏密，斯实沾哉心始宁。

御园景美不胜收，盼雨心烦却懒游。
迩日频繁叨渥泽，因教片刻泛烟舟。

亦看豪放亦沉潜，乍觉生凉乍涤炎。
上下水天一合相，不翻梵夹悟楞严。

梵夹：佛书。以贝叶作书，贝叶重叠，用板木夹两端，以绳穿结，故称。
楞严：佛教经典《楞严经》。

声难为状色难摹，把捉何从声色无。
此是洗心真法乳，自当忧虑净消吾。

法乳：佛教语。谕佛法如乳汁哺育众生。

雨中坐轻舆返御园

雨中半日畅清游，水态山姿景毕收，
适可轻舆遵陆路，玉河更不泛烟舟。

不起轻尘来作泥，允非破块允沾兮。
高田禾黍低田稻，一律润含绿颖萋。

破块：谓暴雨毁坏农田。

珠垂柳线飒阴森，回望玉峰云里寻。
耕织图犹溪那畔，仍教小待再来临。

玉峰：指玉泉山玉峰塔。
耕织图：该景区位于清漪园昆明湖西北岸。

园门入亦不逾时，章奏来乎先问之。
往每觉迟返觉速，世间万理率如斯。

溪亭对雨

晓晴卓午热非常，溽暑蒸为云阵张。
天际雷声才一鼓，倏然飞雨落霶霈。

霶霈：雨下得很大的样子。

溪亭隔久未栖迟，烟景当前耐可披。
原是往年对雨趣，仍为雨足往年时。

碎波承点归根合，疾点落波翻上飞。
土岸石堤都注瀑，片时新涨顿增肥。

既优既渥既沾频，始觉溪亭此畅神。
西北风吹云净卷，碧天如洗蔚蓝新。

溪亭对雨　六月廿七日

午热今朝不可当，高台无处得乘凉。

蒸为云起西北脚，隐隐雷声殷[1]远方。

雷声渐近云阴布，倏忽飞催雨点来。
艰向溪亭图望远，平湖一片白皑皑。

横排竖洒诗难状，尽态极妍画岂工。
应是龙公收夏雨，让教白帝落秋风。

① 上声。

白帝：古神话中五天帝之一，主西方之神。

斜日明辉蝃蝀悬，晚晴风景报秋天。
向来炎热驱以尽，头踏金揫信有权。

金揫：揫，束也。亦指秋。金揫，即金秋。

白河水涨，待桥未成，因暂返御园恭问皇太后安，即事书怀

伏庚甫退，时行宿涨犹留；处暑初交，置顿成杠未遍。咨首途而请纡掖辇，稍须东上之园；率前导而期徬方舟，徐驻适中之馆。乃问白河而径度，戒道将需半旬；因瞻紫籞而依驰，询安已经三昔。爰回御苑，敬侍慈颜。虽两辛之卜胥符，演润或缘乎岁纪；而一水之占倍惕，沮洳偏轸夫农功。至如典重诘戎，伫俟风高而表扈；矧若恩推怀远，行看日近以迎銮。是用摛言，以当志事。

今岁秋霖过辛巳，庠奚异涨候桥措。
五朝待那安清跸[1]，三日阔应谒圣慈。
遮莫园中仍复返，逍遥河上岂其宜。
箕畴默验咎徵应，惕与惭具只自知。

① 密云城外，白河水势湍急，深至二丈余，不能及时减落。搘柱既难以施工，牵舟又艰于速致。努三在彼督办桥座，云非四五日弗克蒇事。若因此停跸久待，殊为无益。且违定省已阅三日，因于十三日仍回御园，恭请圣母安。俟奏报桥成，再奉安舆启行。

厗奚：渔阳郡辖县。故城在今北京市密云区东北一百二十里，古北口内潮河西侧。魏废。

搘：同支，支撑意。

箕畴：指《尚书·洪范》之“九畴”。相传“九畴”为箕子所述，故名。

恭奉皇太后回跸至圆明园

秋暖今年喜异常，安舆旋辕小春阳。

塞庄揽景心恒豫，园籞就温体益强。

笼陌阴仍柳叶绿，喷阶香簇菊花黄。

延厘庆典行将近，嘉与群工宿悃偿。

塞庄：指承德避暑山庄。

延厘：旧时祝颂语，谓迎来福祥。厘，通“禧”。该年十一月廿五日为皇太后八十整寿。

乾隆三十七年

新正恭奉皇太后幸圆明园即景成什

行庆开韶掖辇应，萱闱福寿逐年增。

张灯楼阁从新阅，入画林岚依旧仍。

冰面雪痕才薄委[①]，山眉云气复浓兴。

希膏兼望西川捷，快赏烟花又岂曾。

① 昨日轻阴，京师飘散见云气，迤北颇浓。兹园中冰渚，微有积雪，然不成分寸，益切颙希。

萱闱：指母亲。

西川：四川西部地区，此时正值第二次金川之役。

经筵毕遂回御园，恭问皇太后安，郊外揽景之作

经筵礼毕切询安，郊外春光次第看。
嫩绿回彝畦畔茁，轻黄染柳路傍攒。
霁开西岭浮烟景，素积青郊酿薄寒。
润则不无沾则欠，只因生惜那因欢。

经筵：汉唐以来帝王为讲经论史而特设的御前讲席。

御园泛舟

四日彤宫宿，一泓春水开。
轻舆驻岸侧，画舫候河隈。
凫雁浮波漾，楼台倒影来。
时光真不让，忨愒若为哉。

彤宫：皇宫。此指紫禁城。

御园晴泛

朗晴弗冷亦非暄，耐可兰舟泛御园。
敕政勤惟协物理，值闲游以慰心源。
柳边丝意垂余润，桃处花光逐渐繁。

新水载舟澄见底，十思疏里忆徵言。

十思疏：典出唐 魏徵的《谏太宗十思疏》，内有“载舟覆舟”之喻。

御园暮春

耤田礼罢御园返，春日迟迟喜载阳。
兰陌烟光浓以露，柳堤绿意重于黄。
蜂猜杏坞游还怯，鱼试蘋波出复藏。
稍惜山桃花欲谢，思量开固早群芳。

耤田：古代吉礼的一种。即孟春正月，春耕之前，天子率诸侯亲自耕田的典礼。

自玉河放舟由昆明湖归御园，即景杂咏

游八刻余诗廿首，羽林苑外候将劳。
暇云遣则归应可，兴所适当戒在豪。

来以轻舆返以舟，为欣顺水送乘浮。
界湖回望高楼远，笑我当前缺句留。

两行绿树布阴齐，不见黄莺听巧啼。
曰色曰声镜光里，弗留而过几湾堤。

堤外鳞塍插秧遍，方方白水浸青苗。
农功较比常年早，夏长秋收候正遥。

鳞塍：密集的田垄。

渔村蟹舍遥相望，甓社菱丝夫岂殊。
柔橹数声苇渚拂，却看漠漠起飞凫。

机声轧轧听来近，早识舟经耕织图。
别舍蚕功刚炙箔，总关民计总廑吾。

炙箔：《耕织图》之一。炙，烤；箔，养蚕的竹席。此处指缫丝的一个步骤。
廑：通“勤”。

玉带桥过出玉河，昆明湖阔静微波。
行来画舫舣石舫，路取山阴近几多。

山阴：指万寿山后山。乾隆帝往往沿山阴经霁清轩返回圆明园。

山阴佳景颇堪寻，得句多哉弗重[①]吟。
便返御园问章奏，遥遥军务正关心。

① 去声。

广源闸易舟，过万寿寺至昆明湖登陆，回御园沿途即景杂咏

广源一闸界东西，水截长河高与低。
舟不可通应易进，早看舣棹候前堤。

花宫窈窕枕长川，云水僧人跪道边。
风利不须重结缆，付他到点自参禅[①]。

① 到即不点，点即不到。二语见《传灯录》。

云水僧人：云水僧又叫云游僧，指无一定居所，广游四方的僧人。

麦浪翻风麦穗翘，幸哉今度麦庄桥。
碑亭志水昔年建，农计殷殷廑旰宵。

西转长河更北行，岸傍火器建新营[1]。
便于操练省赁屋，一举还看两得成。

① 国朝旧制，拣八旗精锐为火器营。兹特动帑建营于此，俾聚居便于操练，且省赁房之费，无非所以惠旗人也。

玉河高水向东流，滚坝平铺雪浪浮。
多少节宣资灌注，湖心西望峙层楼。

滚坝：是一种农田水利设施，主要作用是阻止水流。

绣漪桥北坦昆明，一碧澄波漾舫轻。
奚必天孙费机杼，七襄宛在面前呈。

天孙：星名，即织女星。
七襄：亦指织女星。唐杜审言《七夕》诗："天街七襄转，阁道二神过。"

凤凰墩据水中央，来往频过眄渺茫。
却似神洲耸瀛海，那教容易舣烟航。

东岸湖亭俯廓如，到斯登陆易轻舆。
军营驿传曾来否，捷报而今正盼予。

廓如：清漪园内昆明湖东岸的廓如亭。

自玉河泛舟归御园

颇揽夏山景，言旋顺水船。
一舟玉川浪，两岸绿杨烟。
转浦图如换，过桥月似悬。
例当舣石舫，登陆步舆前。

方泽礼成自郊外返御园，即景杂咏

蒇事斋宫更祭衣，轻舆就道晓凉微。
胜常年是凭观处，麦拥黄云遍近畿。

匪啻近畿北省同，齐疆春旱尚中丰[1]。
十年一遇何修遇，覆载恩施益省躬。

① 今年，北省各督抚奏报麦收情形。直隶九分有余，河南八分有余，山西、陕甘麦穗亦倍常茂硕。惟山东春间稍旱，然自四月二十一、二，普得透雨，二麦收成尚可七分。计十年来仅得一遇，慰以为惧。

齐疆：山东。

比栉崇墉积圃场，获无暇垡尚余芒。
只期数日连晴霁[1]，已是农夫持穗忙。

① 数日前，每日有雨，惟虑连阴有碍麦场。自十九日以来，连日晴霁，刈获已将过半。再得数日如斯，则二麦全庆丰收矣。

黍高稷下都耕遍，一望菁葱隙地无。
却忆西成候犹远，自斯晴雨得时乎。

速诣畅春为问安，田功奏博懿颜欢。

益常福德益康健，将奉金舆启跸銮[①]。

① 将以月之廿五日恭奉圣母幸避暑山庄。

御园偏殿颜勤政，睿藻分明至训垂[①]。

况是启行近五日，宣传引见慎畴咨[②]。

①“勤政殿”三字匾额，皇考御笔也。

② 因启銮在迩，命各部旗引见人员，具于此数日带领，日或百余。

睿藻：指帝、后所作的诗文。

恭奉皇太后回銮至圆明园作

麦秋登稔继秋收，不啻王畿遍九州[①]。

大有幸蒙诚后乐，同人斯豫励先忧。

民间饱暖供慈览，园里清温奉懿游。

未免一筹犹系念，每当中夜问军邮。

① 今年直隶两收皆至十分。各省所获，自八九分以至十分，无在七分以下者。惟甘肃皋兰等十八州县，夏禾微旱，成偏灾。然以寰宇较之，盖千分之一耳。

清：冷、凉。

诣畅春园恭问皇太后安，遂驻御园即事成什

畅春养志冀娱亲，来往问安年例循[①]。

遂驻御园期信宿，适当子月景清真。

林无余叶山有骨，冰出平湖水入神。

傍晚西南云气重，翘思其雪麦根皴。

① 每岁冬朕自圆明园进宫，圣母以风景清胜尚留园居，至节近万寿进京，朕间数日赴畅春园问安，率驻御园信宿，以便再修定省，凡来往三四次，遂恭奉慈驾还宫。

御园雪景

祥花优渥麦根萌，余事园林一赏情。

画帧画神不数[①]范[②]，剪刀剪水那须并。

生来草木为银界，望里楼台是玉京。

别有书斋胜常处，收将仙液煮三清。

① 上声。

②《石渠宝笈》藏有范宽“群峰雪霁”册幅。

乾隆三十八年

新正恭奉皇太后幸圆明园，即景成什

行时扶辇卜良辰，御苑年韶又一新。

更喜楼台多积雪，可知草木乐初春。

冰坚漫待鱼陟负[①]，日爱还思乌驻踆。

却是银花火树下，金川捷报问犹频。

① 前一日甫届立春，鱼陟负冰，为立春后第三候，且腊间三白凝沍，池冰如镜，于试灯风景尤宜。

鱼陟负：即鱼陟负冰。指水底鱼虫游近冰面，以示天气回暖，百虫解蛰。《大戴礼记 · 夏小正》：“鱼陟负冰。陟，升也。负冰云者，言解蛰也。”

日爱：即爱日。珍惜时日，爱惜光阴。《吕氏春秋 · 上农》：“敬时爱日，至老不休。”

御园雪泛

正嫌凿冻为[①]行舟，密雪偏教助景游。
乍似孤山旁放棹，打头梅蕊自飞浮。

顿挫流离势转加，因风无影亦横斜。
落来冰上仍存积，烟意寒光本一家。

不碍冲寒泛淼迷，乾非湿舫润无泥。
银山玉水中揽景，缩地御园为剡溪。

① 去声。

剡溪：系浙江嵊州南来澄潭江与西来长乐江会合而成的河流。此处指冰雪相间的奇特风景。

雪后御园即景杂咏

历午云轻密势停，余波时复两三零。
重揩冰面几分白，暗隐山头一片青。

轻寒拂水薄冰连，教罢冲冲凿放船。
耐可肩舆揽飒景，效勤失望笑中涓。

中涓：此指宦官。

几曲烟堤取势斜，玉田半里步成赊。
春林五色翻迷目，不辨梅花与李花。

纵目林低远见空，西山积雪眄湖东。

重儓不复烦摛藻，早咏燕山八景中。

重儓：比喻同类事物中最低下者。此处指御园之雪。

摛藻：铺陈辞藻。意谓施展文才。汉 班固《答宾戏》："虽驰辩如涛波，摛藻如春华，犹无益於殿最也。"

燕山八景：又名"燕京八景"。清乾隆十六年御定八景为：太液秋风、琼岛春阴、金台夕照、蓟门烟树、西山晴雪、玉泉趵突、卢沟晓月、居庸叠翠，并刻石立碑，撰著诗文。

前朝柳陌见微黄，今日柳梢絮若扬。

付与当年谢道韫，分疏对面转教忙。

谢道韫：东晋女诗人，王羲之之子王凝之的妻子。《世说新语》载：谢安论雪，其侄谢朗言，"撒盐空中差可拟"，谢道韫曰："未若柳絮因风起"。此后，遂以"咏絮之才"喻女子之才。

大食玻璃涵远空，重帘那许入微风。

遥睎别有相应处，峰态林姿玉照中。

大食玻璃：来自阿拉伯地区的玻璃制品。

新收雪水满罍清，妥置筠垆活火烹。

恰值万几余暇际，三希即景抚时晴。

三希：指《三希帖》，即王羲之的《快雪时晴帖》、王献之的《中秋帖》、王珣的《伯远帖》。此处"时晴"即指王羲之的《快雪时晴帖》。

雪珠著处密犹乾，积素凝华最好看。

银色界天得殊趣，底须撑伞冒攒团。

恭奉皇太后回銮至圆明园即事成什

陆舆水舫起居安，奉养承欢万姓观。
视履考祥旋元吉，咏归言志戒磐桓。
只欣春雨膏三寸，那数[1]园花锦百般。
愿扈风銮恒豫意，益增康健益心宽。

① 上声。

首夏御园

爱景随时致弗同，花蹊绿意渐嬴红。
饯春落尽谢家雪，既雨无妨庾氏风[1]。
拨剌鱼游翻碧沼，间关鸟语出金笼。
万几有暇资何遣，考订书林正不穷[2]。

① 西北风每致晴，故云。
② 时集词臣校勘《永乐大典》，其中篇籍多有未经见者，常敕取数帙以资披览。

谢家雪：即“谢道韫”咏雪之典。
庾氏风：庾氏，即庾肩吾，为南朝梁代著名的文学家，有《咏风》诗。

端阳日，恭迎皇太后御园游赏即事

榴风麦日丽端阳，率领孙曾迓凤航。
一雨承欢举将罢[1]，万年为祝庆方长。
爱依王母膝前乐，底用仙人肘后方。
信宿安舆奉启驾[2]，颐和避暑驻山庄。

① 向来端阳日，或值祈雨，即不陈水嬉节宴。今年自四月中旬缺雨，迩日盼望

正殿，节事几罢不举。适初二夜，甘澍应时渥霈，喜洽农田，因得恭迓圣母游观，用博欢豫。

② 将以月之八日幸避暑山庄，恭奉慈辇启跸，途中仍依昨岁例，肩舆缓程，以冀益臻安泰。

肘后方：晋 葛洪有仙术，著有《肘后备急方》，简称《肘后方》。世传他死后尸解成仙而去。后用为咏仙方，或用作咏仙道之典。

溪亭对雨

过午龙舟罢，溪亭坐晚凉。
密云起东北，急雨落池塘。
倾耳喧滂沛，迷眸只渺茫。
片时收阵脚，麦候庆宜旸。

恭奉皇太后回跸至御园作

去当夏仲返深秋，八帙慈颜奉豫游。
于古稀闻今幸遇，养亲惟敬我何求。
筹农历览因稍慰，剿逆全机正在谋。
无处不廑敕几政，鲜曾后乐只先忧。

乾隆三十九年

新正恭奉皇太后幸御园之作

撰辰晓出凤城垣，烟市灯棚景物繁。
甲午今年新甲子[①]，春舆此日驻春园。

璇霄瑞气霏银粟[②]，姬室徽音奉寿萱。

吉旦王师兹进剿[③]，月闻三捷吁天恩。

① 是日甲子。

② 同云密布，已霏稷雪，益盼优霈不宁。

③ 阿桂等奏，各路将军俱定期，约于正月初十日，分道进兵，会剿金川，今日正当师征吉期，而雪霰应占，天龙送喜，伫闻捷奏。

银粟：雪花。

雪后御园即景

过午春云淡以轻，慰将惜并一时生。

不知足固人恒有，善遇亨当我戒盈。

银沼铺冰互融化，琼峰晃日益晶明。

速教收取培林木，行赏推恩例视成[①]。

① 每逢雪后，命步兵及苑户扫取，培壅树根，因即行赏，岁以为例，亦推天恩之意也。

仲春御园即事

还宫言出御园常，旬日韶光顿尔昌。

风坼埭头桃蕾紫，暖侵阶齿菜花黄。

伞张已觉嫌曦烘[①]，舟泛宁须凿冻忙。

如此佳时如此处，问军书那问春芳。

① 去声。

坼：裂开，裂缝。

埭：堵水的土堤。

御园暮春遣闷

仲春启跸暮春回，十日韶光瞥眼才。
绿水青山疑画展，新荑繁花迎[①]人开。
临池摹帖三仓衍，弃暇翻书四库裁。
之二者犹略遣闷，闷因亟望捷音来[②]。

① 去声。

② 阿桂昨奏，一二日内即觅路进攻。计廿四五日当有大捷，是以连日盼望喜音尤切。

新荑：即“辛夷”，此处指玉兰花。

三仓：汉初，合李斯《仓颉篇》、赵高《爰历篇》和胡毋敬《博学篇》为一书，称“三仓”。

四库：即乾隆时编纂的中国历史上最大的一部综合丛书，按经、史、子、集四部分类，成《四库全书》。

首夏御园

居诸凡五觉无何，景物犁然向夏多。
雨霁云轻仍眷恋，早凉午热却清和。
牡丹谢埭收春色，芍药翻阶烘日窠。
阁漏昼长奚遣暇，书蒐四库足研摩。

居诸：语出《诗 · 邶风》：“日居月诸。”后借指日月、光阴。

恭奉皇太后回跸至御园作

知年不忍举宣尼，喜奉慈游是所知。
启驾日同至共日，往营时先[①]返逾时[②]。

霜枫吟杜丹青错，秋菊疑陶黄紫披。

百二居诸消一瞬，依然望捷缱遥思。

① 去声。

② 迩年，率以同日奉圣母启跸，即先行至避暑山庄迎驾。回銮则圣母先行，朕于山庄多驻数日启跸，仍同日至御园。

宣尼：孔子。

霜枫吟杜：杜，即杜牧；霜枫，即其诗："停车坐爱枫林晚，霜叶红于二月花。"

秋菊疑陶：陶，指陶渊明；其有诗："采菊东篱下，悠然见南山。"

御园季秋即景

御园小驻未还宫，景物深秋致弗同。

问政求衣宵漏报，消闲披简午窗融。

绿云不蔽松梢日，黄雨纷飞柳叶风。

昨见沿途麦苗茁，便因望雪护芃芃。

乾隆四十年

新正吉日，恭奉皇太后幸御园即事成什

欣陪凤辇出皇州，庆节行时例率由。

谷日晴和占谷美[①]，春朝良吉奉春游。

已看柳杪将秭放，更喜松根有雪留。

独盼红旗尚迟到，难忘丙夜问军邮。

① 是日初八，为谷日。

丙夜：三更或半夜的时候。

肩舆归御园四首

冰融墙外已通舟，直达昆明足溯游。
适可轻舆便言返，兴于豪处戒其流。

水田一带尚存冰，蓄润将资穑事兴。
小试颇关农八政，原无他术治民能。

农八政：《书经·洪范》："八政，一曰食、二曰货、三曰祀、四曰司空、五曰司徒、六曰司寇、七曰宾、八曰师。"即以农为主的八种政事。

日下曾传功德寺，层层梵宇布金田。
规模减昔颓葺旧，为系观瞻非佞禅。

功德寺：位于今颐和园西侧，是一座藏传佛教寺院。元代称"大承天护圣寺"。明代宣德年间重修，更名"功德寺"。

去年亟返盼军书，今此依然诗咏如[①]。
近进虽频歼狡寇[②]，鸿功待蒇越殷予。

① 去年二月中，幸玉泉山，正当将军等进剿促浸之初，盼望军书甚切，因有"肩舆往即肩舆返，为切军营问驿章"之句。今大兵已逼促浸贼巢，功成在即，盼捷殷怀，较前倍急耳。

② 近日阿桂康萨尔之捷，歼贼二百余，嗣复克其堪布卓甲尔纳两处碉寨，斩获亦众，即日乘胜深入，可期迅蒇丰功。

御园舟泛志怀

数日还紫禁，今朝临籞院。

屈指未逮旬，重来冰已泮。

流阴迅如斯，陶侃诚有见。

陶侃：东晋名将。其常语人曰：“大禹圣者，乃惜寸阴。至于众人，当惜分阴。岂可逸游荒醉，生无益于时，死无闻于后，是自弃也。”

有见凿冰非，昔曾屡致咏[①]。

何如待其解，自足供舟泳。

顺时惜人劳，小节亦用敬。

① 御园当冰泮之前，中涓每凿冰以献勤，深知其无益，然禁之弗能止，曾作凿冰行以纪事。

用敬凛无逸，漾舟聊暇遣。

波面蒲未剌，波心藻自卷。

于彼物菀枯，悟兹理藏显。

菀枯：语出《国语·晋语二》。后以“菀枯”指荣枯。喻指荣辱、优劣等。

藏显各有时，仁用羲经著。

春工鼓万物，圣忧曾不与。

我实法圣者，惕乾那可去。

御园暮春即事

省耕旋跸暮维春，已喜甘霖布泽匀。

惕夕乾朝才几日，千红万紫报芳辰。

抚兹廑矣陶之惜，羡彼与乎点也真。

底事依然未满志，音传鸿捷问犹频。

陶之惜：即“陶侃惜阴”之典。

御园首夏

通闰因教节令迟，御园首夏似春时。
红轻绿重虽恒例，午暖朝凉不定期。
杨柳絮稀经雨减，牡丹花放待风吹。
如斯佳景厌欢赏，为盼军营驰捷旗。

恭奉皇太后回跸至御园作

巡归此日税轮蹄，圣母康强万寿禔。
驻以徐因发以豫，行斯后亦到斯齐①。
一心祝愿惟悠矣，四月光阴亶迅兮。
幸得红旗初报喜，再三其至更殷徯②。

① 皇太后于十二日自热河起銮，缓程安行，于廿一日驻石槽行宫。朕于十六日启跸，按程而行，亦于廿一日驻石槽。廿二日恭奉圣母回驻畅春园。

② 阿桂攻克勒乌围初次红旗报捷，于八月廿四日至木兰行在，即遣侍卫驰赴山庄，为圣母贺喜。今阿桂统兵觅间进剿噶喇依，为扫穴擒渠之计，指日可望蒇功。二次三次红旗，自当接踵而至耳。

轮蹄：亦作“轮蹏”，车轮与马蹄，代指车马。
禔：福。
徯：等待。

乾隆四十一年

正月初十日，恭奉皇太后幸圆明园，即景得什

撰辰行庆翠銮奉，初岁开韶紫籞临。
腊雪已欣沾遍野，春云又见吐遥岑。
恒同民乐期无斁，转为时和惕不禁。
幸较昨年逯功蒇[①]，红旗旦晚递佳音。

① 去岁新正，有“独盼红旗尚迟到，难忘丙夜问军邮”之句。近则大军已围定噶喇依贼巢，擒凶报捷，只在旦夕矣。

无斁：不厌恶；不厌倦。亦作“无终，无尽”解。

御园泛舟之作

仲春园景报韶妍，便趁几闲一泛船。
桃晕红情润含露，柳舒绿意暗笼烟。

朝来小雨喜初晴，拍拍兰舟春水生。
怪底轻寒增料峭，西山遥展玉屏横。

平叠轻纨渌水涵，野村几曲似江南。
行春桥畔晴兼雨，则我敲吟处尚谙。

已沾冬雪继新正，晓雨霏微润麦萌。
指日东巡将启跸[①]，欣于历历阅春耕。

① 将以是月初九日，启跸东巡。

御园花朝即事

西发东还经御苑，桃红柳绿绘花朝。
群芳争凑仲春景[①]，三白遑称六幕调。
恰值佳辰欣笔点。正逢绝域报兵销。
虽然敬怠分一念，泰亦难萌敢曰骄。

① 北方花朝，花率未开。去岁腊月十五日立春最早，加以冬春雪泽频沾，故今岁花朝花事特盛。

花朝：即花朝节，是中国古代的传统节日。清时，一般北方以二月十五为花朝节，南方则以二月初二，或二月十二日为花朝节。

六幕：即六合，指天地四方。

绝域：极其遥远的地方。此指大小金川战役结束。

恭奉皇太后回跸至御园作

昨日询安今奉还[①]，园居尊养豫慈颜。
敞轩暖阁怡神处，万载千秋祝愿间。
底峙恒欣双柏翠，林标才见几枫殷。
更蒙温谕申前约，明岁依然看塞山。

① 皇太后于十二日自热河启銮，缓顿安行，于廿一日驻石槽行宫，余亦于是日至石槽驻跸，即诣圣母行殿问安。次日恭奉安舆回驻畅春园。

诣畅春园恭问皇太后安，遂驻御园有作

夏清冬温处总备，昼安夕宴事胥宜。
为[①]兹久驻钦承志，遂致频来敬问怡。
政务原无间以息，人情要亦体而随[②]。

因之飒景御园揽，林色丹黄入画时。

① 去声。

② 冬令昼短且寒，朕若园居，则奏事来者必冒冷宵行，数年来率以冬孟还宫，而往来问安。既不误政，亦体人情之一端也。

乾隆四十二年

新正恭奉皇太后幸圆明园，即事成什

乘时行庆奉慈尊，撰吉良辰幸御园。
景渐隔年入春祉，林余积雪识天恩。
腊严昨岁冰犹冻[1]，风靖今朝气即温[2]。
福履康强志愉悦，永承膝下祝心存。

① 昨冬腊霙盈尺雪后气候较寒，兹交春虽已旬余，池冰犹然坚冱。

② 连日俱以有风而冷，今早风定日暖，便觉春意盎然。

北郊礼毕还御园因成五绝句

历岁躬禋沐厚恩，敢因暑节避歊烦。
若云昭事如事母，触绪惟增不忍言。

歊：炎热：歊暑。

昭事：勤勉地服事。此处指祭祀。

前朝甘雨尺余沾，历览郊原庆慰兼。
麦半收场半栖亩，黍禾助长露湑尖。

西山滃浡雾浓生，润逼轻舆课穑行。

设以目前收麦论，却迟雨可却宜晴。

滏浡：亦作“滏渤”。盛貌。

觉生偶一尝香积[①]，未悟无生那觉生。

回忆往年今日况，惟余忍泪恨难平[②]。

① 由坛还御园，途经觉生寺，每于彼传餐，寺僧以素膳进，略一尝之，非全用伊蒲馔也。

② 每岁北郊礼成，先诣畅春园请圣母安，再还御园。兹惟因恩慕寺落成，便道瞻礼，追忆常年景况不可复得，曷禁哀感。

觉生：即大钟寺，位于今海淀区联想桥北侧，建于清雍正十一年（1733），为皇家佛寺。

香积：僧道的饭食。

无生、觉生：雍正帝《敕建觉生寺碑文》言：“以无觉之觉，觉不生之生，所谓觉生也。”

北郊旋跸例园居，况已园居两月余[①]。

只以长[②]年兼畏暑，初心未遂实惭予。

① 予昔遭皇考大故，二十七月后始居御园。今岁圣母大事，正月二十九日，恭移梓宫，暂安九经三事殿，应常诣几筵行礼，即于御园持服，以便谒奠。兹既安奉山陵，还京后升祔及恭进玉册宝诸大礼告成，适当夏至斋戒，宫中居逾半月，今始还御园。因思御园莅政视事，与朝内无异，况二月以来，已居两月余，且余年已望七，迩年觉畏暑，园居稍得清凉，可以精勤庶务，亦足仰体圣母在天慈爱。揆之礼意，尚不为过，是以仍循向年北郊后园居之例，惟不能似从前驻御园之待以三年，究不免惭歉耳。

② 上声。

乾隆四十三年

仲春幸御园有作

去年已是御园居[①]，今岁园居益欿予。

便即法宫亦朱户[②]，却犹林籞有精庐[③]。

孟春既过仲春至[④]，娱事谁知往事虚。

点笔勉为纪时月，无端惹恨只长歔。

① 昔遭皇考大故，二十七月后始居御园。昨岁圣母大事，以梓宫暂安九经三事殿，即于御园持服，以便常诣谒奠。及山陵礼成，以百日内既以园居，故于北郊大祀后仍居御园。且余年已望七，颇觉畏暑，园居稍为清凉，得以精勤庶务，亦足仰体圣母在天慈爱，故不能如从前驻御园之待二十七月，究不免于惭恧。今虽已逾小祥，故于春祭社稷坛后幸御园，较每岁已迟一月矣。

② 宫中皆黄瓦朱户，都非倚庐之理，居之亦自不安也。

③ 虽曰园居而朴屋素席，较宫殿反为适意。

④ 向年，皆以孟春奉圣母行庆度节，兹不可复得矣。

北郊礼毕还御园作

斋宫小憩为更衣，返驾御园度国畿。

一晌凭舆切悲绪，问安那再谒慈闱[①]。

① 向年北郊礼毕还御园，必诣畅春园问圣母安，今则不可复得，追思曷胜悲痛。

国畿：即王畿。古代天子都城附近的地方。

农功迤逦阅郊畴，二麦登场只半收。

禾黍苗而秀实未。仍因颙望霈霖优。

低积水高还作尘，两番雨实未沾均。

畿南豫北齐西境，总在吾心祷泽频。

畿南句：指京畿南部、河南北部、山东西部。

不奈炎蒸自长年，园居终觉意惭然。

跸回更切伤心者，恩慕惟空礼梵筵[①]。

① 余年已望七，不似向时之耐热，园居较宫内稍可避炎，冀得宁神勤政，然不能如皇考大事，即吉后始居御园，问心终觉有歉。兹以途经恩慕寺，瞻礼佛座，触境惟增伤感耳。

恩慕：即恩慕寺，位于畅春园东北角，恩佑寺旁，建于清乾隆四十二年(1777)。

梵筵：做佛事的道场。

乾隆四十四年

仲春驻跸御园即事

祈社经筵礼具修，仲春御苑驻鸣驺。

再朞倏过仍縣徹，一晌回思惊隙流。

绿柳红桃都罢问，山亭水榭且迟游。

宣尼瑟不成声意，至教谁能外此不。

鸣驺：随从显贵出行并传呼喝道的骑卒。此处借指乾隆帝。

朞：同“期”。一周年；一整月。

縣徹：縣，揭示意。徹：道。《诗·小雅》：“天命不徹。”毛传：“徹，道也。”郑笺：“不道者，言王不循天之政教。”

宣尼：指孔子。西汉平帝元始元年，追谥孔子为褒成宣尼公，后因称孔子为宣尼。

北郊礼成回跸御园之作

斋宫暂憩祭衣更，遂驾轻舆趁晓行。
依例和声署奏乐[①]，听来原是不成声。

① 祭毕，和声署例于舆前奏导引乐。时已过二十七月，不得不任其循旧举行。但听之，终觉不怡，犹孔子弹琴不成声之意也。

麦收将毕遗柄穗，禾黍芃苗浥露浓。
等度历年回跸路，如斯景象实艰逢。

精蓝路便试伊蒲[①]，覆釜王维事特殊。
利市施檀两无碍[②]，前言聊尔戏之乎。

① 自地坛还御园，路经觉生寺，即于寺内传餐而行。

② 僧献一斋，赐之三十金。虽素蔬数器不值十金，且持素亦非予性所谙，聊以作随缘之檀施耳。

精蓝：指佛寺、僧舍。

伊蒲：又称“伊蒲馔”，代指斋供、素食。

利市：买卖所得利润，亦指赏钱。

来往途当经畅春，问安永罢怆伤神。
虔瞻恩慕辉佛日，却我无能悟净因。

净因：佛缘。明 唐顺之《闻石屋彭君置生棺有感为赋四诗》：“青山结净因，回首迹俱陈。”

回跸至御园叠丙申旧作韵

秋蒐复此御园还，俯仰之余只觍颜。
昔日承欢霄汉隔，斯时忆旧梦魂间。

菊花过节秋容老，枫叶迎人泪眼殷。
订约难堪缅温谕[1]，几曾重赏塞垣山。

① 丙申回跸诗有“更蒙温谕申前约，明岁依然看塞山”之句。孰意竟成虚语，回思增感。

秋蒐：秋日畋猎。此处指清帝木兰秋狝。

乾隆四十五年

南巡回跸驻御园之作

往返十旬勤省方，湖[1]河[2]海[3]各策筹蘉[4]。
三春吋若南邦阅，首夏泽殷北地望[5]。
阅若匆匆时度速，望殷切切泽愆长。
寸衷更有难堪处，萱阤那重问豫庆。

① 淮。

② 徐。

③ 浙。

④ 南巡要务在河工海塘，而洪湖、清口尤为治黄关键。昨亲临阅视，罢杨庄河口改移之议。其高堰、三堡、六堡等处卑矮，砖工改建石工，遂段分年修筑。又畅开陶庄引河，俾加宽深；复命大学士阿桂等往勘云梯关外海口，自二套以下留以分泄盛涨，畅达尾闾，不必与水争地。其滩地应征减则地亩，并令萨载等查明请豁。又命尚书嵇璜等往勘周家庄至韩家山，改建石工四百余丈，并将旧石堤加高层数，与新堤一律整齐。至浙江海宁柴塘四千二百余丈，虽尚完整，然究不如石塘之巩固。因命督抚勘估改建石塘，俾滨海群黎永资乐利。

⑤ 自四月以来，直隶山东望雨颇切，惟济南一带，于四月三十日已得透雨。至德州以北，则仍盼渥泽，详见前诗。

省方：巡视四方。《周易·观》：“先王以省方观民设教。”孔颖达疏：“省视万方，观看民之风俗。”

蘉：勉力，努力。

回跸至御园作

庆典虔怀礼毕全，銮舆次第历因旋。
迎人园景仍依旧，蓄眼秋光又以鲜。
拈笔却愁得句懒，抚时惟觉逝阴迁。
知应结习久而淡，其奈予心益眷然。

乾隆四十六年

新正幸御园即事成什

昨岁祈年遂启程，为乘阳气奉时行。
御园依例开正幸，丁酉忆前四载更[①]。
石火电光真可讶，星桥月炬若为情。
纪吟节序难容罢，把笔无端句怯成。

① 每岁新正恭奉慈宁幸圆明园，乘时行庆，必有诗纪事。自丁酉大事后，昨岁以逾三年，举南巡之典。今春正依例幸御园，忽忽不觉四载，追忆增感。

石火电光：燧石的火，闪电的光。原为佛家语，现多比喻人生或时光的短暂。
星桥：鹊桥。

仲春御园即景

还宫旬浃驾言出，御苑风光报仲春。
心怅重无问安事[①]，发宣已作古稀人。
轻黄上柳略殊昨，淡紫含桃未放新。
屈指花朝隔三日，只教盆卉答芳辰。

① 向年幸御园必先恭诣畅春园问安，今不可复得矣。

初夏御园杂言遣虑

昨岁事南巡，前年逮释服。
御园初夏景，均未一游目。
清和今适值，春雨况沾足。
和近春娄尾，清非夏腾燠。
因为清和什，德潜说辟独①。
风日既以佳，心情应亦淑。
而何缱甘省，番回逞凶倏。
军书勤批答，廑怀日以六②。
却报官兵集，贼氛势已衄。
正凶犹待获，虽慰意仍蹙。
有暇偶泛舟，散虑林籞曲。
怀昔不忍欢，遣虑吟书屋。

① 岁时记四月朔为清和节，考古人引用皆然。沈德潜乃讹唐之中和节为清和，因以谢诗“首夏犹清和”，谓四月似二月，其说臆断无据，别有清和诗辟其谬云。

② 自三月三十日，勒尔谨奏撒拉尔番回肆逆一案，军书旁午，日勤批答。至四月初六日，始据奏报，各路官兵陆续到齐，击退逆匪，上山贼势穷蹙，惟待擒获正凶，剿除余孽云。

御园霁景

优沾麦雨晴亦好，霁景园林晃晓晖。
轻籁不妨翻柳絮，余寒犹觉恋棉衣。
燕穿帘角寻巢补，蜂掠瓶头采蜜归。

境遇顺当戒心放，庸歌敢忘敕时几。

庸歌：谓作歌词而咏唱。语出《尚书·益稷》：“帝庸作歌曰：‘敕天之命，惟时惟几。’”

北郊礼成回跸御园即目成咏

礼成更服例斋宫，岁久槐阴满院笼。
礼寺石栏欲修饰，笑而弗许好难同[①]。

① 太常寺奏请，修整斋宫，并石栏皆欲刷凿见新。以石栏经雨渍苔痕，颇存古意，不许。兹视之实佳也。

轻舆清晓历郊衢，芃绿黍禾滟露珠。
此象十年艰一遇，秋收时远益殷吾。

麦半登场半未收，宜旸颙冀获丰稠。
絮云空宇时聚散，难措寸心慰与愁。

觉生[①]路便每传餐，十里烟郊破爽寒。
洪雅园过畅春近[②]，追思不忍举头看[③]。

① 寺名。
② 洪雅园，即米万钟勺园，今为郑亲王邸第。
③ 向每自北郊礼成回跸，必先恭诣畅春园问安。今追忆不可复得，惟增悽感。

回跸至御园作

山庄避暑木兰猎，祖迹绳承毕阐谟。
旰理宵批敢懈彼，民艰吏治益廑吾[①]。
御园莅止昨何异，冬节初临景略殊。

忽忆五年前此况，畅春亟去问安无。

① 今岁至山庄时，正在办理撒拉尔逆回一案。嗣节次据阿桂奏报，扑剿贼营，已诛贼首苏四十三，其余逆党，歼戮具尽。至六月间，又据河臣奏报，黄河决口，先邳睢南岸之魏家庄，继仪封北岸之曲家楼。今南岸已经堵筑，而北岸据奏报，堵筑工已过半，计十月中可以合龙。因命阿桂于甘省事竣后，取道赴豫督办。又甘肃监粮折色一案，王亶望为藩司，视总督勒尔谨如木偶，与首府蒋全迪狼狈为奸，通省上下，联为一气，恣饱欲壑，冒赈殃民，鞫讯得实，分别抵罪。嗣四川复有蝈噜匪抢劫拒捕之案，且纠集多人，窜入邻境，皆由总督文绶平日养痈贻患所致。因降旨革职，发往伊犁效力赎罪，以福康安代之，督率文武严行查办。近已据报，获贼百余人，指日根株可尽，闾阎得以安枕。以上四事，均于吏治民生大有关系。数月来，飞章驰报，批答传谕，殆无虚日。

乾隆四十七年

新正幸御园即事得句

奉时行庆典攸存，撰吉平明幸御园。
日已远哉尚余忖，景如故也率难言。
冰铺东沼奁呈镜，素积西山屏罨轩。
傍午春云又徐布，再霏诚益沐天恩。

回跸至御园即事成什

清晨启跸密云阴，几点如丝细雨斟。
瞪乏未成霡霂势，耳倾那听霎霎音。
名山游肯心耽恋，御苑归虞政搁沈。
麦颖菁葱较前长，越教殷为望甘霖。

霡霂：亦作“霢霂”，小雨。《尔雅·释天》：“小雨谓之霡霂。”
霎霎：细雨，小雨。

香山旋跸御园之作

轻舆明发向朝晖，背指云林叠翠微。
频喜兰皋沾继润，即看麦垅较前肥。
薄寒飒飒知雨广，浓露瀼瀼见晛稀。
四日游山诗五十[①]，御园勤政合言归。

① 是游得诗五十余首，举成数耳。

兰皋：兰指兰花和兰草；皋即水边的高地，意为长兰草的涯岸。
晛：日光。

回跸至御园即事

宵旰山庄敕万几，木兰策马尚行围。
古稀薄海廑怀保，秋季御园旋驾归。
无逸所其敢曰老，有为以此慎惟微。
往看收麦还种麦，辄便因之望雪霏。

惟微：语出《尚书·虞书·大禹谟》：“人心惟危，道心惟微。惟精惟一，允执厥中。”是为尧舜禹禅让之“十六字心传”。

乾隆四十八年

新正幸御园即事

祈年睦族典胥葳，依例新正驾幸园。
身体康强不图逸，屏藩宴赉那辞蕃。
两行春柳薰黄染，一带西山积素存。

过午轻云淡日色，便希重霈六花繁。

仲春圆明园即事

未朔还宫过望回[①]，廿余驹影迅遒哉。
问安殊昔心独苦[②]，勤政如前志敢颓。
春冷溪边桃勒朵，雪沾町畔麦滋荄。
奏章每报叨丰泽[③]，橐籥益钦栽者培。

① 自正月二十九日还宫，行经筵、释菜、春祈诸礼，初十日启跸恭诣泰陵，礼成后由潭柘香山旋跸，于二月二十二日回至御园。

② 昔年每旋跸，由昆明湖泛舟即先诣畅春园问安，今徒至御园回忆昔景，不可再得，只增凄楚。

③ 入春以来直隶、山东、山西、河南、陕甘等省均奏报雨雪沾足，麦苗芃发，东南各省亦陆续奏报春雨应时，远近普叨渥泽，实钦承天佑也。

橐籥：亦作“橐爚”，古代冶炼时用以鼓风吹火的装置，犹今之风箱。此处喻指造化、大自然。

乾隆四十九年

南巡回跸至御园之作

六度南巡于迈勤，一心惟是为民殷。
雨虽继雨仍希望[①]，孙又生孙亦喜欣。
日月居诸诚过隙，园庭莅止迓南薰。
载咨儿辈其聪听，毋易言游视记文[②]。

① 自闰三月初四五日得透雨后，复于四月十八、二十一等日连得雨泽，跸途所见，禾苗渐次长发，但究未透足，尚殷颙望耳。

② 今岁六巡江浙，携诸皇子侍行，俾视朕躬之克己无欲，以及扈从之奉法，官吏之奉公，民人之亲近。有不如此，未可言南巡，而总不出敬天明理两端。详见昨所制《南巡记》。

孙又生孙：即四世孙，玄孙（又称元孙）。

迓南薰：迓，迎接。南薰，此泛指宫观楼殿。

回跸至御园作

江国旋舆驻越旬，山庄启跸不辞频①。

去方筹笔勤旁午，归早成功逮小春②。

靖逆安良赖天佑，持盈保泰励躬寅。

秋收更幸逾常稔③，休养惟欣共万民。

① 今春六旬（巡）江浙。于四月二十三日回跸后，即举行殿试，散馆及馆选庶常，引见文武官员诸政务。夏至北郊礼成，于五月初八日，启跸幸避暑山庄。

② 五月启跸时，正甘省逆回田五等纠众滋扰，军书旁午，筹笔殷繁。因遣阿桂、福康安、海兰察等驰驿速往歼贼。于七月初间，攻破石峰堡贼匪，扫除净尽，并生获贼首张文庆、马四娃等，械送热河廷鞫，分别斩磔示众。其逃匿贼罪余党，并于九月前歼捕无遗。

③ 北省今岁雨旸应时，均获有收。而甘省当大兵之后，雨水极为沾足。立秋后晴霁，田禾得资晒晾，秋成获稔更逾常年。古称军兴每多旱少雨，今幸蒙天佑，庆协绥丰，惟益深乾惕耳。

乾隆五十年

新正幸御园即事有作

御园又阅隔年春①，人自依然景倍新。

虽是高龄非壮概，却欣诸礼竟躬循②。

轻黄陌柳含韶染，嫩绿塍粦待雪皴。
过午同云浓四宇，殷希瑞玉霈膏均。

① 上年春自宫中启跸南巡，未至御园。

② 昨岁上辛谴皇子恭代行礼，今岁仰蒙昊贶，自元旦行礼朝正，及千叟宴礼成后躬承大祀，康强倍昔，得展积诚，实深欣幸。

过午：指中午以后。

同云：《诗·小雅》：“上天同云，雨雪氛氛。”朱熹集传：“同云，云一色也。将雪之候如此。”后以为降雪之典。

御园雪泛

空拟冰床拖雪光[①]，还宫七日暖春阳。
御园回驻冻消尽，素景翻欣泛冷航。

① 上元节前后，以望雪甚为不怿。

配藜旋密旋为疏，豪放山花玉不如。
羃䍦烟中鸣棹处，破冬愁望一时舒。

配藜：此指雪花的分散貌。

羃䍦：弥漫。豆卢回《登乐游原怀古》诗：“羃䍦野烟起。”

漠漠漫漫幻景奇，西山遥望失嵫厘。
节前后此孤予者，罨入篷窗尽偿[①]之。

① 去声。

嵫厘：高峻貌。

罨：覆盖。

珠倾栲栳皪交加，吟冻宁须较八叉。

却又为之略廑念，过多寒碍麦抽芽。

栲栳：由柳条编成的容器，形状像斗，也叫笆斗。

皪：明亮，鲜明。

八叉：两手相拱为叉。旧时以八叉喻才思敏捷。

御园仲春即事

右庙修祀蒇事回[①]，轻舆路转凤城隈。
御园韶景已昌矣，金臬流阴实迅哉。
柳绿桃红天作绘，人情物理道为该。
前旬优渥沾春泽，默验盈虚凛化裁。

① 历代帝王庙在西城近阜成门。

金臬：臬，古代用来测日影的标杆。金，言其贵重。

御园观梅有悟作歌

昨岁仲春月下浣，曾有维扬观梅句[①]。
御园兹仲春下浣，亦复观梅于处处。
南暄北寒气惟恒，暄开寒勒理惟素。
胡乃梅开如一律，盖以立春迟早故。
昨岁立春正月中[②]，今岁春立腊月暮[③]。
迟寒早暄律本常，开勒其间原弗误。
却思京国方绽英，维扬应已无存树。
是则齐中原不齐，而不齐内齐固寓。
炙毂巧辩安能穷，南枝无言岂有虑。

虽然北地于庭中，植梅而开亦希遇。
是盖人力代天工，为之毡棚以遮护。
虽非薰燃用火攻，实避雪虐与风姤。
栽者培因格物知，人讵异乎惭且惧。
顿看绕砌复迎窗，邓尉孤山夫岂殊。
冰姿玉骨迥超神，杏冶桃夭可弗顾。
言之不足长言之，香送清风舞斯助。

① 昨春始至维扬竹西精舍。有“梅庭入画欲开齐”之句。
② 去岁正月十四日，始立甲辰春。
③ 去岁腊月廿四日，即立乙巳春。

下浣：亦作“下澣”，指为官逢下旬的休息日，亦指农历每月的下旬。
南枝：梅花。
邓尉孤山：即邓尉山，在苏州城西南三十公里，以“香雪海”闻名，是中国著名的赏梅胜地。

回跸至御园即事六韵

清时巡且狩，来往岁为常。
周诰心无逸，易辞身自强。
税舆临御苑，启驾指山庄。
莫匪敕几地，即斯为学方。
亶然一朝暇[①]，应待十年长。
未敢期如愿，垂恩听昊苍。

① 待归政方得暇耳。

周诰：《尚书·周书》中的《大诰》《康诰》《酒诰》《召诰》《洛诰》等篇。
税舆：税，息，停止。舆，轿子。

敕几：即敕几清晏。敕，帝王的诏命。清晏，清静安宁。意为君王在国事繁忙之余的休闲。

乾隆五十一年

新正幸御园即事成什

撰良蓂叶正依旬，跌荡都城出凤闉。
爆竹烟村新喜报，鳌山籞苑旧灯轮。
已思峰顶重铺玉，且幸树根尚积银[①]。
行庆似兹复九度，倦勤冀可住长春[②]。

① 去岁冬腊三白优沾，为数年所罕见，但自新正以来屡阴未雪，不无复望霈恩之念也。

② 于圆明园东葺治长春园如宁寿宫，为菟裘娱老之备，复度九岁，则为丙辰归政之年，似此行庆宴赉胥付嗣子，余当住长春园娱老耳。

跌荡：横逸豪放。

凤闉：闉，城。此指都城。

西巡五台回銮至御园之作

清苑迤西实沾泽，定兴而左略扬尘[①]。
南方屡报叨优澍，北省亦知胜往春[②]。
但我祈农怀靡及，以兹望雨念重谆。
御园花事未烂漫[③]，却鲜闲情问景频。

① 跸途所经自保定以西雪泽优沾，均极滋润，定兴以东始略见尘土。

② 今春上下江、江西、湖广等省均报得雨深透，河南、山东、山西及直隶等处，雨泽亦均胜往年。

③ 今岁以逢闰，节候较迟，三月下旬，春葩犹未全放也。

清苑、定兴：即清苑县、定兴县，位于河北省中部。

回跸至御园即事成咏

夏中发驾返秋深，红叶依然见御林。
四月有余如一瞬，万几无日不经心。
豫齐歙楚幸苏息[①]，南北东西廑匪今。
诗本百篇逮将满，勤予实政减闲吟。

① 河南、山东、安徽、湖北上年灾歉，今岁据各该督抚奏报，均获有收在八九分以上。即安徽一省，据书麟奏，除定远等十七州县间被水灾外，其怀宁等四十二州县统计约收八分。又江苏之清河、安东、桃源等县一隅被水，均经屡饬该督抚等，加意抚邺，分别办理，于通省秋成，全局亦不致有妨民气，得较前苏息，实蒙天贶矣。

乾隆五十二年

新正幸御园即景成什

行庆新正幸御园，轻舆清晓出都门。
郊原喜色银花积[①]，村舍欢声爆竹喧。
灵囿又看鹿麀伏，康居恰觐雁臣蕃[②]。
顺时灯火难概禁，踵事微嫌日渐繁。

① 去岁腊月八日后连次得雪，至二十八日复得尺许，兹来郊外祥霙积地，土膏沾渥，适叶三白之占，洵为丰年吉兆。

② 西域平定后，左右哈萨克咸向化内附。按之舆图，证以史册，即汉时康居地也。兹新袭哈萨克王汗和卓遣其弟阿哈岱入觐朝正，昨紫光阁锡宴，即令与年班回部、番部一体入宴，以示柔远之意。

麀：母鹿。

雁臣：指中国古代逢秋到京师朝觐，至春始还部落的北方少数民族首领。北魏 杨衒之《洛阳伽蓝记 · 城南龙华寺》："北夷酋长遣子入侍者，常秋来春去，避中国之热，时人谓之雁臣。"

御园仲春即事

经筵祭社礼成回，十日春光尔许来。
黄重柳丝受风袅，红熏桃朵向阳开。
隙驹诚迅惜应尔，邮骑何迟望亟哉[①]。
那有闲情问佳景，孤他韶冶待吟裁。

① 黄仕简等带兵渡台湾已经月余，而剿贼捷音尚未奏至，南望邮章不胜廑切。

尔许：如许、如此。

回跸至圆明园作

夜半浓云布，晨凌细雨霏。
无何妒风作，遂觉乱尘飞。
徒复成虚望，惟惭敕万几。
待邮兼待泽[①]，愁度往和归。

① 台湾逆匪等因黄仕简任承恩互相观望，以致首犯林爽文至今未获。已饬常青到彼督办，伫盼驰奏以慰悬念。又连日雨意颇浓，而每为风散，盼望成虚亦为之不惬。

回跸至御园有作

流阴四阅月如瞬，筹画军机无刻闲。
农务廑南仍劭北，民生图易更思艰。

菊花逾节黄兼紫，枫叶经霜绿带殷。
景物御园能恝置，七言聊志往和还。

恝置：犹言淡然置之，置之不理。

乾隆五十三年

新正幸御园即事成什

红旗未识发何方[①]，饬命沿途查勘详。
将谓贼渠擒递捷，徒因逆属获腾章[②]。
顺时行庆宁当简，筹策应机滋更蘉[③]。
午霁未成雪微惜[④]，不知足固我之常。

① 昨日紫光阁宴前，军营报到，不知何站添发红旗，诡称报捷，不可不严查惩治，以儆虚饰。

② 始闻红旗递至，以为贼首已得，及阅奏折，仅云拏获林爽文父母家属。虽逆匪势已穷蹙，不致漏网，而现尚未得生擒之信，览之殊未惬意。

③ 盼得捷音日甚一日，乃福康安已克贼巢，未即乘此兵威，震慑生番，擒渠蒇事，办理殊近迟缓。生番等平时当抚之以德，行军之际不可不惕之以威，事机稍缓，彼将不复知惧。宁肯效命献贼，因即应机筹策，训示再三。新正顺时行庆，加惠柔远，必不可少，而盼捷焦思，实不知有赏节之乐。

④ 上年腊雪频沾，舆中历览郊原土膏，甚觉融润。今早云阴浓布，冀复得雪，近午开霁，未免惜之。

雪后御园即景

渥雪宜欣霁又嘉，优沾天泽浩无涯。
时晴王帖真称善，见晛周诗未许夸[①]。
圆璧方珪难计玉，乔松低柳总开花。

是应和豫酬节令，意不舒悬望捷赊[2]。

① 是次雪已逾尺，十余日亦不能融消尽也。

② 庆赏佳节得此渥雪，更应悦豫。惟尚未擒获逆首，盼望捷音，意殊不舒耳。

时晴王帖：王羲之《快雪时晴帖》。

见晛周诗：见晛，指天晴暖。《诗 · 小雅 · 角弓》："雨雪瀌瀌，见晛日消。"

仲春御园即事

讲席回舆御苑居，仲春郊景历凭诸。

润增麦陇渐芃若，色重杨堤又窣如。

兴偶飞常托平句，齿微迈懒读奇书。

十年前忆问安况[1]，掷笔茫然一怆予。

① 向从宫中幸御园，必先恭诣畅春园问安。回忆十年前景况不可复得，每一拈笔，为之怆然。

窣：拂，扫。

巡幸天津回跸至御园作

陆则轻舆水则船，津门发跸御园旋。

观民颇豫丰年值[1]，靖孽兼从远海传[2]。

三月佳春正明媚，一心望雨独勤虔。

那更畅意看花蘂，惟是殷忧虑麦田。

① 去岁畿辅统计八九分收成。

② 初驻津门日，即得生擒庄大田佳音。将回銮，并值械系林爽文俘至。因即加廷讯，然后押赴西市正法，以彰国宪而快人心。

北郊礼毕还御园之作

夜半闻霖意悚然，晓晴方泽礼行全。
自维叨惠敢言报，并恐恃恩益励乾。
徐历郊原还御苑，回苏禾黍阅良田。
怆殊昔日问安况[①]，瞥眼光阴过十年

① 昔年北郊礼成回御园，必先诣畅春园问安。追思此景，不可复得，倏阅十年矣。

回跸至御园之作

乘舆此去乘舆返[①]，四月光阴迅似飞。
望八旬旋阅八载，祛惟危在守惟微。
至缘秋仲罢猎早[②]，觉异常年猎罢归。
柳绿枫丹绘园景，刻询台报揽游稀[③]。

① 向诣山庄必乘马启行，既寓习劳，亦以示健意。至八旬可以遵养，上年诗因有“拟待八旬罢鞍马”之句，今夏以仆臣迟误御马，遂乘肩舆就道，非予自度精力，以策马为难也。

② 今秋木兰雨大，围场地皆沮洳，故罢猎而归，较当年至御园早数日。

③ 今夏驻藏大臣庆麟等，忽有廓尔喀部落侵犯卫藏西边之报，是以拨兵筹饷，日劳于心，问报不论昼夜。今日回跸至御园，适接庆麟奏，廓尔喀闻大兵将至，已释围窜回。即命书旨驰谕机宜，大兵不可因贼退即回，若贼闻我兵已回而复来，成何事体。必当示以兵威，令其知畏，不敢再犯，以期永靖遐边。

祛惟句：《尚书 · 虞书 · 大禹谟》：“人心惟危，道心惟微；惟精惟一，允执厥中。”

乾隆五十四年

新正幸御园之作

祈岁穹坛事敬竣，御园用吉驻新年。
奉时行庆合如例，豫众怀遐未可捐。
城市节前欢比户，村郊雪后积原田。
心殷对育堪称泰，保泰诚难只惆然。

穹坛：天坛。
捐：舍弃、抛弃。
惆然：不安貌。

仲春御园即事

十日还宫庶绩熙，侵寻御苑仲春时。
勒寒冰沼消才半①，应节蛰坯惊尚迟②。
煦妪初含静观理，芳菲未畅雅宜诗。
和调六幕参元化，敢咏风云月露为。

① 今岁立春在正月初九节前，后普沾大雪，故较往岁为甚寒。
② 是月初九日始惊蛰。

煦妪：妪，指地赋物以形体；煦，指天降气以养物。

御园雪景

昨日花朝花未开，女夷神运有栽培。
瑞霙六出酣飞放，万树林枝与绽梅。

玉林银峤总遮罗，望讶高峰失翠螺。

却惜湖冰消已尽，不然收取得尤多①。

① 每逢冬雪收冰上雪培树，并以行赏。兹湖冰消尽不可收，只令收岸上之雪，即可抵前番，足见此番雪大矣。

翠螺：原指妇女的发髻。此处用以形容山峦的形状。

柳丝护岸作银丝，缓棹由他且自迟。

把笔欲停还欲笑，恐妨访戴涉陈词。

访戴：语出南朝宋 刘义庆《世说新语·任诞》。戴，即戴逵，字安道，东晋时期隐士。内言东晋王子猷雪夜中访友，但随兴所至，又不见而返。后用作思友访友之典。

积树因风落冷琼，微寒恐碍麦芽萌。

望其不及虑多过，终始为农那尽情。

御园即事

游盘雨雪遇回途①，旅役潦艰廑念俱。

历揽原田诚慰庆，言旋家室众欢娱②。

陡思塞外冻或有，并阅奏来碍并无③。

中外万民方寸里，春园那得畅观吾。

① 月之十二日自田盘回跸，适遇雨雪，途中间有泥泞之处。

② 迩日天暖，随行众役早已至家，亦忘其跋涉苦矣。

③ 昨因雨雪渐寒，风自北来，恐张家口外风雪或大，蒙古语所谓输尔寒，汉语译即春雪风冻，最碍牲畜，因命驰询宣化都统乌尔图那逊等。兹据奏，张家口内地气寒凉，本无秋麦，大田尚未普种，春令得此雨雪浸润，实属有益无损。且随下随消，口外牲畜不致寒冻，而青草易于发生，于畜牧尚有裨益等语。览奏，为之稍慰。

回跸御园有作

避暑弥秋葳旋跸，古稀九老幸康强。
驰驱有节知珍重[①]，射猎无妨偶效常。
往返倏经四月速，旰宵敢懈万几忙。
十分稔望二分失[②]，体察沿途惜不遑。

① 年届八旬，策骑自当有节，是以近岁木兰围中，不复甚驰骤。今秋偶遇前禽近马，犹能中获，则素所练习，固非奇异也。

② 春夏直省田苗长发，本可冀上丰，惟因秋雨过多，低洼处所不无淹浸。据报止有八分，经途体察，诚如所云，殊堪轸惜。

乾隆五十五年

新正幸御园即事有作

撰吉銮舆出凤闉，奉时施惠仰流鳞。
又看御苑为春苑，倏过七旬称八旬。
食旰衣宵仍勖已，雨量晴较总因民。
自彊不息吾夙愿，耄念宝成继用新[①]。

① 向有自彊不息宝以殿御书。庚子年镌古稀天子之宝，副以犹日孜孜。兹以寿跻八旬，镌“八徵耄念”之宝，仍副以自彊不息。盖经书中自儆之语虽多，而易象首乾，法天行健，至为切要者，无逾于此语。

回跸至御园叠戊申旧作韵

春光早送付巡船，登陆连朝望雨旋。
稍幸畿南尺半渥，旋愁京北寸余传[①]。

惭无调燮安民术，惟有彷徨责己虔。

明晓龙潭亲诣祷，霶沱优赐救农田。

① 十三日之雨，畿南各报四五六寸不等，惟京城以北只有寸余，愁仍未解，是以明早即亲诣黑龙潭虔祷。

回跸御园之作

月余先昔御园返[①]，乃以八旬庆典谐。

惭愧德无称四得，盈虚戒有切中怀。

沿途看穑昨年胜，入苑寻题秋仲佳。

虽是舆情申祝悃，微嫌争美过挨排[②]。

① 往年驻跸山庄，于万寿节后方始行猎，九月中旬外乃返御园。今年仰沐昊恩，寿登八帙，礼宜御殿受贺，以顺群情，是以旋京较早月余。

② 内外臣工吁请举行庆典，兹自御园至宫，沿途排列点缀，用申诚悃。惟争为美丽，未免嫌其繁费耳。

御园即事

庆典祭仪行并竣，御园居合仲秋晨。

风清日朗天垂贶，夕惕朝乾意倍寅[①]。

岂不百王眷承命，何当一己佑蒙频。

自强益励心无息，五载希为归政人。

① 自十二日进宫，十三日御殿受贺，十五日躬祭夕月坛。及今早旋跸御园，数日间天气晴朗，中外臣工及耆老士庶等胪欢祝嘏，各遂庆忭之忱，实赖昊苍鸿佑，百事顺成。感荷之余，不觉倍加乾惕。

五载句：指乾隆帝“在位六十年，即行归政”之诺，此时尚余五年。

御园闲咏

归去来较早，先将两月期[①]。
幸成庆典过，雅觉静居宜[②]。

① 往岁木兰行围，回京俱在秋杪。今岁以举行庆典，于七月下旬回至御园，为期较早两月。

② 七八月间，内外臣工及西北诸藩、东南各国，自王公以及陪臣，或先至山庄，或环集京师，虽见爱戴悃忱，而衣冠辐辏，典礼繁缛，颇深惕虑，幸赖上苍佑助，风日晴和，一切顺遂。迩日凡来祝嘏者，俱已出京，园居几暇，耳目前顿觉清静，形神亦倍恬适。

秋色萧森矣，时光适遇之。
间飞雨踰寸[①]，正助麦田滋。

① 近隔两三日，时作微雨，不过一二寸而止。

乾隆五十六年

新正幸御园即事

八旬开一叨乾贶，新岁撰辰行令宜。
帝里春和鸣爆竹，西山雪积见横眉。
敢因飨节忘无逸，亦曰柔遐惠有施[①]。
人事天时幸康泰，持盈增惧日孜孜。

① 每岁新旧外藩来朝正者，岁前于大内之抚辰殿、新正于瀛台之紫光阁、御园于正大光明殿皆赐宴，晚间例陈火戏，并令同观。今岁外国则哈萨克、朝鲜、暹罗、缅甸也。

八旬句：八旬开一，八十一岁。乾贶，上天之赏赐。

御园雪中即景

过未连申势尚稠，既浑酣矣更优游。
未曾渴望望外值，似此渥恩恩那酬。
亦曰敬勤持后乐，敢教宵旰忘先忧。
假山真树都增色，万玉光中畅咏眸。

过未连申：从未时到申时。未时，旧指下午一点至三点；申时，旧指下午三点至五点。

回跸至御园作

夏仲起程秋末返，风光百二隙驹偿。
个中乐鲜忧常切，意外年逢几更忙[①]。
军务复当画宵旰，时巡仍幸值康强。
虽期四度只三度[②]，符愿能乎且自薹。

① 自夏仲驻跸山荘，四月以来，每于农功常切先忧，然已幸雨旸时若普获告丰，不谓近日，后藏复被廓尔喀侵扰，经画军务，转无暇晷。

② 木兰秋狝乃我朝家法，诒谋万世，所当遵守。计自今逮归政之期，虽尚有四年，然只明年壬子至甲寅，此三年中可以依例行围。至六十年乙卯十月颁朔，即当于时宪书，纪嗣皇帝改元新号，不得不先期回京降旨，布告中外。且是年八月万寿，亦应于京城御殿行庆，则秋狝之典可弗举行。盖予自践阼之始，默祷上苍，惟愿能如皇祖御宇六十年，当即归政。今仰蒙天眷，已阅五十六年，自揣精力犹健，此四年尚可不负仔肩，果能符愿，实为史册所罕闻，吉孰大焉。

乾隆五十七年

新正幸御园之作

奉时行庆御园幸，撰吉方昌入晓春。
虽是安遥发偏旅，那能施惠忘诸臣。
南瀛北漠一家合，东旧西新百世均。
共沐天恩绵奕叶，莫殊此意惕加寅。

奕叶：累世、代代。

御园仲春之作

还宫旬日阅，御苑仲春临。
雪纵三番遇，泽无五寸深①。
捷音听倾耳，军务策由心。
以此旰宵度，嫌他山水寻。

① 自正月廿八，二月初三、初六得雪三次，共计虽有五寸余，然究非一次所得，尚冀优沛春膏耳。

西巡五台回跸至圆明园之作

西巡往返卅六日，徒阅旰宵春夏时。
心只台怀一朝适①，目穿廓喀片章驰②。
绸缪河北畿南计③，怀保老衣少食资。
惭愧麦苗较前长，依然渥澍望沾施。

① 今春雨雪未能沾足，西巡启跸前已殷盼泽之心，沿途历览颙望更切。三月

二十二日至台怀，午后祥霙酣渥，逮次晓晴霁，除融化外积有尺余。自春月至今，惟此驻跸台怀之日，心为慰适耳。

② 鄂辉、成德自剿净聂拉木贼匪之后，即应直捣济咙，将屯踞之贼，迅速歼尽，乃至今未据驰奏，不解何故迟滞。而福康安既抵后藏，又因等候兵力，尚未前进，且未据奏。及廓尔喀曾否遣人来至军前，认罪求恳，万里而遥，音信难于速达，夙夜盼望，片刻不能少释。

③ 昨因缱念河北之彰德、卫辉、怀庆三府，及畿南之顺德、广平、大名三府，雨泽久愆，即使日内得有甘霖，麦苗已难望稔。即令梁肯堂驰赴天津，会同刘秉恬妥商截留南漕六十万石分运该处，以裕民食。即此先事预筹，无时不以民生为念，初不待疆吏陈奏，而始计及也。

台怀：即台怀镇，位于五台山五大高峰东台、西台、南台、北台和中台形成的怀抱之中，故名“台怀”。

廓喀：廓尔喀，今尼泊尔中部地区。

方泽礼毕，驾回御园途中，即目得三绝句

一雨真教万物苏，恩深天地敬殷吾。
那期满目焦心者，生意油然阅载途。

趁润郊田遍起耕，拖犁人竟代牛行①。
可怜赤子勤农意，信不孤吾悯旱诚。

① 连朝甘霖透足，跸途见耕者挽犁赶种，惟恐后时，既为之幸，复深怜悯。

旧秧助长露华滋①，新种苗犹出土迟。
十五年前斯日景，畅春欢谒忍重思②。

① 今春亦间有种者，以未得透雨，嫩秧欲萎，兹渥被甘膏，立见芃茂，宛如助长，其雨后所种者，则出土尚迟也。

② 向年泽坛前后，亦多望雨之年，既渥沾后返跸恭诣畅春园问安，欢陈农况，情景依然，不堪回忆矣。

回跸至御园叠去岁诗韵

回跸御园如去岁，景殊心一什应偿，
中赢外獗切远念[①]，外定中虚虑近忙[②]。
各省纵知上稔有[③]，畿郊通计五分强[④]。
虽云京北京南胜，畺吏勤教赈务蘉。

① 谓去岁上年各直省雨旸时若，普获丰收，正以盛满自惕。讵意廓尔喀复来后藏侵扰边界，旋至扎什伦布庙抢掠财物，猖獗已甚，不得不兴师问罪，以杜后患。因命福康安、海兰察等率领巴图鲁侍卫、章京及索伦，屯土兵丁六七千人前往擒剿。而万里之外，筹谋军务，往返需时，不能不为厪虑。

② 谓今年福康安等于五月内克复济咙边界，已即深入贼境，连次攻克山梁及木城石卡，不下数十处，诛戮贼匪三四千人，贼酋屡次乞降，实已百分畏惧。昨据福康安等奏，贼酋于堆补木败衄之后，益加震慑，所有檄谕之事，无不祗遵，其畏服之怀，似出至诚。朕既念其穷蹙乞降，而我武既扬，则伐叛舍服，亦合常经，因降旨允其纳款，即令班师凯旋。是此番军务如此蒇事，可无疑虑矣。然而近念畿南数府被旱，虽已不惜银米，优加赈恤，而能否惠泽均沾，又难遽释于怀，是去岁回御园为慰内筹外，今岁回御园为奠外愁内，致殊耳。

③ 今岁福建、湖南、浙江、江苏、四川、贵州、云南等七省奏报上稔，其余各省亦俱在七八分以上，亦可谓稔岁矣。

④ 惟直隶省昨据梁肯堂奏，合计通省秋收五分有余，盖虽京北、京南收成多有七八分者，而以歉收之数处牵算，则通省仅有五分余，其有亟应赈恤者，频饬令其妥速督办。

乾隆五十八年

新正幸御园作

迎禧行令例新年，来贺兼增外域骈。
三接每教手颁赐，一时或有面询宣[①]。
御园灯火非夸富，属国观瞻合答虔。

虽是假山犹积素，优膏希霈又殷然。

① 每岁上元日，例于御园之正大光明殿赐宴外藩蒙古，并回部及各国陪臣等，每抡召至御座前，手赐觞酒，或偶询其部众年景情形。凡蒙古、回部语皆所素习，不藉舌人相传。惟今岁新来廓尔喀使臣，则须重译耳。

御园仲春作

祭社经筵率已过，往来十日迅如何。
雪三昨岁泽嫌少①，一雨前朝恩被多②。
知有足兹仍未我③，谓无厌且谩訾④他。
人情物理老犹熟，只在愁中今昔磨。

① 去岁正二月间，旬日内虽得雪三次，惜其皆小，未得优沾。

② 昨初五，春祈大祀。是夜即得雨三寸，冬雪既渥，又获春膏，恩佑实深感幸。

③ 昨早复阴未雨，仍冀数日内续得沾霈为慰，人情患不知足，每年课量晴雨，恒不免此，亦不自觉也。

④ 依广韵作平声。

御园暮春清暇即事

盘谷旋清跸，御园驻好春。
沿途共农庆①，治塞恕藩循②。
有暇略理咏，遣词惟契神。
得毋心近泰，无逸对屏陈③。

① 今岁频沐春膏，昨驻盘山，复得雨三寸。回跸途中，见麦苗益加芃茂，深为农庆。

② 前因蒙古王公等既叨世爵，又欲令子弟占据呼毕勒罕，为图利起见，以致积习渐深，佛法日坏。朕意趁整饬藏地之便，正可革其流弊，是以于前藏大昭及京城雍和宫，各设金奔巴瓶一，令将报出之呼毕勒罕数人签掣，乃甫经降旨之初，讵有喀尔喀三音诺尹部落之额尔德尼班第达呼图克图之商卓忒巴那旺达什，因其圆寂，

寻觅呼毕勒罕，行至额尔德尼昭庙地方，遇图舍图汗车登多尔济，伪言伊幼子生时见有微光，有歆羡呼毕勒罕之意。那旺达什亦欲得一汗王子弟为呼毕勒罕，遂细问幼孩生辰及父母年月，随即赴藏恳求达赖喇嘛拉穆吹忠指认。而今之达赖喇嘛实无臻密观真谛之能，拉穆吹忠又不能降神，转藉那旺达什口气，复贪布施，遂指图舍图汗车登多尔济之子为真呼毕勒罕，乃该盟长等复瞻狗颜面，据情转报。经理藩院参奏，朕因立法之始，不得不示以惩创，遂一面差侍郎松筠驰赴该处，传集车登多尔济等质讯解京，一面差侍郎奎舒带同扎萨克喇嘛格勒克那木喀，驰往三音诺尹额尔德尼班第达呼图克图庙宇附近，寻觅是岁生产聪慧幼孩数人名姓，送京签掣，并令军机大臣研讯那旺达什，但念车登多尔济身未出痘，恐其来京或致疾病，复令松筠传旨诘询。随据车登多尔济供认，欲令伊子为呼毕勒罕，授意那旺达什是实，自行请罪，复质讯那旺达什，亦俯首无辞，是以降旨将车登多尔济仅留顶戴，革去汗爵，仍加恩令伊子承袭，冒昧传报之盟长等交部严议，商卓忒巴那旺达什剥黄发遣，以示惩创。经理藩院议奏，该盟长等各罚职俸五年，车登多尔济因欲占呼毕勒罕，复致拖累多人，未便因伊子承袭转得置之不议，应罚职俸十年。议上，朕复加恩将五年者改为一年，十年者改为三年，以示薄罚。乃今日松筠奏到，接奉此旨传示车登多尔济，伊感激再造恩施，情愿率领伊子前赴热河谢恩，涕泗跪恳，至再至三，实出真诚等语。朕念其悔罪感恩，因又宽免伊子应罚职俸一年，并令七月秋爽，再同伊子赴热河谢恩，降旨颁示。朕办理庶务，当执法者断在必行，而于悔罪知恩者，亦必示以矜邺。五十余年以来，蒙古臣仆视如家人父子，致数万里之卫藏及外扎萨克边远喀尔喀部落，悉就约束，遵我轨度。非仰邀昊眷之隆，亦不能如此顺志成事也。

③ 春雨既沾，又虑心邻于泰，顾视御座书屏无逸篇，曷敢少有懈志。

盘谷：即盘山行宫，又名静寄山庄，位于天津市蓟县盘山东南麓，是清代京师以外规模仅次于避暑山庄的第二大皇家行宫。

回跸至御园再叠辛亥诗韵

銮旋六日御园至，即景题词例合偿。
外逊内赢两弗论[①]，亥过壬度一何忙。
十分收获诚希遇[②]，各省频繁报率强[③]。
宴坐闲斋还自问，忧斯盛满敢忘蘉。

① 前岁各省普获丰收，乃有廓尔喀侵扰后藏之事，筹划军务，宵旰廑思。去年福康安等统兵深入，七战七捷，廓尔喀旋即悔罪降顺，藏中绥靖。而畿南数府被旱，又以筹办赈恤不释于怀。至今岁则雨旸时若，均获丰收，而边境乂安，远人来觐，内外俱可慰念。仰赖昊贶，益切兢兢耳。

② 直隶地土高燥，每遇秋收八九分以上，农民即欣幸逾常。今岁竟报收十分，初非意计所及。

③ 迩来各直省陆续奏报，秋收多八九分以上者。合普天下计之，竟可称大有年矣。盛满之惧，更不敢少释。

亥过壬度：亥、壬：指乾隆五十六年（辛亥）和乾隆五十七年（壬子）。

乾隆五十九年

新正幸圆明园

排日正当调六幕，青旂翠輂御园临。
每逢卜吉晴和值[①]，统切叨苍庇佑谌。
愧以为荣同众庆，祥仍望泽独予深。
节前后或玉花赐，冀认梅英发始林。

① 元正朝会及紫光阁锡宴外藩，坤宁宫祀神，雍和宫瞻礼，并今日幸御园，连朝风日晴和，诸事吉祥，俱荷上苍鸿佑。

谌：相信。

玉花：比喻雪花。

梅英：梅花。宋 秦观《望海潮》词：“梅英疏淡，冰澌溶洩，东风暗换年华。”

御园即事

往还十日尚如斯，十日何曾一展眉。

姚冶看犹勒韶景[①]，峭凉切以立春迟。

候长可待厌人语[②]，乾[③]久增忧只自知。

宿麦弄田茁二寸，怜他似我渴恩滋。

① 刻下二月将半，御园花木尚未含青，清晨犹觉峭凉，自缘正月四日得春，节候较迟所致。

② 迩日望雨甚殷，间有阴云布濩，旋即开散，辗转焦思，无以自释。而召询廷臣，佥云今岁节气较晚，清明前后得雨亦不为迟，况从前偶遇阙泽之年，皆于四月中旬在黑龙潭祈祷，此时为期尚远，尽觉可待，此亦强为宽解之词耳。去冬雪泽本未优渥，此时不特宿麦亟望甘膏，藉以长发，即春耕亦时不可缓，每早宫中拜祷，吁求昊贶，不觉日甚一日矣。

③ 乾，湿之乾寒韵。

姚冶：妖艳。

回跸御园沿途观耕之作

巡淀疏治靡所更，驻津望泽日怦怦[①]。

舟灯巷舞槩无顾，云作风随每系情。

南苑两番幸慰暂[②]，新城一寸又愁生[③]。

幸诚向北雨势大，麦色回苏黍起耕。

① 此次巡幸津门，本为阅淀省耕，而淀河自康熙年间创筑千里长堤，及乾隆十年又筑格淀堤。于是附近田庐，用资捍御居民，以佃以渔，各皆乐业，跸途阅视，无可疏治。惟是望雨之心日加急切，在天津驻跸四日，每早吁求昊恩，冀邀沛泽。所有预备灯船彩舞，只增烦思，因即悉令撤去。

② 幸驻跸南苑数日内，初三初五两次，各得雨三寸余，盼怀为之暂慰。

③ 梁肯堂奏，新城一带得雨一寸，庆成则奏，密云、怀柔、昌平、顺义、古北口等处各得雨三四五寸不等，是此次京城迤南之雨不及北来之优。今日回至御园，跸途果见麦色青葱，大田亦俱播种，此后惟冀畿南并得渥泽为慰耳。

回跸至御园即事

北往南旋三月经，较晴量雨日无停。
每多额蹙眉攒际，那有心怡神豫形[①]。
微幸秋长荞茂白，尚看候暖树争青。
怜他湖萏及月桂，拂水因风扑鼻馨[②]。

① 六七月间霖雨每大，亟望开晴，口外山田无碍，而思及口内，辄为之愁。

② 每年避暑山庄荷花六七月开，至九月尚有，回跸至御园之荷，则皆谢尽。今年御园之荷，犹有开者，至山庄桂花今岁八月间尚未见开，而御园之桂方盛，自是节候较迟，天气和暖之故，而向年九月回至御园，则桂已全无矣。消息盛衰之理，亦因之可悟。

湖萏：即菡萏，荷花的别称。

乾隆六十年

新正幸御园即事

六十乾隆天眷谌，奉时行庆御园临。
赏灯张乐惟遵古，悦近来遥觉盛今。
谦满受招诚犹著，居诸亏变惕诚深。
便宜幸胜昨年况[①]，玉积林庭沃朕心。

① 昨年此时正当望泽，兹来御园，是处积雪优厚，景色倍觉佳胜。

来遥：即来远，“使远人来”，古语曰：“远人不服，则修文德以来之。”
谦满受招：谓自满招致损失，谦虚得到益处。

御园仲春

半月宫中典礼隆[①]，御园旋跸片时同。
诸篇大约言心蕴[②]，两处未详廑意忡[③]。
了识人多忧里过，岂能我独乐常融。
幸惟地润弗愁雪，却惜春迟麦待芃。

① 正月廿八日还宫，以二月朔日坤宁宫大祭月神，以次御经筵，释奠祭，社稷坛皆大典礼，必当躬亲。今日旋跸御园，瞬息已几半月。

② 今年予在位六十年，仰蒙天祖眷贻，服膺先师圣训，此次进宫，凡春祭诸典礼俱已躬亲举行，明岁元旦归政后，即为子皇帝之事，是以宫中共成诗七首，经筵御论二篇，皆抒写心蕴，非徒以摛章俪句为事也。

③ 月初接湖广提臣刘君辅、督臣福宁及湖南抚臣姜晟、贵州抚臣冯光熊等奏，贵州铜仁府大塘苗人石柳邓滋事不法，经贵州兵弁奋勇擒获九名，格杀三名，各苗窜入湖南，勾结永绥苗人石三保，逼胁各苗聚众抢掠拒捕。现在督提各臣，俱已带兵进剿，并即传谕福康安，简派黔省劲兵，星赴筹办，谅此小丑跳梁，无难克期擒获。惟是数日以来，刘君辅竟无续到之报，福宁亦尚未驰抵永绥，仅于途中据所属武职禀报具奏，其实在起衅原委及现在情形，亦未明晰，而总兵明安图、珠隆阿二人进剿凿匪之折亦未奏到，昨已节次驰谕严饬，催令速即据实覆奏，以便指示机宜，速期蒇事，盼望邮章，殊切廑念。

回跸至御园即事

往返季春月[①]，东西千里程。
思前显承迹，告后倦勤情。
一日职犹在[②]，寸心怠敢萌。
征苗将近楚，伫报大功成。

① 闰仲启跸，今季春。

② 丙辰正月上日，尚余十月。

回跸御园之作

降山即便御园旋，夙昔于游戒滞延。
来往四朝恐政旷，剿征诸逆正心牵。
孤哉惬意林泉景，慰者盈眸早晚田[①]。
陡忆当年问安况[②]，不禁默坐一酸然。

① 往岁此时，大田多未布种，即沿湖一带稻田，亦尚未插秧。今春旸雨应时，二麦固收获在即，而稻粱芃茂，俱已蔚然在望，跸途凭览，实为庆慰。

② 昔年自香山回跸，必先诣畅春园问安，回思此况，不可复得。

回跸至御园作

三月北巡一日回，捷音望去望仍来。
突兴猖獗无端耳[①]，劳我官军有是哉。
直捣穴巢临顷刻，生擒叛首肯迟徊。
园林风景近秋季，扫逆期如落叶摧。

① 黔楚苗民久安耕凿，朕六十年来从未计议及彼，亦并无改土归流之事。今春贼首吴半生等突行肆逆，致烦征讨，福康安、和琳二人自进剿以来，屡破贼寨，仰体朕衷，急思擒获首恶，以靖地方。乃自五月启跸，即望蒇功，迄今回跸已三月之久，大捷尚未奏到，缘彼处山路险巇，又值多雨，以致稽延时日。今当秋深，雨水渐少，我兵攀陟得力，谅即擒获首逆，有如摧枯振槁耳。

香山回驻御园之作

本拟香山听捷报，翼朝捷报适然来。
茶它柳夯忽已剿，鸦保陇平近待摧[①]。
功既垂成足慰矣，恩加勋勖亦宜哉[②]。
无端实信盼两日[③]，兴懒徒仍御苑回。

① 苗寨所恃者山路险峻，今大兵已临，彼巢穴自必抵死抗拒，兼以秋霖重雾，地气使然，幸而上苍佑顺，正当各路官兵攒集进逼之际，旋即晴霁，军士无不奋勇攀跻，直夺茶它、柳夯险隘，除攻获苗寨六处外，其纷纷投顺者又七十余处，所有鸦保、陇平贼巢直同釜底，想彼恶盈罪稔，自难久稽诛殛。

② 福康安、和琳二人同心剿逆，一切调度悉协机宜，用能激励将士陟险攻坚，大功指期告竣。此次锡爵颁金，固属国家酬勋懋典，而恩赏所及，益加勖勉，此亦鼓励戎行之要道也。

③ 福康安等体朕望捷之心，如擒得首逆，自当加紧加快驰奏，意谓一二日内即可得大捷实信，乃待至两日，尚未奏到。向来驻跸香山不过四五日，辄成诗四十余首，此番以盼望喜报，懒于吟咏，黄绫诗本亦将写满，所剩篇数无几，是以仅得诗四首而已。

嘉庆朝

嘉庆元年

新正幸御园即事言志【乾】

授玺宴耆典具彰，更欣雨雪及时旸。
幸叨深沐苍灵佑，愧切群称太上皇。
那即御园耽有逸，仍斯训子敬无遑。
新年所遇多和顺，益惕于衷莫可当。

御园泛舟【乾】

卯入辰春春合早[①]，却因春冷冻开迟。
凿冰劳戮夸劬者，不以为嘉翻饬之[②]。

① 今年丙辰立春在上年腊月廿六日，似融和宜早，而园中开冻较迟，自因春寒

之故。

② 东风解冻，气候自然，乃向来内监拏舟者，每强凿冰开以通舟路，其意只在献勤，深厌其习，屡行饬禁，彼仍窃为之。

卯入辰：乙卯年至丙辰年。即乾隆六十年至嘉庆元年（1795—1796）。

还宫几日仲春临，冻已全开水已深。
试泛木兰何不可，违时厌彼献勤心。

已归政复值望捷，柳眼梅心好是初。
把笔欲吟吟辄懒，风光得不笑人疏。

柳眼梅心：柳眼，早春初生的柳叶如人睡眼初展，故称。梅心，梅花的苞蕾。唐 元稹《寄浙西李大夫》诗：“柳眼梅心渐欲春，白头西望忆何人？”

回跸至御园即事有作【乾】

行程往返里将千①，陵谒东西葳礼旋。
渥野春膏早二月②，征苗军事愤周年③。
凭舆④策马⑤群观庆，示政披章戒怠愆⑥。
虽曰倦勤敢勤倦，诚昏耄则付全专⑦。

① 自启跸恭谒东西二陵至回銮，往返行程九百九十二里，言千里者，举成数也。

② 去春雨泽，至三月中旬以后遂得沾足，麦收九分有余，今岁则二月已屡被优膏，三月又连次得雨深透，且去岁又逢闰二月，是较去岁早二月，二麦可冀秋丰。

③ 去岁此时福康安、和琳已会兵一处，攻解楚南、永绥之围，痛歼逆匪，相机直捣贼巢，筹擒首恶，日望报捷，不觉日居月诸，已阅一年。大概贵州、四川山势险峻，不若湖南之甚，而湖南苗匪又多于川黔两省，是以逆首石三保、石柳邓虽已穷蹙，无可逃窜，而俘获不免需时。近又添调广东、广西、云南、四川等省兵共二万余，军威益盛，旦晚谅可奏到捷音矣。

④ 朕躬。

⑤ 嗣皇帝。

⑥ 每日驻行馆后批阅奏章，指示书旨，即令嗣皇帝观看，以示勤习庶政，虽跸途无敢怠愆也。

⑦ 予始愿归政后即可颐志，遂初不复劳心万几。今赖天祖眷佑，精神强固，一切几务正当随时训示，俾子皇帝得所遵循，未至倦勤，何敢自耽安逸，一切弗理。且予自去岁筹办楚南苗匪一事，迄今已近成功，若委之子皇帝，既虑未能经画裕如，心亦有所弗忍。况子皇帝初登大宝，予尚能躬亲庶政，训诲周详，岂非天下臣民之福，旷古以来，未有之盛事。然望九之人，不可奢言，若果至耄昏，则当全付嗣子，一切弗问矣。

回跸至御园即事【乾】

两楚首凶一处获①，一余柳邓盼擒该。
虽然岁稔畿途览②，实愧功全御苑回。
碧树青山秋未老，居今诸昨望成灰。
偶思陶事聊解闷，益觉深惭归去来。

① 湖南逆苗系石柳邓首先滋事，湖北邪教系张正谟首先纠众。今张正谟已生擒解来，而石柳邓擒获之报，尚未驰到，为之切盼。

② 今岁口外口内一律丰稔，胜于往年，虽沿途历览，足为欣怀，而两楚大功尚未全蒇，回跸至御园依然盼捷，殊深惭闷。

陶事：指东晋诗人陶渊明归隐田园之事。

归去来：陶渊明的名作《归去来兮辞》。

恭和圣制新正幸御园即事言志元韵

开韶叠见盛仪彰，又喜上旬顺雨旸。
无逸铭心怀兆庶，有常逢吉仰君皇。
翘瞻谟烈惧难继，敬体旰宵刻未遑。
行庆御园绥远服，汉唐往迹岂相当。

谟烈：谋略与功业。

新正九日随太上皇父幸圆明园恭纪

韶景融和万汇新，日占明炳喜逢辰。
龙旂披拂来文囿，仙乐铿锵出禁闉。
庆洽升平启同乐，诗歌苞茂祝长春。
恩荣逾格增惭惧，凛奉训言勉敬寅。

春园即事

迟迟丽日辉仙馆，淡淡春山接远空。
悦目和风报花信，关心甘雨助田功。
柔莎入望铺新碧，乳燕寻芳识旧红。
恰喜趁闲耽典籍，香清茗熟静帘栊。

御园即事

敬谒桥山典礼昭，归来禁苑止鸾镳。
遍看二麦滋蕃盛，深幸三春旸雨调。
心凛趋庭钦守训，位惭负扆敢邻骄。
吁天助顺功成速，早慰皇衷靖有苗。

桥山：位于河北涿鹿城东南二十公里处，以山顶有天然形成的拱形石桥而得名。史称："黄帝崩，葬桥山"。此借指帝侍太上皇谒清东、西陵。

鸾镳：系鸾铃的马衔。此处借指天子的銮驾。

靖有苗：指平息湘黔苗民起义。

九月初三日，随驾至圆明园恭纪

去年此日始蒙恩，恰应嘉辰莅御园[①]。
清夏承欢瞻政典，狝秋罢猎顺舆论[②]。
南湘威布峦荆格[③]，北直农登稼穑繁。
圣德深敷锡大有，寸衷敬畏念恒存。

① 上年九月初三日，予蒙皇父恩慈，命正储位。计至今日，恰周一岁，恭随回跸，庆幸弥深。

② 今年本诹吉于八月十八日进木兰行狝，嗣因蒙古王公台吉及围场总管等佥称，夏秋雨水较多，围场潦积，吁请停围。皇父俯顺众情，特俞所请。

③ 据和琳奏，现在进攻平陇，总兵袁国璜带兵于老旺寨，将紧要贼目石代噶擒获正法。川黔后路，去其巨魁，石柳邓仅据危巢，日内不为官兵俘获，定为降苗缚献，苗疆之事，可以即蒇。又据惠龄等奏，攻克灌湾脑贼巢，生擒逆首张正谟及助恶之刘洪铎等，该处业已荡平。先令成德、文图带兵赴琅坪剿捕林之华；惠龄将凉山屯聚之贼剿尽，亦即驰赴督办。其钟祥教匪逆首刘之协等，经永保、明亮等四面合围，军威大振，不难即时扑灭。是湖北教匪扫荡成功，亦在指顾矣。

嘉庆二年

新正幸御园【乾】

上元行庆御园愉，今日祥銮出帝都。
三白雪融正宜麦，初青春勒尚迟苏[①]。
远柔近乐中丰有[②]，苗靖邪歼定信无[③]。
盼捷踌躅懒拈咏，几曾对景意诚娱。

① 今岁人日始立春，故迟。

② 今岁朝正藩国，除年例来京外，有霍罕伯克及暹罗国王，俱遣使朝贡。而上年稔收，都城丰豫，民间景象益征和乐。

③ 湖南苗疆全已平定，首逆无一漏网者，可谓蒇功完善。至湖北邪教匪徒，连

延川黔地方，黔省之贼已剿尽无遗，川省正犯尚待生擒，其湖北奔窜之贼，经官兵屡次大胜，歼贼无算，而一二渠魁就擒实信尚未驰到，为之切盼弗置。

御苑泛舟作【乾】

五朝冰尽开①，御苑泛舟才。
景物又殊视，时光实迅催。
厎犹舒志未，仍望捷音来。
每报贼穷蹙②，擒凶何殢哉。

① 仲春已阅五日，御园河水尽泮，舟楫可通。盖春融冰释，气候自然。而向来内监操舟者，每强行开凿，以通舟路，意在献勤，实可厌恶，屡有诗饬之。

② 自前月廿四日以后，节次据惠龄报到，大兵痛剿贼匪，先后斩戮九千余人，余贼四散奔逃。今据奏，惠龄、恒瑞、庆成、舒亮等分兵四面，兜擒击杀贼匪四五百人。时有手执大旗贼目往来号召，极为凶悍，先经硕云保射其左胯，恒瑞射其左胁，该犯拔箭驰骤如旧。又经庆成射中其腰，始行落马被获，即令先获之贼识认，均称实系紧要贼目刘起荣无疑，因讯供解京办理。现在乘胜跟踪追捕，党恶既擒，贼势益加穷蹙，惟存首逆姚之富，贼目张富国二人，狼狈奔窜，自必无处可逃。伫盼生擒凶渠实信报来，则湖北邪教根株净拔矣。

田盘回跸至御园叠启跸诗韵【乾】

本拟游盘一散闷，闷犹未散日增深。
两凶湖北仍待捷①，大胜川东略悦襟②。
夺卡占船阻贼路③，相机冲险督兵寻④。
待晴免泞分途进，一举期闻首逆擒⑤。

① 前此惠龄等奏，贼匪分路窜逃，派拨官兵于长冈店、板櫈冈、黑虎岭等处截剿，贼党歼洗殆尽，惟首逆姚之富、刘之协尚在窜匿，然生擒喜音未至，犹为萦念。

② 今日甫至御园，宜绵、明亮等奏，攻夺大团包、冉家垭口、姚家坝紧要贼卡三处，将守卡贼匪痛加歼戮，并连日剿捕贼匪，夺占贼之门户，我军声威益振，贼势日就穷蹙。盼捷之心，为之稍慰。

③ 达州贼匪分据金峨寺、清溪场二处，金峨寺背倚马伏山，而冉家垭口为其门户，有高峰名大团包，适临其旁，贼屯聚二千余人于冉家垭口、大团包二卡，并力坚守清溪场，恃河为固。贼取所掠船排列河之东岸，立栅施放枪炮，又于金峨寺清溪场之间，地名姚家坝，安设大卡，联络声势。宜绵等令总兵索费英阿带领官兵进攻大团包，诱贼出卡扑营，饬参将玛灵阿等潜由大团包山后，绕上高峰夺占贼寨，其扑营之贼，被我兵枪炮击退，玛灵阿等之兵又从大团包而下，贼惊愕奔逃，截剿殆尽。贼首徐添德等见我兵已得大卡，率贼四千余前来，欲图夺卡，该镇鼓励将士奋勇迎击，杀贼七百余人，复经总兵朱射斗、艾如文等督率官兵，痛加剿戮。而提督柯藩等进攻清溪场之姚家坝卡，密带弁兵从上流用木筏渡河，令善泅人没水赴东岸解缆占贼船。贼不及防，我兵已斫开木栅而入，昏夜阴雨，不知官兵虚实，贼悉弃卡而逃，我兵得船渡河者接踵，即占据姚家坝卡，扎营于是。金峨寺、清溪场两处贼营要害之地，皆为官兵夺取，谅擒渠捷奏，当可即至。

④ 明亮等续行带来之兵，此时谅已到齐，而宜绵自泥河口、将军山、通天观、东乡等处布置得宜，一路游刃有余，谅此幺么指日就擒，即令其速赴襄阳协剿。

⑤ 宜绵等尽夺要害贼卡，贼困守金峨寺、清溪场，声息不通，原可即行翦灭，因阴雨连绵，贼巢据高临险，路滑难以仰攻，尚稽显戮。与前日惠龄奏，剿捕襄阳窜匪，因连日雨雪泥深，人马难以驰骤，俟稍晴即可探知贼踪，星往掩捕。而额勒登保抵黄柏山，亦因雾雨，未得进兵相同。竚待昊苍眷佑，三处速得快晴，及早蒇事，谅姚之富、刘之协、林之华、覃加耀、徐添德等窜匿余生，俱可一举歼擒，不能再延残喘矣。成功将近，企望更殷。

回跸至御园叠去岁韵【乾】

一章必有原成例，近体设无自不该。

三岁仍惭同此望，今朝忽复值斯回。

兵增东省众勇鼓[①]，贼逼潢中气早灰。

指日七凶即授首[②]，西南劳目捷音来。

① 川省窜至湖北匪徒，经明亮、德楞泰等于当阳、远安、宜城迭加剿杀，贼势穷蹙，复思向均州一带逃窜。现令上紧截拏，并添调吉林索伦精兵三千，及直隶、山东、山西兵五千名陆续齐集，东三省兵素称骁勇，无不一以当百，各省官兵得此劲旅，当前士气倍振，谅贼匪败窜之余，断不能再延残喘矣。

② 七凶者，教匪则有姚之富、刘之协、林之华、覃加耀、徐添德为首犯，狆匪则有七绺须、王抱羊为首犯。现在川楚窜匪，业经明亮等屡次剿逼得胜，而勒保等

剿办犷苗，自攻解兴义捧鲊围城后，复连次夺获卡寨，四面攻围洞洒当丈贼巢，指日可破。伫望擒渠，喜音即至。

香山回跸御园之作【乾】

三日香山驻，三年望捷同①。
林园强咏喜②，楚蜀盼耆功③。
那恋山水趣，益增惭愧衷。
黔郊武成近④，略畅解嘲忡。

① 乙卯重九至香山时，正值剿办楚南苗匪，丙辰兼有剿办湖北教匪之事。昨腊湖南苗疆底定，而教匪屡经官兵攻剿，首逆尚未就擒，兹驻香山萦盼尤殷，计望捷已三年矣。

② 香山佛殿侧有欢喜园。

③ 川楚窜匪逃至楚北之谷城、均州一带，经明亮、德楞泰等由石堰花果园进兵，五路痛加截剿，歼贼一千数百人，余匪逃至大垭口后山梁。现在调派吉林、黑龙江劲旅陆续齐抵明亮等军营，兵威壮盛，可冀速擒逆首，克期扫荡。此一路剿贼事竣，则川楚各处窜匪不难以次歼除，盼望捷音益甚。

④ 前据勒保奏，攻克犷苗洞洒当丈贼巢，业将首犯七绺须等生擒。今日回至御园，午时勒保复奏至，攻克北乡、巴林，拏获首犯王抱羊，而吉庆又已带兵直抵册亨，歼毙多贼，止余永丰一处尚有零星匪党。现经勒保、吉庆两路会攻，不日即可剿除净尽，迅速蒇功。

新正十一日，随太上皇父幸圆明园恭纪

和风披拂引青旗，五色云中仙仗移。
申锡恩膏昭岁首①，诞敷仁寿应昌期。
悦心御苑春初盎，凝望西郊雪遍滋。
花甲重周如一日，怀柔行庆上元时②。

① 上年各省丰收，惟江苏、安徽、山东、湖北、陕西间有一二被水被旱偏灾州县，俱加恩施赈，冀无一夫不获，以普春祺。

② 每岁朝正外藩属国及陪臣等，皇父例于幸御园时，上元前后锡宴，并令观烟火赏赉，便蕃方各遣归国，以示怀柔之义。六十余年，有如一日。

回跸至御园作

畿辅行春未半月，耤田将事薄言归[①]。
抚民敬荷昊天眷，听训亲承爱日晖。
游豫无荒殷示教，绥怀有则慎钦依。
时临谷雨兴耕作，留意农功肃祷祈。

① 畿辅春巡甫毕，十七日回至圆明园。越六日己亥，将举行耕耤之礼。先农典重，祀事虔修，秉耒躬亲，田功用即。既欣雨旸之时若，益祈禾稼之丰登。

恭随圣驾至圆明园即事

跸驻山庄经夏秋，归途喜见稼盈畴。
高年罢狝孚群愿，御苑停镳列六驺。
承训敬勤斯得要，诘戎螟蠹尚羁囚[①]。
飞驰露布事胥蒇，早慰圣心宵旰筹。

① 夏秋驻跸山庄，绥藩肄武，恪遵祖制，而楚蜀教匪，窜匿靡常。皇父筹笔揆几，时勤宵旰。现在调吉林索伦劲旅三千，并直隶、山东、山西官兵，暨察哈尔出青马匹，以资军营驱策之用。并饬领兵大员，务速将襄郧一带之姚之富、齐王氏、李全，长阳一路之林之华、覃家耀，达州一路之徐添德、王三槐各首逆，四面分投围剿。此等釜底游魂，断不能久稽显戮。矧今岁各省有秋，而关内外一律稔熟。得之目击，此即绥邦屡丰之庆。伫见捷奏遄驰，七凶就缚，以慰我皇父乂安万姓之至意。

六驺：此指太上皇御驾。《周礼·趣马职》载："天子马有六种，种别有驺，则六驺也。"

敬勤：敬天勤民。

嘉庆三年

新正幸御园作【乾】

奉时行庆御园祥，日丽风和春渐昌。
待雪俯看麦增绿，沿途已觉柳微黄。
频闻胜战徒腾奏[①]，未献首擒增盼章。
三月一心仍望捷[②]，成吟纪节惭无遑。

① 昨据明亮等奏，将广元窜匪截杀数千名，栈道疏通无阻，宜绵等剿办大竹梁山营山渠县窜扰之贼，亦歼毙多名，虽同日驰到捷音，而逆首未擒，倍增企望。

② 昨年十月初间，由御园进宫，即盼擒渠捷报。兹届新正，屈指已阅三月，又值临幸御园之期，望捷之怀，依然如昨，实无片时少释也。

御园泛舟【乾】

今岁春寒实异常，仲之上澣始堪航[①]。
黄头伺候嫌孤负，一试行之却慨慷[②]。

① 向年入春后冰凌渐解，于御园泛舟，屡见题咏。今岁春寒殊甚，解冻较迟，二月上澣，始可通舟楫云。

② 平声。韵府七阳韵不收"慷"字，按曹操短歌行有"慨当以慷"之句，成公绥啸赋云"中矫厉而慨慷"，皆与阳韵叶，因仿用之。

上澣：月之上旬。

候迟万卉尚收韶，只有微黄上柳条。
岂是故为盼春者，当春盼捷益增焦。

倒影楼台岂不佳，却观倒置弗舒怀。
乍因思及邪教辈，佛已乖儒尔更乖。

乖：背离、违背、不和谐。

回跸至御园再叠丙辰韵【乾】

御园旋跸再叠韵，三阅春秋运已该。
刚获一凶何济事[①]，未擒众丑此空回。
飞章岂不目频注，执讯曷曾氛净灰。
例事弗能罢点笔，欲铺笺咏愧先来。

① 川省起事逆首王三槐，虽今秋勒保奏报，生擒解京，克日可到，此外尚有冷添禄、林亮公、徐添德、冉文俦、罗其清、李全、高均德、阮正通、张汉潮等尚未歼擒。计启跸至山庄时，正殷望捷，兹回跸至御园，大功尚未全竣，弥增萦跂。

新正六日，恭随皇父驾幸御园即事成什

天坛大祀仪初蒇，行庆承欢诣御园[①]。
寅月韶华才布濩，长春福地倍滋蕃。
那居苞茂钦蒙泽，仙馆燕游永沐恩。
念切绳先弥敬慎，席丰履厚寸衷存。

① 每岁新正，蒙古外藩属国来朝正者，例于御园宴赉过节。今日上辛，予于寅刻诣祈年殿展诚行礼。皇父亦诣大高元殿瞻礼，为民祈福。事竣，予恭随圣驾幸御园，出西华门，外藩陪臣等跽送者，夹道欢欣。

恭随圣驾至圆明园即事叠去岁韵

直省同欣报有秋，跸途多稼遍田畴。
授时承贶登嘉谷[①]，停狝顺情止庶驺。
雄旅心齐成伟绩，乱民劫尽定俘囚[②]。
日聆庭训殷怀保，敬叩天恩默运筹。

① 今岁，各省奏报收成之折，或九分有余，或八分有余，多属丰稔。其先经奏到者，直隶等六省，已见八月朔日诗注。续据贵州奏报九分，湖南、广西、浙江、山西、甘肃、湖北奏报俱在八分以上。寰宇丰绥同邀，昊贶实深钦感。

② 川省各路首逆，近据惠龄等奏，罗其清等屯聚营山县之箕山，地极险隘。经惠龄等诱令下山，痛加剿杀，歼贼二千余名。徐添德与冉文俦、高均德等合为一股，欲由广元北窜。复经惠龄等奋力截剿。贼匪仍窜回箕山及巴州地界。至明亮所剿张汉潮一股，亦思由石泉、紫阳北渡。经明亮等督兵，会同陕省镇将，叠次剿杀，歼毙多贼。逆匪仍折回南江，势已十分穷蹙。此外，如林亮功、李全等现在逃窜垫江、梁山之交。经勒保派令总兵富森布，带兵在彼截杀。而勒保剿办开县祖师观余匪冷添禄一股，计日即可扫荡无遗。伫望各路带兵大员等，速将各首逆悉数俘擒，捷音克期踵至耳。

嘉庆六年

溪亭晚坐

风来远岸写霞光，百顷平湖送晚凉。
波叠清漪如漾锦，披襟延揽坐匡床。

遥看天末族云兴，作雨尤佳散郁蒸。
麦已可收禾正种，为农诚念与时增。

族云：凝聚的云气。南朝 齐 谢朓《齐雩祭歌·青帝》：“族云蓊郁温风煽，兴雨祁祁黍苗遍。”

虚亭清敞接空明，花递幽芬鸟送声。
广厦披薰益增愧，官军冒暑扫欃枪。

欃枪：彗星名，古人认为是凶星，主不吉。亦喻指叛乱、动乱。

御园季秋

萧萧落叶舞西风，水洁岩清树渐红。
民苦难援逢异涨，昊恩虔吁转登丰。
五年筹笔仍奔窜，四海萦心半困穷。
秋稼近畿全未获，饥寒交迫悯哀鸿。

逢异涨：指嘉庆六年的永定河决口。
五年句：指清廷镇压五省白莲教起义。

嘉庆七年

新正幸圆明园

祀典初成近上元，怀柔锡宴莅西园。
嘉宾诣阙庆新岁，诸部来王感旧恩。
雪积峰峦连宿润，春敷郊甸茁陈根。
云楣松栋瞻宸翰，百世常钦手泽存。

西园：指圆明园内山高水长景区。此地亦称西苑、西厂。

御园季春

畿甸春行恰浃辰，候临谷雨念饥贫。
最怜宛转沟渠下，何忍遨游水石滨。
麦稔禾收救荒岁，租蠲额减惠灾民。
尽予心力筹宵旰，除劫安良溥昊仁。

浃辰：古时以干支纪日，自子至亥一周十二日为浃辰。
昊：形容天的广大。也指天。

首夏御园述怀

祀典举常雩，即日蒙赐泽。
雷雨兆屯盈，西山云触石。
虽待荷透滋，浮尘已压陌。
陈根润含深，麦颖漾新碧。
寸心盼时丰，仍希继甘液。
更念陕楚疆，苟[1]樊[2]尚未获。
盘踞老林中，余氛敢肆逆。
亟望捷奏驰，求安切保赤。

① 文明。
② 人杰。

御园季夏

晴雨庆和调，群生遂长养。
怆忆昨岁灾，渥泽分霄壤。
烦暑豁然消，南薰荐新爽。
玉宇敷蔚蓝，霁景欣高广。
西成庶可祈，积歉转丰穰。
民苏心始安，昊贶霑浩荡。

御园季秋

两月秋巡还御园，敕几勤政日临轩。
岁功告稔叨天眷，戎事将消感考恩。
旭朗阶墀金琐暖，香盈殿阁玉垆温。
抚时恰值授衣候，轸念穷民布德言[①]。

① 命煮粥散给贫民，自九月二十日起。

授衣：谓制备寒衣。古代以九月为授衣之时。《诗·豳风·七月》："七月流火，九月授衣。"毛传："九月霜始降，妇功成，可以授冬衣矣。"

季秋御园述怀

居园度庆节，所喜候和暄。
黄菊清芬彻，苍松嘉荫繁。
年康心暂慰，兵戢贼犹奔。
亟愿消余匪，敉宁感昊恩。

嘉庆八年

新正幸圆明园

先春九日展春旗，跸启西郊度石逵。
渐放柳稊绾韶景，遍霑雪泽沐恩施。
条风淑气宣和畅，彩胜桃符焕陆离。
喜见升平三省定，顺时敷惠溥鸿禧。

逵：四通八达的道路。

御园雪景

元旦布嘉泽，盈尺遍京畿。
御园对清景，山木含素晖。
银葩积寒浦，粉缬缀石矶。
映日缟鹤舞，随风玉蝶飞。
岂乐供目赏，所欣宿麦肥。
蝗螨种可断，难遇上瑞希。
兵戢谧三省，年稔敷九围。
为民敢辞渎，谢泽仍敬祈[①]。

① 腊雪频霑，绥丰已兆。从此风和雨甘，百昌咸遂。为民祈福，实不敢稍懈，敬寅畴咨祷祝。

九围：即九州。《诗·商颂·长发》：“帝命式于九围。”孔颖达疏：“谓九州为九围者，盖以九分天下，各为九处，规围然，故谓之九围也。”

还圆明园路经草桥一带即目成什

酉年夏月被涝灾，京邑西南汎平陆。
村舍荡析悯流离，煮赈散钱继施粥。
揽辔经临心恻然，断壁颓垣破茅屋。
前岁霪潦实异常，至今元气未能复。
近郊罹患尚如斯，颠连无告嗟远服。
对兹增惧思民艰，愿锡绥丰敷景福[①]。

① 小民衣食，维人君深恤其艰，裕其源，节其用，斯无匮乏。然总赖上苍仁

爱，绥万屡丰，盈宁共庆，庶慰予如伤之抱。

自香山旋跸由静明园还御园作

静宜策马出平冈，路便传餐阅奏章。

应识君临无暇豫，偶探禅定现清凉①。

民艰念切求宁谧，圣训心钦作典常。

德化难敷邪尚炽，干戈何日靖川疆。

① 是日，在清凉禅窟传膳办事。

春及斋

甫田百顷喜滋蕃，旸雨应时五谷繁。

茂对嘉生悦心目，漫观花柳艳名园。

甫田：大田。《诗·齐风·甫田》："无田甫田，维莠骄骄。"孔传："甫，大也。"

民为邦本食民天，岁稔人安庆有年。

昕夕关心惟稼穑，征符肃乂屡丰连。

征符：预兆与征验。《后汉书·袁绍传》："览古今之举措，睹兴败之征符。"

御园深秋

归来塞苑已秋深，沿路丰收慰寸心。

澄澈清波净寒浦，婆娑落叶舞疏林。

旭辉艳影枫翻赤，风送幽芬菊绽金。
安佑升香抒敬告，凛承大业竭衷忱。

安佑：圆明园安佑宫。

嘉庆九年

幸圆明园即事成什

下元甲子上元春，诹吉幸园法驾陈。
暖透九衢消薄冻，润敷四野压轻尘。
筹农深沐西成屡，省岁又临东作新。
度节敬承先帝泽，怀柔乐恺会嘉宾。

甲子：甲子年，即嘉庆九年（1804）。
西成：秋天庄稼已熟，农事告成。
东作：谓春耕。

御园仲春

韶华敷园林，春光畅和暖。
玉鉴新水生，溶漾清波满。
蜃窗坐午晖，静玩白驹缓。
雅兴出诗筒，幽芬浥茗碗。
验候乐生机，蕃育动植诞。
几余玩简篇，师古勉继缵。

御园首夏

春生夏长迭推迁，序届清和淑景延。
陇麦含风翻细浪，林葩映日绚新妍。
西山层叠浮佳气，北渚澄鲜漾锦涟。
敕政几闲观物候，秀葽繁茂畅敷宣。

葽：草。出自《诗经》“四月秀葽”，也指狗尾草。

溪亭纳凉

临溪亭子纳薰风，溽暑全消灏气通。
柳滴平湖蘸深绿，荷开远浦送轻红。
延清山树闲云外，倒影楼台明镜中。
几暇游心亲翰墨，芸笺缓拂砚池融。

芸笺：书签。亦借指书籍。唐 李商隐《为贺拔员外上李相公启》：“登诸兰署，辖彼芸签。”

回跸御园即事

上塞时巡一月余，御园旋跸季秋初。
屡丰获稼心微慰，连岁停围意不舒。
较猎未能孚即鹿，观农幸喜叶维鱼。
授衣届序清霜降，乘屋于茅念里闾[1]。

① 今岁以木兰秋狝未得举行，归程计早半月。跸途所见，正当筑场纳稼之时，栉比崇墉，颇堪慰念。且三辅连岁告丰，民气恬熙，维鱼叶象。惟现在节届授衣，想农家又将有事于于茅乘屋矣。为之遥计，作劳亦不能释予殷念也。

嘉庆十年

新正幸圆明园

律转新韶五日春，幸园诹吉旧章循。
茶筵已命联鸳侣，酺宴欣看集雁臣。
仗启西郊乐宣琯，云凝北岭雪铺银。
石衢坦荡鸣驺发，生意滋萌溥昊仁。

鸳侣：鸳鸯侣的省称，喻夫妻。此处指同僚。

御园春泛

浩渺新波绿，平湖试放舟。
真如天上坐，雅似镜中游。
碧蘸汀边柳，红敷花外楼。
鸢鱼观俯仰，妙理悟沉浮。

香山旋跸至御园即事成什

春巡畿甸旋征骑，路便静宜五日停。
未暇游山恋佳境，敢忘敕政觐明廷。
幸叨惠泽滋千亩，感沐醲膏溥四垧①。
奢望帝慈遍寰宇，民安年稔乐盈宁②。

① 据直隶总督颜检奏报，顺天府所属昌平等二十一州县，保定府所属清苑等十七州县，河间府所属河间等七县，天津府所属天津等五州县，正定府所属正定等十二州县，宣化府所属延庆等四州县，遵化州及玉田一县，易州并涞水等二属，冀

州并武邑等二属，赵州、深州并饶阳等二属，定州并曲阳等二属，俱于十八、二十、二十一等日，有得雨一次至四五寸者，有连日两次、三次合计得雨八九寸至盈尺深透者。畿甸四垌溥被，应时膏泽，沾足广远，大利农田，实为旱逢上瑞。所奏与予经途量验者，大略相符。披览封函，实深欣感。

② 春巡廿日，暂启征骖，抒慕丹邱，习劳青甸。且省春耕于南亩，咨民隐于疆臣，无非事者，岂徒此豫游耶。兹由静宜回跸御园，政事之询，时几之敕，法宫、跸路，同此敬勤。所幸稠叠春膏，普沾优渥，三辅可卜有秋。惟是九寓蒸黎，万方疆理，皆属上苍之赤子，莫非版藉之土田。虽堪慰望于目前，转觉注心于域内。惟冀天慈鉴格，遍锡和甘，俾下民同享盈宁，共安乐利。则是先知稼穑，功即康田，正不辞愿大望奢之责耳。

御园初秋

秋来微觉速常岁，闰夏欣宜昼景延。

荷浦清幽时浴鹭，柳汀茂密乱鸣蝉。

知机梧叶苔阶转，应候蛩音藓径穿。

指日东巡启行跸，缅怀考泽廿年前[①]。

① 今岁因六月置闰，立秋较早，且喜入夏以来，雨旸时若，气候均调。屈指月余，即当启銮躬诣盛京，祇谒祖陵。回忆乾隆癸卯年，恭随皇考敬叩桥山，抒诚展慕，距今已二十载，曷罄感悰。

嘉庆十一年

幸圆明园即事

大祀庆成幸御园，聿陈仙仗转西垣。

青拖陌柳和飏漾，绿染原莎丽景暄。

雪岭界霄云有影，冰池开鉴玉无痕。

屏藩诸部集同乐，总荷先皇化育恩[①]。

① 每岁新正上元前即幸御园，例陈度节灯火檇，朝正诸藩部，许其与观。亦我皇考数十年常行之典，所以怀远服绥万邦之深意也。各藩部渥叨厚泽，靡不恪共职贡，无间往来。予敬承大业，惟以克继前徽，兢兢在宥。兹初移春仗，抚序拈题，爰于纪事之什，著其大略云。

御园深秋

行狝典云蒇，归鞭莅御园。
遍观大田获，已近小春暄。
旭朗光辉澈，林疏锦绣翻。
授时勤敕政，宵旰念先言[①]。

① 秋狝行围，义崇讲武，意寓徕藩，实我朝万年家法，与前代田虞只供盘乐者，判然不同。若意图暇逸，则驰驱上塞，较之法宫御苑，安居清适，劳逸迥殊。何所耽于彼，而躬履川原，辛勤跋涉乎。且每日控辔初停，一至行宫帷殿，则批阅奏章，召对臣工，于几务不愆晷刻，实与宫廷无异。今岁木兰狝猎，气候暄和，历十二围，未值阴雨凝寒之日。而牲畜蕃滋，亲御雕弧，所获殊夥。蒙古诸藩部，踊跃从公，至诚感戴。而示慈惠锡宴赉，亦备举无阙。迨回銮途次，目击崇墉比栉，普庆盈宁，尤惬省秋之念。兹旋跸御园，敕几莅政，惟日孜孜，初不以甫驻征鞍，稍怡清宴。此皆仰法先朝，垂示成规，留贻鸿训，无逸深衷，所刻不敢弛勤敬者也。

嘉庆十二年

幸圆明园即事

开韶协律已经旬，行庆御园正孟春。
北阙初阳霞绚彩，西山余雪玉消尘。
麦根含润四郊溥，柳带拖青万缕新。
五日放灯沿旧俗，怀柔福锡外藩臣。

五日放灯：自乾隆初期始，清廷每年正月十五日（上元日）至十九日（燕九日）在圆明园内张灯，欢度元宵节。

自香山旋跸，经玉泉诸景，遂至御园

首夏莅静宜，停镳仅五日。
庶政最繁多，奚可耽安逸。
我考垂训深，敬勤守勿失。
策马度城闉，林外朝暾出。
行行至玉泉，小憩清凉室。
凭槛眺曲溪，灵脉珠玑溢。
石衢缓据鞍，观农寸衷慄。
万顷镜湖明，千仞寿山崒。
寓目心漫怡，盼雨忧难述。
一念不敢康，庶几召洋溢。

停镳：镳，马嚼子。停镳，借指驻跸。
朝暾：早晨初升的太阳。

回跸至圆明园作

畅观收稼跸途繁，仪卫朝排归御园。
西岭岚光映秋甸，东林霞彩拥朝暾。
千官蹡济依仙仗，万队骈阗接苑门。
诘旦还宫礼圣训，留都恭送敕亲藩。

蹡济：形容人步趋有节，多而整齐的样子。
骈阗：聚集；罗列。
诘旦：清晨。

嘉庆十三年

新正幸圆明园

旭霭凤城仙仗移，金吾戒道展春旗。
待看积玉培田陇，已近始青拓柳枝。
仪卫肃陈循国宪，阳和遍布感天慈。
御园行庆考垂则，中外均叨旧惠施。

金吾：指禁卫军。

积玉：指积雪。

考垂则：考，指死去的父亲；垂，留传；则，法则，规则。

御园泛舟即景

短棹轻舠泛御湖，敲诗酌茗得清娱。
柳汀蝉隐声遥接，荷溆花繁香暗敷。
云外波光连锦墅，镜中阁影印蓬壶。
游心于淡悟佳妙，宛似淀池乘福舻。

御园深秋

玉塞时巡典告蒇，言旋御苑届初冬。
云浮远岭蔚蓝澹，霜点平林紫翠浓。
勤政长依无逸训，授时幸沐有年逢。
寰区广大仔肩重，敕命身先儆怠慵。

无逸：指园内勤政殿屏风上乾隆帝所书的《尚书·无逸》篇。

御园初冬

律转元冥万物成，化机斡运四时更。
参天两地数无息，剥尽复来候迭生。
绿叶碧林虽偶落，青松黄菊自敷荣。
中和大本慎常守，顺序六符品汇亨。

中和：即中庸之道。《礼记·中庸》：“喜怒哀乐之未发谓之中，发而皆中节谓之和。中也者，天下之大本也；和也者，天下之达道也。”

六符：谓三台六星的符验。

品汇亨：即品汇咸亨。品汇，指事物的品种类别。亨，为通达、顺利。此意为万物得以皆美。

嘉庆十四年

新正幸圆明园即事成什

次辛巨典蒇祈年，殿启承光跸右旋。
遂莅御园探淑景，聿陈仙仗簇祥烟。
云中北阙晴晖灿，雪后西山素彩鲜。
春色覃敷郊甸美，和风先布上元前。

次辛：每月中旬的辛日。此指清时帝诣祈年殿为民祈谷大典。

至圆明园即事

山庄惠远人，仪蒇旋清跸。
季秋景清佳，寒云扶皎日。

百谷已庆成，候近小阳律。
寿辰应五旬，黜浮惟崇实。
众意尚繁华，一心归宥密。
物力应惜珍，守训勉无逸。

宥密：谓存心仁厚宁静。

嘉庆十五年

新春幸圆明园

泰宇芳春敷九日，应知丽景满园林。
青旗徐展晴光绚，黄道平开晓色临。
旭蔼明霞笼北阙，云连积雪朗西岑。
郊原群植气机达，感荷屡丰沐泽深。

泰宇：天下。

御园季春

礼蒇举时巡，旋镳仍季春。
王畿农事始，上苑物华新。
红滴花光灿，翠铺柳影匀。
还宫修祀典，已届见龙辰。

见龙：天象术语。每年春季，龙星从田间地平线升起，称之为“见龙在田”。

御园泛舟即景

漪澜细叠縠纹青，缓棹木兰溯碧汀。
林霭含波互荡漾，岭云接岸合空冥。
千株茂密柳垂线，一径幽深花送馨。
民水君舟臣理楫，相关图治息无停。

御园深秋

巡典既成旋六御，归来禁苑届深秋。
遍探紫塞溪山壮，欣见黄图禾黍稠。
省岁幸逢丰稼穑，习劳岂为事田游。
敕几秋谳敢言倦，民命精研一线求。

秋谳：即秋审，复审死刑案件的一种制度，因于秋季举行，故称。

雨中幸御园即景

达曙霏凉雨，凭舆润景披。
石衢飘淅沥，柳陌映迷离。
喜兆冬霙降，欣于秋麦宜。
近郊全浃洽，远甸望同滋。

嘉庆十六年

新正幸圆明园

清跸先春幸御园，顺时施惠遍名藩。

日符建五福敷广，序叶登三德阐元。
佳气高连金阙影，祥烟遥接玉屏痕。
石衢策马观韶景，旭蔼风和候渐暄。

登三：谓帝王与道、天、地三者并尊。唐 李商隐《贺相国汝南公启》：“圣上初九潜泉，登三佩契。”

回跸至圆明园即事

时巡旋晋省，验候正清和。
所幸民无扰，良由吏不苛。
省耕始东作，沐泽应南讹。
庶政虞丛脞，深思五子歌。

五子歌：即先秦时的《洛汭五子歌》。此处以《五子歌》之典自勉。

循典重申命，观民万乘临。
城衢无俗乐，林壑有清音。
甸服叨深润，京圻待继霖。
诗成百余咏，即事写予心。

甸服：“九服”之一，指王畿外方五百里至一千里之间的地区。此处泛指京城附近地方。

京圻：犹京畿。

孟秋御园即事

春夏屯膏久，协和五月中。
沛甘即放霁，转歉幸为丰。

禾黍大田茂，雨旸广甸同。

西成欣有望，昊祝感庞洪。

嘉庆十七年

新正幸圆明园

諏吉欣逢谷日辰，御园行庆上元春。

琼堆北阙楼辉玉，雪积西峰屏列银①。

点缀灯花聊应节，纷敷渥泽沐连旬。

感深益凛勉勤政，兆稔喜同天下民。

① 年前十月，得雪三次。冬至后，未见继霑。腊月廿四日傍晚，霰集竟夕。次日，雪花团舞，复两时许，合计堆积消融，已称浃洽。除夕续得一次，浓霏竟日，殊胜于前。初七日，上辛祈穀礼成后，密布祥霙，至次日方止，深厚约有八寸。天恩叠沛，益凛敬诚，曷敢稍忽勤政爱民之念。兹临幸御园，遥观西山，积素层叠，银屏绵亘。弥望春耕将届，宿润有资，正可利于东作。予康田在念，尚未敢以获此嘉祥，遽释筹咨之切也。

御园季春

时巡才廿日，春景御园深。

青甸跸初返，朱明候已临。

省耕庶民业，勤政一人心。

欣沐和甘浃，还希继沛霖。

青甸：绿色的郊野。

朱明：古时，“春为青阳，夏为朱明，秋为白藏，冬为玄英”。此指夏天。

御园季秋

清河揽辔至长春，展得重阳又一旬。
百谷有收农已洽，万几毋懈政宜亲。
事功勤讨渐通会，义理常修自引伸。
庄敬日强时勉励，正心方冀正群臣。

嘉庆十八年

新正幸圆明园

朝开阊阖六龙陈，诹吉庆宜谷日辰。
坦荡皇衢同会极，熙和帝里普生春。
祥云灿绮迎飔叠，晴雪凝葩映旭匀。
候应始青敷广甸，萦纡林麓碧痕新。

谷日：阴历正月初八，旧称“谷日”。

御园季春

廿日旋清跸，韶华普季春。
繁林益茂密，庶卉信鲜新。
陇麦绿波漾，堤杨翠缕申。
广生待长养，甘泽愿敷匀。

御园初秋

京圻雨足喜时晴，玉露金风气候清。
麦歉三春废东作，禾丰九夏待西成。
转旋衷感天施泽，调燮政由人尽诚。
豫北燕南旱太甚，亟祈帝佑恤灾氓[①]。

① 伏雨霑足，田禾芃茂。已届升浆结实之时，正须金气发舒，以资颗粒饱满。昨十三日，立秋。本日，金风应候，晴旭朗空，禾黍西成，可期丰稔。据疆臣奏报，本年，各直省雨旸均称调顺。惟燕南、豫北，旱暵日久，尚未见有转机。综计天下疆理，不过一隅中之一隅。而予一夫不获之念则同，对兹颢景宜人，能不远怀灾壤。

嘉庆十九年

新正幸圆明园

温暾初灿凤城闉，首岁幸园练吉辰。
太蔟宣韶逢谷日，上元应律启芳春。
移风易俗政无暇，绥远怀柔典可循。
揽辔西郊始青候，疏林遥衬玉屏陈。

温暾：太阳初升貌。

太蔟：指十二律中阳律的第二律。古人将十二律与十二月相配，太蔟配正月，亦为农历正月的别名。

御园仲春

春日舒和百廿长，御园景象遍繁昌。
风疏卉木溥明庶，旭丽楼台绚艳阳。

嫩柳拖丝千缕细，夭桃绽蕊几株芳。
临汀小憩吟初就，试泛兰舟过碧塘。

首夏御园即目

日长风静气清和，试放兰桡度涧阿。
花坞蒸红灿层锦，柳汀蘸绿漾澄波。
望云极目萦峰嶂，盼雨关心念黍禾。
步祷灵潭昭感应，群生蕃育届南讹。

南讹：亦称“南为”“南伪”，指夏时耕作及劝农等事。

御园初秋

京畿匝月雨旸时，齐豫连番沐透滋。
暑气未除候风爽，田功仍燥待霖施。
大河复轨惟期速，全漕行舟虑过迟。
余孽潜藏总难获，万几一日切焦思[①]。

① 匝月以来，雨旸时若，畿辅、河南、山东，皆极霑足。虽秋暑未退，而大田禾稼，结穗含苞，正资长茂。日内再得甘霖续沛，即可大有书年。惟冀睢工克期顺轨，粮艘即日抵通，漏网余孽全数就擒，庶可稍释焦思耳。

嘉庆二十年

新正幸圆明园

祈谷鸿仪展上辛，幸园诹吉启中旬。

旭辉紫禁金阊曙，雪洽青郊御苑春。
施惠屏藩及诸部，示慈宗室逮群臣。
于昭考泽永钦守，岂绚灯花五夜陈[①]。

① 每岁幸园，皆于新正初吉。今春因五日得辛，斋戒祈谷。一切宫中应行典礼，于初九日始竣。乃诹吉十一日，临莅御园，施惠屏藩，示慈宗室，例于西苑。非敢稍侈游观，抑亦恪遵前典耳。

上辛：农历每月上旬的辛日。
于昭：于，犹为也；昭，光明，彰显。
考泽：此指乾隆帝的恩德。

御园季春

时巡未二旬，六御畅行春。
遍野麦苗润，沿途民俗淳。
心纯有实政，识定却浮尘。
上苑清和候，长赢庶汇新。

山窗西望

小楼纳远景，虚牖列三山[①]。
翠岭天涯接，苍崖云外环。
旧标法王苑，新选羽林班。
营建勤时习，承平戒怠闲[②]。

①万寿山玉泉山香山总名三山。
② 昨岁，命于延福菴之东南，地藏菴之东，营建内务府三旗前锋营营房一千七十一间，暨看守营门兵房二十间，箭亭三间，共一千九十四间。俾将弁屯驻，以时勤习艺勇，毋忽怠闲，亦承平日久，安益求安之要道也。

御园季秋

中元节后六驺启，旋跸御园秋已深。
报稔农功定民志，告成狝典慰予心。
日勤庶政新知益，时览芸编古训寻。
习俗难移勉化导，版图式廓惕君临。

式廓：扩大规模、范围。

嘉庆二十一年

新正幸圆明园

祈年典备泰坛垣，圆殿传餐幸御园。
暖洽皇衢开晓雾，辉融紫陌上朝暾。
层霄亟愿祥霙布，广甸还余宿润存。
西苑观灯沿故事，敬宣考泽惠诸藩。

西苑：指圆明园山高水长景区。

静明园清凉禅窟视事，还圆明园即目成吟

旋跸御园莅静明，春光和蔼绚朝晴。
晶莹山黛翠屏展，潋滟湖波玉镜呈。
接垅欣看二麦茂，连堤遍览百花荣。
时巡事蒇归勤政，甘泽屡敷品汇亨。

御园初冬

元冥初协律，庶汇庆丰收。
直省全无沴，京畿倍有秋。
兆民安赤县，千里靖黄流。
遇此益修省，盈虚理自求。

赤县：中国的别称，“赤县神州”的省称。

冬日欣和煦，晴晖满琐窗。
幸逢年美善，可冀俗敦庞。
木叶灿层绮，涧泉溅细淙。
雅游趁几暇，蓼溆泛轻艭。

敦庞：敦厚朴实。明 方孝孺《王中夫先生像赞》：“生混合治安之时，备敦庞淳厚之气。”

嘉庆二十二年

新正幸圆明园

幸园诹吉谷辰昭，律转阳春太蔟调。
暖旭冲融曙光丽，和风披拂晓烟消。
虽叨旧岁雪深洽，仍望新年雨继饶。
设宴观灯循例典，升平同乐上元宵。

御园季春

仲春感荷溥繁滋，谷雨浓膏又应时。
习习和风吹庶汇，祁祁甘泽沐昌期。
青抽垅麦铺千顷，碧染堤杨袅万丝。
天朗气清宜上巳，御园润景遍熙怡。

御园首夏

春巡甫半月，旋跸候清和。
政顺良民协，风淳富岁多。
栽培植庶汇，长养茂田禾。
平秩南讹始，园居庆有那。

御园晚秋

上塞时巡初返辔，御园莅政近初冬。
衷殷歉岁闾阎困，感洽甘膏田野浓。
德毓有容依典则，心存无逸戒疏慵。
所欣千里河淮顺，诚荷垂庥格六宗。

六宗：古时尊祀的六神。但具体为哪六神，汉以来诸说不一。

嘉庆二十三年

新正幸圆明园

祈年仪蒇即鸣镳，廿里御园路不遥。
天朗欣逢祥旭丽，地融未觉玉尘消。
烟中阁影嵯峨见，雪后山容淡雅标。
锡宴群藩衍先泽，传柑已近上元宵。

鸣镳：马衔铁，借指乘骑。此处意为銮驾启程。

传柑：亦作“传甘”。北宋上元之夜宫中宴近臣，贵戚官人以黄柑相赠，谓之“传柑”。

御园季春

春巡未度二旬期，御苑回銮近夏时。
淑景清和舒卉木，惠风骀荡拂轩墀。
良苗虽喜盈畴茁，甘泽还祈应候施。
救歉为丰衷敬俟，爱民勤政志坚持。

御园新秋

季夏孟秋暄润调，大田多稼兆丰饶。
感叨沛泽遍深透，又荷时晴净泬寥。
庆洽西成群植茂，典修东国再巡昭。
吉行指日启征辔，追远循规旧宪标。

泬寥：空旷，清朗。《楚辞·九辩》：“泬寥兮天高而气清。”

典修东国：指东巡盛京事。

嘉庆二十四年

新正幸圆明园欣逢瑞雪，即景成吟

首岁佳辰幸御园，朝开华盖莅郊原。
麦含宿润新霙继，雪积朝辉旧泽存。
布惠敷甘锡首祚，怀柔溯典普群藩。
岂耽游豫观灯彩，同乐联情近上元。

一天喜色敷寰宇，万斛琼葩漾太空。
雪见两番积田厚，春期三白兆年丰。
坡陀平叠盈瑶圃，村舍遍含缀粉栊。
石陌凭舆望西岭，玉屏隐现素云笼。

御园孟夏

省耕三辅二旬余，旋辔御园孟夏初。
柳岸风和波演漾，花砖日丽漏舒徐。
林光淡静笼朱槛，溪影空明印碧疏。
候近长赢繁植物，群生茂豫遍田畬。

长赢：夏天的别称。

御园季秋

百官迎驾列东门，旋辔山庄莅御园。

孚惠无涯臣庶溥，祝厘有节典章存。
工成河顺慰昕夕，民靖化敦固本原。
践祚初开六旬纪，自强不息法乾元。

出西直门幸圆明园即事

受贺礼仪备，乘舆出凤城。
虽无度曲馆，亦有诵经棚。
漫献冈陵祝，惟祈民岁亨。
九旬未遂愿，孺慕至今萦。

九旬未遂愿：指其皇考乾隆皇帝卒于八十九岁。

嘉庆二十五年

幸圆明园即事

岁首幸园旧典符，晨排銮辂灿皇衢。
金阊北阙巍峨峙，玉屑西山高下敷。
五夜张灯春遍满，三冬降雪泽涵濡。
执中建极幸康阜，图治乘乾握化枢。

銮辂：銮，即銮铃。古代帝王车驾上有銮铃，故作帝王车驾的代称。辂，车辕上用来挽车的横木。

金阊北阙：阊，宫门。北阙，古代宫殿北面的门楼。亦代指宫禁或朝廷。此指圆明园殿宇。

建极：建立中正之道。语本《尚书·洪范》“皇建其有极”。孔颖达疏：“皇，大也。极，中也。施政教，治下民，当使大得其中，无有邪僻。”

乘乾：指登极为帝。唐 骆宾王《为齐州父老请陪封禅表》："伏维陛下乘乾握纪，纂三统之重光。"

化枢：教化的枢机。明 宋濂《虞文靖公像赞》："手握化枢，人文昭明也。"

道光朝

道光三年

新正十有二日，初幸圆明园敬感

御园触目总依然，事隐中心异昔年。
门启贤良初驻马，殿标勤政凛仔肩。
雪含宿润溪山丽，树引和风景物妍。
布惠新韶循旧典，寅承考泽慎心传[①]。

① 圆明园门曰贤良、殿曰勤政，实为我国家出治临民之地。皇考鉴于成宪，每当新春，銮舆莅止，予小子随侍左右，岁以为常。兹于嗣位之三年，初循旧典，慨流光之倏忽，睹风景之依然。惟有理政任贤，仰承考泽云尔。

御园春泛

解缆寻芳景，仙园秀气钟。
圆塘开镜面，远岫写云容。
日漾金千顷，林分翠几重。
清溪移画桨，澄澈豁心胸。

御园春景八咏

波光

本是神京第一泉，分来禁籞漾清涟。
风吹轻縠开菱镜，日映微波灿锦莲。
树影参差连鹭屿，雁行断续幻云笺。
空明上下心怀畅，新渌平添二月天。

神京第一泉：即玉泉山静明园之泉，乾隆帝御赐为“天下第一泉”。

岚影

一带清池四面山，崚嶒叠翠映潺潺。
嵯峨势拔层云表，平远光含夕照间。
合沓青螺开碧障，依稀雾鬓杂烟鬟。
晴空好趁天然景，舒卷云容意自闲。

草色

微风淡荡拂和柔，气暖潜催宿草抽。
浅碧模糊缘曲沼，遥青迤逦接芳洲。
新芽帖石晴烟护，嫩叶临流晓雾浮。
恰与春波同一色，韶光好处漫迟留。

禽声

桃已含葩柳拓条，时禽逐侣正迁乔。
风回别院音初递，烟断平皋韵未调。
求友双飞知候暖，穿林百啭喜春饶。

能言会得韶华意，写出芳妍百五朝。

松阴

入望长松倚碧岑，婆娑凤盖舞清阴。
浅深古黛晴烟罨，疏密虬枝宿霭森。
一径风吹声谡谡，半窗日照影沉沉。
任他桃李争繁艳，不变冬春自有心。

竹韵

解箨幽篁翠色新，几丛映户淡浮筠。
风来曲径音盈耳，泉喷层崖韵出尘。
戛玉枝枝湘水绿，含烟篧篧渭川春。
阶前影动传清籁，劲节虚中最可人。

篧篧：形容竹竿细长的样子。

桃坞

芳园远胜洞中春，奚用渔郎重问津。
灿烂含葩朝露滴，纤秾破萼早霞新。
无言自识东皇令，有韵偏邻曲水滨。
漫绚繁华来日下，不凋松柏性还真。

柳塘

漠漠垂杨晓雾萦，陂塘曲折漾波清。
柔枝映水千条蘸，翠线临风万缕轻。
芳溆有时看下鹭，绿阴深处听鸣莺。
更欣岸角书堂启，古籍闲披悦性情。

道光四年

新正幸圆明园作

新韶策骏出神京，禁籞风光眼底呈。
萌动缘坡占物候，炊生比户验民情。
朝曦远映池冰洁，宿霭低含院树平。
敬守前型布春令，仔肩先戒满斯盈。

雪中还圆明园喜成

停驂卓午侍慈宫，返辔郊原雪洒空。
入望晶莹全浃洽，应时和暖尽消融[①]。
瑶峰玉嶂层云外，烟墅香林密霭中。
渥泽当春钦昊眷，含滋麦陇慰予衷。

① 二十日已交雨水节。

卓午：正午。

御园初夏

平湖漠漠树成阴，首夏风光正可寻。
恰喜天香殿春色，池台日暖五云深。

声声布谷晓烟收，岚黛深浓映碧楼。
切望甘霖滋品汇，来牟待膏绿盈畴。

还圆明园喜晴作

应候蕃滋三日霖，何修得遇昊恩深。
已欣渥泽周畿辅，快睹新曦映岭岑。
密柳森森萦细霭，浓云片片散重阴。
稻粱菽粟咸芃茂，可庆西成悦寸心。

道光五年

新正九日，幸圆明园即事

缓辔西郊喜上春，绥来藩部庆芳辰。
霏霏雪点千林晓，蔼蔼风和万象新。
一夕园居缘卜吉，三宵斋宿为逢辛[1]。
御湖候暖冰皆泮，好泛轻舟达碧津。

① 向例，新正祭辛后幸圆明园。本年因值次辛，先期诹吉，于初九日幸园，快雪清尘，旋即晴霁，允称吉事有祥。初十日仍回宫致斋，于大祀亦倍昭诚肃也。

还圆明园作

前朝甘泽已深滋，雨足云消霁更宜。
郭外无尘杨乍绿，农家有庆麦堪期。
东林送暖晨曦朗，西岭含青薄雾披。
惬意飞霞[1]循广陌，早欣芳蘂盎春时。

① 马名。

道光六年

新正九日，雪中至圆明园喜成

礼蕆南郊路指西，上春施惠旧章稽。
晶莹雪色芳园好，隐约云光远岫齐。
羽仗依然暂停乐[1]，湛恩浃洽总承禔。
一鞭广陌皆含润，惬意青骢锐耳批。

① 向例，新正幸园必具卤簿作乐，盖献岁发春，所以迓吉祥也。本年初十日孟春时享太庙，初九日仍在三日斋戒期内，故羽仗依然，乐则暂停不作，以昭诚悫。

临幸御园之日，瑞雪载途，丰年有象，敬感天恩，续成七言八韵以志欣庆

客冬拜祷未承贶，快睹祥霙大祀时。
向夕浓云方复叠，通宵瑞雪畅敷施。
占丰最是无声玉，志喜何须禁体诗。
素积千林尘不起，欢腾四野麦全滋。
郊园初莅春同庆，雨水将临候岂迟。
竹挂银条分劲节，梅添粉萼助芳姿。
峰峦乍对光弥洁，畎亩新耕润更宜。
愿祝休徵长此顺，生成总荷上苍慈。

客冬：去年冬天。

禁体诗：亦称“禁物体”“禁字体”，简称为禁体，一种遵守特定禁例而作的诗。

休徵：吉祥的征兆。

道光七年

新正幸圆明园作

新韶策骏喜新晴，雪霁西郊眼界清。
山色迎人烟澹荡，林光向暖日晶莹。
心萦万里频宣谕，泽洽三春早息兵。
侍从藩王接语笑，德含中外沐恩宏。

早息兵：指平息回疆张格尔叛乱事。

道光八年

祈谷礼成幸圆明园作

郊禋敬展礼初成，策骏行春出禁城。
无尽峰峦看积雪，乘时苑籞喜新晴。
长河气暖冰将泮，野墅烟消柳欲萌。
润泽田原宜二麦，迩安远治系深情。

籞：古代帝王的禁苑。

还园即景

不到芳园才七日，杨花飘尽绿阴浓。
田园二麦将抽颖，应候仍希澍雨逢。

池塘水暖长蒲芽，淡淡轻烟密柳遮。
一棹平湖访仙岛，花香何处透窗纱。

受俘礼成，甫还御园，甘霖大霈，四野优霑，喜而有作

受俘礼蒇甫还园，大沛甘霖感昊恩。
方泽摅诚即承贶，据鞍多稼喜滋蕃[1]。

① 方泽致祀，未逾三日，而甘霖大沛，且值告功受俘之际，实徵天人协应之庥。即日礼成还园，郊原纵目，仰钦厚贶，欣感弥深。

功成降泽仰天心，诚感诚钦惕倍深。
即日优霑昭鉴佑，万方休养凛君临[1]。

① 兵以戢暴，亦以卫民，故望若云霓，降如时雨，惟不得已而用之，则天心顺而民志悦，可以消除氛沴，感召休和。比岁回疆用兵，朕心宵旰寅畏，功成奏凯，实赖天慈，惟愿自兹以往，休养生息，与万方共庆升平，永承嘉泽焉。

还圆明园作

屈指匆匆八日程，还园心切问安情。
征骖一夕停仍发，正值秋深易水行。

征骖：驾车远行的马，亦指旅人远行的车。

几日园林木叶凋，西风拉瑟响秋宵。
何堪旅雁声穿户，孺慕萦怀仰泬寥。

道光九年

新正幸圆明园即事

欲曙乘骢出禁闉，芳园霁色启良辰。
池塘向暖初消冻，林虆迎人早报春。
山带微云仍积雪，野含宿润不生尘。
依然泉石怀清旷，偏觉新韶景倍新。

还园作

蔼蔼和风春仲候，一池新渌冻全消。
烟开古柏珠青缀[1]，雪胜遥峰笔白描。
未睹夭桃含粉颊，先看嫩柳亸长条。
轻航乍放襟怀畅，问景何须廿四桥。

① 唐 李德裕《柳柏赋》：“缀青珠以累累”。

廿四桥：即扬州吴家砖桥，一名红药桥。《扬州鼓吹词》言，是桥因古之二十四美人吹箫于此，故名。

御殿传胪还圆明园喜雨作

昊眷雨依旬，丰年气象真。
田畴看麦秀，畿辅沐恩均。
树色迷青嶂，云光罨碧津。
旋骖欣泽渥，胪唱庆良辰。

道光十年

新正幸圆明园即事

昨岁平秋返禁宫，只因展敬驾言东①。
地安瞻就千官肃，德胜銮舆广陌通②。
雪色乍添春郭外，韶光已满御园中。
抚绥率旧承先泽，勤俭公诚勉勖躬③。

① 每岁新正幸园，初冬还宫，此向例也。昨秋因展谒三陵，诹吉于八月中旬启跸，是以还宫较常年特早。

② 此次幸园，取道德胜门，王公大臣等于地安门送驾，因西直门、阜成门外石道新修故也。

③ 条风应律，快雪时晴。城郭园林，琼瑶满目。际兹韶光启淑，首祚占丰，惟有勤俭公诚，持盈保泰，以承先泽，以勖躬修于无斁尔。

社稷坛礼成还园作

赐佑神功溥，春秋祭必亲。
承庥多稼庆，既道九河循。
五色坛壝肃，千龄苐禄臻。
据鞍新霁好，敬感上苍仁。

五色：清时所祭祀的社稷坛以五色土建成。

坛壝：坛场。祭祀之所。壝，古代祭坛四周的矮墙。

苐禄：犹福禄。苐，通“福”。

道光十一年

新正幸圆明园作

西郊策骏喜新韶，谷日行春卜岁饶。
应识上林先淑气，待临西苑庆元宵。
云遮远寺疏钟晓，雪点高峰宿雾消。
迅速光阴符大衍，幼年风味可重招。

还园喜雨作　二月初六日

郊原浥润甫停骖，细雨如丝又沐甘。
东作农功丰有象，西望边务事毋耽[①]。
淡黄柳色含虚阁，湛碧松阴映远岚。
竟夕廉纤欣既渥，休徵敬感庆春三。

① 此次喀什噶尔回庄，从逆余匪逃逸尚多，现在投归者尚未齐集。命哈朗阿、杨芳暂行收抚，派员确切查明，分别良莠以次剿办，并将著名逆目悬赏购线，设法查拿，以伸国法。其一切善后事宜，俟长龄到喀什噶尔亲历察看，会同筹办，自能妥速经理，毋致耽延时日，以纾朕西顾之忧。

还园作

今岁春阴雨日多，西行返旆始停珂。
青峰高下含余润，碧沼澄清叠浅波。
桃萼乍舒闲蝶梦，柳条未鞸迟莺梭。
养花天气寻吟候，鼓枻芳塘兴若何。

道光十二年

新正四日幸圆明园喜成

每幸名园眼界新，青郊喜气迓良辰[1]。
疏林向暖萦轻霭，广陌含滋净点尘。
岂为芳华春入咏，先看皎洁雪迎人。
凌晨策骏韶光好，从俭从宜惕紫宸。

① 是日立春。

还园作

春仲天寒冰未开，绳床仍复访蓬莱。
芳林问景迟消息，寄语和风次第催。

绳床：一种可以折叠的轻便坐具。以板为之，并用绳穿织而成。又称“胡床”“交床”。

烟消雾散望遥峰，隐隐深崖雪尚封。
书室清幽尘不到，静聆天籁下长松。

道光十三年

新正幸圆明园喜成

春郭欣乘紫雪骢[1]，御园淑景岁皆同。
层楼虚榭轻烟里，叠嶂疏林细霭中。

书室昼长多寂静，冰湖气暖半消融。
回思去夏焦忧事，肃乂调均吁昊穹。

① 马名。

 咸丰朝

咸丰五年

西直门道中感赋

西直经行隔三岁，御园本拟幸明春。
谁知今日灵兴启，山色烟光倍怆神。
兹行有感叹吾生，廿五年光哀乐情。
欲报天恩符考愿，途长惟益慎持盈。

咸丰六年

新正幸园即事

礼葳还园循旧典，途长惟励日孜孜。
正当省咎思艰候，敢作怡情玩景时。
未遂初心救民瘼，幸逢透润感天慈。
不堪回忆庚年事，顾复深恩怅莫追。

日孜孜：语出《尚书·君陈》："惟日孜孜，无敢逸豫。"意为每日孜孜不倦工作，不敢贪图安逸。

庚年事：道光帝卒于道光三十年正月十四日，是年为庚戌年。

还园有作　孟夏十日

阔别芳园才几日，繁英落尽柳飞绵。
鼠姑独殿余韶景，红白临风画槛前。
涵澄百顷漾晴澜，福海鸣榔眼界宽。
策马清晨烟树外，排青迤逦峙遥峦。

鼠姑，即牡丹。

殿：犹言"殿军"，入围的最后一名。

红白：言牡丹花色。

还御园望雨成什

胪传礼蒇翠华旋，疏雨轻阴送锦韉。
乍覩浮沤添曲沼，俄看霁色净遥天。
凉生几席徒增闷，润浃郊原望有年。
初放木兰差可慰，奇峰空外墨云还。

胪传：即传胪。清代科举制度中，殿试以后由皇帝宣布登第进士名次的典礼，叫作传胪。

咸丰八年

上元越二日幸园即事

度节还园翠辇乘，西山春色白云层。
将萌芜野平如绣，待泮冰池薄似缯。
岂为烟霞供眺览，惟将勤毖勉躬膺。
时临开篆畴咨切，导性澄心帝命凝。

勤毖：勤劳。

咸丰九年

三坛礼成还园述闷

昨朝马上微风拂，斋宿深宵喜雨织。
今日坛中灵泽吁，言旋广陌厌晴暹。
田苗寸许真无望，觅土分余幸带黏。
分遣亲藩鉴昭假，惟祈滂沛被恩佥。

圆明园记

圆明园在畅春园之北，朕藩邸所居赐园也。在昔皇考圣祖仁皇帝听政余暇，游憩于丹陵沜之涘，饮泉水而甘，爰就明戚废墅，节缩其址，筑畅春园，熙春盛暑，时临幸焉。朕以扈跸，拜赐一区，林皋清淑，陂淀渟泓，因高就深，傍山依水，相度地宜，构结亭榭，取天然之趣，省工役之烦。槛花堤树，不灌溉而滋荣；巢鸟池鱼，乐飞潜而自集。盖以其地形爽垲，土壤丰嘉，百汇易以蕃昌，宅居于兹安吉也。园既成，仰荷慈恩，赐以园额曰“圆明”。朕尝恭迓銮舆，欣承色笑，庆天伦之乐，申爱日之诚，花木林泉，咸增荣宠。

及朕缵承大统，夙夜孜孜，斋居治事，虽炎景郁蒸，不为避暑迎凉之计。时踰三载，佥谓大礼告成，百务俱举，宜宁神受福，少屏烦喧，而风土清佳，惟园居为胜。始命所司酌量修葺，亭台邱壑，悉仍旧观。惟建设轩墀，分列朝署，俾侍直诸臣有视事之所，构殿于园之南，御以听政。晨曦初丽，夏晷方长，召对咨询，频移昼漏，与诸臣相接见之时为多。园之中，或辟田庐，或营蔬圃，平原膴膴，嘉颖穰穰，偶一眺览，则遐思区夏，普祝有秋。至若凭栏观稼，临陌占云，望好雨之知时，冀良苗之应候，则农夫勤瘁，穑事艰难，其景象又恍然在苑囿间也。若乃林光晴霁，池影澄清，净练不波，遥峰入镜，朝晖夕月，映碧涵虚，道妙自生，天怀顿朗。乘机务之少暇，研经史以陶情，拈韵挥毫，用资典学。凡兹起居之有节，悉由圣范之昭垂，随地恪遵，罔敢越轶。其采椽栝柱，素甓版扉，不斲不枅，不施丹雘，则法皇考之节俭也。昼接臣僚，宵披章奏，校文于墀，观射于圃，燕闲斋肃，动作有恒，则法皇考之勤劳也。春秋佳日，景物芳鲜，禽奏和声，花凝湛露、偶召诸王大臣从容游赏，济以舟楫，饷以果蔬，一体宣情，抒写畅洽，仰观俯察，游泳适宜，万象毕呈，心神怡旷，此则法皇考之亲贤礼下，对时育物也。至若嘉名之赐以“圆明”，意旨深远，殊未易窥，尝稽古籍之言，体认圆明之德。夫圆而入神，君子之时中也；明而普照，达人之睿智也。若举斯义以铭户牖，以勖身心，虔体天意，永怀圣诲，含煦品汇，长养元和。不求自安，而期万古之宁谧；不图自逸，而冀百族之恬熙。庶几世跻春台，人游乐国，廓鸿基于孔固，绥福履于方来。以上答皇考垂佑之深恩，而朕之心至是或可以少慰也夫。爰宣示予怀，而为之记。

| 乾隆御制文 | 

圆明园后记

昔我皇考因皇祖之赐园修而葺之，略具朝署之规，以乘时行令，布政亲贤。而轩墀亭榭，凸山凹池之纷列于后者，不尚其华尚其朴，不称其富称其幽。乐蕃植，则有灌木丛花，怒生笑迎也；验农桑，则有田庐蔬圃，量雨较晴也；松风水月，入襟怀而妙道自生也。细旃广厦，时接儒臣，研经史以淑情也。

或怡悦于斯，或歌咏于斯，或愒息于斯。我皇考之先忧后乐，一皇祖之先忧后乐，周宇物而圆明也。圆明之义，盖君子之时中也。皇祖以是名赐皇考，皇考敬受之，而身心以勖，户牖以铭也。不求自安，而期万方之宁谧；不图自逸，而冀百族之恬熙，则又我皇考绥履垂裕于无穷也。予小子敬奉先帝宫室苑囿，常恐贻羞，敢有所增益。是以践祚后，所司以建园请，却之。既释服，爰仍皇考之旧园而居焉。夫帝王临朝视政之暇，必有游观旷览之地。然得其宜，适以养性而陶情；失其宜，适以玩物而丧志。宫室服御，奇技玩好之念切，则亲贤纳谏，勤政爱民之念疏矣。其害可胜言哉！我皇考未就畅春园而居者，以有此圆明园也。而不斫不雕，一皇祖淳朴之心。然规模之宏敞，邱壑之幽深，风土草木之清佳，高楼邃室之具备，亦可称观止。实天宝地灵之区，帝王豫游之地，无以逾此。后世子孙必不舍此而重费民力以创建苑囿，斯则深契朕法皇考勤俭之心以为心矣。藉曰祖考所居不忍居也，则宫禁又当何如？晋张老之善颂，甚可味也。若夫建园之始末，圣人对时育物，修文崇武，煦万汇，保太和，期跻斯世于春台，游斯人于乐国之意，则已具皇考之前记，予小子何能赘一辞焉！

正大光明

正大光明景区，位于圆明园大宫门内，始建于雍正三年（1725），为“圆明园四十景”之首。大宫门南向门殿五楹，外悬雍正御书“圆明园”匾。宫门南北左右分列东西朝房与转角朝房，为六部九卿值所。门内为五楹“出入贤良”门，亦称二宫门，门外即来京外藩首领与属国使臣朝见清帝之处，及武职侍卫引见，御此门较射。“出入贤良”以北即主殿正大光明，殿南向七楹，前有月台，台之左右为东西配殿。此主殿为清廷举行朝会和重大庆典之所，其功能类似紫禁城的太和殿、保和殿。殿内高悬雍正帝御书“正大光明”匾，并联曰：“心天之心而宵衣旰食，乐民之乐以和性怡情。”复有乾隆帝御书，联曰：“遹求宁观成，无远弗届；以对时育物，有那其居。”殿之东壁，悬乾隆御书《无逸》篇；西壁悬“豳风图”。正大光明殿后为寿山，东为洞明堂。乾隆六年形成的著名“上元三宴”，其中朝正外藩宴与廷臣宴，均在该殿举行。其他皇帝寿诞、接见外藩和外国使臣、殿试“传胪”、赐宴凯旋将士、公主成婚定礼以及各种考试等，亦均在正大光明殿举办。咸丰十年（1860），英法联军闯入圆明园，此殿曾是侵略者抢掠和焚毁三山五园的指挥中心。

乾隆朝

乾隆八年

上元前一日宴外藩王公

试灯酬令节，锡爵宴嘉宾。
玉树花辉夕，琼枝火迫春[①]。
乍攒星作阁，浑以雪为银。
柳眼将青放，梅腰半粉皴。
三巡歌湛露，午夜糁珠尘。
爚烁鳌峰驾，蹁跹鹭羽振。
混同思祖德，燕乐拟家人。
共庆丰年瑞，应知大造仁。

① 是日雪，苏东坡诗："飞霙欲要先桃李，散作千林火迫春。"

湛露：《诗 · 小雅》的篇名。《左传 · 文公四年》："昔诸侯朝正於王，王宴乐之，於是乎赋《湛露》。"后因喻君主之恩泽。

珠尘：轻细如尘的青砂珠。传说为仙药，人服之可长生。

糁：饭粒。此指将饭粒儿和珠尘一起煮成粥。

爚烁鳌峰：爚，燃烧。烁，光亮的样子。鳌峰：即鳌山灯。古时元宵灯会的大型灯彩。

鹭羽：白鹭的羽毛，古人用以制成道具。

乾隆九年

圆明园四十景诗　正大光明

园南出入贤良门内为正衙。不雕不绘，得松轩茅殿意。屋后峭石壁立，玉笋嶙峋，前庭虚敞，四望墙外，林木阴湛，花时霏红叠紫，层映无际。

胜地同灵囿，遗规继畅春。
当年成不日，奕代永居辰。
义府庭罗璧，恩波水泻银。
草青思示俭，山静体依仁。
只可方衢室，何须道玉津。
经营惩峻宇，出入引贤臣[①]。
洞达心常豁，清凉境绝尘。
每移云馆跸，未费地官缗。
生意荣芳树，天机跃锦鳞。
肯堂弥廑念，俯仰惕心频。

① 出入贤良门匾额，皇考御笔也。

义府：常指《诗》《书》而言。

方衢室：方，效法。衢室，相传尧于四达之街衢设室居住，以便听到百姓的声音。

地官缗：地官，天地春夏秋冬的六官之一，主财政。缗，串铜钱的绳子，代指银钱。

肯堂：即肯构肯堂。语出《尚书·大诰》，比喻子承父业。

乾隆十年

上元前一日宴外藩

广筵延列辟，彩燄庆牺年。

共道试灯会，谁歌湛露篇。

迎娥鳌赑屃，铺砌玉新鲜。

乐彼嘉言言[1]，怒伊甲煎煎。

象占三接晋，位应五飞乾。

内外连堂陛，勤思继治权。

① 叶彦。

列辟：百官。

赑屃：龙生九子之第六子，貌似龟而好负重，属灵禽祥兽。

言言：指欢言。

煎煎：忧苦貌。

三接：谓三度接见。语本《周易·晋》："晋，康侯用锡马蕃庶，昼日三接。"孔颖达疏："昼日三接者，言非惟蒙赐蕃多，又被亲宠频数，一昼之间，三度接见也。"后多以"三接"为恩宠优奖之典。

上元日同王公等宴

阶蓂十五应娥车，嘉会团圞本一家。

行苇传柑酬节令，紫姑青女尽年华。

氤氲麝霭楼头雾，煜爚莲辉树底霞。

却胜春园桃李宴，连林簇簇发瑶葩。

阶蓂：瑞草名，夹阶而生，故名。

嘉会：欢乐的聚会，多指美好的宴集。

团圞：团聚。

行苇：《行苇》，《诗经·大雅·生民之什》中的一篇，意为歌颂周朝先代睦亲敬老，仁及草木。

紫姑：司厕之神，又作厕姑。古人谓其能先知，多迎祀于家，占卜诸事。

青女：传说中掌管霜雪的女神，亦借指霜雪和白发。

上元后一日小宴廷臣

在簴鸣韶乐，盈庭启令筵。
春临寒尚峭，望过月犹圆。
玉宇三霄近，珠宫五桂连。
继燃元夜焰，争艳夏池莲。
火蕊辉星峤，琼霙润麦田。
同堂忧喜共，嘉乐倍申虔。

簴：悬挂钟磬的立柱。

五桂：旧称进士登第为折桂。五桂，对亲族五人相继登第的美称。

乾隆十二年

上元前夕曲宴外藩

仙蓂将满叶，御柳渐生稊。
宴乐嘉宾集，威仪汉典齐。
鱼云依晚散，麝月傍河低。
贝阙分明路，丹台咫尺梯。
先春辉万卉，未夏曳千霓。
驭远垂家法，绳承敢敬稽。

鱼云：即鱼鳞云。

蟾月：月亮的美称。

乾隆十三年

新正曲宴外藩

青韶琼苑景，嫩日拂庐晨[①]。

我有来朝客，群称守土臣。

雕筵湑湛露，令节启光春。

既许欢心洽，还遵礼数彬。

鹓班陪济济，鹭羽乐振振。

内外需和会，宗功逮后人。

① 每宴外藩，武备院设武帐，示优渥之意。

鹓班：朝官的行列。

上元后一日小宴廷臣

崇牙倚绣楹，宝炬矗金茎。

宴继上元节，欢连堂陛情。

向筵仙卉发，隔座草虫鸣。

即景思调鼎，匪今重大烹。

同云看薄暮，望月[①]欲韬明。

共盼初春雪，东郊利早耕。

① 是日始望。

崇牙：旌旗的齿状边饰。

宝炬：蜡烛的美称。

堂陛：厅堂和台阶，亦指宫内。

调鼎：烹调食物。

乾隆十五年

上元日侍皇太后宴

东皇今岁艳华灯，一雪人天喜气增。

烛朗庆霄成不夜，杯圆宝月祝如陵。

千枝甲煎莲花吐，百末兰烟芝篆凝。

觇眼流光频属想，承欢许案记前曾。

甲煎：即甲香之“甲”和煎蜡之“煎”而成，为古代宫廷和贵族阶层最钟爱的香气。

兰烟：芳香的烟气。明 陆采《怀香记·春闺寄简》：“兰烟方袅袅，花气正霏霏。”

觇：短暂地看一眼。

上元后一日小宴廷臣，既用前例观灯联句，并成是什，其愿赓韵者听

儒臣珥笔列长筵，灯夕联吟例向年。

即此冥搜探物象，绝胜热闹听蛮弦。

同心交警时方泰，举首欣看月尚圆。

顿忆筹边经岁事，飞章剪烛阅西川。

珥笔：古时官吏入朝，或近臣侍从，把笔插在帽子上，以便随时记录。

蛮弦：中国南方少数民族的弦乐器。
剪烛：为促膝夜谈之典。此指征剿金川事。

宫中行乐万方知，慈寿康和庆莫涯。
祝岁试陈灯影戏，踏歌谁进月华词。
兰苕翡翠春容与，鸾凤芙蓉夜陆离。
创守评量难易处，思艰累叶正重熙。

兰苕：兰花。
累叶：犹累世。晋 左思《吴都赋》："虽累叶百叠，而富强相继。"
重熙：旧时用以称颂君主累世圣明。

乾隆十七年

曲宴外藩即席得句

朝正肆觐集贤王，宴锡优骈制有常。
藉尔屏藩宁北塞，赞予垂拱迪前光。
圆庐写月红云拥，广乐熙春紫凤翔。
三爵油油称既醉，有人颇会汉文章。

肆觐：原谓以礼见东方诸国之君，后常用为语典，以称见天子或诸侯之礼。

上元后日，小宴群臣并命观灯

一叶瑶阶报落蓂，流阴瞥眼信无停。
颇饶逸兴留哉魄，莫迟连吟负始青。
雪朗西山送寒色，花辉东壁发春馨。

文筵例继上元夜，好驻清光笔有灵。

东壁：皇宫藏书之所。

文筵：每年正月十六日，清帝御圆明园正大光明殿，赐大学士、尚书等宴。

直庐何必拥青绫，上苑相将玩影灯。

适值万几方少暇，漫夸百谷已咸登。

鳌山赑屃须臾驾，雁塔光明不计层。

为问四明归贺监，踏歌应制可重曾。

直庐：旧时侍臣值宿之处。

青绫：青色的有花纹的丝织物。古时贵族常用以制被服帷帐。

鳌山：旧时元宵节用彩灯堆叠成山，像传说中的巨鳌形状。据称，此风俗源自宋代，至清时仍盛行不衰。

乾隆十八年

小宴蒙古诸王公

华节试灯朝，芳筵胜赏饶。

穹庐张日丽，清乐韵风条。

予曰有嘉客，群言戴本朝。

卷鞲看相扑，度索起高跳。

百戏欢情洽，千方远意昭。

鱼云过午重，欲绘上元霄。

卷鞲：卷，通“拳”，敛衣袖。鞲，革制的臂套。

相扑：一种类似摔跤的体育活动。秦汉时期叫角抵，南北朝以后叫相扑。后传入日本，成其国技。

度索：杂技名，即走绳索。

霄：通“宵”，夜间。

上元后一日小宴廷臣用重华宫赐宴韵

传柑应让懿亲前[①]，撤荔重开翼日筵。
岂是耗磨沿俗例，要因昭邕遇昌年。
春宵赓和传苏李，昨岁追陪忆沈钱[②]。
火树银花宜入夜，楼西留阅物华妍[③]。

① 前一日宴宗室诸王。

② 谓沈德潜、钱陈群。

③ 入宴诸臣，仍命至苑西观烟火。

耗磨：古节名。以正月十六日为耗磨日，忌磨麦、茶及一切事务。

一线烟花绽万林，上元仙子月珠簪。
祥麟吐火旋成日，宝蛤嘘云便作阴。
见舞民安物阜字，每关后乐先忧心。
今朝三爵申相悦，尚藉昌言佐知临。

三爵：三杯酒。

昌言：有价值的言论；直言无隐。

乾隆十九年

曲宴外藩

例事怀柔不可删，朝家外户属瀛寰。
有来嘉客或姻党，用洽欢情值燕闲。

舞就鱼龙春艳发，酒行杯斝露瀼颁。

渠搜又有新归朔，锡宴均教预末班[①]。

① 时准噶尔台吉策凌等举部内属，以未出痘，先遣其宰桑和统等入觐，亦命预宴。

斝：古代铜制酒器。

颁：颁发；分赏。

渠搜：一作渠叟，古族名，西戎之一。此处指准噶尔策凌部。

上元后一日，小宴廷臣叠去岁韵

乘时行庆喜如前，列座欣开翰墨筵。

歌舞要因逢泰世，赓飏同愿遇丰年。

摛毫得句都成锦，按例张灯不费钱[①]。

夕色楼西迟月上，分明旧岁景韶妍。

① 侯鲭集钱氏纳土进金钱，买放两夜灯，今十七、十八夜也。

赓飏：亦作“赓扬”，谓连续而歌。

碧琳宫阙蕊珠林，花放恒春万朵簪。

灯继上元燃不夜，云怜韶节皱轻阴。

漫言育物同民乐，那解长年望岁心。

咨尔百司各勤事，青郊于耜倏将临。

乾隆二十年

上元前日小宴廷臣

风物新春渐袅怡，蟾光迎望印晴池。

重茵列座聊酬节，江研宣毫正及时。

爵不言三一巡足，宴恒居后预开宜[①]。

词臣底识偏荣幸，绮席频叨为解诗。

① 比岁皆于十六日锡宴，今乃在节前。

蟾光：月光。

重茵：双层的坐卧垫褥。

花云藕树彩飘萧，节景仙园日报韶。

酺谶昔曾闻庆历，赓歌兹盖法神尧[①]。

摛词早见七言就，献颂休称六幕调。

同有殷心希雪泽，可能快意赏星桥。

① 我皇祖升平嘉宴，同群臣赋柏梁体诗，系康熙二十一年正月十四日。

庆历：宋仁宗赵祯的年号。乾隆年间，为避讳乾隆帝的名字“弘曆”，将“慶曆”改写为“慶歷”。

神尧：唐代对唐高祖李渊的尊称，曾上高祖谥曰‘神尧大圣光孝皇帝’。

星桥：神话中的鹊桥。北周 庾信《舟中望月》诗：“天汉看珠蚌，星桥似桂花。”

新正小宴外藩

乐悬爵坫说昌辰，笑语无须藉舌人。

曼衍鱼龙戏百技，髽帣扑跌力千钧，

近筵赐饮酬嘉客，列座倾心称世臣。

百岁怀柔安牧圉，即看月窟普来宾。

昌辰：盛世。

舌人：古代的翻译官。

扑跌：武术中的相扑、摔跤。

牧圉：牛曰牧，马曰圉。这里指边疆地区。

窟：窟，洞穴。南朝宋颜延年宋郊祀歌之一：“月窟来宾，日际奉土。”吕延济注：“窟，窟也。月窟西极，日际东极，言远国皆来宾王庭，奉献土物。”

乾隆二十一年

新正小宴外藩

一家中外逮渠搜，三接从来礼数优。

朵朵彩云成瑞字，瀼瀼霑露泛春篘。

肆筵每先上元节，列席教陪归义侯[①]。

行庆底知心喜处，即看积玉满峰头。

① 达瓦齐，加恩封以王爵，凡宴会，皆令预之。

瀼瀼：露浓貌。

篘：指酒。

春园节物始妍和，彩服华茵嘉客多。

桂核兰湘方授几，花云藕树未分科。

毋俾底藉宾筵什，易解教翻牧马歌[①]。

远使堪嘉知悔过，也令预宴沐恩波[②]。

① 乐部笳吹，乐章中有牧马歌，蒙古曲也，是日奏之。

② 伊犁台吉宰桑等悔罪，请擒贼自赎，遣使输诚，是时使臣适至，亦令入宴。

上元后一日小宴廷臣并许观烟火

积玉平田复远岑，占农共慰劭农心。
可知逾日犹称节，即看铺云又作阴。
调鼎盐梅思说命，鸣钧角徵叶韶音。
楼西景倍常年好，胜赏应同翰墨林。

盐梅：盐味咸，梅味酸，均为调味所需，亦喻指国家所需的贤才。
角徵：宫商角徵羽，中国古代音乐中的五音。

漫言玉麤隐冰光，不夜城中乐未央。
千叶金蕖敷蔕萼，两行翠篆熻焜煌。
春雷响启坏泉蛰，火树烘催羯鼓芳。
何必虹桥夸幻景，忱心先已到维扬。

玉麤：玉兔。象征月亮。
金蕖：谓莲之美者。
焜煌：明亮；辉煌。
坏：同伾。土丘。
羯鼓：我国古代一种鼓，腰部细。据说起源于羯族。

乾隆二十三年

新正曲宴外藩即席得句

元宵预赏锡恩波，亦寓怀柔示节摩。
雪映金支饶渥泽，旭承翠罕飏晴和。

一家中外欢逾浃，累叶雍熙畏益多。
内扎萨人六旬者，率言生不识兵戈。

累叶：犹累世，即世世代代。

雍熙：和乐升平。

内扎萨：即内扎萨克蒙古，指归附清廷较早的漠南蒙古各部。

上元后一日小宴廷臣

翰墨观灯例翼辰，上元过始魄盈轮[①]。
景酬雪月叨天贶，情洽堂廉引席珍。
率寓铭盘歌一阕，讵听侧弁酒三巡[②]。
载咨鱼雅摛毫侣，可念贤劳执锐人。

① 是日方望夕。

② 凡赐宴不过酒一巡而已。

一阕：一首、一曲。

鱼雅：成语“鱼鱼雅雅”，出自唐代诗人韩愈《元和圣德诗》：“驾龙十二，鱼鱼雅雅。”形容车驾前行威仪整肃的样子。

乾隆二十四年

新正曲宴外藩

外藩俱属百年臣，新有西方向化人[①]。
肃肃彬彬遵礼法，肜肜泄泄乐和闾。
瑞云时点霏微雪，嘉夜先占美满春。
却为三冬待恩久，敢称怡慰益颙寅。

① 时漠咱帕尔亦令预宴。

彤彤泄泄：和乐貌。

上元后夕小宴廷臣

旋转璿玑刻弗停，上元又过落阶蓂。
仍看灯火巧留节，例引笙歌款在庭①。
东粤西川咨政绩②，久安长治度朝经。
聊循庆典还萦系，伫听佳音奏敉宁。

① 小宴廷臣例于是日。
② 时两广总督李侍尧、四川总督开泰皆以入觐预宴。

璿玑：中国古代观测天象的仪器中能运转的部分，亦指整个测天仪器。

乾隆二十五年

上元后一日曲宴廷臣

翼宵曲宴集公卿，豫乐胥殷恭敬情。
紫鹿高絙纵奇丽，蓼萧湛露本和平。
相于卜昼三巡罢，同此祈年一念诚。
绣簏草虫吟唧唧，对时堪验物勾萌。

紫鹿：古杂技名。
高絙：杂技名。即走索。《通典·乐六》：“高絙伎，盖今之戏绳者也。”
蓼萧：《诗·小雅》中的祝颂诗，表达了诸侯朝见周天子时的尊崇、歌颂之意。
湛露：《诗·小雅》中的宴饮诗。《毛诗序》：“《湛露》，天子燕（宴）诸侯也”。

卜昼：古者君臣为享，礼不过三爵。但卜其昼，不卜其夜。意为有节制的宴乐。

篚：竹篾编的盛物器，形状不一。

过望依然宝月轮，欢联泰陛答韶春。
刚欣绝域功成日，尚缱长途振旅人[1]。
耗磨走桥听方俗，瑶笺斑管命儒臣。
歌聆需雅骈千祉，共祝绥丰福在民。

① 时将军兆惠等班师至哈密，尚未抵京师。

走桥：古节日名。正月十六日夜，妇女群游，见桥必过，以祈祛病免灾。因桥在佛教中有"渡化"的意思，故过桥即度厄。

瑶笺斑管：瑶笺，指书札；斑管，指毛笔。

乾隆二十六年

上元后一日曲宴廷臣

例宴朝臣元夕后，灯筵排日答韶年。
共欣高阁犹余泽，可识明廷要尚贤。
蓂叶那真一已落，桂轮才欠秒来圆。
土膏欲动省耕候，相悦招声在徵弦。

蓂叶：传说中的一种瑞草。

桂轮：月亮。

蝾螈笼虫先启蛰，馡馡盆卉杂扬馨。
武成上将皆陪坐[1]，远靖何邦敢弗庭。

奚取纵横传耗磨，可听俚俗事摸钉。

同民乐更思民瘼，俞咈无非赞辑宁。

① 去岁曲宴廷臣有“尚缱长途振旅人”之句。今兆惠、富德等皆预宴。

摸钉：即摸门钉。旧时流行于北京等地的民间风俗。上元之夜，求子的妇女至正阳门摸城门门钉，曰“宜生男”。

乾隆二十八年

上元后一日小宴廷臣

节后欣逢稷雪披，琼英点缀九华枝。

席珍招引犹嘉夜，尊兽分明在论思。

居歉享丰惟恧若，联情示惠偶为之。

管弦金石云宣乐，亦曰吁哉未信斯。

乾隆二十九年

上元后一日小宴廷臣

上元刚过昨朝才，曲宴联情此日开。

用事外藩仍许厕[①]，牧民方伯恰因来[②]。

入宵乍可群观炬，卜昼何妨一举杯。

正大光明悬宝额[③]，宪皇谟训共钦哉。

① 贝子扎拉丰阿、呼图灵阿，并以禁近得预。

② 直隶总督方观承适以十五日至，因命预宴。

③ 殿正中恭悬皇考御书四字宝额。

厕：即厕身其间，参与其事。

酒醴笙歌秩有伦，虞书弼直切臣邻。
要当吁咈陈民隐，岂贵都俞颂治臻。
三辅稍欣沟壑逭，万家讵获盖藏均。
帝城午夜称同乐，尚共思乎俾返淳。

虞书：《尚书》的重要组成部分之一。

都俞、吁咈：皆为古汉语叹词。吁，不同意；咈，反对；都，赞美；俞，同意。本以表示尧、舜、禹等讨论政事时发言的语气，后用以赞美君臣论政问答，融洽雍睦。语出《尚书·尧典》。

三辅：西汉治理京畿地区的三个职官的合称。亦指其所辖地区。后泛指京城附近地区为三辅。

乾隆三十一年

上元后夕小宴廷臣

明廷筵继上元陈，犹是冰轮未满轮[①]。
适可顺时颁一爵，几曾卜夜到三巡。
赓歌莫忘箴规义，咨度惟殷饥馑伦[②]。
丰歉四方寸心切，同斯虑实在诸臣。

① 正月十五为上元节，然是月望实在十七，月始圆也。

② 大学士陕甘总督杨应琚来陛见，命预座时，咨去岁甘民赈济之事。

冰轮：月亮。

箴规：劝诫规谏。

广厦答阳开正大，庆霄悬月丽光明[①]。
真奢早戒金花烛，伪俭还嗤银酒枪。
韶乐中和宣太蔟，需云宴乐叶光亨。
节将度矣励勤政，敢曰从容只责成。

① 正大光明，皇考御题圆明园正殿扁也。每岁元宵例宴于此。

金花烛：旧时一种金花饰烛台。

银酒枪：旧时一种三足温酒器。

韶乐中和：即《中和韶乐》，是明清两朝用于祭祀、朝会、宴会的皇家音乐。

太蔟：十二律中阳律的第二律。《国语·周语下》："二曰太蔟，所以金奏赞阳出滞也。"

叶光亨：叶，和洽。常指声音的调谐。光亨，光显。

乾隆三十二年

上元后一日，小宴廷臣得詩二首

股肱任重要情联，赐典应开翼节筵。
诗句岂殊鹿鸣咏，乐音一例角招宣。
盆扶唐卉芳才吐，笼贮春虫动以蜎。
虽是元宵昨刚过，方当皓魄正轮圆[①]。

① 是月十六日始望，月轮正圆也。

鹿鸣：见《诗·小雅·鹿鸣》："呦呦鹿鸣，食野之苹。我有嘉宾，鼓瑟吹笙。"喻人主礼贤下士。

角招：古乐章名。

蜎：形容虫子爬行时蠕动貌。

庆节熙春设醴醪，两行接席总仙曹。

谩言三岁连逢稔，已是经冬亟望膏。
屏尚未收翦彩燕，灯须待看冠山鳌。
晚来空宇鱼鳞起，雪霈庶几慰盼劳。

醴醪：美酒。
仙曹：仙人的行列。亦泛指朝廷官署。此处借指与宴的王公大臣。

乾隆三十三年

上元后一日，小宴廷臣得诗二首

上元共庆六花翩，例宴还开翼节筵。
却以暖成酥雨细，何妨暗度玉蟾圆。
谁陈即景于宫语，式咏依蒲在镐篇。
漫拟浓阴孤夜色，光辉待看万灯燃。

六花：雪花结晶六瓣，故名。
玉蟾：月亮的别称。

几得如斯春雨早，同堂同志有同欣。
湿衣不见和烟袅，泽壤均沾协气煴。
远峤依然看积雪，明庭于是卜需云。
允宜欢燕酬佳景，却正心萦捷报闻。

乾隆三十四年

上元后日，曲宴廷臣即景得句并命赓韵

经冬望雪久心悬，庆值开年惠泽骈。
例以传柑继昨夜，看犹炼火霱遥天。
当春宜有嘉谟进，卜昼无须彩炬燃。
四韵俱成仍两什，一言漫拟柏梁篇。

柏梁篇：即柏梁体，又称“柏梁台体”。据说，汉武帝筑柏梁台，与群臣联句赋诗，句句用韵，所以这种诗称为柏梁体。

堂陛联情不可无，筵开翼节共嘉娱。
芳肴旨酒聊兹会，撮矢弧弓岂彼须[①]。
玉色积斯占熟谷，金音毋尔赋生刍。
连茵莫作同声颂，交儆赓歌事著虞。

①《汉书》元会赐食酒。有虎贲、羽林、弧弓、撮矢、陛戟、左右云云。

翼节：即上元节第二天。

乾隆三十五年

上元后一日小宴廷臣

廷臣例宴上元后，继节花灯尚缀檐。
揄策底惟肃旒冕，联情亦欲洽堂廉。
碗浮寒具三筲黍，盘贮水晶五色盐。

两阕梨园供奉听，箴兼善颂正何嫌。

揄策：出谋划策。此指天子近臣。

旒冕：皇帝之冠冕。此指天子。

寒具：面食名。即炸馓子。

梨园：古代对戏曲班子的别称。

开年一雪百祥探，益善多多岂避贪。

目极远天云尚厚，心希今夜泽重覃。

纵横漫拟张说磨，佚荡谁怀苏轼柑。

虽是对时宜宴乐，元臣独缱隔滇南[①]。

① 时征缅班师，经略大学士傅恒行次滇省会城。

张说：河南洛阳人，唐朝政治家。曾三任宰弼，擅长文学，并有武略，可谓文武兼资。

苏轼柑：北宋文学家、书画家苏轼，有《戏答王都尉传柑》一诗："侍史传柑玉座傍，人间草木尽天浆。寄与维摩三十颗，不知薝卜是余香。"

乾隆三十六年

上元后一日，小宴廷臣叠去岁诗韵

园庭亦有正衙在，圣藻训遗高额檐[①]。

愿此垂衣弥益敬，赖诸补衮讵惟廉。

虽云联席歌湛露，却对长空盼撒盐。

颇觉年来绮语富，只缘言志想无嫌。

① 御园正殿"正大光明"匾额，皇考御书也。

垂衣：垂裳而治。

补衮：补救、规谏帝王的过失。

撒盐：降雪。

时因斯数[①]节斯探，岂是无端宴赏贪。

都大田蚕祈岁稔，侵寻风物报阳覃。

蓦思前度滞归辔[②]，那忘[③]常年欣赐柑。

羊祜韦丹尽忠荩，故应遗惜致樊南。

①上声。

② 上年正月，经略大学士傅恒征缅班师，行次滇省会城。故元韵纪事有“元臣独缱隔滇南”之句。然今物故矣，惜何如之。

③ 去声。

羊祜：字叔子，泰山南城人，魏晋时期著名战略家、政治家和文学家。

韦丹：字文明，京兆万年人，唐朝官员，有直名。

樊南：唐代诗人李商隐的别称，有《樊南文集》存世，故名。

乾隆三十七年

上元后一日，曲宴廷臣示志

上元翼日宴廷僚，例事循行曲宴招。

卜昼原非卜夜比，曰俞莫忘曰吁要。

笙歌醴齐陈嘉礼，正大光明御燕朝。

思义顾名钦圣训[①]，奉时行庆会春朝。

方殷氾胜占三白，懒听霓裳滚六么。

蟋蟀鸣笼先[②]惊蛰[③]，蟾蜍守窟恋元宵。

载咨绲佩华缨侣，漫诩五风十雨调。

一岁兹当勤政始，相将敦勖戒逍遥。

① 题额皇考御书，为御园正殿。

② 去声。

③ 北小花园内侍能育蟋蟀例于上元节宴陈设，向曾有诗。

氾胜：即氾胜之，氾水（今山东曹县）人，西汉农学家。著有《氾胜之书》，是中国最早的农学著作。

六么：指乐曲名。

五风十雨：五天刮一次风，十天下一场雨。形容风调雨顺。

乾隆三十八年

上元前一日，宴哈萨克波罗特汗陪臣阿克台里克及卓尔齐，即席成什

波罗特兹驰使伻，继汗请命觐都京[①]。
底须更置示威重，便可允行奖恪诚。
卓尔齐[②]尤习国礼，理藩院引贺新正。
厚恩丰宴颁嘉节，柔远旁通万里情。

① 波罗特以继其父阿布尔巴木毕特为汗，遣陪臣阿克台里克入觐。念其汗本虽受中朝封爵而请命，有爱戴之忱，且以十一月杪自伊犁驰驿，行走便捷，上元前即抵京，殊属恭顺，因优加宴赉。

② 别部阿卜尔比斯王之子，向曾来京。

上元后一日曲宴廷臣

翼节园林曲宴仍，同心知穑祝三登。
班联文武逮藩服，舞进鱼龙映鹊稜。
讵以需云恣和乐，还因泰保戒骄矜。
兽罇湛露聊巡爵，火树非宵未上灯。

乍可湘笺摛碧管，底须宫饼诩红绫。
两章俊逸惟张说，十思规陈孰魏徵。
书识艰难无逸逸，诗歌恺悌有凭凭。
异时谁续岁月纪，佳话从他一再增。

三登：谓连续廿七年皆五谷丰收。借指天下太平。

需云：语本《周易·需》：“《象》曰：云上於天，《需》，君子以饮食宴乐。”后用为君臣宴乐之典。

十思：魏徵的《谏太宗十思疏》。

乾隆三十九年

上元后一日小宴廷臣

御园前殿集簪绅，翼日芳筵例合因。
同此深心惜未雪，讵宁悦目赏新春。
掞笺应是兼规颂，在虡还听奏翕纯。
漫道不经传俗节，由来生计为农民。

虡：古时悬钟鼓木架的两侧立柱。

翕：指各种乐器同时演奏的盛况。

司天应为惜华节，举首今宵月始圆①。
弗卜夜临申宴启，历多年率未灯燃。
甘醪羽爵宁须再，庶品蚌盘漫笑前。
虽是同堂斯恺乐，良臣进剿正心悬②。

① 昨虽上元，而宪书于十六日方值望，故云。

② 阿桂等奏：各路将军俱定期于正月初十日进兵会剿金川。计连日正当得胜深

人之期，盼望捷音甚切。

羽爵：古代酒器。

蚌盘：即瓦器蚌盘。泛指粗陋的食器。语出《陈书·高祖纪》：“私飨曲宴，皆瓦器蚌盘，肴核庶羞，裁令充足而已。”此指宴会上的餐具。

乾隆四十年

正月十七日，小宴廷臣二律

翼节廷臣例赐筵，展期一日值今年①。
箕畴著省惟卿士，谢赋遣词异朏弦。
察吏安民同有责，息肩满志实无缘。
莫容易视兹欢宴，尽职艰哉尔我然。

① 每岁小宴廷臣，例用上元后一日。今以适当月食，展于十七。

箕畴：指《尚书·洪范》之“九畴”，即治理天下之大法。相传为箕子所述，故名。

谢赋：历史上有两谢赋，一为南朝宋谢惠连的《雪赋》；二为唐谢偃的《尘》《影》二赋。

朏弦：与朔、望相关。每月初三叫做朏。弦有上弦、下弦之分。上弦指每月初七或初八日，下弦指每月二十二日或二十三日。

息肩：休息。

新正几务恰余闲，宜趁闲筹民事艰。
慢骋丰亨豫大说，当思敬怠吉凶关。
徵招乐叶笙簧律，需雅茵联内外班①。
却忆贤劳于役者，驱驰冰岭雪硐间。

① 时大学士管两广总督李侍尧、江西巡抚海成，俱以入觐在京，令一体与宴。

徵招：古乐章名。

乾隆四十一年

正月十六日，小宴廷臣二律叠去岁诗韵

节后仍开小宴筵，联茵叙陛例年年。
皇猷允藉调乎鼎，官路应教直似弦。
须识颂宁若规好，但云泰恐即骄缘。
载咨染翰敷笺者，细绎吾言然不然。

皇猷：帝王的谋略或教化。

金川耆定略心闲，休养应图兵后艰。
和乐兹虽赏柑节，凯旋众未度桃关。
漫歌七德功云蒇，已历五年师乃班。
犹急郊台亲劳接，勤劬攻剿细咨间[1]。

① 去岁诗有“却忆贤劳于役者，驱驰冰岭雪碉间”之句。

桃关：四川汶川境内。

七德：《左传》中的七德，指武功的七种德行，即禁暴、戢兵、保大、定功、安民、和众、丰财者也。

乾隆四十二年

正月十六日小宴廷臣

去岁红旗盼节后，今朝绮宴赐几閒。

由言无易一日乐，轸念有怀百战还[①]。

卜昼未燃九华炬，迎蟾先看六鳌山。

武成事事胥如意，可识吾犹惕此间。

① 阿桂、丰升额、明亮，督兵攻剿两金川，不辞艰瘁，阅五年而大功始成。海兰察、奎林、和隆武、福康安、普尔普，皆身经百战，功绩尤为超众。因并命入宴以奖之。

无须耗磨俗谈传，翼节需云例合沿。

九寓丰穰诚幸矣，一家中外岂非然。

既因扎萨兼京职[①]，便可联茵预列筵。

况有先生敖汉者[②]，欣看七字竟成篇。

① 喀喇沁贝子扎拉丰阿为领侍卫内大臣。敖汉贝子罗卜藏锡拉布、喀喇沁贝子瑚图灵阿，皆为理藩院额外侍郎。巴林额驸德勒克、敖汉额驸彭苏克拉什，皆为副都统。并以扎萨克而兼京职，因得与宴。

② 彭苏克拉什好读汉字书，颇通文艺，且能作诗。蒙古戏称之为敖汉先生。

乾隆四十六年

上元后一日小宴廷臣二律

例应节后宴廷臣，三载不为为似新。

已过上元犹几望[①]，宛如太古有恒春。

中和乐奏升平曲，内外臣联笑语申[②]。

人世流阴诚速耳，领班率已易丝纶[③]。

① 是月十七日始望。

② 是日与宴者自大学士、领侍卫内大臣、尚书、侍郎、蒙古郡王等，十有六人。

③ 丁酉上元后，小宴廷臣，以大学士舒赫德、于敏中领班。今阅三年，重举是典，满汉大学士率已更易矣。

三载不为：指因皇太后之丧，三年未举行上元三宴。

顺时八举兆青旂，正大光明敞玉扉①。
不倚不偏中道立②，四明四达五弦挥③。
初心敢负曰予访，转眼谁知逾古稀。
咨尔嘉言孰益我，持盈惟是慎几微。

① 上元后一日小宴，例设于正大光明殿，殿额皇考御题也。
② 释正大。
③ 释光明。

青旂：即青色之旂，上画龙形、竿头系铃，为天子春天所用。后用作咏帝王春日出行之典。

乾隆四十七年

上元后日小宴廷臣即席得句

上元雪点谢庄衣，庆雪嫈灯例事依①。
柑席虽云节已翌，桂轮仍是望之几②。
山罍房俎宁须亟，下效上行亦慎微。
一爵非三矧多又③，金莲那藉送宵归。

① 小宴廷臣，例用上元后日于御园前殿，额曰正大光明。
② 是月十七日始望。
③ 国朝凡大小筵宴惟进酒一觞，并无三巡九举之事。

谢庄衣：典出唐代诗人李商隐的《对雪》内有“欲舞定随曹植马，有情应湿谢庄衣。”谢庄，南朝宋大臣，文学家，以《月赋》闻名。其《月赋》有言：“佳期可以还，微霜沾人衣。”

山罍：古代刻有山云图纹的盛酒的祭器。也称“山尊”。

房俎：周时祭器。

共喜祥花氾胜征，条风霁后未寒凝。
联情以雅虽时对，踵事之华虑日增。
佳语谁陈两般鉴[①]，明廷未炷九枝灯。
和阗宴碗排方丈，岂易视乎倍惕兢。

① 谓君鉴、臣鉴。

乾隆四十八年

上元后日，小宴廷臣即席得句

翌节廷臣宴御园，重熙惠典举非繁。
弼谐迪德须深识，喜起明良未易言。
内外胥廑养民政[①]，雨旸惟是赖天恩。
宪书置望当旬六，岂必今朝不上元。

① 是日于正大光明殿曲宴廷臣，预宴者大学士阿桂以下十八人。时总督萨载、将军万福、常青亦以入觐，一体与宴。诸臣虽职分内外，其各勤官守，布泽以惠吾民则一也。

弼谐迪德：《尚书·皋陶谟》：“允迪厥德，谟明弼谐。”孔传：“言人君当信蹈行古人之德，谋广聪明，以辅谐其政。”

喜起：谓君臣协和，政治美盛。

明良：谓贤明君主与忠良臣子。

宪书：即“历书”。清初称“时宪历”，乾隆时为避名讳，改称时宪书。

积素西山近宇晴，需贞启正大光明。
无偏极建福时敛[①]，顺应物来量始宏[②]。
利用国观惟俊吁[③]，自呈鉴照待群情[④]。
三朝家法传四字[⑤]，奕叶肯堂奉永清。

① 正。

② 大。

③ 光。

④ 明。

⑤ 乾清宫正大光明匾额为世祖御书。景山观德殿正大光明匾额为皇祖御书。圆明园正大光明殿额为皇考御书。余于热河之勤政殿亦谨遵家法，敬书四字悬之殿中。圣训绳承，实我国家万年所当奉为法守也。

肯堂：比喻子承父业。

乾隆五十年

上元后日小宴廷臣得句

筵开千叟事希伦，小宴盈庭此浃旬。
过望应知方月望，钦邻恒用勖臣邻。
笙镛以间原依例，礼乐惟和未是频。
酬酢即看多白首，天庥同沐共增寅。

臣邻：《尚书·益稷》："臣哉邻哉，邻哉臣哉。"孔传："邻，近也。言君臣道近，相须而成。"本谓君臣应相亲近，后泛指臣庶。

笙镛：亦作"笙庸"，古乐器名。

三朝宝训四言传[①]，正大光明殿额悬。
内圣外王胥是道，上行下效本同诠。
时和讵可相嬉若，世泰尤应共惕然。
咨尔摛毫赓韵侣，体予意在九三乾。

① 乾清宫正大光明匾为世祖御书，景山观德殿正大光明匾为皇祖御书，圆明园正大光明匾为皇考御书。三朝心法，内圣外王，一以贯之。

赓韵：和韵。

九三乾：语出《周易·乾》：“九三，君子终日乾乾，夕惕若厉，无咎。”此处乾隆帝意在自勉。

乾隆五十一年

上元后一日，小宴廷臣即事得句

布惠联情迓俶春，例于翼节宴廷臣。

七言授几七始候，五代同堂五福申。

天保鹿鸣一宵雅，李仙杜圣两诗人。

问他此事几经古，独我崇庥恩沐旻。

七始：古代乐论，以十二律中的黄钟、林钟、太簇为天地人之始；姑洗、蕤宾、南吕、应钟为春夏秋冬之始，合称“七始”。

五福：《尚书·洪范》：“五福：一曰寿，二曰富，三曰康宁，四曰攸好德，五曰考终命。”

天保鹿鸣：《天保》是《诗·小雅·鹿鸣之什》中的一篇先秦诗歌，系召公祝贺宣王亲政的诗。

恩沐旻施我独深，益惭修遇益增钦。

予于父母报罔极，君合黔黎念在心。

谘尔外中治赞者①，莫忘饥溺责同任。

歙荆南望怜沟壑②，节宴虽临愧不禁。

① 是日与宴大学士阿桂等，时广东巡抚孙士毅入觐来京，亦令入宴，内外大臣均有赞襄治理之责，所当仰体朕心，恫瘝念切，各殷饥溺之思也。

② 去岁安徽、湖北等处被灾，凡截漕蠲缓拨饷加赈诸务，屡经降旨，该督抚率属实心办理。而南望灾区，实复时廑宵旰，惟望麦秋有获，而时尚远。虽当庆节欢宴，不能释然于怀也。

乾隆五十二年

上元后一日小宴廷臣

明廷曲宴侑笙丝，节后婪春言语怡。
邻众莫非资赞治，古稀犹自未抛诗。
微惭西抹东涂者，弗称花南砚北时。
簪笔载咨赓韵侣，应思少颂在多规。

砚北：谓几案面南，人坐砚北。指从事著作。

簪笔：古时的冠饰。谓插笔于冠或笏，以备书写。帝王近臣、书吏及士大夫均有此装束。

麦培冬腊占三白，潢弄燕闽歼二囚①。
显佑敢因称后乐，微玭亦弗懈先忧。
武扬速到期闻捷②，德化未臻略抱羞③。
却顾连茵率少长，长予两月一人留④。

① 去岁秋间，直隶大名匪犯段文经、徐克展等纠众不法。后徐克展及余党俱已就擒正法，惟首犯段文经尚未弋获，又冬底福建、台湾有逆民林爽文等倡会，谋为不轨之事。前据调任总智常青、提臣黄仕简、任承恩等奏报，调发官兵剿捕，并据常青奏称，台湾镇道等统兵攻剿贼匪，保守郡城，且有义民等率众协同截杀，贼势少退。兹又据总兵柴大纪奏报，连日用枪炮击杀贼人甚多等语。

② 现在黄仕简、任承恩带兵先后渡台，又飞调澎湖协水师兵进剿，计此日早已到彼，兵力厚集，自可一鼓歼灭，惟盼捷音，以慰悬切。

③ 昨一岁中，两处逆民扰乱，虽云小丑，实惭政教之未浃也。

④ 回思初即位时，在朝诸臣皆年长于予。兹五十二年之间，与宴诸臣皆年少于予，惟大学士嵇璜与予同庚，长予两月。前屡有乞休之请，恩谕慰留，俾耆年领袖班行，为予老伴，亦盛事耳。

玭：玉的斑点，引申为缺点，过失。

乾隆五十三年

上元后一日，叠去岁小宴廷臣诗韵

保障由来胜茧丝，任人偾事愧难怡[①]。
捷音切盼达军报，翼节那能快赋诗。
谘尔簪缨委佩者，体予焦旰愤宵时。
今朝小宴权教罢，意弗纾兼惭执规。

① 台湾地土丰饶，福建漳泉、广东惠潮等郡，民人错处其间，各分党与，往往以私怨小忿，聚众械斗。官斯土者只顾肥其私橐，不以职守为念，封疆大吏遇有升调缺出，更或用其私人，每致贪婪无艺，酿成事端，甚至起立会名，潜相煽诱。而地方官又复习为欺饰，颟顸了事，以至有林爽文戕官肆逆之事，此皆地方官平日不能为保障，而为茧丝所致。任用不得其人，窃用自愧。

茧丝：泛指赋税，敛赋如抽丝于茧，故云。

洗巢执属连称胜[①]，惟是内山遁首囚[②]。
未可网三施博爱，竟当芥一净遗忧。
安民和众详画策，德道礼齐多恧羞。
七字两章讵容阙，拈毫聊付壁间留。

① 自福康安、海兰察率领巴图鲁等渡海以后，旬日之间，诸罗围解，旋即攻克贼巢，拏获林爽文父母家属，所向克捷，颇快人意。

② 福康安于剿洗大里杙以后，未即乘胜追捕，以致逆匪溃而复聚，连次于集集埔、小半天山列栅抗拒，虽官兵亦即奋勇攻克，而逆首遁入埔里社埔尾一带，日内尚未得生擒捷音，为之焦急。

网三：犹言“网开一面”。

芥一：犹言“不遗一芥”。

乾隆五十四年

上元后一日，小宴廷臣即事得句

霁色霙光丽以皑，御园景物倍佳哉。
首春黄染初稊浅，新雪还增旧树培。
卜昼从来非卜夜[①]，相赓庶不负相陪。
却思去岁曾令罢[②]，一岁流阴瞥眼才。

① 凡曲宴廷臣，率不过未申时。

② 去岁新正拟以平定台湾联句，俟至上元后一日尚未报到，因罢举此宴。至二月朔日，红旗奏至，始举茶宴。

正接安南达奏笺，贤劳臣惜未茵联[①]。
仍常用武非黩也，辄获成功实惘然。
所信一心敬跻已，每于诸事佑从天。
古云适百半九十，敢不慎乎此七年[②]。

① 安南一役，孙士毅力肩钜任，竟能克复黎城。蒇功不日，今早适接其奏章，念其贤劳宣力，惜以远在军营，未得与坐。

② 予蒙天佑数十年中，九蒇大功。自今岁计至丙辰归政之期，只余七年，敢不慎终如始，益励孜孜，冀酬昊苍恩眷。

出入贤良门观射，叠己卯诗韵

奎画四言垂训良，心殷董正企明扬。
率因佐治吉惟士，用以淑民道在王。
每岁诘戎临发驾，预期观德试当场。
昔曾亲御励无逸，今则坐凭愧异常[①]。

幼即精勤五射习，耋犹劼毖万几忙。

卅年示度哈萨部[②]，诸卫如教贞观皇[③]。

迅矣居诸诚足惜，勖哉宵旰此仍蘉。

曾元聪听加之意，永保天庥四海疆。

① 向年每遇校射，必先亲御弧矢示众。自庚辰臂痛后，遂疏步射，时以为愧。

② 己卯春于此阅射，维时哈萨克入觐，是日亲发二十矢中十八矢，阅今正三十年矣。彼虽乐观百戏，不若示以射艺，使彼不敢轻视中国。予之所以遵祖制而迓天庥者，意实在此。

③ 唐太宗日引诸卫将士，教射于殿廷，亲临试之，且曰：无事为尔等师，有事为尔等将。

诘戎：谓整治军事。

劼毖：谨慎。

乾隆五十五年

上元后一日小宴廷臣

戊申己酉两年间，曰罢[①]曰行[②]匪惠悭[③]。

率为画筹殊举废，乃因交趾与台湾[④]。

愿兹寰海民胥乐，则我君臣心或闲。

昨岁贤劳惜未与[⑤]，孰知变故又多般。

① 戊申。

② 己酉。

③ 每岁上元后一日例有小宴，戊申因待台湾捷报，未经举行，上年己酉仍依例行之。

④ 丁未八月，命福康安往台湾剿捕逆匪，冬间连次克捷。至戊申正月，将次蒇功，尔时首恶未擒，披览军书，指示机要，督催进师，是以停举此宴。二月遂闻成功。又是年十月，孙士毅往讨安南，已于腊月内奏到，克复黎城。至己酉正月，虽

尚有筹办之事，而大局已定，节后小宴，遂仍举行，盖军务至重，节宴之或罢或行，无关紧要也。

⑤ 上年是宴，正怜孙士毅远在军营，未得与宴，是以诗内有“贤劳臣惜未茵联”之句。

戊申己酉：乾隆五十三年（1788）、五十四年（1789）。

悭：吝啬。

交趾：越南。

昨年翼节举佳筵，士毅安南至奏笺。
兵不攻城复其旧，民欣故主获称全。
逞雄劲敌倏临国，厌德孱王逃进边。
问罪赦愆行不悖[①]，权衡诸事奉行天。

① 阮光平复至黎城，原与黎维祁为难，但迹同抗拒官军，本当加问罪之师，因改命福康安为两广总督。正筹军务，而阮光平即悔罪乞降，再四恳吁节次，所具表章，畏惧感激之情，至诚毕露。因思天厌黎氏，不能自立，而中朝原不贪其土地，又将付畀何人，且阮氏之兴，或亦天意，不如赦其罪而立之。此事前后若出两辙，在予权衡事机，总惟奉天而行，实不相悖也。

孱王：指原安南国王黎维祁。

乾隆五十六年

上元后一日小宴廷臣

节逾翼日仍节宴，正大光明宝额垂。
正大居心以为养，光明莅政乃相宜。
却过天子当阳候，已近乾爻上九时。
进退存亡知不失，文言深义勖吾思。

天子当阳：古称天子南面向阳而治。汉 董仲舒《春秋繁露·天辨在人》：“不当阳者，臣子是也；当阳者，君父是也。故人主南面以阳为位也。”

乾爻上九：乾卦第六爻，爻辞“亢龙有悔”。意为龙飞得过高，会有灾难或后悔之事。

华筵卜昼不卜夜，保泰之谋汁众图[①]。
爱听实规曰渊懔，厌闻虚誉效嵩呼。
自知老矣当益壮，粤若时哉弗可孤。
漫对花灯还失笑，十年前我那旋殊。

①《集韵》：“汁与协通，和也。”张衡《西京赋》：“五纬相汁，以旅于东井。”

嵩呼：臣子祝颂帝王，高呼万岁，谓之“嵩呼”。

旋殊：悬殊，天壤之别。

乾隆五十七年

上元后日小宴廷臣

翼辰宴正大光明，泰九三方昨日成。
于食设如歌有福，不陂敢弗凛无平。
上年幸免水及旱，百室岂诚宁与盈。
酒醴笙丝巡一爵[①]，即兹意亦寓艰贞。

① 国朝例，凡大小宴，皆一巡，从无三爵既醉之事。

泰九三：即泰卦九三：“无平不陂，无往不复，艰贞无咎，勿恤其孚，于食有福。”

三朝月霁虽宜节，一寸雪存不满心[①]。
也是春长时可待，但知农重日增深。

联茵咨尔休颂句，飞骑正予盼捷音。

身体康强世和泰，胥蒙天惠愓滋钦。

① 昨十三日之雪仅寸余，殊不满心，然今岁有闰四月，为日方长，尚觉可待，惟盼望藏中捷音为尤切耳。

乾隆六十年

燕九日小宴廷臣作

癸丑甲寅两岁连，文筵继罢识予愆[①]。

今年移却上元日[②]，燕九聊因节事传。

曰愓曰惭难殚述，修刑修德并增虔。

丙辰正朔将归政，衮庆延祥敬吁天。

① 向来上元后一日小宴廷臣，昨癸丑、甲寅两年，因十六日俱逢月食，是以皆令罢宴，并是日灯火亦令暂停，然翌节纪事之什，原不废也。

② 旧例上元日，于正大光明殿筵宴外藩及王公大臣等，今年上元乃遇月食，是以移于十四日，其十四日小宴宗亲，移于十六日，而十六日之小宴廷臣，移于兹燕九日，既识虔寅，仍弗碍庆节。

癸丑甲寅：乾隆五十八年（1793）、五十九年（1794）。

丙辰正朔：嘉庆元年（1796）正月初一日。

飞云轩壁书今满，岁例惟余此一谈[①]。

朔望分明示以两，剥亏那更继而三[②]。

适逢虽曰由日至，无故岂其忘己惭。

诗史本来师杜老，获麟绝笔或云堪[③]。

① 每岁翌节之作，俱书悬飞云轩中，积年将满，今轩中恰有余地，可悬今年诗什。

② 元旦、上元相继有剥蚀之灾，并昨癸丑、甲寅均于十六日共成三次，实予不德所致，遑敢例以春秋不书乎？

③ 新正节宴，历年皆有题咏，以识月日，比于杜老诗史之意。明年授政后，皆子皇帝之事，予可以安闲随意吟赏，于凡依例锡宴联句之什，俱可无事拈韵矣。

杜老：指唐代诗人杜甫。

获麟：指春秋鲁哀公十四年猎获麒麟事。相传孔子作《春秋》至此辍笔。后比喻著作的封笔、绝笔。

嘉庆朝

嘉庆元年

上元后一日小宴廷臣作【乾】

文筵翼节有恒由，题什飞云四壁周[①]。

忆昨已成获麟句[②]，只今乃作鶅鸮讴。

风和日丽天恩厚，凶缚武耆已望悠。

满拟十全增一咏，不知足固我之尤。

① 向来翼节小宴廷臣之作，俱书悬御园飞云轩壁间，至上年乙卯，四壁已满。

② 予于庆节锡宴，必即事成吟，以纪岁时而志盛典，即杜甫诗史之意也。上年以今岁元正授玺后，可以随意吟咏，不必一切依例成什，是以有“获麟绝笔或云堪”之句，今幸符初愿，诸事顺成。宴毕，复成二律志事，亦结习难忘，聊抒佳兴耳。

鶅鸮：即猫头鹰，属夜行性鸟类，叫声凄厉。

去岁移筵不可思[①]，胥予过也肯虚辞。

幸无大故两灾逭，饶有稔收各省知[②]。

佳节是宜豫以度，逆苗犹未靖其遗。
晚来飞爆鸣雷急，虔祝捷音似此驰。

① 旧例上元日，于正大光明殿锡宴外藩及王公大臣等，去岁因遇月食，是以移于十四日，而将十四日宗藩之宴，移于十六日，其十六日廷臣之宴，移于燕九日。

② 上年正月朔望均值薄蚀，予心深滋悚惕，幸荷上苍慈佑，不特诸事平安，而各省秋禾丰稔，统计牵算收成，竟有百五十分之多，感谢之衷，非可言罄，惟有额手敬叩而已。

上元后一日小宴廷臣

上元甫过继开筵，御苑明廷布席连。
欢洽君臣酬令节，情联堂陛侍高年。
酒非既醉礼宜尔，颂不忘规众勉旃。
已庆升平勤佐治，烝然髦士玉阶前。
国宝贤才满庙廊，作求世德协明良。
藐予一己承恩泽，勖尔诸臣共赞襄。
文治覃敷四库汇，武功赫濯十全彰。
中心兢业资匡弼，戒满持盈敬念覆。

髦士：即俊才。《诗·小雅·甫田》：“攸介攸介，烝我髦士。”毛传：“髦，俊也。”

世德：累世的功德，先世的德行。《诗·大雅·下武》：“王配于京，世德作求。”郑玄笺：“以其世世积德，庶为终成其大功。”

嘉庆二年

上元后一日小宴廷臣作【乾】

翌节臣工宴，历吟岁月明。
今皇请仍莅，太上忍违诚。
遇稔岂无乐，望遥原有怦[①]。
飞云泐壁满，后拟罢题卿。

① 时正盼剿平邪教逆贼凶首之捷信。

向例，上元翌日，抡廷臣小宴，以示宠眷，必有诗二律，书悬勤政殿东之飞云轩壁间，以志岁月。至六十一年丙辰，轩中四壁剩一，而周再无隙处。且上年元正授玺后，似此依例成吟之什，原可从简。但训政如常，是以上年宴后，复成二律，用纪符愿顺成之盛。迨今岁则已阅二年，竟可罢咏，聊成此什，令悬殿外。嗣后当不必依例复题矣。

上元后一日小宴廷臣

正大光明四字悬[①]，君臣乐恺万斯年。
歌聆湛露传仙琯，彩焕需云绕御筵。
座近龙光言笑接，春敷凤律物华鲜。
欣看次第消螟螣，赢绩十全仰信天[②]。

① 乾清宫正大光明四字，为世祖章皇帝御笔，皇祖世宗宪皇帝于圆明园正殿亦御书此额，悬揭以昭法祖之意。

② 献岁以来，苗疆、归化教匪即就廓清，惟皇父禁暴安民，以必不得已而用兵，是以上苍垂佑，于十全大武之外，又赢一绩，斯皆信天之验，奕祀所同钦仰者也。

需云：为君臣宴乐之典，喻为遍降于民的朝廷德泽。

螟螣：原指两种食苗的害虫，后喻为害人者。

楼西昨夜灿灯光，恩洽嘉宾祝圣皇。
列座名藩寄心膂，盍簪翰苑焕文章[①]。
钦承父训主勤敬，启迪臣衷共赞襄。
令节联情欢饱德，皋夔稷契庆同堂。

① 是日入宴者，左翼为大学士和珅、额驸喀尔喀亲王拉旺多尔济、喀尔沁亲王曼珠巴咱尔、哈密郡王伊斯堪达尔、额驸丰绅殷德、尚书庆桂；右翼为尚书福长安、巴林郡王巴图、大学士董诰、尚书沈初、胡季堂、彭元瑞。

皋夔稷契：传说中舜时贤臣皋陶、夔、后稷和契的并称，此处借指贤臣。

嘉庆三年

上元后一日，随皇父在正大光明殿小宴廷臣，即事成长律二首

堂陛联情宜令节，承欢膝下侍嘉筵。
观灯五夜施恩溥，列坐三阶荷泽连。
父训子钦庶官协，年登兵偃武功全。
氍毹迭奏升平曲，锡福康衢海甸宣。

氍毹：一种织有花纹图案的毛毯。古时演剧多在地毯上，因此又用氍毹代指舞台。

需云湛露庆春韶，斡运玑衡转斗杓。
稼穑初兴宜种植，盐梅还望善和调。
君恩深渥联中外，圣德高巍训旰宵。
咨尔群工匡不逮，弼予承旨泽弥昭[①]。

①虞陛赓扬，君臣交相咨儆，以成中天之治。予仰荷太上皇父授政，朝夕敬承，惟恐不逮。诸臣式承慈惠，思喜起于明良，矢和衷以襄赞。予实嘉赖焉。

玑衡："璇玑玉衡"的省称，此指北斗七星。

盐梅：调和，和谐。宋 苏辙《除冯京彰德军节度使制》："和而不同，性有盐梅之德。"

嘉庆七年

上元后一日小宴廷臣即席成什

广廷锡宴冠裳集，永慕考慈感寸心。
顾畏民喦治不易，钦承天命凛难谌。
藐躬矢慎弥勤政，庶尹抒忠各献忱。
调鼎庙廊资辅弼，求贤匡赞意诚深。

民喦：谓民心不齐。

谌：相信。

嘉庆八年

上元后二日小宴廷臣

庆洽销兵示慈惠，冠裳云集会公卿。
策勋锡爵酬群力，虚己求贤达众情。
瑞雪盈阶润草木，和风播律协韶韺。
弼予图治安民庶，燮理式敷昊眷宏[①]。

①三省销兵，连番时玉，皆仰昊慈眷锡，所望与诸臣共深钦惕，安黎庶即所以

凝天庥也。

韶韺：亦作“韶英”，亦泛指古乐。

嘉庆九年

上元后一日小宴廷臣

令节元宵五日连，广筵锡宴典依前。
和羹化燮调金鼎，作楫宣防济巨川。
启沃同心感考眷，畴咨协志弼仔肩。
愧予治未臻虞舜，愿法皋夔共勉旃[①]。

① 昔舜作歌而责难于臣，皋陶赓歌而责难于君，明良一堂，君臣交儆，以成中天郅治之盛，为不可及也。予心希古圣，亹亹孜孜以期世臻上理，而谟明弼谐，尤愿与诸臣共勉此意焉。

启沃：指竭诚开导、辅佐君王。
畴咨：亦作“畴谘”，为访问、访求之意。

嘉庆十年

上元后一日小宴廷臣

嘉筵频举典非增，酬节联情旧制仍。
咨汝敷言善政布，佐予图治渥恩承。
训陈恭俭宣三德，乐奏中和舞八能。
宴乐无荒怀古籍，永思考惠敬铭膺。

三德：指人君之德。即正直，言能正人之曲使直；刚克，言刚强而能立事；克柔，言和柔而能治。

八能：谓能调和阴阳律例五音等。

嘉庆十一年

上元后一日小宴廷臣

预展阳和一月春[①]，广廷锡宴列华茵。
欲成尧舜禹汤治，还赖皋夔稷契臣。
考绩惟期庶政协，事君先勉寸诚真。
公卿久沐高皇泽，启沃予衷望化淳[②]。

① 年前十二月十六日立春。

② 从来尧舜禹汤之君，必待皋夔稷契之臣，一德相孚，理固然也。为人臣者，无不以尧舜禹汤望其君，则必自勉为帝臣王佐之才，有可以上希乎皋夔稷契者，而后郅隆之世成。我朝治化昌明，列圣相承，乾纲在握，大臣中并无前代巨奸稔慝之事，间有一二营私窃柄，无不随时惩治。是以法纪肃清，恪供厥职，在廷诸臣皆曾侍先朝，渥承恩泽，经予擢任，并列公卿，可不猷为自勖，副予一人殷殷求治之诚，于以表率，庶僚赞成淳化乎。

嘉庆十二年

上元后一日小宴廷臣

张灯西苑上元过，循例广廷绮宴罗。
置醴传柑示慈惠，吹笙鼓瑟奏中和。
推诚纳诲求贤切，止敬抒猷弼政多。
永念考恩匡不逮，皋夔亮采载赓歌。

亮采：辅佐政事。

嘉庆十三年

上元后一日小宴廷臣

论道经邦资赞襄，广廷锡宴集贤良。
乘乾建极万民仰，交泰抒猷一德彰。
大乐同和法曲侑，华灯聿焕绮筵张。
尧樽久沐纯皇泽，庶绩日宣饬典常。

乘乾：指登极为帝。
建极：语出《尚书·洪范》："皇建其有极。"意为建立中正之道。

嘉庆十四年

上元后一日小宴廷臣，即席成什

上元甫度复传柑，蓂转条风次第探。
昭德永言寸衷慕，示慈尤愿百工覃。
泰交堂陛需云荫，筵设殽羞湛露含。
左右皋夔资辅相，未臻尧舜独怀惭。

殽羞：殽，同肴，鱼肉等荤菜。羞，同馐，滋味好的食物。

正大光明大宴诸王外藩来使及大学士尚书各省将军、总督、巡抚、提督，庆典礼成，诗以志事

风和日丽小阳春，宴锡大廷集众臣。
御世鸿猷先法祖，承天厚福本勤民。
悦来藩部一心戴，喜起儿孙万舞陈。
敬愿昊慈敷海寓，同登仁寿俗还淳①。

① 本年，予五旬万寿。所有祝嘏之藩部及疆臣等，先于上月中旬后，鳞集阙廷。昼接雍容，恩施稠叠。至本月初九日，于御园正大光明广布华筵，普行宴赉，并令皇子率先起舞，及近支孙曾、蒙古额驸等，依次递进。一家中外，庆洽堂廉。两旬以来，风日晴明，气候暄暖。而各省陆续奏报，秋收多属丰稔。河工海洋，亦均臻宁谧。此皆仰赖天祖垂庥，鉴予不遑暇逸之诚，用锡以寰宇泰平之福。嗣是春秋日富，申命用庥，依旬举行庆典，曾元益臻蕃衍。予惟有恒亹敬勤，孜孜求治，尤愿臣工等各扬厥职，以期薄海普受嘉祥，同跻仁寿，实予所夙夜殷企者也。

嘉庆十五年

上元后一日小宴廷臣

灯宵甫度继开筵，列坐文茵集众贤。
一德赞襄期启后，同心辅弼勉光前。
进言亮采资时敏，受益宅心亹日宣。
鱼藻联情庆交泰，传柑设席乐韶年。

鱼藻：诗篇名，《诗·小雅·鱼藻之什》的一篇，歌咏百姓安居乐业，展现君民同乐。

嘉庆十六年

上元后一日小宴廷臣

观灯甫度上元宵，正殿筵开集百僚。
设醴欢联盃茗沃，传柑欣共鼎梅调。
政从民欲敷诸福，春溥仁声奏九韶。
先泽高深同受祉，恩辉四表永于昭。

九韶：古代音乐名，周朝雅乐之一，简称《韶》。
四表：指四方极远之地，亦泛指天下。

嘉庆十七年

上元后一日小宴廷臣

锡宴例于上元后，联情交泰洽君臣。
乐孚鱼藻赓吟遍，雪映鳌山应节陈。
敬业抒诚期俗美，殚心致治望风淳。
常思不易勉匡弼，饱德饮和共庶民。

嘉庆十八年

上元后二日小宴廷臣

帝德长昭受祉多，示慈嘉宴展卷阿。
体乾无逸一诚贯，交泰有孚六府和。

成礼移罇咸乐恺，联情载笔遍赓歌。
升平益勉持盈志，经正民兴理不磨。

卷阿：诗篇名，《诗·大雅·生民之什》，意谓歌颂并劝勉周成王礼贤下士。
六府：指金、木、水、火、土、谷六者为财贸聚敛之所，古人以之为养生之本。

嘉庆十九年

燕九日小宴廷臣即席成什

勉循故事度新年，胜日从来燕九传。
青律方看普上苑，白云孰见降真仙。
弼予诚望忠良侣，佐治心殷稷契贤。
咨汝赞襄匡国政，泰交和燮共仔肩。

青律：此处借指春天。

嘉庆二十年

上元后一日小宴廷臣

共同休戚治斯民，考泽常思感戴真。
有典一心勤效法，无欺二字勖臣邻。
予言可忽国难负，天鉴于昭报必申。
节后张筵同恺乐，饮和饱德布风淳。

嘉庆二十一年

上元后小宴廷臣

张筵广殿应佳辰，首列嘉宾次近臣。
饱德同叨先圣泽，饮和遍及远方人。
致诚交泰期时勉，主敬乘乾亹日新。
愿以实心行实政，力勤毋怠戒因循。

主敬：宋代理学家程颐提出的一种道德修养方法。此处的“敬”，为谨慎的意思。

亹：勤勉。

嘉庆二十二年

上元后一日小宴廷臣即席成什

御园正殿绮筵陈，首列藩王次近臣。
玉卮传柑酬令节，金罇设醴饫芳春。

示慈永守章仍旧，训俭常怀德日新。
交泰惟期尽其职，实心为政化黎民。

嘉庆二十三年

上元后一日小宴廷臣

楼右观灯元夕过，广廷重命果筵罗。

岂同汉代柏梁咏，远逊虞时喜起歌。
上下情孚政事协，君臣德洽庶民和。
衷殷求治资匡弼，诚献嘉猷受益多。

柏梁咏：即柏梁体，七言古诗的一种。相传汉武帝在柏梁台上和群臣共赋七言诗，人各一句，每句用韵，后人谓之柏梁体。

嘉庆二十四年

燕九日小宴廷臣即席成什

紫禁致斋元夕过，筵开燕九载赓歌。
君臣交泰民风协，卿尹同心庶政和。
尽职抒诚戒怠玩，殚衷佐治勿蹉跎。
立纲陈纪时勤勉，弼教宣猷受益多。

嘉庆二十五年

上元后一日小宴廷臣即席成什

正殿肆筵元夕过，君臣交儆政无颇。
赞襄国事抒猷远，启沃予心受益多。
三爵联情示慈惠，九韶叶律奏中和。
凤池归珮赓新什，远逊虞廷喜起歌。

颇：偏、不正。
凤池：全称凤凰池，原指皇宫禁苑中的池沼，借指朝廷。

道光朝

道光三年

上元后一日小宴廷臣

禁篽开筵始率循，嘉辰共庆上林春。
谋猷无隐期匡朕，左右惟良望泽民。
正大居心钦祖训，光明莅政驭臣邻。
式歌式舞先皇德，永赖平成赞阁纶[①]。

① 每岁小宴廷臣，皆于上元后一日，盖所以示慈惠，而联上下之欢。我祖考泽及臣邻，至深且厚，朕率循庆典，惟望尔诸臣同德同心，共襄盛治焉。

平成：谓内外、天地平和之意。

道光四年

上元后一日，小宴廷臣援笔赋之，以示予意

芳春锡宴岁相仍，雪霰霏霏缀锦灯。
辅弼才良予所望，典谟义备道同兴。
孜孜敬勉心无逸，謇謇毋忘志服膺。
永保承平归一德，凛哉天命位斯凝[①]。

① 朕嗣统以来，念守成之不易，凛天命之难谌，亦惟尔左右臣工匡予不逮，用巩我大清亿万年丕丕基。今兹蓼萧嘉燕，喜起一堂。《易》曰：上下交而其志同。《书》曰：咸有一德。愿与诸臣共勉之。

道光五年

上元日正大光明殿锡宴外藩喜成

前朝雪霰助春光，令序张筵御醴香。
西北雄藩承世德，东南雁使奉前章。
柳垂弱质檐端拂，梅吐新葩坐右芳。
敬缵鸿猷钦耿烈，情联中外凛无忘。

上元后一日小宴廷臣即席有作

心存正大治光明，敬仰璿题寓意精。
交泰一堂期一德，相随群彦尽群情。
都俞吁咈先无隐，礼乐兵刑贵在平。
宴锡芳春歌乐恺，福延亿载巩皇清。

都俞吁咈：都、俞，表赞美、同意的感叹词。吁、咈，表反对的感叹词。形容君臣议事融洽。

道光六年

上元后一日小宴廷臣即席示意

雪庆春筵素彩浮，弼予成治进良俦。
赞襄宣力承先泽，劼毖临民凛大猷。
一德冲融欣默契，万几参综惧难周。
敦崇朴实除虚伪，风化还淳互勉修。

道光七年

上元后二日小宴廷臣即事

御苑风光尽向荣，华筵岁举进公卿。
运筹帷幄资良辅，拱卫京都巩大清。
政在公勤官在守，行宜笃实法宜平。
自惭才德增乾惕，望治求贤廑寸情。

道光八年

上元后一日小宴廷臣，诗以示意

芳园宜宴乐，甫度上元辰。
优礼遵成宪，分班进众臣。
敬共须执法，绳纠务依仁。
玩愒先民戒，因循我考谆。
枢机同慎密，忠直望敷陈。
佐治殷如渴，联情蔼似春。
亲贤期献替，修职尽天人。
率下惭无术，兢兢日省身。

敬共：共，通“恭”，即恭敬。

八月初七日，凯宴成功诸将士于正大光明殿，即席喜成

策勋饮至率前章，凯宴秋中御苑张。

看彼渠魁极刑伏，嘉予大帅国威扬。

允宜懋赏山河巩，特纪新诗事业彰。

边域安全诸将力，用褒忠勇永流芳①。

① 古者班师振旅，策勋饮至、传言敌忾、诗咏彤弓、饗醻之礼，所由昉也。乾隆二十五年平定回部，我皇祖赐宴成功将士于丰泽园，今者重定回疆，生擒元恶，将军长龄等暨诸将士忠勇宣勤，绥安边域，朕心实深嘉奖，爰于御园正殿特举凯宴，敬率前章，并亲制诗篇，以纪升平盛事。

饮至：指出征奏凯，至宗庙祭祀，宴饮庆功之礼。

道光九年

上元后一日小宴廷臣即事

庆功曾此启华筵，令节由来进众贤①。

政贵精勤毋苟怠，才因器使赖敷宣。

一家中外恩威洽，万祀邦基运祚延。

勖尔臣邻弼予治，畏随年长懔仔肩②。

① 去岁八月初七日，锡宴凯旋诸将士于正大光明殿，所以策勋、饮至、劳还帅而庆成功也。兹者传柑令序，复启华筵，值中外之乂安，睹班联之师济，一堂喜起，实惬予怀。

②《诗》曰：畏天之威，于时保之。《书》曰：严恭寅畏。朕抚御寰区，于今九载，幸赖天祖眷佑，戈偃年丰，敬畏之衷，抚时倍切，尚望尔诸臣佛时仔肩，精勤修职，毋忘咨儆之忱也。

道光十年

正大光明殿小宴廷臣即事

令节由来进众卿，心希正大复光明。
嘉言入告无缄默，成宪钦遵勿变更。
守道守官先敬慎，执经执法贵精诚。
弼予制治承先泽，日懔几康惕满盈。

道光十一年

上元后一日小宴廷臣述志

畏与年增懔帝居，勿忘启沃弼于予。
思艰思道殷心法，从实从长戒面誉。
尽职不嫌伯雨疏，敢言能引魏文裾。
还淳反朴惭无补，繁缛纷奢一力除。

伯雨：任伯雨，字德翁，眉州眉山人。北宋官员，以直言多谏闻名。

道光十二年

上元后一日，正大光明殿锡宴廷臣即事

广殿张筵旧日模，赞襄庶政望公孤。
畴咨总在君臣契，动静先期言行符。

敬守宪章钦列圣，缅希至治懔三谟。

以诚以实交相儆，景运无疆慎远图。

三谟：指《尚书》中的《大禹谟》《皋陶谟》《益稷》，为帝王治世的法典。

 咸丰朝

道光三十年

是日正大光明殿行礼述哀

深恩高厚难言报，转瞬光阴已廿春。

饮恨终身伤怙恃，衔哀九拜痛儿臣。

天颜莫睹空挥泪，宝祚亲承益慕亲。

拟废蓼莪篇不咏，去年犹忆训谆谆。

怙恃：原意“倚仗”。《诗 · 小雅 · 蓼莪》：“无父何怙，无母何恃。”后来用怙恃为父母的代称。

勤政亲贤

圆明园四十景之一。西与正大光明殿毗连，系清帝在园内批阅奏章、召对臣工之处，其功能类似紫禁城之养心殿。该景区建成于雍正三年（1725），道咸时期，勤政殿后卷及其东侧略有改建。主殿勤政殿为南向五楹，大殿前后各接抱厦三间，外悬“勤政殿”匾，内额曰“勤政亲贤”，后楹额曰“为君难”，皆雍正帝御书。殿内宝座屏风上刻有乾隆帝御书《无逸》篇，联曰：“至治凛惟艰，修和九叙；大猷怀用乂，董正六官。”后楹联曰：“懋勤特喜书无逸；揽胜还思赋有卷。”后楹东壁陈乾隆帝御制《创业守成难易说》；西壁陈乾隆帝御制《为君难跋》。

乾隆时期勤政亲贤之东为飞云轩，轩东有静鉴阁，其北为怀清芬，又北为秀木佳荫，转后为生秋庭。静鉴阁东为芳碧丛，后为保合太和，又后为富春楼，楼东为竹林清响。

雍正朝

夏日勤政殿观新月作

勉思解愠鼓虞琴，殿壁书悬大宝箴。
独揽万几凭溽暑，难抛一寸是光阴。
丝纶日注临轩语，禾黍常期击壤吟。
恰好碧天新吐月，半轮为启戒盈心。

大宝箴：皇帝之位曰“大宝”。箴是一种文体，即劝诫讽喻的箴言。

暮春四宜堂咏怀

花繁如锦草如茵，雨细风轻物候新。
朱邸舞筵成往事，斑衣戏彩久凝尘。
万几宵旰忙中趣，百岁光阴梦里真。
不问春归何处去，惟听燕语报芳辰。

斑衣戏彩：指身穿彩衣，作孩儿戏耍以娱父母。后以之为孝亲典故。

乾隆朝

乾隆六年

勤政殿

阊阖风和绕翠微，紫轩花气暖晴晖。
波含素影澄心镜，鱼跃清渊识道机。
怀俭每思文罢馆，阜财常仰舜弹徽。
几余拟驾游春辇，恐惜分阴心事违。

心镜：佛教术语，指清净之心。谓心净如明镜，能照万象，故称。
道机：谓触发其觉悟某一道理的因由。

乾隆七年

勤政殿对雨

梅雨频霑欲作霖，坐来九夏豁烦襟。
风花带湿飞残瓣，惊鸟冲烟觅远林。
阶齿暗琴纷作响，檐芽细溜乱如斟。
封章览罢饶清课，芸简闲披获我心。

九夏：古乐名。此处指夏天。
芸简：指书翰。

乾隆九年

圆明园四十景诗　勤政亲贤

正大光明之东为勤政殿，日于此披省章奏，召对臣工，亭午始退。座后屏风书“无逸”以自勖。又东为保合太和，秀石名葩，庭轩明敞，观阁相交，林径四达。

庭训昭云日，钦承切式刑。
敕几宵岂暇，吁俊刻靡宁。
一念征蒙圣，群言辨渭泾。
乾乾终始志，无逸近书屏。

切式刑：切，要；式，法；刑，法，效法。此意为传统的法典。

吁俊：招呼贤人。《尚书 · 立政》：“迪惟有夏，乃有室大竞，吁俊尊上帝。”孔颖达疏：“招呼贤俊之人，与共立於朝，尊事上天。”

乾乾：强健不息。

乾隆十五年

生秋庭作

虚庭景色飒含金，皎日清风拂竹林。
杂卉晞阳争蒨绚，乔柯得荫亦森沉。
鉴池朗印尘俱净，画壁周遮兴可寻。
今日生秋闲属咏，平添尔许向秋心。

晞阳：沐浴于阳光。

乾隆十六年

生秋庭作

一日生秋遍，生秋此处多。
清阴犹张王，细卉已婆娑。
柱础全收润，池塘欲作波。
快晴心共豁，徂暑物含和。
更敞虚明牖，还延青翠螺。
壁间五载咏，睫眼讶无何。

徂暑：谓暑热消逝。

乾隆十八年

勤政殿对雨三首

宿雨凝云晓复零，问安今稍慰慈宁。
传餐甫毕临勤政，无逸重书敬揭屏。

愁雨三凡喜雨三，既优既渥此真甘。
臣工谩道予心慰，未抵予心致慰惭。

欲喜还惊又近愉，满盈志敢蕴斯须。
分无后乐先忧有，百岁如流例此乎。

乾隆二十三年

静鉴室

一窗涵万象，十笏玩三余。
不拟刘君室，还思周子书。
摅情常课有，养志欲冲虚。
设以衡材论，返观只慊如。

玩：欣赏，品味。引申为钻研、体会。

三余：典出"董遇'三余'读书"。即"冬者岁之余，夜者日之余，阴雨者时之余也。"谓读书当抓紧一切闲余时间。

刘君室：刘禹锡《陋室铭》。

乾隆二十四年

飞云轩

高轩疏朗似飞云，无意书题著桂棼。
却几烟花悦曾我，只饶宵旰惕为君。
即今正厌终风盛，镇日空愁散霭纷。
云尔飞来慢飞去，闷增剧欲易其文。

芳碧丛歌

玲珑湖石逻巑岏，视之茗邈即之闲。
锦绣舒芳葩几簇，琅玕摇碧筠千竿。

碧筠诘曲中得路，芳葩如屏后庭护。
文轩五架虚且明，夏晓延凉咨政处。
延凉缅想歌南薰，阜财解愠廑万民。
每多旱甚盼雨候，亦有霖恒望霁辰。
望霁较可盼雨必，一岁舒眉能几日。
咄哉前言戏之耳，合是先忧凛无逸。

巑岏：峻峭的山峰。

茗邈：高貌。

琅玕：形容竹之青翠，亦指竹。宋 梅尧臣《和公仪龙图新居栽竹》：“闻种琅玕向新第，翠光秋影上屏来。”

乾隆二十五年

题富春楼

园楼久额富春名，曾未题诗太懒生。
拾级试观泰元德，拈毫敢忘体乾情。
虽然红紫迟酣放，要识机关在始萌。
色色形形从此壆，凭栏次第待闲评。

泰元：天之别称。

体乾：履行天命。

乾隆二十六年

题飞云轩

春冀英英作势浓，秋希敛尽不遗踪。
坐轩棘欲云飞去，轩笑不知何所从。

乾隆二十七年

题飞云轩

何曾写雾出楹楣，每喜非烟蔚砌墀。
设问高轩存所乐，飞来飞去要宜时。

乾隆二十八年

静鉴室

鉴以照为德，更以静为用。
惟其物不示，是故形随贡。
既无妍丑见，亦免爱憎中。
题室拟铭盘，甄心企空洞。

乾隆三十二年

勤政殿氆氇褥虫啮，命易之，戏成是作志意

吐番霞氎贡，成褥取冬温。
织毛易生虫，食啮成篆文。
中人铺设告毕事，物坏那问柳宗元。
时偶见之因失笑，常朝地即同廊庙。
银铛伪约我鄙其，命即易施勤政要。
此乾此惕卅余年，万民念念切恫瘝。
有灾筹赈恤，无灾优逭蠲。
百亿帑金曾不惜，一褥之费何有焉。
暴殄天物德实否，惟辟玉食必有理。
大禹卑宫力沟洫，然于黻冕亦致美。
私服浣濯事之常，持以示俭斯小矣。

中人：阉人，即宦官。
廊庙：指朝廷。
黻冕：古代一种祭服。

乾隆五十四年

富春楼有会

保合太和[①]后，富春层有楼。
顾名思义久，点笔着词酬[②]。

岂诩花木景，惟先民物忧。

庶几守初志，永保万年庥。

① 殿名。

② 是楼建于乾隆三年至二十五年，才一题句。兹阅三十年，始再有诗，亦可谓疏矣。

乾隆五十六年

题四得堂

昨岁天恩八帙临，论成四得谨为箴。

旧堂遂与颜新额，切已因而慎志心。

遇此何修恒作愧，逢之以偶祗增钦。

频繁于位申明义，靖觊觎人意独深。

昨岁以仰沐天恩，寿跻八帙，曾著《四得论》以自警，继著《续论》，申明“位”字之义。所云圣人之位、天子之位，非好为区别也。实有见于圣人，不必皆居天子之位，而为天子者，未必皆有圣人之德。若以必得为必为天子，是既无以解有圣人之德，而不得天子之位者，反无以戒其欲得天子之位之心，而妄自谓有圣人之德耳。是以引用系辞，圣人之大宝曰位。既而转疑，与此章德为圣人，尊为天子，语意殊不相侔。因复忆欧阳修十翼之疑，不为无据矣。盖指当时天子为圣人，乃三代后献谀之词，加之有圣人之德者，虽可无愧。而妄生觊觎者，实亦增彼窃附于圣人，以自逞其不轨之谋。是岂非献谀之称，有以启之哉。由位而推之禄与名、寿，莫不各有正理。然则《续论》之辨，予之意，正欲立天下之大防，靖后世之人心，非自诩读书之得间也。既以四得颜堂，因成是什，而并识其意于后。

四得：禄、位、名、寿。

乾隆五十七年

题怀清芬室[①]

经史清芬一室如，额题略已卌年余。

春秋倏忽八旬逮，祝颂缤纷四得誉。

论著两编申已[②]愧[③]，言殊累牍似他虚。

即今不息强增昔[④]，归政方称未负书。

① 前年著《四得论》因即题额于此。

② 上声。

③ 前岁八旬万寿，群臣献词颂者不可偻计，因著《四得论》《四得续论》，以为禄位名寿胥因德而得之。予之得此四者，乃荷天地默佑，祖宗延禧，非德之所致，岂肯䕃然自居，方且引以为愧耳。

④ 计至归政之期，尚有三年，兢业之心，不敢少懈。即昨年廓尔喀侵扰后藏一事，早夜筹划，尚觉精力堪副，惟有益加惕励，庶不负羲经自强不息之意云尔。

乾隆五十九年

题富春楼

富春额署五旬年[①]，每欲题词辄忸然。

物阜民安方谓可，衣丰食足倍怀牵。

惭今盈六故吾耳，抚此初韶仍尔焉。

诗匣懋勤排岁奉[②]，踟躕未免懒摅笺。

① 是楼在镂月开云之前，乾隆甲子始题此额，至今已五十年矣。

② 近年九月杪，自御园进宫后，因三冬多暇，命懋勤殿翰林等将次年新春所游咏之处，自大内及宁寿宫、西苑，并圆明园、万寿山、玉泉山各等处，酌检若干题，每日乘暇豫作数首，至开韶庆节，宴赏频蕃，颇不得暇，即偶有所什，可以从容涉

笔，亦凡事豫则立之意也。计甲寅乙卯两年，尚须依例作之，逮丙辰归政后，吟兴偶至，即可随意所便，不必仍沿此例矣。

嘉庆朝

嘉庆元年

四得堂敬志

圣人天锡福，位禄寿名全。

大德嘉祥聚，鸿文奥旨宣[1]。

① 乾隆庚戌，皇父八旬万万寿，建四得堂，并著《四得论》以自警，继著《四得续论》，阐发位字之义，于圣人之位、天子之位剀切分挈，以垂训万世。

颜堂垂奕祀，作记灿瑶编。

肯构寸衷志，盱宵尚慎旃[1]。

① 恭绎四得堂续论之义，仰见皇父正位凝命，实本于圣德高明，予循历斯堂，肯构敬承，夙夜有弗敢懈。

慎旃：《诗 · 魏风》：“上慎旃哉，犹来无止。”谓仍须小心谨慎。

竹林清响

万个筼筜翟翠深，七贤物外漫招寻。

窗前清响凉飔送，日日平安报好音。

筼筜：即竹。

七贤：即“竹林七贤”。三国魏正始年间，嵇康、阮籍、山涛、向秀、刘伶、王戎及阮咸七人，常在山阳县竹林之下，饮酒纵歌，世谓“竹林七贤”。

嘉庆二年

富春楼春望

看花心兴已成灰，暇日凭栏散闷来。
谁倩和风舒蒂萼，未逢新雨润根荄。
过时奚用锦旙护，独赏无烦羯鼓催。
惟望四郊甘泽遍，生机畅茂达埏垓。

埏垓：广阔的大地。

竹林清响

浮筠绕亭榭，渐觉碧云深。
烟羃筼筜色，风吹箫管音。
吟怀千亩迹，思入五弦琴。
晤坐聆清响，七贤忆竹林。

富春楼

楼额富春景清旷，每来凭眺必成吟。
亭亭新竹舒幽径，淡淡闲云绘远岑。
石磴高低碧溪接，花汀映带赤栏深。
悦心畎亩虽含润，尚盼神功继作霖。

芳碧丛

浮筠滴丛碧，劲节欲干霄。
经雨翠玕润，临风绿筱摇。
胸中千亩在，庭下万竿标。
拟倩萧郎笔，筼筜粉墨调。

萧郎：此指唐 协律郎萧悦，工画竹。白居易曾作《画竹歌》，赞美其笔下之竹如真的一样。

怀清芬

四壁满图书，清芬素所慕。
兴废鉴古人，千载恍相遇。
政迹有本原，圣贤深意具。
揽要探心传，岂徒诵章句。
辅德殷鉴存，无逸周书布。
临民实艰哉，朽索渊水惧。
知难非空言，敕几谨尺度。

嘉庆三年

芳碧丛

修竹四时总芳碧，琅玕茂密喜丛丛。
玲珑隔月墙筛影，羃历凝烟院静风。

冉冉浮筠宜带雨，猗猗翠篠欲凌空。

和鸾漫叶伶伦律，别有良材嶰谷中。

伶伦：《吕氏春秋·仲夏纪》载，伶伦是黄帝时代的乐官，中国古代发明律吕、据以制乐的始祖。

嶰谷：昆仑山北谷名，传说黄帝使伶伦取嶰谷之竹以制乐器。

怀清芬

清芬在古籍，披玩畅襟怀。

圣学诚无际，文津漫得涯。

琢磨惜阴速，探讨与时皆。

仰止还思慕，游心艺苑佳。

嘉庆六年

初御勤政殿听政感赋

三载日聆皇考训，悲含孺慕独临轩。

心忧民瘼慈恩重，额仰君难祖泽存①。

嘉树铺阴感风木，素楹示俭念先言。

于斯听政仍如昔，勉继前猷永弗谖②。

① 殿内恭悬皇祖御书为君难匾额，并皇考御书跋语横幅。

② 皇考御宇六十余年，临幸御园时，接见臣工，披览章奏，措施诸大政，皆御此殿。予寅承大宝日于此敬聆圣训。兹听政临轩，追慕情何能已。惟以顾名思义，凛守前猷，弗敢暇逸，为兢兢尔。

谖：忘记。

芳碧丛

虚亭接君子，三径遍琅玕。
秋至暑全解，风来气渐寒。
徐聆韵萧爽，静晤态檀栾。
直节诚应慕，立身体四端。

檀栾：竹之秀美貌。

四端：儒家应有的四种德行，即：恻隐之心，仁之端也；羞恶之心，义之端也；辞让之心，礼之端也；是非之心，智之端也。

生秋庭

经时溽暑望秋生，风爽天澄灏气清。
指日嘉音至御苑，民安稍慰旰宵萦。

四得堂敬纪

圣人御六合，受命自昊天。
久安沐长治，屡庆大有年。
尊称位太上，鸿功赢十全。
禄名总无极，纯嘏寿算绵。
四得本心德，奕祀厚泽延。
作记仰慈训，继述倍敬虔[①]。

① 高宗纯皇帝庚戌八旬万寿，制《四得论》《四得续论》，并颜斯堂。首篇推问，位、禄、名、寿之必，本于大德。次篇申明，位有天子之位、有圣人之位，天子未必皆圣人，圣人或不为天子，尤为精义名言，发千古所未发，实足垂训万世，继述者敢不敬绎乎。

纯嘏：大福。《诗·小雅·宾之初筵》：“锡尔纯嘏，子孙其湛。”朱熹《诗集传》：“嘏，福；湛，乐也。”

嘉庆八年

芳碧丛

绿筠荫闲庭，猗猗漾芳碧。
含风戛清音，润雨沐新泽。
静对思悠然，缅怀淇澳客。
有斐印素心，自修免形役。

淇澳：《诗·卫风·淇奥序》：“美武公之德也。有文章，又能听其规谏，以礼自防，故能入相於周。”旧时常用以称颂辅佐国政的人。

有斐：即“有匪君子”。出自《诗·卫风·淇奥》，意为“有文采的君子”，“匪”通“斐”。

形役：犹言被功名利禄所牵制、支配。

初秋飞云轩

溽暑气渐清，新凉入秋始。
高轩敞飞云，晴霞宇绚绮。
暄润合田功，西成庶可拟。
民艰衣食源，尧舜犹病此。
九围事殷繁，一人图治理。
敬俟天降康，明命凛顾諟。

九围：九州。亦泛指中国。

顾諟：指敬奉和禀顺天命。

嘉庆九年

芳碧丛六韵

庭前十笏地，有竹百余竿。
密荫铺阶细，清风入座寒。
捎云瞻劲直，印月舞檀栾。
淇澳三章富，渭川千亩宽。
苍龙吟逸调，威凤集柔翰。
晤对怀君子，坚贞立品端。

檀栾：秀美貌。诗中多用以形容竹。亦借指竹。
淇澳：淇水弯曲处。晋 左思《魏都赋》：“南瞻淇澳，则绿竹纯茂。”

夏日芳碧丛

广庭纳曙凉，修竹含浓翠。
露珠滴浮筠，隐约清芬寄。
晨起鸡未鸣，力勤斯不匮。
夜气勿梏亡，须存方寸地。
内照既虚明，庶可图政事。
一事一理该，万几万殊备。
情伪固纷来，发仁止于义。
竭诚养苍生，疆勉思郅治。

梏亡：泛指丧失。

题飞云轩

风漾平林木叶挥，仰瞻玉宇白云飞。
沙汀飏影鸿余迹，石洞团香菊吐菲。
省岁难期皆有岁，授衣更悯咏无衣。
轩邻勤政咨诹切，宥密单心理万几。

宥密：心思缜密。
单心：意为孤忠之心。

嘉庆十年

芳碧丛

庶汇乐敷滋，阳和普率土。
翠竹益茂繁，亭亭茁春圃。
含烟威凤翔，临风箨龙舞。
新润透陈根，笋芽趁暖煦。
褵褷映石栏，浮筠添夜雨。
晤对涤尘心，清芬满庭宇。

褵褷：离披散乱貌。此处形容竹。
浮筠：竹子的美称。

四得堂敬志

圣德孚寰宇，化成久道宣。
八徵诚格物，四得敬承天。

继统思垂后，阐谟勉法前。

瞻堂弥感慕，大业凛仔肩[①]。

① 此堂成于皇考八旬圣寿之年，当时著《四得论》《四得续论》，申言位禄名寿，皆以德为实，析言位有天子之位、有圣人之位，有其位而无其实，即不可谓之得，且谓身膺四得，皆天祖眷贻所致，而不以有德自居，夐乎高哉！此即圣人之德，圣人之谦也。予小子敬瞻斯堂，恭诵斯论，心绎奥旨，不能阐发先圣之德于万一，而向往追慕，所默识于衷，而勉思上继大德者，又何能自已，何敢自懈乎。

八徵：生活中所接触的八个方面。《列子·周穆王》："觉有八徵，梦有六候。奚谓八徵？一曰故，二曰为，三曰得，四曰丧，五曰哀，六曰乐，七曰生，八曰死。此者八徵，形所接也。"

格物：意为探究事物的原因道理。语出《礼记·大学》："致知在格物，物格而后知至。"

芳碧丛

晓庭夜气澄，东方始辨色。

敕政首克勤，法乾励不息。

修己警晏安，图治先作则。

绕砌尽筼筜，亭亭爱劲直。

君子飏清风，培养乐繁植。

国宝唯贤才，亮工思硕德。

敬题四得堂

圣功纯粹永承先，茀禄骈臻降自天。

四得颜堂钦肯构，十全著记凛仔肩。

丕扬武烈八埏被，式焕文思九宇宣。

继述艰哉亹勤政，缉熙宥密念心传。

茀：福。

八埏：《汉书·司马相如传下》："上畅九垓，下泝八埏。"颜师古注引孟康曰："埏，地之八际也。言德上达于九重之天，下流于地之八际。"

九宇：犹言九州。

缉熙：指光明。

嘉庆十一年

芳碧丛

修竹满庭除，四时不改色。

亭亭袅浮筠，干霄节挺直。

篔筜碧染阶，芳圃含净植。

妙绘本自然，无须和粉墨。

晓露湛清辉，幽芬盈座侧。

嘉庆十二年

四得堂敬纪

御极久道成郅治，躬备四得膺天赐。

颜堂纪实垂后昆，小子敬承凛继嗣。

圣人渥泽海宇敷，浃洽闾里群生遂。

仔肩寅荷幸升平，常念考恩思不匮。

四得堂，为我皇考八旬万寿时题额也。四得之义，于两论中一再详之阐发，位禄名寿，皆以德为实，于位析为天子之位、圣人之位，有其位而无其实，皆不可谓之得。以圣人之德之文，发前圣之言，宜乎？包括精微，穷原探本。予小子寅荷眷贻，继膺大宝，旦明自凛，刻思上继大德于万一，至四者之得，遽敢上冀同符，惟敬修可愿，以俟天恩，庶不负我皇考简畀之深衷，勉尽予捧盈之素志尔。

芳碧丛

朝露滴翠筠，琅玕增润泽。

初旭上东墙，玲珑浮影碧。

清芬飏前阶，轻阴羃瑶席。

此君直节标，淇澳希高迹。

坐对淡忘言，猗猗接檐隙。

四时不改柯，贞坚岁月积。

四得堂敬志

圣德敷寰宇，天施四得全。

贻谋垂继统，大业凛仔肩。

渥泽垓埏畅，深仁元会延。

实心行实政，千五百成编。

皇考圣德纯全，天心纯佑，缵承丕绪，光宅鸿图。御极六十余年，宇宙清宁，治功巍焕，如古圣人所谓名位禄寿之必得者，克享其全，天之笃眷有独隆，亦皇考大德有独劭也。今恭纂实录，册帙浩繁，至一千五百卷，皆当年敬天法祖，勤政爱民之彝道敷言布在方策者，乃圣人以大德为治功，盖诸愿允符，遂为四者必得之本则。敬观四得之颜，两论之揭，可为文万旨，千之宝册，发凡而括要矣。予小子望洋愫念，何能仰测圣涯，惟以时绎贻谋，敬思提命，澄心研虑，庶几仰法大原耳。

元会：时间单位。古人在无穷无尽的时间中，取天地循环终始为一巡，称为“元”。其下又分有“会”“运”“世”“年”“月”“日”“时”等单位。

芳碧丛

圣制超品汇，竹春不知秋。
和章承笔削，铭泐永率由[①]。
庭前益繁茂，猗猗绿篠稠。
夙沐化雨润，浮筠岁月修。
劲节挺烟雾，清音戛琳球。
静对有斐泽，缅怀贤哲俦。

① 乾隆甲辰春，皇考六巡江浙，恭扈銮舆，命和游龙井诗，当蒙于乙览之次，亲御丹毫，为改十字，曰“泉雷忽疑雨，竹春不知秋”。诗情物理，曲尽灵区之妙。予今操觚讬咏，悉本当年诗教之源。兹地绿筠参碧，阅岁滋深。抚景兴怀，不觉忆趋庭而述往事云。

铭泐：铭勒、铭记。

琳球：指美玉。亦指玉器撞击声。宋 苏轼《代书答梁先》诗：“遗我驳石盆与瓯，黑质白章声琳球。”

嘉庆十三年

四得堂敬志

大德弥六合，久道昭化成。
上天垂眷佑，景运隆大清。
惟皇备四得，敷锡瞻咸亨。
小子承宝命，敬守凛持盈。
旧章钦有则，遗训遵毋更。
仰额勉绍述，莅政矢寸诚。

我皇考大德弥纶，四徵必得，颜堂著论，阐发精微，良由德赅前圣，此位禄名寿之得，与古同符，而锡极绥猷，事勤在昔。予小子寅承宝命，诞受丕基，夙夜不敢康宁，勉思上继心传，以冀仰符巍焕，肃瞻彝训，顾諟不忘，惟自修者得主有常，则难必者将不期而致欤。

嘉庆十四年

题养心室

抱蜀抚黎庶，养心见理真。
法宫殿额旧，御苑室题新。
戒逸事斯治，纳言情始申。
咸临万方众，涵育四时春。
交泰虽由义，体乾总止仁。
赏功非有喜，罚罪亦无嗔。
明镜岂疲照，灵台不染尘。
大公蕴尺宅，为政自平均。

抱蜀：《管子·形势》：“抱蜀不言，而庙堂既修。”唐 尹知章注：“蜀，祠器也。”

明镜——灵台：佛家偈语。惠能曰：“菩提本无树，明镜亦非台。本来无一物，何处惹尘埃。”

养心室有会

操持方寸中，斡运寰区广。
一心敕万几，岂可失其养。
希圣勉进修，闲邪除妄想。

集虚扩见闻，主敬息纷攘。
古今理贯通，天人惬俯仰。
政令百体从，充实光辉朗。

养心室作

上陵春祭修，归来春已暮。
卉木正扬华，九十韶光驻。
观生坐养心，不令暂驰骛。
天君常湛然，应物谋猷布。
大本在寸田，培植必坚固。
自警恐荒芜，根柢守故步。

养心室作

御园额室沿宫禁，万事由来蕴一心。
涵养中和见理足，琢磨朗鉴屏尘侵。
常怀坦荡乾坤阔，不识崎岖邱壑深。
守政临民消诡僻，天君静摄勉诚钦。

嘉庆十五年

四得堂敬述

备福额尝楣，巍荡昭圣德。
仁政孚八寰，受命承四得。

渺躬继鸿基，勉尽守成职。
位禄极尊崇，名寿自培植。
天爵亹笃行，人欲据理克。
作求永敬勤，几康循法则。

寰：广大的地域。

天爵：天然的爵位，指高尚的道德修养。因德高而望重，胜于有爵位，故称。《孟子·告子上》："仁义忠信，乐善不倦，此天爵也；公卿大夫，此人爵也。"

亹：修养。

养心室

敕几诚少暇，随事养予心。
涵育寰区广，滋培道德深。
天君持正大，吏治免浮沉。
旧业守毋失，书城故步寻。

四得堂敬述

圣人备大德，受福衍无疆。
四得天心眷，万年景运长。
寅承寸衷凛，申锡兆民康。
庭训守毋懈，仔肩重肯堂。

养心室述志

静养寸心治四方，居中驭外体乾刚。

勤求庶政勉无逸，诚接百工勖自强。
大德进修千圣表，一言必谨万夫望。
性功涵育臻纯粹，过化存神物我忘。

过化存神：谓圣人所到之处，人民无不被感化，并永受其精神影响。语出《孟子·尽心上》："夫君子所过者化，所存者神，上下与天地同流。"

嘉庆十六年

富春楼

春满御园景美富，韶华百廿喜长延。
风和珠树临芳榭，旭蔼金铺耀锦川。
蕊绽百花润红雨，线垂万柳罥苍烟。
化工绚染生群植，斡运青阳大德宣。

养心室作

君临六合诚非易，静养寸心理万几。
无怠无荒主勤敬，惟精惟一凛危微。
嘉言体会期常守，古训遵循知所依。
宵旰进修功不息，神明充实有光辉。

六合：即天地四方，亦泛指天下。《史记·秦始皇本纪》："六合之内，皇帝之土。"

惟精惟一：指用功精深，用心专一。语出《尚书·大禹谟》："人心惟危，道心惟微。惟精惟一，允执厥中。"

嘉庆十八年

富春楼

韶华富丽蔼芳春，佳日迟迟玉漏伸。
暖旭辉红桃萼灿，和风拖绿柳丝新。
巡檐燕子穿帘角，跃渚鱼儿戏岸漘。
咸若生机敷御苑，汀前崖畔碧莎匀。

嘉庆十九年

养心室

千里枢机应一心，平时涵养曰惟钦。
考恩渥若虞辜负，天眷昭然凛照临。
董正百官儆怠玩，敬敷五教化邪淫。
为君难至今尤甚，污俗颓风煽惑深。

五教：五常之教。《尚书·舜典》谓：“父义、母慈、兄友、弟恭、子孝也。”

嘉庆二十年

四得堂

圣人四得备，庇荫万斯年。
大德垂悠久，渺躬凛惕乾。

官疲政多阙，俗敝化难宣。
勤敬日强勉，守成敢玩延。

养心室

养心理庶政，室额予自题。
宫中我祖建，典故奕世稽。
宥密慎卷放，爱育抚群黎。
考训永敬守，止仁大端倪。

嘉庆二十一年

四得堂敬纪

圣皇治寰宇，六十有三年。
位禄寿名备，德功文武全。
仁心抚赤子，福佑锡苍天。
继述政正阙，守成日惕乾。

嘉庆二十二年

养心室

皇考付鸿基，大廷受宝位。
守成日寅恭，敬勤图郅治。

毓德养寸田，以应寰宇事。
居安时虑危，贻谋衷永志。

嘉庆二十三年

养心室

寅承考命抚万方，养心克已理政治。
涵育古籍以证今，力勤尚俭励素志。
习俗浇薄半营私，相率窥测每尝试。
予惟持正挽颓波，至诚不息消众伪。

嘉庆二十五年

养心室书怀

人臣仅有安乐时，人君一心最难养。
耽闲好逸废万几，励精图治古圣仿。
今春雨旸诚和甘，田功庶可兆丰穰。
才舒怀抱又增愁，北成南决复扰攘。
如线涡河岂能容，况兼伏秋二汛长。
自兹日夜盼安澜，叩吁穹苍锡福广。
思及洪湖弥益忧，高堰保障淮扬壤。
天德好生佑下民，举头默祝虔稽颡[①]。

① 为君难，为臣不易。人臣赞襄庶务，虽夙夜宣劳，苟克尽厥职，犹自有优游

暇豫之时。人君综揽万几，日昃不遑一息，耽于晏安，即政事之丛脞。因之古圣王，孜孜求治，惕厉忧勤，初非好为其难。盖群黎百姓，待命于一人之引养引恬，则人君思艰图易，宵旰焦劳，转不得养心宁谧矣。每岁廑念田功，常以旸雨未能应时，殷怀方寸。去冬，雪霙渥被。入春后，又喜雨泽匀调，依旬协候，刻届麦秋期近，收获定有十分。大田禾黍，浃润芃生，亦可豫期上稔，劭农望谷之心，差堪少慰。乃京畿幸庆年丰，豫省未消河患，北岸大工虽克期集事，告厥成功。南岸又续遭漫决，不特濒水之区，未能安宅，下流安徽一带，大溜奔趋，一线涡河岂能容纳。至全黄汇注洪泽湖，高盱各工，尤在在堪虞，念及伏秋盛涨之时，益复刻深忧惕。上苍垂佑，惟冀俯鉴寅忱，亟蕤民困，庶几稍纾积虑耳。秉诚叩祝，弗懈益虔。

涡河：淮河第二大支流。

颡：额头。

养心室

天君静穆涵万象，居仁由义识见广。

集虚得实抱冲怀，太和洋溢寸田养。

存神颐性如水清，视无形兮听无声。

不为物先待其至，镜澄自照妍媸呈。

妍媸：美和丑。

芳碧丛

方庭接回廊，虚明挹朝爽。

阶前竹百竿，吟薰送清响。

猗猗浮绿筠，上苑久培养。

劲节干碧空，举直错诸枉。

君子几席盈，求治如指掌。

植物须及时，立贤取益广。

道光朝

道光三年

养心室

百体心为主，操存想太和。
怀清观静妙，养素戒纷罗。
月满光弥洁，潭澄水不波。
继承凛无逸，扰攘尽消磨。

操存：谓执持心志，不使丧失。语出《孟子·告子上》：“孔子曰：‘操则存，舍则亡，出入无时，莫知其乡，惟心之谓与！’”

勤政殿听政示在廷诸臣

为政先探本，承恩念在勤。
箴言钦可法，忠告想多闻①。
问夜常虞晏，瞻楹每惜分。
一诚诚不已，贵实屏虚文②。

① 我皇祖于理事正殿，皆颜勤政。皇考圣制“勤政箴”有曰：为政在勤，勤则不匮。又曰：亮采寅清，竭忠尽智。探本之论允，足垂法万祀。

② 勤政之道，本乎存诚。存诚之功，征于不息。予小子绍闻衣德，崇实黜浮，兹于三月三日御勤政殿听政，瞻仰云楣，倍深惟日孜孜之意焉。

养心室

室仿宫庭制，颜楣见圣心。

宵衣宣政教，乙览仰君临。

恬养功应笃，操存念更深。

灵台期淡澹，俗虑慎无侵。

乙览：语出唐 苏鹗《杜阳杂编》卷中。唐文宗尝谓左右曰：“若不甲夜视事，乙夜观书，何以为人君耶？”后称皇帝阅览文书为乙览。

芳碧丛

虚榭宽闲夏景凉，敕几听政晓批章。

飘香幽径多佳卉，戛玉空阶满绿篁。

每踞匡床非静憩，钦承大命凛当阳。

一诚不息遵谟训，黾勉难期庶事康①。

① 芳碧丛在勤政殿之东，长夏每于此阅折批章，传膳办事。敬念缵承丕绪，日理万几，懋勉寸诚，无时豫怠，庶几法天行之不息，致庶事之咸熙。虽新篁成韵，密篠迎凉，未尝玩景物而耽清暇也。

匡床：舒适的床。一说方正的床。

芳碧丛晓坐对雨书怀

一夜连绵晓未休，空庭延爽夏如秋。

筼筜绕砌看新绿，藻翰悬楣仰大猷。

心切时和旸雨协，望成政洽旰宵求。

京南曾否优霑足，伫盼封章达传邮。

藻翰：华丽的文辞、文章。此指乾隆帝御笔芳碧丛匾额。

大猷：谓治国大道。《诗·小雅·巧言》：“奕奕寝庙，君子作之；秩秩大猷，圣人莫之。”郑玄笺：“猷，道也；大道，治国之礼法。”

道光四年

勤政殿自箴

继序承考恩，一心勤庶政。
怀保念民喦，惕厉凝天命。
旁求望猷为，中虚期水镜。
恭俭始惟德，道义契成性。
造次戒侧颇，兢兢凛表正。
枢机慎几微，至治钦先圣。

猷为：建功立业。
水镜：明鉴、明察。

芳碧丛晓坐

宜烟宜雨也宜风，风动琅玕烟雨濛。
最是新凉秋色好，潇湘景象入庭中。

侵阶碧影喜萧森，飒飒微风戛玉音。
晓对千竿忆君子，鉴衡情伪在虚心。

鉴衡：鉴别、评定。

道光五年

养心室自箴

圣功要道养其心，慎密操持欲莫侵。
但使天君归淡寂，何虞人事涉骄淫。
曰诚曰敬时钦若，无怠无荒凛知临。
谨守训言承考泽，旰宵劼毖矢微忱。

劼毖：指谨慎。

道光六年

勤政殿述志

黾勉承鸿业，钦瞻祖考勤。
任人先克己，布政贵多闻。
謇謇登无隐，孜孜念惜分。
励勤期一德，兢惕凛为君。

謇謇：忠贞；正直。《楚辞·离骚》：“余固知謇謇之为患兮，忍而不能舍也。”王逸注：“謇謇，忠贞貌也。”

道光八年

六月初七日，扬威将军大学士威勇公长龄至京亲缴印信，御勤政殿行抱见礼诗志欣庆

乍欣元老功归日，已庆丹楼俘献年。
握手开言欢复感，摅诚抱见礼尤虔[①]。
亲赉虎钮威西极，特宠龙章赐四圆。
长此经邦弼予治，安边勋业汗青传[②]。

① 自丙戌秋，朕命长龄为扬威将军，两载之中，回疆底定。总计出师以来，克城不过旬月，擒渠曾未逾年，万里遄征，肤功迅奏，实惟元老克壮。其犹今者，凯旋缴印，朕御勤政殿行抱见礼，见其精神矍铄，礼意虔诚，喜握手以摅怀，念匪躬之尽力，回忆边庭筹笔，比岁贤劳，不禁感与慰俱也。

② 朕眷念忠勤，锡以爵服，制诗书扇，宠赉骈蕃。昨者，受俘礼成，特恩晋太保衔，赏换三眼花翎。兹于入觐之日，复以御用珊瑚朝珠并四团龙补褂赐之，俾其即行服用，以昭懋赏。褒功之意，从此凌烟耀彩，汗简垂青，论道经邦，弼成予治，实有厚望焉。

抱见礼：亦称“抱腰礼”，是清代满洲大臣觐见皇帝时的一种隆重的礼节。

虎钮：即虎符，中国古代调兵的兵符。

龙章：指皇帝御赐的四团龙补褂。

道光九年

勤政殿述志

修身先澹静，莅政贵精勤。
佐治同心辅，扬威不世勋。
止戈戒轻举，从实屏虚文。

成宪须遵守，咨诹广见闻。

道光十年

勤政殿

承先惭德薄，勤政守成规。

好问希虞帝，修诚慕孔师。

知人良匪易，克己在无为。

上下交相勉，兢兢戒玩疲。

虞帝：即舜，五帝之一，名重华。以受尧的“禅让”而称帝于天下，其国号“有虞”，故号为“有虞氏帝舜”。

道光十二年

勤政殿述志示在廷诸臣

政事惟勤祖考规，廷臣日接广闻知。

爱憎永戒诚应笃，功过持平志勿移。

耳目欲清先远佞，废兴鉴古可为师。

钦承鸿业衷常懔，咨尔诸卿念在兹。

咸丰朝

道光三十年

四得堂忧居作　二月四日

高皇阐明训，四得懔为君。

大宝惟孙继，深恩怆子心。

音容虽不远，欲见更无因。

孺慕终天恨，潸然泪满襟。

创业守成难易说

唐太宗与廷臣较创业守成孰难，时房乔、魏徵各以所见对，太宗皆见其难。独岑文本则曰：创拨乱之业，其功既难；守已成之基，其道不易。踵其论者，率无轩轾于其间。盖以难即不易，不易即难也。而余则以为不然。夫难与不易岂可同日而语哉？今有二人焉，甲则饥，乙则不饱。不饱者纵不果腹，堪迟待焉；而饥者一再不食，将馁而僵矣。以是喻难与不易，其轻重不可立见耶！或曰：难亦不易也，不易亦难也。今必强为低昂，是视死与不生为二也，其可乎？余曰：是正所以为二也。盖不生者虽不得生，而其实尚未至死，其死者又安可复生乎？以是喻难与不易，其轻重不又可立见耶？难与不易之说明，则岑文本所云，拨乱难守成不易之说，余乂以为不然。盖创业固难矣，然以守成较之，但可谓之不易，而守成则实难耳。何则？创业之主救焚拯溺，危然后安，其难可谓至矣！然于制度纪纲，时有未暇，留俟后人，未为不可。守成者遗大投艰，单心继序，苟无以光前烈启后图，斯懔然有不终亩之忧。是创业者未竟之难，亦守成者分内之难也。所系不愈重乎哉？世之治产者，或致亿、或致万、或致千百，无不可也。子若孙持其业者，增之可耳。少有所损于其间，人将訾之。然则嗣先王之基者，不待失道、失众，始为惭负前人。但使式廓之版图，或有侵削；垂裕之成宪，或有废弛，是即无以觐耿光而扬大烈。昔舜之称禹曰：克勤于邦，克俭于家，不自满假，君天下者勤俭尚已。顾创业者栉风沐雨，不期勤而自无不勤；筚路蓝缕，不期俭而自无不俭。至于守成之主，席丰履厚，易至于骄，骄则怠生焉。故陈宵旰于太平之时，言茅茨于玉陛之世，辄厌而不纳。是非安不忘危，存不忘亡，鲜有不盛满中之者。以此思难，则所以持难者可知矣，况乎守成之责。固开国之主与继体之君，所同一仔肩者也。夏之王也，以禹为创业，以启为守成；殷之王也，以汤为创业，以太甲三宗为守成；周之王也，以文武为创业，以成康为守成。然禹汤文武，未闻不自守其所创者，以贻后昆也。我不可不监于有夏，我不可不监于有商，我不可不监于有周。向使为子孙者，咸知守成之难，虽三代至今存可也。惟世少守成之主，而后有创业之君出焉。故予之独以难责夫守成者，非敢忘创业者之难，正以慰创业者之初心耳。《尚书》五十八篇，其涉创业者惟"汤誓""汤诰""泰誓""武成"诸篇，其自二典三谟，以至"太甲""说命""立政""周官"，罔不于制治保邦为兢兢。《无逸》一篇，蔡传谓：周公所举三宗，皆继世之君。一篇中凡七更端，深嗟永叹，其意深远。《周礼》为致太平之书，所言体国经野，皆守成之事，古人惟深见其难，故言之不厌其详也。如文本之说，将以继世而有天下者，坐享成功，视开创为有间，则古来守文令辟，与蒙业而安者，几可等量而齐观。且使中才之主得所借口，谓昔之人既为其难，我仅居其不易，稍自暇逸，亦无不可，何用是汲汲为？甚者溺于宴安，弗克负荷，弃厥基焉。夫孰阶之厉也？故阐明其说如此，既申儆于后，且借以自勖焉。

为君难跋

予昔为“创业守成难易说”，亦既反覆辨论难与不易之轻重悬殊，不可同日而语，以为岑文本之言非是，而定之曰：开创不易，守成难矣。此非在守成言守成，盖实有见其难也。兹特引伸触类，敬述勤政殿后楣皇考御书“为君难”之义，而为之跋曰：大哉王言，示大清亿万斯年家法大训欤！夫为君难之言，孔子道人之言耳。而吾直以为皇考之言者何？盖耕当问仆，织当问婢，岂不以习焉、安焉，不见异物，而迁之谓乎？且孔子非为君者也，其云难，亦不过思其理，而度其势，究未身历其境，而心亲其劳也。皇考禀内圣之姿，行外王之道，质诸心得，验以躬行，故取孔子之言而铭之楣端。所以自警也，所以训予小子也，所以诏世世孙曾，常凛此志以迓大庥而基命宥密，永永无极也。是故言政莫备于《尚书》，而言难亦权舆于《尚书》。放勋重华，一再曰钦，引而未发。至于大禹祗承于帝，首曰后克艰厥后，艰者难也，承于帝舜者，舜实承于帝尧也。惟帝其难之，则益深切著明言之矣。无轻民事惟难，伊尹之申诰也。先知稼穑之艰难，周公之作训也。五十八篇之中，其于天命民碞之可畏，暑雨祁寒之宜思，诲之谆谆，三致意焉！甄古今之得失，综政典之治乱，无知难而不兴之世，亦无不知难而不亡之朝。然而，知难非空言，知其难而已。其必敕命谨几，明德修身，以立其本；惩忿窒欲，亲贤远佞，以正其施。凛凛焉，惴惴焉，以谨对越而培永图。予故曰：“大哉王言，示大清亿万斯年家法大训也。”或曰：“为君难，为臣不易”，孔子之言也。今独举其一，岂股肱交儆之义哉？予曰：向不云乎？难与不易，轻重悬殊，不可同日而语。则为臣之不易，吾将俟为臣者，自言其不易，可耳？未若为君之难也！且也，当其不易者恒多，语有之众擎易举，则不易者亦将成易。而当其难者，一人而已。呜呼！岂不甚难？

勤政殿记

我皇考于理事正殿皆颜“勤政”，诚以持心不可不敬，为政不可不勤也。六十余年，身体力行，垂教后嗣。子孙臣庶，触目警心，知所效法，永保无疆之庥，常警怠忽之念。予小子敬承大业，夕惕朝乾，无时或懈。盖天下至大，惟日孜孜，恒恐不及，若听政不勤，或勤而不加审察，则丛脞随之，流弊滋甚矣。夫敬为勤之本，惟敬胜怠，心主于敬，则无时不提撕警省。所谓清明在躬，气志如神，遇事洞烛，见理精详。虽克勤而不觉其劳，无所用其勉强。从容中道，心主于敬之功效也。自天子以至于庶人，皆以敬勤为立身之本。君勤则国治，怠则国危。臣勤则政自理，怠则政不纲。为学不勤，则学业无成。力农偶怠，则田功必弃。以至工商贱业，事虽异而理则同也。然勤胜怠，人所同知。彼好逸厌劳者，皆心不能主于敬，故不胜怠惰之念耳。我朝家法，无一日不听政临轩。中外臣工内殿进见，君臣无间隔暌违。上下交泰，民隐周知。视前明之君，深居大内，隔绝臣工，竟有不识宰相之面者，相去奚啻霄壤。朕承考训，曷敢忘敬勤，曷敢耽逸乐。一日二日，万几至繁且重。内而六部九卿，外而直省大吏，诚能夙夜在公，存心匪懈，各勉敬勤，匡予不逮，众志成城，何患不治乎？若心存懈怠，身耽安逸，惟知尸禄保位，国计民生，漠不动念，则政事废弛，其害可胜言哉。故书此记于殿壁，既以自戒，兼告诸臣。庶几永持此敬勤不怠之志，仰副我皇考垂示后人，立身图治之大经大法，期共勉以毋忘，是予之至愿也。谨记。

嘉庆御制文

养心室记

勤政殿东，为保合太和。轩庭宏敞，竹树幽深。长夏清晨，每于兹庭中批阅奏章。境界清凉，不觉炎暑。其东室题额曰：“养心。”爰抒毫作记，以志予意。盖自古圣帝明王，精一传心，正己图治。君心正，天下莫不归于正。人主一心，上承祖考之付托，下抚寰区之兆民，至重至钜，岂可不涵养于平时，应机于临事哉？养心之要，在于典学尊闻，探讨经史之奥旨，玩味诗书之雅言，无时稍放。宵旰操存，屏除七情六气之消磨，则天君泰然，百体从令，发而皆中节矣。夫饮食有时，起居有节，此养心之小道也。本仁祖义，志道据德，此养心之大本也。明镜不疲于屡照，常使清明在躬，气志如神，临民莅政，庶免丛脞之患。退朝燕居，远屏声色之娱。一念敬勤，四表光被。养心，为平治之原。此予所昕夕自勉，不敢稍忽者也。凡人之一心，苟失其养，不过贻患于身家。若人主之心，稍有偏欹，不得其正，上负祖考，下害黎元，其祸可胜言乎？思及此，弥殷兢业之怀，益凛苞桑之戒。上格天慈，下化民俗，致中和，赞位育胥，在于予之一心所系，岂浅鲜哉。

九洲清晏

九洲清晏，圆明园四十景之一，寓意天下一统，海晏河清。该景区位于正大光明直北的湖间大岛上，是帝后在园内的主要寝宫处。其地四周环水，以舟桥相通，除近侍太监、宫女外，官员人等无奉召，皆不得入。景区中轴线为圆明园三大殿。南为圆明园五楹正殿，殿檐悬康熙帝御书“圆明园”匾。楹联曰：“每对青山绿水会心处，一邱一壑总自天恩浩荡；常从霁月光风悦目时，一草一木莫非帝德高深。”为雍正帝藩邸时所书。中为七楹大殿，外悬“奉三无私”匾，内额为“清虚静泰”，联曰：“涧泉无操琴，泠然善也；风竹有声画，顾而乐之。”殿内有宝座，座旁联曰：“所无逸而居，动静适征仁智；体有常以治，照临并叶清宁。”皆乾隆帝御笔。此殿既为御园祭殿，摆有祭祀神供，又是举办“上元三宴”之首宗亲宴的地方，于殿内设有戏台。北为五楹九洲清晏殿，后接抱厦三间，外悬雍正帝御书“九洲清晏”匾，殿后额曰“蔚然深秀”，联曰：“红篆炉烟看气直，绿苞庭竹爱心虚。”为乾隆帝御书。此殿是清帝在园内的主要寝宫，雍正帝即病逝于此。

乾隆时期，三大殿之东为“天地一家春”，西为“乐安和”，又西为“清晖阁”，阁前为“露香斋”，左为“茹古堂”，为“松云楼”，右为“涵德书屋”。乾隆以降，改建频繁。道光时，先是将三大殿以西之“乐安和”、“怡情书史”改建为“慎德堂”，又西之“清晖阁”诸景，改建为妃嫔寝殿“湛静斋”等。旋三大殿遭火焚毁，复重建“九洲清晏”殿，殿西添建“同道堂”，殿东天地一家春之皇后殿，改为东西两院。咸丰时，又在同道堂前加盖戏台，于九洲清晏殿东添盖清晖堂。咸丰十年（1860），上述建筑惨遭英法联军焚毁。

雍正朝

会心处试笔

秋霁瑶台晚眺，夜深便殿宵衣。
神会园林妙趣，心勤一日万几。

雨后九洲清宴望西山

蒹葭叶上雨声过，乍觉新凉飒飒多。
山色崔嵬千叠翠，湖光潋滟万重波。
游鱼避钓依寒藻，翔鸟惊弦就碧萝。
莫讶金风催改序，秋晖偏好快晴和。

乾隆朝

乾隆七年

三月二十四日，题清晖阁

东皇昨夜驾归辕，蜂蝶纷纷欲黯魂。

乍见残红飞墨沼，已看新绿映朱轩。
菁葱似觉松篁逊，剥啄生憎鸟雀喧。
剩有忧怀赋云汉，更无闲兴探芳园。

东皇：此指司春之神。

云汉：即《诗·大雅·荡之什》中诗篇，时周宣王作此诗求神祈雨，以抒发愁苦心情。

乾隆八年

季春日，清晖阁叠前韵

春去春来客路辕，女夷雅解返花魂。
楧桭旭影迟珠箔，燕雀风光猎网轩。
鼠尾麝煤梧几静，松涛蟹眼茗炉喧。
如酥脉起初耕便，消得恩膏自御园[①]。

① 入春，雪泽霑足，东作有赖，不似去岁有云汉之忧云。

女夷：传说中掌万物生长之神。后世亦以为花神。

楧桭：中央的屋栋，半檐。

鼠尾：由栗鼠毛制成的笔。宋黄庭坚《戏赠米元章》诗之一：“万里风帆水著天，麝煤鼠尾过年年。”

麝煤：亦称“麝墨”，即香墨。

松涛：风吹松林，声如波涛，故称松涛。

蟹眼：古时称煮茶之水沸腾之前的状况。即水中出现小气泡，气泡大小如螃蟹眼睛。

乾隆九年

圆明园四十景诗　九州清晏

正大光明直北，为几余游息之所。棼橑纷接，鳞瓦参差。前临巨湖，渟泓演漾。周围支汊纵横，旁达诸胜，彷佛浔阳九派。驺衍谓：裨海周环为九州者，九大瀛海环其外，兹境信若造物施设耶！

昔我皇考，宅是广居。
旰食宵衣，左图右书。
园林游观，以适几余。
岂繄廊庙，泉石是娱。
所志维何，煌煌御书。
九州清晏，皇心乃舒。
肯构孰责，继序在余。
业业兢兢，奉此遗模。
一念之间，敬肆攸殊。
作狂作圣，系彼斯须。
谓天可畏，屋漏与俱。
谓民可畏，敢欺其愚。
六膳八珍，轫乎御厨。
念彼沟壑，曷其饱诸。
水榭山亭，天然画图。
瞻彼茅檐，痌瘝切肤。
慎终如始，前圣之谟。
呜呼小子，毋渝厥初。

棼橑：楼阁的栋和椽。

浔阳九派：浔阳，江西省九江市的古称，以浔水之阳得名。派，水的支流。

驺衍：战国末齐国人。主要学说有“大九州说”。

牣：充满。

沟壑：此指贫苦百姓。

痌瘝：病痛；疾苦。

乾隆十年

清晖阁

清晖阁前十三松，虬枝诘曲拏高空。

岁时代谢几阅历，撑青云盖圆童童。

杪春首夏例望雨，阁中兀坐愁蕴隆。

才喜天边缕薄云，厌闻窗外鸣终风。

谡谡天籁真笙竽，乃作商吹增忧忡。

尔松尔松胡不居，员峤之侧，元岭之东。为彼仙人所抚摩，猿鹤之相从，否则为岱岳五大夫，淮南十八公。何为落落潇洒质，憎弃乃如拱把桐。呜呼，良材时亦藉遭逢，世间得失纷穷通。只此殷忧萃一已，谁能后凋待三冬。

诘曲：曲折。

商吹：秋风。明高启《桐树》诗：“坐恐销华泽，商吹起前除。”

员峤：渤海五仙山之一，后沉没。

岱岳五大夫：指泰山“五大夫松”，在泰山云步桥北的五松亭旁。

淮南十八公：实为淮南八公，为道教八位仙人，是西汉淮南王刘安的八个门客。

乾隆十二年

清晖阁松籁

清晖阁前九株松，绿钗经雨何菁葱。
童童入夏覆佳荫，谡谡傍午吟清风。
唱于唱喁相前后，琴筑金石无不有。
黄鹂巧啭巴人曲，何必双柑与斗酒。
耳根净后悟忧乐，忧憎乐爱谁因托。
年来年去忧乐中，九株松自清晖阁。

唱于唱喁：唱和声。《庄子·齐物论》："前者唱于而随者唱喁。泠风则小和，飘风则大和。"成玄英疏："于、喁，皆是风吹树动前后相随之声也。"

巴人曲：古曲名，即"下里巴人"，原指战国时代楚国民间流行的一种歌曲，与"阳春白雪"相对。

池上居

槐日风清候，壶天池上居。
润含新樾重，爽挹午窗虚。
古调弹声鹤，天机唼浪鱼。
底须费穿凿，水到自成渠。

壶天：谓仙境、胜境，亦作"壶中天"。

乍见锦绷包，旋听绿玉敲。
有堂如白傅，不雨度西郊。
啭树莺求友，衔莎雀补巢。

一泓相对处，无虑置杯胶。

白傅：唐代诗人白居易的代称。

轩楹俯碧流，鉴影座中浮。
堪纳水云意，底论大小舟。
风前饶乳燕，雨后尚鸣鸠。
暇日无余事，新题每见投。

乾隆十三年

上元前一日宴宗室王公

玉轮迎望汉边明，蓂叶刚抽十四茎。
粉荔开筵韶景稚，霜柑传节庆霄晴。
楼前雨露辉华萼，天上笙歌绕碧城。
欢洽更传行苇什，同堂常陋砺山盟。

行苇：《大雅·行苇》是古代《诗经》中一首诗。描写了周代贵族家宴的盛况。

砺山盟：典出司马迁《史记·高祖功臣侯者年表》："封爵之誓曰：'使河如带，泰山若砺，国以永宁，爰及苗裔。'"比喻时间久远，任何动荡也决不变心。

池上居

快霁林间景，高秋池上居。
徂云辞玉宇，爽籁入纱疏。
爱绿移烟竹，怜红对晚蕖。

几余无别遣，课字与翻书。

收得香光迹，室名易画禅。
爱兹多古意，可以驻流年。
高树舞银月，幽花起绛烟。
祈年愁略释，即景乐清便。

乾隆十四年

池上居

构宇俯银塘，淙琴入听长。
绿云高树合，清露早兰芳。
问景真宜夏，迎风好纳凉。
芸编纷插架，鉴古一披详。

适值昼长暇，仍来池上居。
徘徊验今昔，踯躅惜居诸。
雨现潜泥蚓，波恬在藻鱼。
万缘皆道趣，妙契静观余。

乾隆十六年

池上居

每遣闲中夏，爱凭波里天。

松篁披静籁，书史究真诠。
乐意参鱼计，吉光玩画禅[①]。
吟安刚五字，一晌似常年。

① 所携画禅室中真迹。每驻跸圆明园，即于是室贮之。

画禅：即以“禅”的观点去指导作画。宋时，禅意画已达到一定水准。明末清初，八大山人更将儒、释、道并融的本土禅画推向顶峰。

圆明园画禅室对雪有作

积素山逾远，寒侵夕益繁。
节真应大雪，景恰媚名园。
鹤讶翔松顶，蝗知避麦根。
竹炉新仿得[①]，活火正温存。

① 仿惠山制竹炉，收雪水烹之。

乾隆十七年

池上居

消夏偏宜池上居，银塘碧浸入窗虚。
竹凉响递迎风际，荷净香闻过雨余。
逐伴飘来新绀蝶，成群分出小秧鱼。
天机触目通幽显，默识无如读我书。

乾隆十八年

清晖阁

广厦轩庨暑不侵，墨林义府足探寻。
年来略识其中味，饶有忧心鲜乐心。

庨：宫室高而深的样子。

乾隆二十一年

上元前夕曲宴宗亲

传柑家庆岂宾筵，恺悌还居礼乐先。
授几恰当人日倍，张灯合是节宵前[①]。
漫言宝月藏澄宇，共喜祥霙遍甫田。
行苇南山同赋什，春音端在徵招弦。

① 曲宴宗亲，率在是日。

恺悌：和乐平易。悌，顺从兄长。

南山：《南山有台》，是《诗·小雅·南有嘉鱼之什》中的一篇。为先秦时贵族宴饮聚会时颂德祝寿的乐歌。

乾隆二十二年

池上居

引流藉高水，曲折成石渠。

注池得半亩，爰凿龙首疏。
池上何所有，文轩碧纱幮。
池畔何所有，九松翠郁扶。
步廊三面围，其外乃后湖。
湖亦岂大哉，池亦岂小乎。
谁复辨异同，惟以资灌输。
是时新秋霁，烦暑逃如无。
澄景又一时，触目皆清殊。
回思数年来，忧乐每与俱。
乐觉未满眼，忧若常盈躯。
展转被境迁，宁云见道徒。
咄哉吾言失，先忧原属吾。

乾隆二十三年

上元前日赐宴亲藩

燕贴春屏灯缀檐，宫中行乐懿亲佥。
传柑宴里歌行苇，月满宵前庆雪霑。
亦有埙篪情莫远，率非堂陛礼何嫌。
芳辰讵是徒追赏，麟趾周官万国瞻。

埙篪：埙、篪，皆古代乐器，二者合奏时声音相应和。后常以“埙篪”比喻兄弟亲密和睦。

麟趾：比喻有仁德、有才智的贤人。

乾隆二十四年

上元前夕小宴亲藩即席得句

将圆麝月丽璇霄，曲宴欣开近戚招。
绵瓞本支昌奕祀，舒蓂二七应今朝。
赫戏鳌驾千枝灿，翕绎鸾箫六律调。
此是家庭非殿陛，欢情合较礼文饶。

绵瓞：喻子孙繁衍，相继不绝。
二七：十四日。

题池上居

池上居偏夏日宜，万几清暇每于斯。
喜因远隔凡尘处，愁是多逢望雨时。
岁久种松入画格，庭阴款鹤得仙姿。
清吟一晌不殊昔，揽镜何来鬓点丝。

乾隆二十五年

上元前夕曲宴宗亲纪事

帝室韶年敦叙宜，笙歌酒醴答昌时。
内安外靖均天泽，授几肆筵申燕私。
却笑酎金联琻弁[①]，恰歌行苇灿棠枝。
西楼灯火须留看，百技新增叶尔奇。

① 汉会诸侯，例贡酎金，金不足者有罚，此何政体。

敦叙：亦作“敦序”。《史记·夏本纪》：“敦序九族，众明高翼。”意九族亲厚而有序。

燕私：古代祭祀后的亲属私宴。《尚书·大传》：“燕私者，何也？祭已，而与族人饮也。”

酎金：汉代诸侯在祭祀宗庙时随同酎酒所献的黄金。

琀弁：古代官员的一种帽子，冠缝饰玉。亦代指百官。

题池上居

池上清凉实绝胜，夏秋之际称吟凭。
漪翻兰沼风含爽，霁卷银河气奏澄。
只有求仓待农庆，且无筹笔虑军兴。
攸芋今岁真侥幸，忧不多时乐每仍。

攸芋：攸，是。芋，通“宇”，居住意。此处指御园。

乾隆二十六年

上元前夕曲宴宗藩，即席得句

碧落冰蟾欲满轮，九经要义曰亲亲。
奉时绮席歌行苇，戴泽华楼看积银。
先兆谩须称大有，后庭适可叙家人。
皇清亿万斯年业，永笃天禧睦懿伦。

碧落：道家称东方第一层天，碧霞满空，叫做“碧落”。这里泛指天上。

冰蟾：月亮。

清晖阁咏松风

清和时节绿阴滋，便是松风也觉怡。
那似常年方望泽，聒听谡谡蹙双眉。

谡谡：形容挺劲有力；挺拔。

池上居

何处暇居宜，文轩临碧池。
旧年如昨日，长夏又今时。
偶抚几家帖，或吟数首诗。
幸逢旸雨若，与物共熙怡。

乾隆二十七年

偶题池上居

忧霖半夏太无聊，皎日凉风霁接朝。
始觉秋光略可悦，恰看愁雾与全消。
砌虫鼓胁鸣方响，埭竹抬头意亦超。
四壁多粘望雨句，此情秦越异遥遥。

秦越：春秋时两个国家，一南一北，相距甚远，不大往来。后比喻两方疏远。

乾隆二十八年

上元前夕曲宴宗亲

十分团魄九分探，畅好韶年恰未酣。
周雅正宜咏行苇，宋诗那更数传柑。
共听阶下仪鸾翕，待看楼西火凤毵。
虽是欢言答节令，大都要义祝田蚕。

周雅：《诗经》部类名，包括《小雅》《大雅》，因《诗经》均为周诗，故称。

宋诗句：宋 苏轼《上元侍饮楼上》诗："归来一点残灯在，犹有传柑遗细君。"自注："侍饮楼上，则贵戚争以黄柑遗近臣，谓之传柑。"

清晖阁口号

清晖依旧好清晖，懒向新丰辨是非。
成住坏空齐扫却，早梅晚菊共芳菲。

成住坏空：成、住、坏、空，即四劫。此系佛教对世界生灭变化的基本观点。

乾隆二十九年

上元前夕小宴宗藩

熙春三接答韶年，家法都城列邸便。
舆去何须咏菽采，源来恰喜值柑传。

祥霙点作庭柯花，瑞雾喷成榻鼎烟。

百世宗支正昌炽，举头如月上元前。

菽采：《诗·小雅·小宛》：“中原有菽，庶民采之。”郑玄笺：“藿生原中，非有主也，以喻王位无常家也，勤于德者则得之。”

清晖阁漫题

山增光润水澄泓，春阁今年信副名。

只觉补松重待长，羞随新花共敷荣。

抚时有幸兹纾虑，对景无端别缱情。

笑我六如观未达，那因灵运致高评。

六如：也称六喻。佛教以梦、幻、泡、影、露、电喻世事之空幻无常。

灵运：天命、时运。

池上居漫成四首

夏节偏宜池上居，今年原是始相于。

时晴时雨气含爽，曰石曰泉景似初。

相于：相厚、相亲。结交。

诗篇四壁写重看，不住之中常住观。

绕砌草花真得意，假山只欠老松蟠。

石渠落水响依然，箧弆香光书画禅。

神物定知丁甲护，喜他未付八人烟。

丁甲：即六丁六甲，本为道教神名，后亦泛指天兵天将。

去年已事不堪思，隔岁依然冰牖披。
此际了当忘结习，洗心甘雨一为怡。

梦中效白居易体咏清晖阁前松树子，醒而犹记，辄复书以志之

清晖阁前松树子，移来得地放新枝。
便饶百岁看成长，才似旧松回禄时[①]。

① 旧松已历五十余年，今松若长至五十年，则余当百岁矣，并戏识之。

回禄：相传为火神之名，引申为火灾。

乾隆三十年

池上居作

半亩方塘上，五间敞榭凉。
一时聊复尔，消夏以为常。
生意观花木，怡情在缥缃。
去年如昨日，过雨喜宜旸。

缥缃：指书卷。缥，淡青色；缃，浅黄色。古时常用淡青、浅黄色的丝帛作书囊书衣，因以指代书卷。

清晖阁前秋花绕砌，而新植松树尚未出檐，朅然有感，辄成是什

秋花还似昔年都，只有乔松较昔殊。

君子小人判于此，晚成速就岂同途。

题清晖阁四景

阁前乔松已毁，石壁独存，突兀横亘，致不惬观。山以树为仪，新松长成，复需岁月，乃因高就低，点缀为楼斋若干间，取其小无取其大，取其朴无取其丽，坐阁中颇似展倪黄横披小卷也。

松云楼

阁对横陈石壁修，因高新筑两层楼。

隔墙延得松云意①，小许居然胜一筹。

① 阁前松遭毁，墙外者犹存乔柯。此楼近之，因以命名。

露香斋

假山有真树，秋露零瀼瀼。

高下缀枝叶，沆瀣凝珠光。

宁须诩其甘，讶可裛其香。

玲珑石窍间，然疑即上皇。

硬黄待挥毫，却愧米襄阳。

裛：用香熏。

上皇：天帝。

硬黄：古纸名。

米襄阳：北宋书画家米芾。

涵德书屋

书屋刚容方丈宽，慎修勤浴敢图安。

其楶斧藻犹惭若，漫拟东京八殿看。

楶：屋柱上的短方木。

斧藻：指梁楹上刻画的文饰图案。

茹古堂

岩堂何所贮，所贮惟缥缃。

虽非邺侯多，开卷益有方。

讵只资咏吟，将以验几康。

获心在古人，茹岂因柔刚。

邺侯：指唐朝李泌。其家富藏书，且多为书祖，比肩则寡。后称美他人藏书之众。

乾隆三十一年

上元前夕小宴亲藩

九经要义在亲亲，韶节华筵讵曰频。

一脉可能忘戚戚，百昌方此对訚訚。

月几望候足占吉，灯值春宵例倍新。

携赐归披蟾影朗，肩舆还入凤城闉。

戚戚：相亲的样子。《诗·大雅·行苇》："戚戚兄弟，莫远具尔。"

訚訚：谦和而恭敬的样子。

蟾影：月光。

闱：古指瓮城的门。此指帝王的寝宫。

池上居

雨足晴尤好，迩来心始舒。
炎蒸亦何碍，池上此相于。
净喜水呈照，清延风入虚。
却思畎亩际，助长正芃如。

再题清晖阁四景

松云楼

老树新楼一合相，间间每得见西山。
却欣云卷松青蔚，即景拈毫那可删。

露香斋

过雨晴明露气瀼，收来不用结丝囊。
竹炉瓷碗原清祕，煮茗偏欣分外香。

涵德书屋

进德之方譬若何，源泉有若蓄盈科。
设如欲速与中止，达海无期愧益多。

茹古堂

假山之上有书堂，芸简常霏四座香。
茹古岂缘夸博雅，由来治乱此中详。

乾隆三十二年

上元前夕曲宴宗亲

上元前夕典宜仍，瓜瓞绵绵百世征。
和气一堂共听乐，丽华千树待燃灯。
相于且慢颂清宴，切已惟殷勉继绳。
璆玉和阗琢成器，以供节燕或犹应。

长春书屋四事四声诗

读书

清闲何为消，明窗芸编陈。
耽书诚前缘，怡情谐常因。
千秋于焉观，分阴良堪珍。
汤盘铭曾言，予惟期其新。

分阴：一分一秒，指极短的时间。

汤盘铭：《礼记·大学》："汤之盘铭曰：'苟日新，日日新，又日新。'"后以"汤盘"为自警之典。

抚帖

临池怀前贤，抚古允我喜。
虽常希颜筋，那有省可髓。
孜孜勤悬针，草草晒累纸。
佳言思公权，引以辅善理。

颜筋：指颜真卿。中国古代著名的书法家。

公权：指柳公权。中国古代著名的书法家。

焚香

匡床双金猊，焕灿护兽炭。
氤氲檀芬烧，霭霭蕙篆散。
褰帷薰心源，对座静鼻观。
无然安清供，问政毖缔案。

金猊：又称“狻猊”，龙生九子之一，形如狮，喜烟好坐，故其形象一般出现在香炉上。

兽炭：用木炭夹着香料做成的兽形炭，亦泛指炭或炭火。

烹茗

筠炉江南来，恰合设白屋。
烹煎松风鸣，活泼雪色漉。
奇吟输唐卢，佚乐学复陆。
擎杯方无言，魄月薮绿竹。

佚乐：悠闲安乐。

松云楼

假山之上峙真松，时蔚英英云态浓。
青白由来投气味，便当为雨契从龙。

从龙：喻事物之间的相互感应。语出《周易·乾》：“水流湿，火就燥。云从龙，风从虎。圣人作而万物睹。”

池上居二首

永日偏宜池上居，玻璃窗水泳游鱼。
清和气候方夏首，滋润轩阶正雨余。

树隔廊房绿意深，遥天又复布浓阴。
情期益霈益称善，笑我曾无知足心。

题清晖阁四景

松云楼

矮屋层铺得号楼，仰观阁脊尚翘头。
子舆寸木诚良喻，为展芸编勉进修。

露香斋

雨足园林露气浓，叶芬花郁滴重重。
南方新贡芽茶到，却可收烹助净供。

涵德书屋

插架宁须三万多，会心一卷足研摩。
可知进德即修业，涵养未醇叹若何。

插架句：典出唐人李泌藏书之富。《齐东野语·书籍之厄》载：“杜兼聚书万卷，韦述蓄书二万卷，邺侯插架三万卷……皆号藏书之富。”

茹古堂

堂斋据景各分题，消暇常欣古与稽。
设以循名论文体，吾原磬折在昌黎。

磬折：弯腰，表示谦恭。《礼记·曲礼下》："磬折者，屈身如磬之曲折，敬也。"
昌黎：即唐代文学家、思想家韩愈。自称"郡望昌黎"，世称"昌黎先生"。

池上居四咏

池

小小方塘澹澹溪，曾无半亩绿玻璃。
江湖印月此亦印，可注南华论物齐。

鱼

跃喜波浮潜喜渊，锦鳞几个镜中悬。
无忧竿线饱饦馓，朝市疑同大隐然。

饦馓：饦，旧时的一种面食；馓，油炸的面食。此处指鱼饵。
朝市句：典出"小隐隐于野，中隐隐于市，大隐隐于朝。"

松

移种新松补旧松，团团已作翠阴浓。
树人可得能如此，体物无忺意自松。

忺：高兴、适意。

石

依然诡石垒倾崎，醉倚青牛道士僛。
比似苍松具生意，有知曾不若无知。

青牛道士：汉代方士封君达的别号。
僛：摇晃着身体，形容醉态。

乾隆三十三年

再题清晖阁四景

松云楼

阁前小景画横披，咫尺寝堂朴且宜。
终岁不过登一再，笑予构筑属痴为。

露香斋

金掌宁须学汉皇，蒸为沆瀣藉阳光。
春芳秋艳时全未，便有瀼瀼谁识香。

金掌：铜制的仙人手掌，为汉武帝作承露盘擎盘之用。

涵德书屋

书斋迥据假山岚，窗置玻璃远景探。
不尽其中趣生悟，德诚美矣要当涵。

茹古堂

史策经编书案披，今人茹古古宁知。
虽然斯讵资渊博，景仰高山在力为。

池上居

夏日爱居池上居，水风含爽度纱疏。
展图恰对景清候，得句多于神谧余。
隔院闲常闻唳鹤，凭栏坐可数游鱼。

芸编翻不因博古，无逸数言足起予。

乾隆三十四年

清晖阁闲咏

春气方酝酿，春风渐霭和。

行时初序值，望岁此间多。

盆卉是新朵，庭松非故科。

小题闲点缀，画卷面前罗。

再题清晖阁四景

松云楼

仰首松云真绿云，四时不改翠氤氲。

虽然趣异陶弘景，偶暇来登也觉欣。

陶弘景：字通明，南朝齐梁之际丹阳秣陵人，自号华阳隐居，人称“山中宰相”，是我国古代著名的医药家、文学家。

露香斋

夜气朝曦润有痕，文沈武布漫须论。

若云春露兴予念，嘉树终惭传独存[①]。

① 阁前老松遭癸未回禄，始于隙地作假山四景。

涵德书屋

进德由来要涵养，虽然德亦有多端。

于施应勉俭应酌，损益羲爻宜并观。

羲爻：即爻。《易》卦的基本符号，相传为伏羲作，故名。

茹古堂

堂颜茹古意如何，亦欲通今理不讹。

设使循名事拘泥，井田封建误人多。

井田封建：是古代西周时期的社会制度，井田制是其经济制度，封建制是其政治制度。

池上居

暑节宜居池上居，每居池上意何如。

雨时旸若心恒廑，吏治民安志始舒。

迩日虽称慰农望，今年却复理军书。

水天佳趣诚堪赏，都属虚窗不属予。

理军书：此指征剿缅甸事宜。

乾隆三十五年

上元前一日曲宴近亲王等，即席得句

曲宴园庭例近亲，殊恩许厕懿藩臣[①]。

诸孙有子成双庆[②]，介弟同庚亦六旬[③]。

列坐雅当笑语洽，多仪底用礼文彬。

如云即景宜道古，张说诗佳首句陈。

① 是日宴近亲王暨皇子、皇孙，特命定边左副将军超勇亲王成衮扎布，及额驸色布腾巴尔朱尔，拉旺多尔济，并得与列。

② 绵德、绵恩各有一子，尚襁抱。

③ 和亲王今岁亦六旬矣。

张说：唐代文学家，字道济，河北涿县人，封燕国公。

涵德书屋

修己涵养德，践行固已艰。

出治播淳风，民涵德倍难。

即境思题额，鲜怡增艴颜。

岂不景悦目，那无花娱观。

耽此必忘彼，戒哉凛冰渊。

再题清晖阁四景

松云楼

墙外松乔墙里稚，绿云映带总凄凄。

一间楼据假山隩，合作窗前小景题。

露香斋

花花草草滟曦光，何所香非露所香。

嗅复了知鼻根净，六如如一概金刚。

涵德书屋

仁义定名德虚位，圣经则曰在明明。

优游涵养速成戒，亦贵尊闻勉力行。

在明明：出自《大学》："大学之道，在明明德，在亲民，在止于至善。"

茹古堂

茹古非关希博雅，古来治乱在遗编。

春秋冬夏于焉对，月露风云总合捐。

月露风云：出自《隋书·李谔传》："连篇累牍，不出月露之形；积案盈箱，唯是风云之状。"比喻无用的文字。

无倦斋绎《论语》义

先知更继以劳之，请益曰当无倦为。

乾象正符不息义，讵惟姑使自深思[①]。

① 末句反程子注语，意即胡氏所云：勇者，喜于有为，而不能持久，亦未为契旨也。

清晖阁

半谢芳华半在枝，补松浸渐作乔姿。

雅惟高阁知人意，相对常年望雨时。

夏日池上居

池上偏宜夏日居，漏长高阁适几余。

略欣时雨时旸候，敢忘曰明曰旦初。

隐几那教梦栩蝶，凭窗便可数游鱼。

芸编岂必搜奇衍，二典三谟足起予。

二典三谟：出自《尚书》。二《典》即《尧典》《舜典》；三《谟》即《大禹谟》《皋陶谟》《益稷》。

乾隆三十六年

上元前夕小宴亲藩有作

庆节行时沿旧典，今年颇觉弗相应。
仍看屏翰嘉筵集，难屏笙歌初祉承。
大地回春福如海，层楼挂月玉为绳。
无端懒听埙篪奏，乐以忘情故未能。

屏翰：出自《诗·大雅·板》："大邦维屏，大宗维翰。"后以"屏翰"比喻国家重臣。

夏日池上居

雨足心田略畅如，水轩耐可适几馀。
昔非过去今非往，愁与为稽慰与居。
松挟风声拂霜箪，鱼游波面入冰疏。
子舆要语收其放，虔巩于斯益凛予。

清晖阁前松效白居易体

清晖阁前松，亦有新阴布。
新阴虽可人，所惜非故树。一解
池鱼本无辜，殃及因城门。
蟠龙失其水，徒叹僵老鳞。二解
旧松五十年，始具凌云态。
新松未十年，那便同肩背。三解

嘉植不可无，聊命移稚株。
设如种松子，更当廿载需。四解
经久异欲速，松弗同楸檟。

如嫌长阅时，应鲜种松者。五解
一日复一日，秋月与春风。
终爱骨格佳，岂类砌花红。六解
新枝亦已放，旧干嗟何往。
每看汝敷荫，不觉心怅惘。七解
种树十年计，凡木讵松哉。
良材必迟就，尤当勤栽培。八解
我今六十余，百岁亦恒有。
待汝四十年，老成或如旧。九解

楸檟：楸树。檟，一名山楸。古人多植于墓前。

乾隆三十七年

清晖阁即景

春气方燠沐，春曦渐融怡。
延芳莳未得，松树罗前墀。
森森较昔长，无改岁寒枝。
弄影上明窗，洒然扬清晖。
亦堪娱景光，古柯那可思。

再题清晖阁四景

松云楼

阁前隙地堆奇石，恍是横图一卷披。

却觉胜于四家者，松云朝暮罨楼时。

露香斋

露虽一滴上通天，泽物生香岂不然。

设使下帷譬董子，著书姑舍是惭旃。

下帷譬董子：董子即董仲舒，西汉时期著名哲学家。下帷，放下室内的帷幕，此指教书。引申为闭门苦读。

旃：文言助词。相当于“之焉”。

涵德书屋

盆卉庭松寒暖别，一般应候畅訚訚。

试看万物涵春德，敢不孜孜励体仁。

訚訚：形容香气浓烈。司马相如《长门赋》：“芳酷烈之訚訚。”

茹古堂

天人策语示要义，行所知先尊所闻。

绩学若非求切己，便称茹古亦徒云。

上元前一日小宴亲藩作

好乐无荒古训留，春堂绮宴节聊酬。

不堪白雪希弥野，况值红旗盼递邮。

共喜珠柑传座上，且迟火树照墀头。
踏歌懒咏燕公句，那是当年花萼楼[1]。

① 庚寅展宴时，和亲王预列。是以即席诗有“介弟同庚亦六旬”及“张说诗佳首句陈”之句。今弹指两载，可胜感慨。

燕公句：燕公，指唐代文学家燕国公张说。
花萼楼：唐代长安皇家建筑“花萼相辉楼”的简称。花萼：比喻兄弟友爱。

乾隆三十八年

上元前一日小宴亲藩

派演天潢数万千，跻堂抡近庆韶年。
澹华去侈心恒念，遇节行时情亦联。
酒止一巡还戒湎，乐惟两阕特捐妍。
玉轮好是逮几望，秒黍宁须惜未圆。

天潢：皇族，帝王后裔。
湎：沉迷于酒。
秒黍：形容相差极小。

题清晖阁

寝室相连近，明窗向所依。
祈年斯惕息，咨政每宵衣。
难觉心神晏，徒看图史围。
春光犹未治，真是对清晖。

再题清晖阁四景

松云楼

旧松补阙种新松，也自虬枝佳荫封。
试向十年前较量，绿云虽有却输浓。

露香斋

花间叶际弄珠明，霏细香因风送轻。
若论当春蓦生感，撰辰将亦发行旌。

涵德书屋

下德弗失上德不，足识其间德有无。
柱史斯言谁领要，当于涵字觅津途。

柱史：“柱下史”的省称，代指老子。

茹古堂

茹柔岂是仲山甫，汲古略同韩退之。
设使不于言行勉，虚车诮亦合深思。

仲山甫：语本《诗·大雅·烝民》：“维仲山甫，柔亦不茹，刚亦不吐。”谓不欺弱小。

韩退之：唐代文学家、政治家韩愈，字退之，河南河阳人。

乾隆三十九年

赋得乐安和　有序

颜寝殿之额曰“乐安和”。意虽一贯，义亦各具。昔汤之盘，武之席，莫不各有铭，所以触目警心也。盘席只日用物，犹亟亟焉，而况朝夕所处之室乎。各成六韵，以敕一躬。

乐亦六情一，因而额寝斋。
弗耽斯得正，从欲实为乖。
花鸟引机绪，诗书蕴道荄。
当思不可亟，恒念与之偕。
应在雨旸若，宁须丝竹排。
三端姑彼置，五字识吾怀。

右（上）乐

向只随所遇[①]，今惟安在斯。
朝乾实切矣，夕惕亦居之。
适己非为合，图民乃得宜。
礼经著和乐，尧典仰文思。
建久贾生策，计情晁氏辞。
更殷深念者，永固万年基。

① 旧颜所居书屋曰“随安室”，取随遇而安之义。

贾生：即贾谊，洛阳人，西汉初年著名政论家、文学家。

右（上）安

和者宽仁施，是诚得众缘。
温而厉则可，柔以发斯偏。

性命保合正，起居安养便。
莫惭衾影独，那溺景光妍。
无欲心常泰，有为身弼肩。
春台一气畅，与物共訚然。

右（上）和

上元前夕小宴宗亲

瓞绵万祀受天庆，前夕元宵例有常。
虽喜升堂多晚辈，顾怀侑爵少尊行。
舞陈偃武兵戈洗，歌寓兴贤奎壁光[①]。
远宇春云复轻布，继霏六出愿徵穰。

① 今岁系乡试年。

侑：相助。在筵旁助兴，劝人吃喝。侑爵：劝酒。
尊行：长辈。
奎壁：廿八宿中奎宿与壁宿的并称。旧谓：宿主文运，故常用以比喻文苑。
六出：花分瓣叫出，雪花六角，故称六出。

题清晖阁

高阁清晖寝殿傍，多年恒与坐相羊。
忧霖望雨题何夥，惕夕乾朝政每蘉。
植绿蕉惟爱听飒[①]，补新松亦渐成苍[②]。
那辞两鬓添霜白，犹励初心勉未遑。

① 北方芭蕉至夏月，乃可出坞植于庭。
② 癸未回禄后补松，逮今又十二年矣。

相羊：亦作“相佯”“相徉”，徘徊、盘桓。

题清晖阁四景

松云楼

阁前隙地狭而长，点缀聊为小景偿。
恰似倪迂展手卷，补松虽稚亦含苍。

露香斋

朴斋十笏岂须多，饶有窗前花木罗。
一雨不惟苏禾黍，朝来浥露满芳柯。

涵德书屋

假山上筑小精庐，棐几消闲可课书。
韩愈曾因著原道，据之二者合谁欤。

原道：《原道》是韩愈复古崇儒、攘斥佛老的代表作。

茹古堂

书史由来最沃心，茹之自外入中深。
井田封建行岂可，好古还当准以今。

夏日池上居

池上夏朝例有诗，望霖日引遂教迟。
启行伊迩难重置[①]，向作原多聊补为。
问景曾非饶逸兴，题图借是遣烦思。

密云午重幸风戢，伫企优沾今庶其。

① 将以是月十六日启行，恭奉皇太后往避暑山庄。

乾隆四十年

上元前一日曲宴宗亲

好是玉轮几逮圆，近支曲宴例依前。
继正合有绮筵肆，卜昼宁须宝炬燃。
虽此需云同庆节，独思春雪重培田。
五年弟宅阅三世[①]，戚戚牵情一怃然。

① 吾弟和恭亲王，于庚寅七月薨逝。其子永壁袭爵，至壬辰三月复薨。仍令永壁之子绵伦袭郡王，至甲午十月又薨。五年之间，顿易三世。回忆吾弟同堂预宴，为之戚然。

夏日池上居

夏日宜居池上居，天光水态澹如如。
望云愁旱幸过彼，较雨量晴略慰予。
只有殷心盼捷至[①]，岂无逸兴遣几余。
拈吟即景犹嫌惯，校勘欣翻四库书。

① 阿桂攻克木思工噶克丫口，可以直压噶尔丹寺。明亮则初克甲索宜喜，复自达尔图下至基木思丹当噶并日旁以前，环山五十里内，贼碉俱经焚毁，已可渡河与阿桂合兵会剿勒乌围。计日大功可成，盼望红旗，较前倍切。

乾隆四十一年

上元前夕曲宴宗亲，即席得句

蓂叶刚看十四开，灯筵先节懿亲陪。
庆沾白雪腊春继，只盼红旗旦晚来。
齿序即为教孝悌，酒行岂是醉樽罍。
铺笺仍令胥赓韵，验学还因示体裁。

樽罍：酒器。

夏日池上居

池上偏宜夏日居，清风拂暑绿窗虚。
种松十载入画格，引水一方垂石渠。
恰有遣闲观古帖，幸无隔刻问军书。
虽然武定纾缱绻，戒满持盈正慎予。

乾隆四十二年

恭侍皇太后观灯因成是什

家宴观灯例节前，清晖阁里[①]列长筵。
申祺介寿那崇俭，宝炬瑶檠总斗妍。
五世曾元胥绕侍，高年母子益相怜。
掖扶软榻平升座[②]，步履虽康养合然。

① 每岁上元前，例于清晖阁张灯列宴，恭侍圣母庆赏。

② 皇太后虽极康强，而高年倍宜安养，因仿皇祖时软榻式敬制，预备于降舆时御以升座，虽室中咫尺，亦可不劳步履。

介寿：出自《诗·豳风·七月》：“为此春酒，以介眉寿。”介：祀求。眉寿：长辈。后以“介寿”为祝寿之词。

上元前夕小宴宗亲即席得句

祈谷还临节前夕，例当曲宴叙家庭。
团圞轮欠三五月，次第叶舒十四蓂。
子侄行增欣玉树，埙篪声减叹晨星[1]。
新年言吉余应置，幼睦长尊其静听。

① 座中惟裕亲王为兄行，余皆子侄辈矣。

团圞：圆月的美称。

题池上居

池上三庚度，年来例有诗。
岂能弗居也，遂与罢吟之。
触目多乏趣，摛毫艰构思。
柱楣如述传，惭愧寸心知。

三庚：中国农历划定三伏天开始的标准——“夏至三庚便入伏”。

乾隆四十三年

池上居

朱明池上居，岁岁此相于。
余景率置矣[①]，斯题那阙如。
柱楣殊昨夏[②]，素服尚今裾。
俯仰都成愧，难云读礼书。

① 余以长年畏暑园居，已不胜惭愧，故于园中诸景，率未流赏成咏。此居则勤政余暇退憩之所，每岁必有诗，故成章以纪岁月。

② 昨岁题此居有“柱楣如述传，惭愧寸心知”之句。

朱明：夏季。

乾隆四十四年

仲夏清晖阁

高阁清晖卧室西[①]，思量灯夕益心凄[②]。
园居已切怀惭矣[③]，景问那能志畅兮。
终岁宁无一日至，两年曾未七言题。
即今渐合抒吟兴，犹自靦颜得句稽。

① 在九洲清晏寝宫之西。

② 此处为每年灯夕奉圣母家宴之处。

③ 昔值皇考大事，常居养心殿。二十七月后，始居御园。前岁经圣母大事，以安奉畅春园九经三事殿，本欲以无逸斋为倚庐，而王大臣敦请，以居御园之九洲清晏，与养心殿无异，因从之。百日内已居于是，遂不拘初元之制，而心中究抱歉也。

乾隆四十五年

夏日池上居

回銮五日御园居，斋戒还宫居亦如[①]。
将欲兴州避暑幸，可兹夏日纪时虚。
七言即景聊酬尔，两度蒙膏真慰予。
略觉匆匆来往遽，无须物议早惭诸。

① 以五月初九日回跸御园，至十四日回宫斋戒，十九日礼成，仍回御园，凡皆五日。

兴州：滦平县境内小兴州为清帝北行必经之地。此处指乾隆帝欲幸避暑山庄。

乾隆四十六年

题长春书屋

又值孟之春，御园首祚闾。
四年久阙咏[①]，一室永怡神。
依例行时旧，不堪得句新。
西南望仙馆[②]，益觉怅怀频。

① 自丁酉大事过二十七月后，昨岁南巡，自京启程，至今忽四年矣。

② 此书屋乃九洲清晏别室之名。长春仙馆又西南别一区，为昔日奉圣母驻御园度新正之处也。

清晖阁

铺设如常自有司，六鳌三岛九华枝。
阁前偶到翻然返，灯节当年侍宴时。

上元前夕小宴宗亲

新正庆讶景禧骈，家宴例于嘉夜前。
尚忆蓼莪如昨日，未歌行苇阅三年。
亦知长此安穷尔，其奈对兹犹黯然。
勉与吾民同乐节，试听乐奏角招弦。

池上居对雨

池上年年会有诗，今年对雨更相宜。
未曾渴望逢优霈，所幸勃兴正及时。
乱点落空增浪縠，细痕接上泯烟丝。
向多盼泽词粘壁，异彼凭窗却蹙眉。

清晖阁四景

松云楼

阁前如画展横披，松出楼檐放盖枝。
今日试看云起处，别裁写就许浑诗。

许浑，字用晦，江苏镇江人，晚唐最具影响力的诗人之一。

露香斋

花信庭前谢海棠，渊材底事恨无香。

苔阶萝径都含露，甲煎输伊引步长。

甲煎：香料名。以甲香和沉麝诸药花物制成，可作口脂及焚爇，也可入药。

涵德书屋

春泽欣连夏雨滋，麦粦禾黍起耘耔。

偶翻书得苏家记，此德由来善普施。

茹古堂

汲古于斯得绠修，可知开卷益相酬。

个中佳味偏宜茹，不系寻常刚与柔。

乾隆四十七年

清晖阁

春未几分妍，清晖却洒然。

有窗明暖日，无鼎不祥烟。

惬矣玩书史，厌哉听管弦。

灯台弗教设，为特似先年[①]。

① 清晖阁中自雍正年间即有灯台，为元宵庆节之赏，向年亦恒于此侍圣母灯宴，兹不复设矣。

上元前夕家宴宗亲，即席成什

奉时行庆例应循，具尔节前集懿亲。
有事罢筵倏三载，无端开宴又联春。
今今昔昔能弗忆，语语言言且自申。
傍晚同云复弥布，其霏甘雪望仍频。

有事句：乾隆四十三、四十四、四十五年，因皇太后薨逝，罢上元前夕家宴。

池上居

夏日常临池上居，芸窗冰簟总彬如。
新题旧什已填若，忧意乐情纷老予。
帘下緗云猜乳燕，阶平镜水数游鱼。
几闲何以消长昼，惟是观书又愧书。

乾隆四十八年

长春书屋

元者善之长，文言著首章。
可知一气贯，恒以四时长。
敢不体仁勖，宁为玩物芳。
抚笺成五字，明牖度曦光。

清晖阁

长夏之清晖，松柏在飒爽。
初春之清晖，桃杏未骀荡。
未乃有来期，在实近过往。
以此较伯仲，即景惬心赏。
而阁付不知，四时孰今曩。

骀荡：起伏荡漾的样子，形容春天的景色。

今曩：今，现在；当前。曩，从前；过去。意为古往今来。

上元前夕小宴近亲王等，即席成什

昨甫乾清大宴开[①]，传柑例引节前陪。
佳时宁可以空遇，渥泽原应自近推。
却喜春霖融玉律[②]，底须圆月映金杯。
从来卜昼弗卜夜，敢拟铜壶漏莫催。

① 正月初十日于乾清宫普宴宗室，共一千三百余人，其有事不能与宴者五百六十余人，合计共二千人，各颁赐银币有差。

② 是日微雨。

初夏池上居

凭窗近可俯澄波，池上居佳绝胜他。
有暇便看古书画[①]，无愁以对节清和。
田间过雨十日逮[②]，壁上题诗卅首多[③]。
益善惟希膏继霈，阴晴又问夜如何。

① 室内别颜曰画禅。宫中画禅室所弆董其昌名画《大观册》，及黄公望《山居图》、米友仁《潇湘图》、李唐《江山小景》《宋元明真迹册》，又予新集唐五代宋元王维、周昉等画帧，凡幸圆明园，则携来以贮此室。

② 自三月廿七日得透雨后，四月初七日复得微雨，越今又几及旬矣。

③ 四壁题诗多望雨望晴之作，无非祈年之意也。

乾隆四十九年

雨后池上居

年年池上有新诗，七字恒因纪岁时。
欲简吟篇弗可阙[①]，偶凭暇牖觉相宜。
树离尘处心同洗，石戴露边意与滋。
忧喜由来个中惯，碧波翻影付无知。

① 向年，每于夏月间憩此，今岁南巡所咏颇多，因欲简咏，而此池上即景纪时之作，仍不可阙，故复成什。

乾隆五十年

清晖阁

霭霭春光稚，闾闾虚阁融。
凭窗畅神处，梯几静吟中。
洛浦水仙白，孤山梅朵红。
笑他虽缩地，一例谢东风。

上元前一日小宴宗藩及诸孙曾

昨经千叟柏梁联，例用今朝祖宴传[①]。
先节亲亲宜此日，于时语语视常年。
座间帝系欣看奕[②]，编展书房待预元[③]。
抚序允应增慰庆，却因望雪意怦然。

① 康熙壬戌年，皇祖同廷臣升平嘉宴，赋诗用柏梁体，乃正月十四日也。

② 孙曾辈凡娶媳者，乃准入宴，今逮奕纯矣。

③ 孙曾辈例于六岁，即入上书房读书。欲元孙载锡六岁读书时，即令入宴，以实副五代同堂之庆，然亦不过迟待四年耳。

首夏池上居

池上居诗不可无，识将岁月以详乎。
明来昨往今非住，老至壮过幼更徂。
设曰鲜民惭视彼，惟斯育物未忘吾。
对时中有权衡在，肯作吟风咏露徒。

乾隆五十一年

清晖阁

清晖之阁尚如前，人对清晖竟异焉。
何必今时不称老[①]，付他春令自为妍。
淡怀于闹偏生厌，结习惟吟未尽蠲。
抚景怆然有弗乐，九年于是罢灯筵[②]。

① 丁酉岁之前，每不肯自称老，兹年逾长而事已过矣。

② 向每于此阁张灯侍慈宴，不举斯事凡九年矣。

上元前日，宴近支宗室及子孙辈有感而作

熙朝庆节未宜孤，始自亲亲和以愉。

可识平章建皇极，要惟敦叙握神枢。

一元虽有待长彼[①]，同行不无都少吾[②]。

叔辈斯今不可见，欣然那胜戚然乎。

① 元孙载锡方三岁，未可入宴行礼，待其六岁读书，即可入宴矣。去岁此宴即有“编展书房待预元”之句。

② 今予同行弟兄，即一二长于予者，率不能行走，同宴者皆少于予矣。

仲夏池上居

前朝甘澍解心忡，始觉拈毫兴渐融。

得什短长以时异，志怀忧喜历年同。

乍欣麦颖如期绿，那系榴花照眼红。

有暇翻书在稽古，不惟弄月与吟风。

乾隆五十二年

清晖阁叠乙巳韵

春旭依然嫩，春光故是融。

去来阴付幻，今昔景凭中。

彩胜迎晖灿，银檠入夕红。

向年奉赏节[①]，回首怅东风。

① 向年上元节，例于此恭迓慈宁，观灯庆赏。

上元前日小宴近亲即事成什

例以节前宴近亲，箕畴所重叙彝伦。

治平莫不出于此，章协由来本在身。

虔奉三无敢曰豫[①]，抚临九有益增寅。

便宜今岁称觞者，氾胜占余色积银[②]。

① 年年于此殿设宴，匾曰：奉三无私。

② 去冬腊雪优渥，为向所希有，至今未消融尽也。

箕畴：箕子《九畴》。

三无：即天无私覆，地无私载，日月无私照。

九有：即九州，泛指中国。

长春书屋

人心小天地，元为善之长。

四时本一春，况正春之象。

已欣物熙怡，翻惜景骀荡。

不息而存存，体仁贵有养。

对时得静会，讵宁恣游赏。

仲夏池上居

一雨沃心源，言泉可试言。

历年忧乐在，万姓易艰存。

敢懈旰宵已，未臻道德藩。

倦勤八岁待，高尚或堪论。

倦勤句：指乾隆帝距禅位还有八年。

乾隆五十三年

上元前一日，家宴近支宗室及孙曾辈，即席成句

天潢繁衍逮千多，支近节前家宴和。

晴烘苇筵连座暖，雪凝玉树喜庭罗。

顾无长岁过于我，剩有七年且待他[①]。

已看曾孙厕席末，元孙预列酉春眡[②]。

① 计至乙卯归政之期，尚有七年。

② 明岁己酉，元孙载锡年已六岁，当入学。上元前一日家宴，可预列矣。

酉：己酉，乾隆五十四年（1789）。

池上居对雨 四月廿四日

达卯至申竟作霖[①]，从容挥霍复深沉。

多时愁旱兹救旱，侧席扪心益惕心。

今日始知池上好，七言聊寄壁间吟[②]。

优沾天泽何为报，自问无过一字钦。

①《左传》凡雨三日已往为霖，诗人佳霖甘霖之类，盖借用为雨字耳。兹自廿

二至廿四，实合久雨字义，然于四月得此，为罕遇之优渥，十年不可得一者。

② 每岁夏月，无不有池上居之作。

乾隆五十四年

上元前一日，小宴宗藩及诸孙曾元用乙巳年韵

到园已是挂灯联，节宴苇行柑例传。

讵幸七言成昔日，竟符五代庆今年[①]。

宗枝繁以乘诸祖，世代增惟叨上元。

顾鲜长年肆筵者[②]，躬黄耇矣笑何然。

① 孙曾辈例于六岁入上书房读书，至娶媳后乃与节宴，惟元孙载锡庆衍瓜绵，尤为天家盛事，不必拘以常例。欲俟六岁读书时，即可令其入宴，是以乙巳上元前一日，小宴宗藩及诸孙曾诗有“编展书房待预元”之句。今岁，载锡已及入学之年，遂同预宴，拜跪如仪，允符五代同堂之庆。

② 座中久无叔辈，即同行皆三四十岁之人，亦无长于予者。

黄耇：喻为年老，长寿。语出《诗·商颂·烈祖》：“绥我眉寿，黄耇无疆。”

池上居

年年池上有诗吟，率以农功志切心。

较去岁佳先一月[①]，幸今春早被甘霖。

窗前夏故森松盖，郊外昨看芃麦针[②]。

慰里敢忘怵惕志，益谦损满静中斟。

① 上年春泽，虽沾三月半至四月半，颇觉干旱。于四月廿一日，亲诣黑龙潭虔祷，随获连朝大雨，因有诗志慰。今春雨早沾透，尚虑或多，麦稔可期，是较上年

早沾一月矣。

② 昨以雩祭礼成返御园，见郊外麦苗长发，实为欣慰。

益谦损满：谦受益，满招损。

乾隆五十五年

无倦斋

周公曰无逸，仲尼曰无倦。
贪逸厌倦必，觉倦逢逸忭。
圣人胥诲无，自强功合荐。
修己与治人，非二惟一贯。
勉此日孜孜，不期功效见。

忭：欢喜，快乐。

上元前日小宴宗室

宗室新春宴，例当先上元。
顾瞻同齿鲜，今昔一心存。
五代螽斯衍，本支瓜瓞繁。
十年非甚远，尚冀见来孙①。

① 载锡今年七岁，复十年则予九旬，伊为十七岁，当得来孙矣，心甚企之。

螽斯：昆虫名，繁殖力甚强。故“螽斯衍庆”，成为喜贺子孙满堂的吉祥语。

池上居

池上年年什，今年得句迟。
东巡归入夏，半夜幸知时①。
晓起仍为惜，偶临那即怡。
继斯希霈渥，凭槛企予思。

① 杜甫诗有“好雨知时节”，谓春雨。兹孟夏廿六始沾四寸余，斯已迟矣。然旱而雨，可知救时耳。

乾隆五十六年

清晖阁

春晖问宜处，宜乃在新正。
霭霭初含鬯，依依犹带清。
盆梅已吐萼，阶草欲抽萌。
把笔且迟咏，凭观万物情。

鬯：同“畅”，旺盛的意思。

上元前日，小宴王公以及曾元即席成咏

灵台置望当十七，满欠冰轮半过钩。
千古元宵原不易，今朝先节例应酬。
百龄漫拟林春泽，一体早忧司马牛①。
寄语长年休自诩，天伦同老率难求②。

① 朕同胞弟和亲王、果亲王久不预此宴，今皇祖之孙如諴郡王，皆远幼于朕，然亦寥寥如晨星矣。

② 孝贤皇后以下，与予齐年者无一存，即十七皇子今只存四人，可识耄耋者之趣矣。此虽常言，实具至理。

司马牛：《论语》载：司马牛忧曰："人皆有兄弟，我独亡。"子夏曰："四海之内皆兄弟也。君子何患乎无兄弟也？"

题池上居迭己酉岁韵

昨岁东巡归后吟①，今年叠韵尚初心。

七言一瞬视幻景，春去夏来望好霖②。

所愿祟祠无拾级③，切怜弥陇有抽针④。

瞑眸忽讶垂檐溜，却是临池流细斟。

① 昨岁庚戌，以东巡归迟，题池上居，乃在四月下旬。

② 戊申岁已沾春泽，而三月下旬至四月中旬，颇觉干旱，因于四月廿一日，亲诣黑龙潭祈祷，即获连朝大雨，已见己酉诗。今岁三月初六之雨，较之戊申岁更为优渥，廿六日又复得雨二寸，田中固非急于待泽，然已值夏初，冀得甘霖续霈，日深望念。

③ 今始月初，设此月中下澣之间，蒙佑渥膏，或可无黑龙潭步祷之事耳。

④ 二麦已芃茂，禾黍亦茁，新苗益切望泽。

乾隆五十七年

上元前夕宴中得句

元宵前夕家庭宴，仰沐天庥岁举行。

长幼金阶欣有序①，芝兰玉树益增荣②。

几多愿老还悲老，夙致闲评肯蹈评③。

奢望来孙见跻九[4]，九龄载锡已峥嵘。

① 定例，皇子等位次在亲王、郡王之上。惟家宴，则如近支諴郡王、怡亲王等与皇子等，俱以长幼为序，此亦惇叙之道也。

② 连年皇孙、皇曾孙中至六岁读书，即令入宴。今日入宴之皇子、皇孙、皇曾孙、皇元孙，共得十九人，益征瓜瓞繁衍之盛。设使诸皇子俱在，更不知振振凡几，寿至耄耋之趣，亦可知矣。

③ 向咏金刚寿者相，诗有“几多愿老还悲老，云此非愚愚竟谁”之句，人情率多如是。予虽偶致闲评，然能以理自解，未尝自蹈其愚之讥也。

④ 元孙载锡今岁九龄，再八年予寿跻九帙，则伊当十七岁，或可亲见来孙，此望虽奢，实人情之愿，然不敢必，惟有仰希上苍眷佑耳。

池上居叠庚戌韵

戌年迟得句，子岁较尤迟[1]。

谓闰尚远节，数期已越时[2]。

只增调幕愧，那觉凭窗怡。

自咎自之过，惆然日夜思。

① 往岁至此必有诗，庚戌东巡以四月十五日回御园，至廿六得雨后始来此，因有“池上年年什，今年得句迟”之句。今岁以盼雨焦切，至今未得优渥恩泽，是以来此尤迟。

② 今岁遇闰四月，虽去端阳节尚远，然以前岁得雨之期较之，实已踰时。

乾隆五十八年

上元前日近支家宴得句

近支例以节前宴，耄弗见兄惟见昆[1]。

既喜彬彬更济济，于时语语复言言。

笙歌昼用宣行苇[2]，灯火夕当示外藩。

载锡欣看十龄壮，心希六岁抱来孙。

① 近支皆皇祖孙曾辈，今在坐者，惟諴郡王为予幼弟，并无一兄矣。按尔雅释言昆后也，昆命元龟垂裕后，昆可知昆乃弟之称，朱子解谓他人昆为兄，盖泥于前二章，谓父谓母之意，遂曰谓兄，实过于拘墟耳。不知谓弟非近之之意乎?

② 是宴用笃宗亲之谊，但卜昼而不卜夜，历来如此，至向晚命御前大臣等率外藩及各国陪臣观灯火，则又以示柔远之道耳。

题池上居

池上洒然居，清和每相[①]于。

便宜慰为惕，春末夏之初。

屡渥膏泽此[②]，戒盈晓夜予。

三时尚悠远，自问敢怀舒。

① 入声。如杜甫“恰似春风相欺得”，白乐天“为问长安月，如何不相离”之句，唐人多读作悉音。

② 今春雨泽调匀，自正月廿五至昨初五，已沾被八九次，洵为往岁所罕有。

乾隆五十九年

上元前日小宴王公及曾元成句

元正十五上元覃，置望灵台依律谈[①]。

例以节前咏行苇，遂于昼卜俾传柑。

晴和风日虽云幸，优渥云膏却久含。

曰盼[②]曰欣[③]难措意，虔祈恩雪早霏甘。

① 钦天监依灵台时宪推算，每月置望，亦有于十六七者，如前岁及今岁，正月望日，皆在十六，盖以月之哉生至光圆满而论，其实自元正朔日数至十五日，为千古不易之上元也。

② 久未得雪。

③ 每值大典逢晴和。

题池上居

历岁题池上，今年又觉迟[①]。

多忧缘望雨，接润乃成诗。

岸柳回苍意，阶芜增绿姿。

仍希盈尺渥，始敢略心怡。

① 庚戌东巡，以四月望间回跸，迟至廿六日，得雨后始至此，有诗。壬子则闰四月廿九日，方得渥泽，是以四月下旬来此，有“戌年迟得句，子岁较尤迟”之句。今岁又以阙雨，心殷望泽。至昨初十日，始得雨三寸余，大田可以播种。十六日又得雷雨二寸余，虽尚盼继获沾透，然禾苗可以接润，不至如前此盼望急切。今日来此，乃一拈韵，而较之子岁，则又迟十余日矣。

乾隆六十年

无倦斋口号

斋题忘置数旬春，一语答由实切身。

深慕天恩或符愿，明年即作倦勤人。

上元后一日家宴王公及曾元成句

节前节后宴相移[①]，移宴之惭我自知。

调燮无能臻以当，高明有象示诚宜。

亦惟乾惕筹实政，敢复支吾事饰辞。

勤倦来年诸务简，传柑行苇付儿为。

① 岁例，上元前日，家宴近支王公及曾元等。今年以上元值望月蚀，移外藩王公上元之宴于前一日，移家宴于今日。

池上居

池上年年例有诗，较晴量雨鲜逢宜。
历观题壁多愁者，何幸拈毫值若时。
遇顺却虞心有放，戒盈惟励志无移。
箕畴恒忆曰忧句，望捷弗宁正在兹[①]。

① 日前据福康安、和琳奏，现在永绥之围虽解，而附近山坳岩洞甚多贼匪，不时窥伺，随即分路攻克，焚烧苗寨，歼戮贼众无算。其鸦酉黄瓜寨等处紧要隘口，山梁木栅林立，贼首石柳邓等自知罪不可逭，自必并力抵御，官兵正欲藉其并力一处，方可聚族歼灭。谅不日即可悉数擒获，迅蒇大功，惟盼望捷音，日益悬切耳。

茹古堂口号

两间书屋亦称堂，芸架柔篇蔚古香。
设曰斯柔不妨茹，吐刚絜矩却应防。

吐刚茹柔：《诗·大雅·烝民》：“人亦有言：柔则茹之，刚则吐之。”柔，软。茹，吃，吞咽。刚，硬。即吐出硬的，吃下软的。比喻怕强欺软。

絜矩：引申为法度。儒家以絜矩来象征道德规范。

涵德书屋

步廊凡几曲，书屋憩其间。
涵德遵前训[①]，返躬适此闲。
有忧念箕范，无逸凛周闲。
小坐惟多惕，宁因玩假山。

① 避暑山庄有含德斋，为皇祖御笔，是处名涵德义亦相同，不忘祖训也。

嘉庆朝

嘉庆元年

上元前一日家宴亲藩及曾元成句【乾】

归政应教简咏吟，节前宗宴恰逢今。

绮茵已自君臣辨[①]，福酒钦惟父子斟[②]。

授玺以来诸事顺，观灯益励寸衷忱。

昨虽复阅擒凶信，凶首伫闻指日擒[③]。

① 每岁上元前一日，例于奉三无私殿内宴近支王公，及皇子孙曾元等，坐次咸依辈行排列。今年嗣皇帝已受玺登极，与诸皇子等有君臣之分，自应在予座旁，随侍隅坐，不当与皇八子、皇十一子两兄序齿矣。

② 今日为嗣皇帝初元，祈谷吉辰。予虽不与对越灌献之仪，而三日斋期，仍不举乐放灯，以致诚恪。幸荷昊苍贶佑，天宇晴和，嗣皇帝肇禋将享，礼成回御园宴间，即以大祀福酒捧觞躬晋，予既饮即以余酒回赐嗣皇帝，同沾神贶，钦感之忱，不可言喻。

③ 昨日福康安、和琳奏称，自前次攻克擒头坡、骒马硐一带后，又将中间险要大山，及后路百十里内逆苗，均加剿散。于十二月二十三四等日出其不意，分兵突进，将溪岩、蜡鸡等寨一概焚毁，痛加歼戮。贼匪于两岔河、百果窑、川硐山梁，修砌石卡，分插旗帜，排立放枪，希图抵御。其对面金岭冲山顶木城一道，甚为高峻，有骑马贼目，红布裹头，往来猖獗，据降苗等咸称，贼中有陇莽牛一名，与石三保一同起事，系属有名凶悍，逆苗等呼为将军，此路即系其人。福康安、和琳察看形势，即于二十七日督率额勒登保、德楞泰、花连布及巴图鲁等，挑选满汉屯番劲兵进发，奋勇扑入。我兵枪箭齐发，争先竞进，所杀贼匪僵仆遍地，夺路者纷纷奔窜，不可胜数，立将金岭冲山梁夺据。复督率官兵鼓勇深入，于次日五更，有降苗陇三稞、陇老柔二人将骑马贼目陇莽牛生擒解送。讯据该犯供称，原名陇老二，因平日为人凶横多力，是以有"莽牛"之称，自黄瓜寨破后，即赴平陇，同石三保及吴八月之子烧抢抗拒，今所管三十六寨或剿或降，官兵攻围更急，实不能抵御等语。因即将该犯押历各寨，寸磔示众。现在相距平陇不远，赶紧设法长驱，务将渠魁按数生擒，及早蒇事。披阅为之欣慰，想贼首羽翼尽已翦除，势益穷蹙，无所逃

命，俘获喜音即在指顾间矣。

按《大雅·行苇》之诗，所以宴父兄耆老，示慈惠而敦亲睦也。予每岁元旦及上元前一日家宴近支宗藩，自壬戌年始有诗纪事。戊辰以来，上元前日宴必有咏，已成例事。今入座者，皆予子孙曾元之辈。若蒙天祖眷佑，再阅四五年，即可望得来孙之喜。而今岁元日授玺归政，为千古第一全人。明年庆节曲宴，为子皇帝之事。予但当随意拈吟，似此例成之什，可以从简矣。并识。

无倦斋叠去岁口号诗韵【乾】

六旬周甲丙辰春，天佑幸为符愿身。

敢曰倦勤无事者，劳劳望捷正愁人[①]。

① 去岁斋中口号有“深慕天恩或符愿，明年即作倦勤人”之句，今岁虽已传位，而子皇帝践阼之始，用人行政尚须训示，予幸精神强固，每日披览庶政，不至倦勤，且楚南逆首石三保、石柳邓势已穷蹙，擒获在即，而捷报尚未奏到，盼望殷殷亦正劳念。

无倦斋口号叠去岁韵【乾】

昨年七字谓明春[①]，明忽为今倏至身。

天锡倦勤亶符愿，仍勤敢倦作闲人。

① 去年题是斋诗有“明年即作倦勤人”之句。

池上居作【乾】

长廊围作椭方池，池上书斋居憩宜。

以视外湖固小矣，若论闲榻此恒之。

望霖盼捷经多日，捷近霖沾幸一时[①]。

洵壁例吟不可阙[②]，心纾斯乃率摛词[③]。

① 今年夏初以来浸寻望雨，日甚一日，兼以楚省南北捷音未至，夙夜萦盼。幸

自五月初二以后，连次渥沾甘霪，地润已接，大裨农田。近复每日得有微雨寸许，益为滋润，已可慰念。而日前福康安、和琳奏，官兵攻克火麻营一带险要山梁，石城木卡全得，深入二十余里，痛歼贼匪，余众奔溃，相距平陇已近，不日即可克复。乾州扫荡贼巢，大功告竣。至湖北邪教逆匪，亦经恒瑞、永保等与庆成、景安等会合，将吕堰驿剿通，现在分兵五路，督率直赴双沟剿办，因初八至十一日大雨，不能进兵，俟天气稍晴，即可前往剿洗净尽。其郧阳府属各县之贼，已剿尽无余，地方宁贴。来凤一带亦经孙士毅、福宁督兵剿办，无难克期蒇事。此时楚省南北两处官兵，声威大振，捷音定可速到。惟冀仰蒙昊贶，亦如雨泽渥沾，幸慰翘切，实深欣感也。

② 每岁居御园斯斋，必有题句，泐壁以志岁月，数十年来几成例事。

③ 向遇雨泽调匀之岁，首夏憩坐池上，率多即景成吟，或望雨殷怀，每致迟迟摛什。今岁四月后，盼泽萦心，吟兴稍减。迩来已获优霖，不似前此切盼，今日来此，乃一拈韵写怀耳。

泐壁：泐，书写。此指乾隆帝有诗成后写在纸上，并悬挂于壁的习惯。

恭和圣制上元前一日，家宴亲藩及曾元成句元韵

行苇联情始睿吟，一堂五代盛于今。
祈辛逢稔康年祝，饮福承恩元会斟。
普万国民瞻帝德，以天下养本微忱。
即欣奏凯十全绩，底定顽苗系组擒。

嘉庆二年

上元前一日，家宴亲藩及曾元叠去岁丙辰诗韵【乾】

昨岁即应罢节吟[①]，不能即罢更吟今。

康强身体天锡眷，时序觥觞子奉斟[②]。

灯火略嫌日滋甚，惕乾敢改岁增忱。

惟兹苗定邪歼未，凶首依然正待擒[③]。

① 上年既授玺称太上皇帝，似此例成之什，原可从简，已屡见之吟咏。但今身体康健，训政如常，未免结习难忘，不能即罢，是以复成此什。

② 昨岁今日，适值子皇帝祈谷礼成回御园，宴间即以福酒捧觞躬晋。予既饮，即以余酒赐子皇帝，同沾神惠。今年仍命子皇帝捧觞称庆，实为吉祥盛事。

③ 昨岁诗中有“凶首伫闻指日擒”之句，今幸苗疆大功告成，全已平定，而湖北邪教凶首刘之协、姚之富等生擒实信，尚未据惠龄奏到，萦念喜音，情景依然与上年相似，殊不快意耳。

清晖阁四景【乾】

松云楼

阁前小院久位置[①]，补种松云楼亦齐[②]。

卅岁间曾几拾级，笑予此举谓多兮。

① 九洲清晏之西为清晖阁，此阁盖康熙年皇考建圆明园时所造，阁前向有乔松九株，斯楼则就清晖阁前小院，于乾隆乙酉年新构筑者。

② 乾隆二十八年，阁前乔松偶遭毁，爰命补植新松，今补种之松已三十余年，高与楼齐矣。

露香斋

望雨兼之望捷音，幸饶三寸霈恩霖[①]。

启窗林叶露香满，略慰又虞略放心。

① 今春雨泽颇饶，前十二日夜复得甘霖，入土将及四寸，尚未深透耳。

涵德书屋

涵德由来契涵养，沈家疏语有名言[①]。

独吾数典山庄额[②]，七五岁思仁祖恩[③]。

①《陈书・沈炯传》载："炯表有云：王者之德，覃及无方，矧彼翔沈，孰非涵养。涵养莫大于德，义包至广。"

② 避暑山庄有含德斋，康熙年间所建，予幼时侍奉皇祖起居，时常瞻仰，故昔年题含德斋诗有"书斋额含德，每憩缅尧箴"之句。

③ 予蒙皇祖恩眷，康熙六十一年时，予年十二，随侍山庄，日受诲育，迄今已七十五载，追维曩昔，感不能忘，惟有敕几训政，孜孜弗懈，以仰副鸿慈云尔。

茹古堂

古帙中函千百秋，于言于行惬心求。
心闲片刻得枕葄，至乐无过岂茹柔。

枕葄：犹枕藉。引申谓沉迷。

池上居对雨叠去岁诗韵【乾】

昨偶懒来凭俯池，雨沾憩坐始相宜。
两般颙望愁同耳[①]，一半乍消实幸之[②]。
即恐此心或邻放，可无其咏以酬时。
甘霖竟喜符去岁[③]，近九老人笑费词。

① 上年此时亦望雨、望捷，今岁正同。

② 昨晚云兴雨作，彻夜连绵，今晨雨势倾注，入土极其深透，钦荷昊恩，一愁略释，而去岁得雨，亦正五月八日也。

③ 去岁此日得雨，于未刻起至子刻止，计四寸有余。今日自昨晚戌刻得雨，至午后方止，计将盈尺，滋深润泽情形与昨岁相符，而分寸过之。上年所题有"心纾斯乃率摛词"之句，兹仍拈旧韵，望九老人犹未免为农事费词也。

恭和圣制上元前一日，家宴亲藩及曾元叠去岁丙辰诗韵元韵

筵开御苑例成吟，景运繁昌冠古今。

七日生春兆来复[①]，三阳启泰共调斟。
灯联皓月辉千相，田积祥霙慰众忱。
化被苗疆移劲旅，姚[②]刘[③]即喜报连擒[④]。

① 自立春至上元前一日计七日。

② 之富。

③ 之协。

④ 苗疆全定，已撤兵移赴湖北会剿教匪，逆首姚之富、刘之协业经官兵数路兜围，当即一鼓成擒矣。

三阳：古人称农历十一月冬至一阳生，十二月二阳生，正月三阳开泰，合称“三阳”。

恭和圣制池上居对雨叠去岁诗韵元韵

锦浪沦涟汇一池，雨中坐对景尤宜。
静聆檐竹琮琤也，遥喜田禾溉润之。
活活文澜欣入绘，霏霏甘澍庆知时。
诗符去岁期仍合，上稔应同击壤词。

嘉庆三年

上元前夕，恭随皇父御奉三无私家宴亲藩

本支百世荷皇恩，前夕家筵启御园。
星灿兰膏悬锦幕，月辉云网漾珠幡。
连床晋爵称纯嘏，接席传柑近笑言。
遍览图书谁得似，九旬太上见来孙[①]。

① 皇父庆开九帙，行健符天。德福之隆，莫能扬颂。今春，元孙载锡，卜吉成婚，即可冀得来孙。再阅六七岁，期颐开庆之年，遇此韶辰，又可承恩入宴。自古称太上皇帝，优蒙昊眷，锡羡延洪者，循蜚疏仡以来，实未之见也。

嘉庆六年

九洲清晏述事

六十余年寝兴处，栋隆协吉寸诚钦。
治民常念茅檐苦，勤政宁耽广厦深。
松茂竹苞承世泽，衣宵食旰继慈心。
瞻依敬勉肯堂志，日月光中永照临。

栋隆：屋栋高大隆起。比喻能担负重任。

敬题长春书屋

恩晖瞻普照，万载庆长春。
精一心无逸，敬勤德日新。
慈容哀莫睹，宝训矢钦遵。
几席仍依昔，还如膝下亲[①]。

① 书屋在寝室，皇考时常临御其地。今几席依然，音容已陟。惟敬承贻训，以答天慈。

怡情书史

帝王岂可偏好尚，书史堪怡几暇情。
学有缉熙怀宥密，心无间放养和平。

披图凛训其难慎，念典知艰戒满盈。

永忆趋庭聆圣诲，爱民勤政庶观成。

缉熙：《诗·大雅·文王》："穆穆文王，於缉熙敬止。"《毛诗故训传》："缉熙，光明也。"

宥密：谓存心仁厚宁静。

池上居

方池俯清洁，天藻仰高深。

澄静常周始，容光永照临。

在川存往迹，观水涤闲心。

四壁璇题遍，念兹勉敬钦。

题清晖阁

御园清景含高阁，怆失春晖感寸心。

云影随风自来去，天光接牖俨凭临。

深恩厚泽终身慕，大烈鸿猷永世钦。

衷凛继绳守不易，敬承堂构昔犹今。

乐安和敬志八韵

天和安乐趣，三字仰奎文。

心定斯安适，业修自乐群。

承先亹绍述，体训勉尊闻。

顺性澄诸虑，持躬息众纷。

一泓如止水，万变总浮云。

莅政应无逸，临民首克勤。

仁风布骀荡，佳气结氤氲。

愿协高皇治，升平寰宇欣。

亹：勤勉不倦。

嘉庆七年

上元前夕曲宴亲藩

侍亲捧爵事成虚，令节张筵典溯初。

睦族因时礼从厚，慕恩忆昔愿难舒。

天潢同气思追远，玉律回春倍感予。

兄弟总承先帝泽，克明惇叙首虞书。

克明：此谓能尽君道。如《尚书·伊训》："居上克明，为下克忠。"

惇叙：敦厚顺从。

虞书：《尚书》组成部分之一。相传是记载唐尧、虞舜、夏禹等事迹的书。

涵德书屋

德业蕴于衷，涵养守其素。

明镜必藏辉，来照随所遇。

仁心在滋培，本性原自具。

水月相印中，真空不常住。

鸢鱼乐岂同，活泼天机露。

露香斋

九霄沆瀣本清凉，芳接荷盘漱异香。
佳茗烹调沁心腑，餐霞岂更有仙方。

餐霞：餐食日霞。指修仙学道。

茹古堂

为政有心传，图治必师古。
前王示嘉猷，典型备册府。
沉潜玩味腴，功用修学圃。
琢磨勉励精，养粹涵和煦。
大君育默黎，滋培沐甘雨。

松云楼

虬干郁葱结翠云，天涛披拂座中闻。
几闲淡晤忘年友，心识岁寒领静芬。

披拂：吹拂，飘动。

池上居晚坐

不似香山飞瀑挂，敕几有暇玩沧浪。
都从眼界分真伪，收视应防五色飏。
方池溶漾静无波，泛滥原从一勺多。
照我清心念民瘼，余氛犹未净岩阿。

岩阿：山的曲折处。此指白莲教起义军的藏身之处。

池上居四咏

池水

石池辟窗外，清波往复回。
源远总不竭，倾耳逸韵来。
漾月逗绮户，翻风茁绿苔。
昔年在川处，感念渥泽培。

庭松

龙鳞挺长条，承受雨露久。
嘉荫庇亿龄，庆锡昌厥后。
天涛入虚窗，送爽暑何有。
永沐培植恩，树德心敬守。

文石

文石三五峰，位置径不隘。
临池映清姿，倚槛增画界。
卓立岂玲珑，艮岳千古戒。
点笔偶一来，虚衷印贞介。

艮岳：宋代宫苑名。
贞介：方正耿介。谓特立独行，不依附权势。

游鱼

活水可蓄鱼，锦鳞戏清泚。

游泳碧波心，沉潜荷叶底。
观澜泽永垂，浃洽普远迩。
孺慕难暂忘，有若东流水。

池上居晚坐

高槐密柳荫方塘，洞启窗棂纳晚凉。
浅浪鱼游浮影近，乔枝蝉噪曳声长。
敲诗读画皆余事，省岁诘戎念不忘。
暮霭晶莹接峰岭，西南频望奏飞章。

池上居咏兰

纱牖凉飔透，国香鼻观闻。
心澄来雅馥，虑淡挹清芬。
品异尘凡卉，名标高洁群。
庙堂招大隐，求治素衷勤。

题清晖阁

暘雨虽合宜，土润蒸烦暑。
郁歊气熏腾，凝湿积柱础。
层阁高且深，消夏最佳处。
微风送疏棂，养和得其所。
身安心实劳，筹戎益愁绪。
苗逆未成擒，蒲贼尚据楚。

官兵冒赫炎，剿捕兼堵御。

总俟上苍恩，除氛息军旅[①]。

① 剿办邪匪，全局廓清在即。现惟苟文明、蒲添宝残窜之匪，所余无几。惟饬额勒登保、德楞泰等上紧剿办，早奏荡平，安民蒇事，殷盼捷音速至，上苍赐佑也。

池上居晚坐

长夏时来池上坐，深秋临莅景光更。

淡黄高柳蝉音寂，澄碧遥峰雁影横。

有暇翻书探二酉，回思避暑度三庚。

祈天除难安黎庶，伏莽残邪迅扫平。

二酉：指大酉、小酉二山，在湖南省沅陵县西北。相传小酉山洞中有书千卷，秦人曾隐学于此。后以“二酉”喻藏书丰富。

嘉庆八年

新正九洲清晏

御园寝兴处，四字揭璿题。

普愿寰区泰，同钦德礼齐。

春回苏众植，兵戢觉群迷。

虔祝考垂佑，九州蒙福禔。

福禔：幸福安宁。

上元日曲宴亲藩即席成什

前夕值斋移上元[①]，筵开广殿叙宗藩。
诸兄分邸作屏翰，幼子进觞接笑言[②]。
棣鄂瓜绵恩久沐，蓼萧丰草候初温。
本支百世高皇衍，敬仰檐楣手泽存。

① 每年例于十四日曲宴亲藩，今岁因值斋，命移于上元日。
② 命皇三子绵恺进酒，今年九岁。

池上居晚坐述怀

冰镜初开漾锦澜，蜃窗静憩不知寒。
黄绵普浃免号冻，玉粒同沾漫素餐。
春暖还祈万方共，民艰更愧一身安。
先皇福荫钦绳继，曷敢稍忘莅政难。

池上居

文轩平临石池上，蜃窗印波光滉漾。
四围高柳引溪风，延览清和物华畅。
流水音洁见道心，盈科不息源可寻。
绝胜筝琶入耳俗，泠然自鼓无弦琴。
在川昔日邀宸赏，逝者如斯怆既往。
难酬厚泽勉敬勤，艰哉图治寰区广。

清晖阁

高阁无暑气，竹箪含清晖。
清晖乐几暇，观书索隐微。
居今必稽古，敕政先知依。
下情务洞达，壅蔽淆是非。
总视其自取，岂予作福威。
偶述为政略，圣贤心敬希。

池上居晚坐述怀

莅政昼少暇，向夕几务闲。
岸柳荫茂密，石池波潺湲。
凉飔满帘幙，斜晖照远山。
澄心鲜逸豫，在抱萦痌瘝。
萑苻尚肆窃，将帅未凯还。
余烬妄冀炽，穷林暂伏跧。
扫荡邪孽尽，保泰时思艰。
厄运应消歇，天恩洽八寰[①]。

① 零星残孽窜匿穷林，冀延顷刻，现在各帅会筹搜捕，必期铲蘖除根，以臻完善。予痌瘝时切，深悯愚顽，惟虔吁天恩转泰，共乐升平之福也。

萑苻：泽名。古称盗贼出没之处或盗贼本身。

夏日奉三无私敬述

仰瞻栋宇承先泽，盛夏全无暑气侵。

身逸心劳廑民瘼，吏疲政玩愧君临。
求安时览天人策，克已常怀大宝箴。
继述仔肩难负荷，旦明兢业寸衷钦。

天人策：汉儒董仲舒对答汉武帝之策问。

清晖阁避暑吟

御园轩敞本无暑，坐兹高阁尤清凉。
长松落落敷广荫，天涛飒沓鸾凤翔。
仰观俯察会妙理，心存宥密儆怠荒。
敬守遗训凛民事，茅檐苦叹念不忘。

乐安和

民安时和圣人乐，敬仰楣题窥大略。
立纲图治每先忧，蒸黎艰苦九围博。
藐躬继统念仔肩，习俗难回日浇薄。
勉述前谟切肯堂，扇以淳风调六幕。

九围：即九州。此指天下。
六幕：即六合，指天地四方。

嘉庆九年

新正九洲清晏

当年题额见天心，九有常承眷佑深。

保赤任贤祝清晏，敕几勤政勉诚钦。

亹承堂构殷绳德，岂为游歌载矢音。

岁稔兵还民乐业，苞桑易理细探寻。

绳德：绳，继承。《诗·大雅·下武》："昭兹来许，绳其祖武。"德，道德；好的品行。

矢音：指陈诗，献诗。矢即陈，音指乐歌。

上元前一日曲宴亲藩

三年接席奉慈颜，渥泽优隆怅莫攀[①]。

合食列筵嘉会启，展亲广殿湛恩颁。

芬传梅坞虫吟筲，彩焕灯棚鳌驾山。

勖尔宗藩为善乐，本支屏翰共思艰。

① 嘉庆元、二、三年，每逢筵宴，命子臣共席，手赐馔品，实自古未有之盛事。抚今思昔，曷胜追悼。

梅坞：梅园。

筲：竹制盛器。

新正清晖阁有会

词客玩清晖，寄兴佳山水。

吾别有所欣，乐此韶华美。

春转邑阳和，岁开新甲子。

品汇遍敷荣，三台斡风纪。

昨冬雪泽深，入地尺有咫。

蝗孽绝根株，宿麦应勃起。

滋培遍四郊，土润利耕耜。
可冀丰稔连，奢望曷能已。
人受上天恩，君民同一理。
民苦予先忧，民安予始喜。
欲问民安危，惟视岁臧否。
缅怀考训深，敬勤凛顾諟[①]。

① 君以民为本，民以食为天。故岁事之歉丰，即可验天人之感召。我皇考念切民依，劭农重谷，迄六十余年，常如一日。予小子敬承鸿绪，敢不以皇考之心为心，先知稼穑？去冬，雪泽应时，霑被极为深透。兹际春畴举趾之时，复得祥霙数次。想见东作方兴，农民无悬耜之虞，春麦秋禾均有屡丰之望。然三时之耕作方长，宵旰之畴咨转切。虽当对时抚景，涉趣园林，而拈笔成吟，所应念而来者，正在彼而不在此。

池上居

新水湛空碧，爱我池上居。
和气洽御苑，韶华溥玉除。
活泼漾清影，忘机跃游鱼。
蘸绿垂细柳，弱缕临风舒。
昔年在川处，尽沐渥泽余。
仰瞻天藻贲，肯构心亹予[①]。

① 园中所缀各景，山池台榭，皆经我皇考精心位置，制崇朴斫，妙若天成。而一切楹榍题志睿制鸿篇，总以阐发道莞机缄，蕴含名理，孜孜政治之怀，即咸寓其中，俾后之眺览于斯者，瞻大文之炳焕，见心法之昭垂，景仰无穷，绍闻转切。

怡情书史

几暇闲情寄所托，抒怀怡性乐文园。

危徽统继钦谟典，堂构心肫念训言。
师古治今恢荡荡，克勤主敬亹存存。
六经根柢难窥测，君止于仁大本原。

肫：诚恳。

夏日清晖阁

高阁四时宜，永夏倍佳妙。
八窗窈而深，不觉曦光耀。
穿林鸟送音，隔帘花欲笑。
泠然起松风，烦暑涤心窍。
凝思霄壤间，只凭寸衷照。
镜晖养澄清，知临勉自劭。

池上居

斜阳晃朗耀疏林，坐俯池波暑不侵。
蛩语苔阴碧纱薄，蝉鸣叶底绿萝深。

在川永缅当年迹，肯构常怀此日心。
随处天章皆楷范，瞻依四壁敬探寻[①]。

① 乐山乐水本乎性，智乐仁寿全乎天。盖天壤间，当前之境，皆至道之凝也。惟常以湛然之心遇之，不为之泥，不为之留。理蕴将日出而不穷矣。惟圣人独见其大，未尝法言庄语也，未尝铭楹戒席也。一吟咏间而精微悉阐。敬瞻天藻，能不深绍闻肯构之衷耶。

清晖阁避暑吟用唐杜甫曲江三章韵

筠帘半卷层阁高，乔松谡谡翻寒涛，
披章隐几挥尘毛。清虚爽垲不知暑，
炎蒸湫隘怜尔曹。

湫隘：低下狭小。爽垲：高爽干燥。

治民莅政必师古，渴望兵戟清宿莽，
黎元困苦难悉数。休息苍生渐小康，
如遭旱暍逢霖雨。

地迥都忘伏暑天，敕几之暇亲砚田，
纱疏绿展石径边。授时晴润幸符愿，
静俟今秋报有年。

砚田：砚台。文人恃文墨为生，故谓砚为“砚田”。

清晖阁晚坐吟

御园第一避暑地，乔松密荫遮骄阳。
栋宇深邃气清洁，凉飔习习来修廊。
几余养志宜静摄，偶游艺府吟短章。
为君奚可有所好，一人动静天下望。
检束身心归尺度，寸衷偶放圣作狂。
忧民之忧未得息，三代哲后不敢康。
广居寝兴自高爽，市井湫隘酷热藏。

君民一体劳逸判，萦怀胞与难暂忘[①]。

① 先天下之忧而忧，后天下之乐而乐。一人之勤于宥密也。夏暑雨，小民惟曰怨咨。冬祁寒，小民亦惟曰怨咨。一人之心于天下也。宋玉风赋之判雌雄，苏轼雨晴之异耕刈。风喻有可取者，此所以身居广居，而荜门圭窦之情。为君者，不敢恝置者耳。

嘉庆十年

新正九洲清晏

春容和蔼满园林，暖旭冲融庭院深。

玉沼镜光含皎洁，鳌山灯影晃嵚崟。

授时渐近催耕候，度节宁忘勤政心。

符愿九州祝清宴，继绳祖考亹君临。

嵚崟：山高状。

上元前一日曲宴亲藩

惇叙张筵忆昨冬，长兄鹤算六旬逢。

寿周花甲箕畴始[①]，月丽层霄璧晕重。

衍泽永承考慈浩，职思安享国恩浓。

联情令节同堂聚，屏翰殷怀勉靖共。

① 仪亲王丙寅诞生，今年鹤算已周花甲，箕畴五福。一曰寿，从此康强逢吉，益衍大年，棣萼敷荣，长春兆庆。每岁令节联情，永纪屏藩之福，长承天泽之贻。

鹤算：即“龟龄鹤算”，同“龟年鹤寿”。比喻人之长寿，常用作祝寿之词。

乐安和

阳春入律群生遂，极目韶华溥涧阿。
润透郊田茁宿颖，暖融池水漾清波。
一窗温旭依光畅，半榻芸编受益多。
瞻额勉酬遗训切，心期九宇乐安和①。

① 春雨浃溦，连番沐润，晴阳和煦，暖茁根荄。想见九宇耕耰，告丰有象，可继频年稔获。然大易恶盈书，箴满假芸编。披览之余，总不外遗训勤民之亟，盖时时深其悚切耳。

池上居

爽垲轩楹石池上，几闲清景试探寻。
昔年静契在川旨，此日常存肯构心。
玉镜涵溶漾春水，翠绦摇曳染乔林。
达观可悟盈虚理，影度花砖辨古今。

清晖阁

高阁最宜长夏居，凉飔缓透碧纱疏。
乔松铺荫帘间密，古鼎沉烟座右徐。
察理安心通政事，凝神念典味诗书。
境逢富贵衷恬淡，寂静灵台烦热除。

清晖阁晚坐纳凉

朱明置闰景尤长，高阁幽深映曲廊。

境迥不知有暑热，心澄静觉现清凉。
几微内省慎行政，宥密自修谨退藏。
体验工夫循故步，欲令世俗顺彝常。

退藏：谓辞官引退，藏身不用。

彝常：常理，法理。

嘉庆十一年

上元前夕曲宴亲藩

御园庆节传柑举，棣鄂同堂务尽欢。
九有咸临怀抚字，三无虔奉颂斯干。
本支作辅宗亲洽，屏翰维城磐石安。
膝下称觞空怆忆，欲酬渥泽凛其难[①]。

① 惇本睦族，伊古为昭，况同气之友爱乎？予小子独荷眷贻，付以宗祏之寄，凡所以相维相系者，敬以持之，曷敢稍忽？兹当承平令节，宴衎联情，用循斯干，行苇之盛，亦即绳先亹绍之志也。惟诸兄弟子姓咸仰思前宁，厚泽燕诒，同辅予一人克艰之治。岂非我大清亿载无疆之庆耶？

棣鄂：《诗·小雅·棠棣》："棠棣之华，鄂不韡韡，凡今之人，莫如兄弟。"相传此为周公燕兄弟的诗，后人即以"棣华"喻兄弟，"棣鄂"喻兄弟之爱。

三无：指"天无私覆，地无私载，日月无私照"。

斯干：《诗·小雅·鸿雁之什》的一篇。意为祝福周王。

称觞：举杯祝酒。

渥泽：指恩惠。

新正九洲清晏

福地寝兴六十年，日瞻堂构凛承先。
九洲清晏愿难遂，兆姓繁多治未宣[①]。
岂恋园林供悦目，总因宵旰重仔肩。
后湖冰鉴玉壶澈，朗印寸田养浩然。

① 九洲清晏，为御园寝兴之地。予小子仰承堂构，仍之而不敢轻易者也。日瞻楣梠，敬绎璇题，未尝不勤勉缉熙，思敷化治于九寓。而兆姓繁庶，未能家给人足，风俗之漓者，尚未悉返于淳，抚衷深切欿然耳。

寝兴：睡下和起床，泛指起居。
堂构：比喻继承祖先的遗业。
寸田：即心，亦称“心田”“心君”。

池上居

石池贮清水，鉴影印澄心。
花气来虚牖，莺声出茂林。
余霞成绮薄，斜照入窗深。
佳境随时得，芸编细讨寻。

芸编：亦称“芸帙”，书的别称。古人藏书多用芸香驱蠹虫，所以称书籍为“芸编”。

池上居

盘山层叠三石池，此挹彼注含清漪。
御园一池印止水，光明澄澈鉴须眉。
额同境异理无二，太极之根分两仪。

坐对悠然性海照，盈科始进戒放驰。

须眉：胡子和眉毛，古时男子以胡须眉毛稠秀为美，故亦为男子的代称。

性海：佛教语。指真如的理性深广如海。

盈科：水充满坑坎。喻打下坚实基础。

清晖阁

室中结层阁，高爽纳凉宜。

荷露铛间瀹，松风座右披。

碧纱隔户牖，绿树荫轩墀。

广厦虽清洁，还殷陋巷思。

瀹：煮。此指烹茶。

轩墀：殿堂前的台阶。

嘉庆十二年

九洲清晏敬述

祖考贻福地，继承凛鸿猷。

顾名必思义，抚字怀九州。

敕政主勤敬，事理以诚求。

庶不负庭训，永图勉进修[①]。

① 御园福地，为祖考留贻。予继承居此，未尝稍有更易。当日命字题颜，已寓启迪后人之意。此寝兴处曰“九洲清宴”，九州赅寰宇而言，清宴致太平之象，而疆域宏恢，抚御不易。予一人克艰时念，主敬存诚，以期治理之当，庶几恪守贻谋，不忘庭训也。

鸿猷：鸿业，大业。

庭训：父亲的教诲，父亲对儿子的教育在古代就叫“庭训”。

乐安和

化成久道六十年，民安时和景运延。
圣皇所乐实在此，小子寅承凛仔肩。
殚心图治勉昕夕，欲敷教化资良贤。
仰额自愧难副愿，肯堂念切勤绍先。

曰安曰和，诚为可乐，然帝王先天下之忧而忧，后天下之乐而乐。所乐者，天下之安和，非乐一己之安和也。我皇考御此时，继题此额，意之所寓，实在于此。观于六十余年之仁心实政，久道化成，致期民于安和，而题楣之意乃昭然若揭矣。予小子寅承堂构，念切仔肩，心仍昔日之心，政仍昔日之政，而敷教化民，愿难骤副，不禁对兹室而益自亹勉云。

景运：大运，指帝王建立新国。

仔肩：所担负的任务，责任，承担。

殚心：竭尽心力。

肯堂：即“肯堂肯构”，比喻子能继承父业。

上元前夕曲宴亲藩

膝下称觞癸巳春[①]，考恩敬念慕难伸。
本支百世屏藩寄，兄弟一堂棣鄂亲。
设席雅宜佳节首，赓诗缅忆帝歌循。
矢音行苇同嘉乐，尽沐高皇化育仁。

① 藐躬仰蒙皇考恩眷，幼龄时即命预斯谯，癸巳上元前夕，特命奉觞上寿，时予年十四岁。是我皇考眷顾藐躬于养正时，事事皆沐圣教于无穷者也。今仰承大统，于承平令节，躬莅长筵以惇行苇联情之雅。追忆当年敬赓睿什，为天家盛事。兹亦以言志之篇，俾预坐者共效赓飏，以无忘皇考燕贻厚泽也。

赓诗：和诗。

怡情书史

圣皇以古为今鉴，几暇怡情惟史书。
题额长垂千祀永，传心敬凛一人予。
披寻典故则型备，玩味谟言见识舒。
宝训光昭三百卷，趋庭慈诲敢忘诸①。

① 人君几暇怡情之事，惟观览书史，足以含咀道妙，体验治符。园中书舍诸题额皆寓意深远，理阐精微，不独覃思游艺等于文人辈耽于故纸之为。予敬仰心传，遵循罔斁，躬揽庶务，稍有余闲亦惟披寻典册，以期学古有获，非敢云玩物适情也。本年恭纂皇考实录一千五百卷告成，益以圣训三百卷，功文巍焕，谟烈昭垂。此则绍庭陟降之思，可为铭诸夙夜者，与当年面奉考慈谆诲，同矢不忘。又非徒崇仰是处云榜，古训是式已也。

乐安和

治世理庶民，先忧期后乐。
教化难遍敷，风俗趋儇薄。
挽回实艰哉，愈疾鲜良药。
我考至德昭，久道成六幕。
寅承竭寸衷，敬勤勉振作。
宵旰自省愆，常思操朽索。
庶几事少乖，奖善而惩恶。
何日真安和，稍副大庭托①。

① 耽一人之安，颐一人之和，不可以言乐也。然则题额之义，予得而仰窥圣人之情矣。盖谓端拱于上而鞠人谋人，俾九土以率育之安，则劭于宥密者甚劳。几康时敕，而正德厚生，致万邦于协和之宇，则凛于顾諟者甚勤。以在上之勤劳，成安

和之郅治，正圣人先天下之忧而后天下之乐也。予受大庭付托，鸿绪丕承，行政以勤敬为心，用人以彰瘅为本。日慎一日，无逸克艰，非敢谓能绍前徽也，亦惟期于政事人心有所裨益，所不可遽必，而不敢不勉者也。

儇薄：轻薄浮滑。

久道：长期倡导。

六幕：即六合，指天地四方。

省愆：指反省过失。

朽索：朽腐的绳索。语出《尚书·五子之歌》："予临兆民，懔乎若朽索之驭六马。"后因以为典，比喻临事虑危，时存戒惧。

大庭：指朝廷，此处谓乾隆帝。

清晖阁

夏日最佳处，清凉燕坐宜。
乔松张密荫，闲牖下疏帷。
习字体从正，拈题句屏奇。
几余读经传，为政总基兹。

燕坐：安坐，闲坐。

清晖阁静坐成咏

炎风赤日避诚难，高阁燕居竹榻宽。
性海默探消暑暍，书城静会却冰纨。
典谟玩味心源涤，瓜李浮沉世态看。
烦躁清凉皆自造，万缘应感悟随安。

竹榻：竹子和竹篾制成的竹床。

冰纨：细密洁白的丝织品，以色素鲜洁如冰，故称。

池上居

斜照绚平林，金碧相映带。
纱疏含细薰，乔松漾天籁。
枝柯接回廊，密荫如张盖。
临窗纳晚凉，集虚养静泰。
佳境伏暑宜，高爽清尘壒。
石池泛清波，澄洁心神会。

壒：尘埃。

嘉庆十三年

上元前夕曲宴亲藩

癸巳称觞岁月赊，幼承圣泽感无涯[1]。
雪敷春甸田含润，灯上层台月有华。
宴示惠慈宜令节，化先孝弟始天家。
埙篪和乐衷诚笃，庆衍银潢绵瓞瓜。

① 予承皇考恩眷，幼龄时获侍斯筵。乾隆癸巳，予年十四岁，命称上寿之觞，所以仰荷圣教恩勤者，诚感之衷，曷其有极。兹当令节开筵，亦惟率由成宪，长言足志，赓和一堂。追维先泽之孔长，以共勉于无忘，庆流亿祀也。

春甸：春郊。

埙篪：埙为古代土制吹奏乐器，篪为古代竹制吹奏乐器，以埙、篪应和比喻兄弟和谐、和睦。

银潢：银河。此处指宗室。

绵瓞瓜：即瓜瓞绵绵，比喻子孙繁衍，相继不绝。

池上居晚坐偶成六韵

晏坐石池上，澄波照素心。
有容体虚受，无欲扩君临。
流洁本源濬，治成古籍寻。
内修时自省，外诱讵能侵。
绍统毋忘旧，守基勉继今。
性功如水湛，幻影任浮沉。

清晖阁避暑吟

伏暑郁蒸烁金石，朱鸟腾霞耀彩赤。
日长昼静几务闲，高阁潜心观简册。
学业无止勉进修，成己成物皆自求。
帝王好尚宜正大，诗书悦性抒谋猷。
御园苞茂诚福地，披薰解愠群生遂。
燕居广厦暑尽消，吁嗟陋巷何处避。

成己成物：指自身有成就，也要使自身以外的一切有所成就。

嘉庆十四年

乐安和

圣人治世凛先忧，年和民安理庶事。
寅承大宝守训言，思其艰以图其易。

生齿繁多悯困穷，愚顽罹法每作伪。
未能同乐皆小康，吁嗟此愿何时遂。

生齿：古时把长出乳齿的男女登入户籍，后来借指人口。语出《周礼·秋官·司民》：“掌登万民之数。自生齿以上，皆书于版。”

上元令节曲宴亲藩

髫岁捧觞献御筵，流阴弹指五旬年。
辉联棣萼为屏辅，喜洽儿孙绕膝前。
泽本考贻礼本度，德由人积福由天。
展亲睦族化浇薄，家法永期奕叶宣。

髫岁：代称少年。

奕叶：累世，代代。

池上居晚坐

溶漾清波汇石池，斜阳倒影印涟漪。
萧森老树阴皆得，隐约新蝉韵缓移。
静听檐端翠涛拂，默参窗隙白驹驰。
寸心坐映一泓水，洗涤浮尘常注兹。

溶漾：水波动荡的样子。

翠涛：形容山林如绿色波涛。

白驹：比喻流逝的光阴，语出《庄子·知北游》：“人生天地之间，若白驹之过郤，忽然而已。”

夏日清晖阁

高阁最宜长夏居，四围乔木翠阴舒。
偶邀明月来闲榻，时有清风入绮疏。
佳境素心相印证，浮尘烦暑远消除。
衷涵静谧观千古，乐此忘疲几帙书。

嘉庆十五年

上元前夕曲宴亲藩

筵开元夕笃亲亲，敷锡先皇化育仁。
棠棣联辉固根本，笙簧和乐奏韶钧。
捧觞怆忆慈容渺[①]，绕膝欣看幼子循[②]。
继统守成培厚泽，惇宗敬典及生民。

① 予年十四时，值癸巳上元前夕曲宴亲藩，即承皇考恩命捧觞进酒。又于是年冬至南郊，以予小子继统之名上告，此我皇考眷顾深恩也。因忆本年为皇考百龄大庆，追维曩日恭侍欢筵，此境渺不可得，能不抚时增感耶？

② 本年为予五旬增帙，皇四子绵忻年已六龄，其质性聪颖，亦解承欢娱侍，今已择于二月初旬，令就外傅读书矣。

笙簧：笙，管乐器名。簧，乐器中有弹性的薄片。喻指乐器声。
韶钧：泛指优美的乐曲。

清晖阁

层阁清宜永夏居，藤床息体觉安舒。
百寻乔木八窗籁，一盏新芽半榻书。

松荫葱茏敷满院，芸编探讨味三余。

君师作则诚艰矣，益勉前修惕若予。

百寻：寻为度量名，古以八尺为寻，百寻形容其高。

八窗：原谓室内四壁皆窗，轩敞明亮，此喻通达明澈的修养境界。

前修：前贤，前世修习道德之人。

嘉庆十六年

上元前一日曲宴亲藩

律转青阳三日春，筵开灯节首亲亲。

棣华永茂同堂盛，瓜瓞长绵列座新。

宝月扬辉瞻有耀，初韶锡福被无垠。

回思捧爵承恩渥，旧境依然家宴陈。

律：指季节和气候。

青阳：指春天。《尸子·仁意》："春为青阳，夏为朱明。"

宝月：月亮的美称。

嘉庆十七年

上元前夕曲宴亲藩

雪融旭丽孟春暄，爰集宗亲宴御园。

共沐生成期共济，同承恩泽本同源。

君臣虽限威仪肃，兄弟应删礼节繁。

列座渐看瓜瓞衍，来年欣续六龄孙。

嘉庆十八年

上元前夕曲宴亲藩

锡庆常承考泽覃，家筵欢洽共传柑。
童孙列座仪初习，幼子称觞礼尚谙[①]。
筲报虫音春煦暖，阶翻梅影雪溶涵。
继绳世德先惇叙，肯构殷怀勉奉三。

① 皇四子年甫九岁，本日筵宴初次捧觞，其鞠跽承欢，已克从容成礼。皇长孙奕纬年甫六龄，将于本年二月十三日就傅，今亦命预列恩筵，进退拜登亦复娴于仪节。予顾而色喜，缅惟世德，惇叙为先，益思之不能忘也。

继绳：即“继继绳绳”，指前后相承，延续不断。

清晖阁晚坐

避暑燕居境最清，相忘尘世度三庚。
夕晖池外金鳞簇，爽籁林端翠幄荣。
心会缣缃勉学古，膏敷禾黍乐观生。
京圻转歉微纾念，目极西南泽欠盈。

金鳞：金鱼的别称。
缣缃：供书写绘画用的浅黄色细绢，后借指书册。

嘉庆十九年

上元前夕曲宴亲藩

家筵岁启上元前，考泽躬承敬永延。
惇叙一堂世德守，展亲合族旧恩宣。
同心兄弟埙篪叶，绕膝儿孙瓜瓞绵。
灯月交辉酬令节，春生大地庆霄连。

清晖阁晚坐

雨旸时若夏秋连，百谷含生茂甫田。
六气和调除秽俗，民安农稔迓丰年。

六气：指风、寒、暑、湿、燥、火六种气候的变化。

高阁含清纳晚凉，夕阳金碧耀回廊。
芸编寻绎资为政，谟典殚思理趣长。

神运万几在寸心，祛邪以正漫相侵。
光辉充实自消歇，四极四和咸照临。

四极：四方极远之地。
四和：古谓太阳运行四方所达到的极限之处。

嘉庆二十年

上元前夕曲宴亲藩

一本万枝若木长，幼同此地侍纯皇。
大廷受玺承天泽，京邸维屏观国光。
欢洽雁行益康健，庆绵燕翼岁繁昌。
七旬兄及五旬弟，欣咏连篇介寿章[①]。

① 本年七月十五日，仪亲王七十寿辰；五月十一日，庆郡王五十寿辰，届期亲制诗章颁赐。回忆廿余年前，诸兄弟辈皆于此地拜嘉锡宴，进爵承欢。迩惟诸王寿考康强，子孙逢吉，悉蒙先泽之庥。自兹庆绵燕翼，岁益繁昌，曷胜欣慰！

雁行：本指鸿雁飞翔时整齐的行列，此喻兄弟排行犹如雁行，和谐、齐心。

燕翼：所谓“燕翼子孙”，比喻为子孙做很好的打算和安排。

介寿：助益长寿。

嘉庆二十一年

上元前夕曲宴亲藩

天家锡宴上元前，追忆奉觞癸巳年。
考泽无涯太和受，仙源有本闼门传。
连裀兄弟屏藩寄，绕膝子孙福寿延。
恺乐一堂酬令节，举头宸翰焕芸榜。

闼门：本意小门。又长白山天池出水口亦称为“闼门”。传说满洲起源于长白山东北布库里山下之水泊。

宸翰：帝王的墨迹。

榜：屋檐板。

清晖阁晚坐

高阁院西偏，虚明乐爰处。
澄怀观流阴，恭默居其所。
乔松立窗前，嘉荫盈庭宁。
泠然漾翠涛，披襟不知暑。
静坐读古书，如聆圣贤语。
范围总在兹，潜心觅端绪。

虚明：空灵，明媚。

披襟：敞开衣襟，多喻舒畅心怀。

端绪：头绪，端倪；些微的认识或模糊的想法。

嘉庆二十二年

上元前夕曲宴亲藩

棠棣联辉庆上元，同堂乐豫旧章存。
情孚蔼蔼怀恩泽，义重亲亲固本原。
开国承家嗣统绪，分茅守位作屏藩。
各勤其职均天命，朱果仙源溯阏门。

统绪：指皇室世系。

分茅：喻分封王侯，或指出任地方高级长官、封疆大吏。

朱果：即“朱果发祥”，为满族起源神话。

嘉庆二十三年

上元前夕曲宴亲藩即席成什

预庆元宵绮宴张，二兄康健领班行。

金枝岁益瓞绵远，玉牒时修椒衍长[①]。

依例庭前陈节曲，永怀膝下进瑶觞。

华灯耀彩光辉彻，东壁霞绷曷敢忘。

① 向例，每届十年增修玉牒，以椒衍瓞绵、宗支蕃盛，非士庶家谱牒可比。昨岁，曾命宗人府将皇考亲派另编横格，题曰“星源集庆”。旋于嘉平廿八日得皇次孙，命名奕缵，以志麟趾螽斯，继继绳绳之意。

瑶觞：玉杯。多借指美酒。

霞绷：指糠灯，是一种用糠秕和油脂做成的类似蜡灯的照明工具。

清晖阁晚坐

高阁境轩敞，四时夏最宜。

松风盈几席，花影漾阶墀。

本性衷常守，素心念谨持。

明窗读通鉴，俨若对严师。

清晖阁晚坐

高阁原无暑，更欣暑已除。

柳汀时习射，松牖坐观书。

蛩语出闲砌，荷芬送远渠。

清晖弥朗彻，灏景九霄舒。

柳汀：柳树成行的水边平地。

嘉庆二十四年

上元前夕曲宴亲藩

缅忆髫龄侍御筵，居诸已届六旬年。
子孙绕膝椒聊衍，兄弟联裯常棣宣。

椒聊：即“椒聊之实，蕃衍盈升”，描写花椒结实饱满的丰收景象，喻人丁兴旺。

常棣：《小雅·常棣》是古代《诗经》中的一首诗。内容为周人宴会时歌唱兄弟之情。

玉牒银潢毓嘉庆，琼葩宝月斗鲜妍。
九经图治亲亲始，渥泽覃敷考惠延。

九经：即《中庸》：“凡为天下国家有九经，曰：修身也，尊贤也，亲亲也，敬大臣也，体群臣也，子庶民也，来百工也，柔远人也，怀诸侯也。”

清晖阁观书自述

高阁延凉永昼舒，望霖遣闷静观书。
典谟陈列勤求彼，史鉴昭垂惕警予。
臧否现前自取法，谋猷莅事益饶余。
难窥学海无涯涘，涤性寻源先集虚。

涯涘：水边、岸，引申意为尽头。

集虚：即《庄子》“唯道集虚。虚者，心斋也”。虚，心境空明的状态。

池上居晚坐

石池北牖下，坐对印予心。
澄洁开方鉴，清泠奏素琴。
林疏烟倍密，山远雾弥深。
亟盼西风起，吹云散积阴。

素琴：不加装饰的琴。

嘉庆二十五年

上元前夕曲宴亲藩

元宵预日宴宗亲，广殿宣韶绮席陈。
天泽孚嘉始癸巳，仙源集庆转庚辰。
协和常棣联祻旧，遍洽琼霙映砌新。
缅忆承欢仅三载，仰瞻堂构慕难伸。

清晖阁纳凉即景

高阁虚明松西围，藤床静憩挹清晖。
纳凉不用挥纨扇，延爽何须易葛衣。
斜照玲珑筛竹牖，轻风披拂度纱扉。
坐观古史心相印，莅政敕几知所依。

纨扇：用细绢制成的团扇。
葛衣：用葛布制成的夏衣。

道光朝

道光三年

敬题奉三无私

由来君道贵无私，法祖承天日敬之。
赞化流形归至教，春荣秋肃尽隆施。
公诚接物情须顺，衡鉴平心理必随。
朴素檐楹钦俭德，亿龄苞茂渥恩贻①。

① 奉三无私乃九洲清晏前殿，规制朴素，不事雕华。予小子式缵鸿基，永怀俭德，敬天法祖，敢不勖哉。

初居九洲清晏敬赋

祖考深恩庆有那，忽焉时序三年过。
万方清晏心常凛，一念寅恭志不磨①。
率旧非关耽景物，承颜犹忆每赓歌。
而今肯构增悽感，敬吁仁慈惠泽多②。

① 九洲清晏为园中燕寝之所，惟祖惟考，堂构留贻。予小子初居斯地，景仰嘉名，当何以副此厚望耶?

② 皇考临御时，予小子定省承颜，赓歌屡作。回思景象，如在目前。既深祇遹之思，更冀仁慈之佑焉。

赓歌：原指续成其歌，后喻指对帝王的颂歌。

上元前夕曲宴宗亲

传柑胜事上元前，惇叙宗亲列绮筵。
五夜张灯仍此日，一堂沐泽怆当年。
维屏维翰先祇若，同德同心望勉旃。
敬长允宜重申命，天潢笃庆亿龄延[①]。

① 朕伯仪亲王年近八旬，精神强固，特颁谕旨，凡内廷锡宴，均免令叩拜，以示优隆特典。

维屏维翰：语出《诗经》中“大邦维屏，大宗维翰”句。后以屏翰比喻国家重臣。

祇若：敬顺。

勉旃：勉，勉励；旃，助词，“之焉”的合音。

万象涵春晚坐对雨喜成　二月二十六日

清明甫过沐甘膏，敬感时和昊眷叨。
袅袅含青添碧柳，枝枝著色助绯桃。
最欣宿麦滋千亩，伫看新波长半篙。
淅沥无声霑既足，北窗静对润丹毫。

万象涵春晚坐

风静湖光好，迎凉坐北窗。
游鳞冲细浪，驯鹤立平矼。
药圃留珠蕾，松林挂玉釭。
寂然群动息，隔水晚钟撞。

矼：石桥。

玉釭：指精美的灯。

怡情书史

缓步回廊纳晚凉，披寻古史坐书堂。
修身图治前言凛，亲善旌贤往籍详。
山外斜阳初隐约，池边众卉散芬芳。
湘帘不卷真虚静，伫看东林明月光。

湘帘：用湘妃竹制作的帘子。

清晖阁晚坐

寝殿西偏高阁幽，檐廊深邃夏如秋。
临风松籁音弥静，过雨花光翠欲流。
隐几观书清兴惬，试泉煮茗赏心酬。
敕几奥义须探讨，克己安民念力求。

万象涵春晚坐对雨喜成

亭午才成盼雨诗，何期膏泽即敷施。
浓云阴郁西峰起，甘澍滂沱大地滋。
一鉴湖光清在望，四郊麦色碧堪知。
敬祈天贶均霑足，稼穑丰饶夙夜思。

清晖阁晚坐遣怀

京尹虽申报，郊圻未普霑[①]。
只虞风势作，更觉日光炎。
麦候已云至，农功勿久淹。
旰宵增渴望，翘首密云瞻。

① 五月初七日，顺天府尹奏报，通州各州县得雨三四寸。

清晖阁听松用白居易诗韵

古松千岁姿，偃盖临前轩。
清商起何处，风拂枝柯间。
涛声自远来，忽复近檐前。
恍若抚琴韵，妙理解无弦。
静听尘虑涤，入耳而不烦。
兼有明月照，久对更萧然。
溽暑自应却，侵宵凉露繁。
喜兹境佳妙，藐尔车马喧。

偃盖：喻指圆形覆罩之物，形容松树枝叶横垂，张大如伞盖状。

清商：古五音之一，商声。南北朝时，中原旧曲及江南吴歌等亦称清商。此指松涛声。

万象涵春晚坐对雨

向夕长空一抹阴，濛濛雨势望中深。
繁声急点添新涨，浅碧浓青满茂林。

隐约遥峰云霴霼，迷离野岸景萧森。
修廊近水襟怀畅，渥泽乘时悦寸心。

霴霼：浓云密布的样子。

万象涵春晚眺

向晚欣看霁后岚，新开菡萏碧溪南。
流云快睹长空净，夕照遥分西岭含。
密荫四围林罨翠，晴波一鉴水拖蓝。
暴禾消潦增钦感，岂为乘时景象探。

菡萏：荷花。

道光四年

养正书屋即事

养正颜楣承考泽，圣功景仰理含宏。
松阴满院阶除静，旭影当窗几案明。
新岁时临心永慕，昔年日课集初成①。
皇哉堂构衷常凛，育德端居系寸情②。

① 癸未嘉平月望，据南书房翰林英和等呈进刊刻《养正书屋全集》定本，诗二十八卷、文十二卷。

② 皇考御极之初，即书赐养正书屋匾额，勉以育德，示以圣功。手泽如新，心传若揭。予小子渥蒙提命，常目在兹，堂构丕承，冰渊滋惕。而回忆芸窗日课，端居多暇之时，又不觉情为之往矣。

上元前夕小宴亲藩

行苇非关春酒甘，乘时设席喜传柑。
承先施惠期绥万，睦族开筵凛奉三。
松拂高枝轻荫飏，梅舒新萼暗香含。
亲亲长长贻谋远，亿载同霑世泽覃。

亲亲长长：语出《孟子·离娄上》："人人亲其亲，长其长，而天下平。"意为只要人人各亲其双亲，尊其长辈，天下就太平了。

覃：深。

九洲清晏静坐成什

举首钦承祖考恩，百年佳气辟名园。
抒勤听政遵前训，布惠绥藩正上元。
奕叶蒙庥清晏世，六时静虑性天源。
闲邪进德心无逸，勉继鸿谟契本原①。

① 园中寝兴之所曰"九洲清晏"，我祖考所留贻，以示一燕息间，亦不忘保合乂安之意。予抒勤布惠，景仰鸿谟，进德闲邪，日慎一日，庶几上窥致治之本原尔。

蒙庥：即被泽蒙庥，谓受到恩泽和庇护。

六时：佛教分一昼夜为六时，即晨朝、日中、日没、初夜、中夜、后夜。

静虑：涤除一切杂念。

闲邪：防止邪恶。《周易·乾·文言》有"闲邪存其诚"句。

万象涵春晚坐

好是芳林春二月，和风吹浪绿盈湖。
缘隄柳色新黄映，浅浅沙汀戏野凫。

近水开轩喜静便，斜阳半隐碧峰巅。
新波一鉴澄心虑，点笔闲评景物妍。

万象涵春即景

芳菲绚染暮春天，云映波光柳罥烟。
满目空明消点翳，疏钟何处更悠然。

新燕呢喃隐杏林，风微浪浅涤尘心。
澄虚万象饶春色，不觉频频入短吟。

点翳：污浊，阴影障蔽。宋 方夔《续感兴》诗之五：“浮云绝点翳，宝此光明王。”

清晖阁

已过夏至节，亭午觉炎蒸。
阶卉清芬袭，庭松翠黛凝。
境清心自泰，雨足景弥澄。
肯构衷常凛，精勤慎有恒。

万象涵春对雨喜成

竟日炎蒸溽暑侵，云光向夕布浓阴。
风吹密雨喧荷浦，树引新凉接竹浔。
檐角飞声珠历乱，峰头叠翠景萧森。
田禾润洽占丰象，感沐天庥悦寸心。

雨后清晖阁即景成什

夕照衔山暮雨收，清凉佳境足夷犹。
天边几片云如茜，石畔千层藓乍浮。
避暑不须修竹径，听涛应似万松楼。
几余静憩澄心虑，会意聊将诗句酬。

夷犹：即“夷由”，迟疑不进。

九洲清晏晚坐

夜气千林静，星光烂映河。
露凉蛩语歇，月朗雁声过。
从实祛繁缛，惟宜屏细苛。
怡然养方寸，纷沓自消磨。

细苛：苛求小节。

道光五年

上元前夕曲宴宗亲即席成什

宴启上元前一夕，亲联宗戚衍千龄。
辉煌非藉灯檠灿，和煦遥分松竹青。
共沐恩波歌式好，凛承宝训望维屏。
更欣接席椿年永，锡祉迎秋介寿星[1]。

① 朕伯仪亲王年跻八帙，康强矍铄，领袖宗潢。兹歌行苇之篇，益喜灵椿之

茂。俟届丙躔，秋耀即行，锡祉称觞，庆衍期颐，允属天家盛事。

灯檠：古代照明用具，檠端细而尖，下设托盘，可插烛点燃，用盘积烛泪。

式好：谓骨肉和好。

椿年：即椿龄，语出《庄子·逍遥游》“上古有大椿者，以八千岁为春，八千岁为秋”。后为祝人长寿之词。

新正养正书屋

御园常占四时春，明暖窗栊净点尘。

谡谡松声初霁后，瞳瞳日影上元辰。

牙签悦性天然趣，彩矩迎年分外新。

养正精微心永慕，深恩钦感合书绅。

谡谡：形容挺劲有力，挺拔。

瞳瞳：明亮，指太阳出山前所吐露出的红光。

牙签：系在书卷上作为标识，以便翻检的牙骨等制成的签牌。亦借指书籍画卷。

书绅：绅，指古代士大夫系在腰上宽大带子的下垂部分；书绅，即把重要的话或事写在带子上，以示不忘。

九洲清晏

福地凛承恩，薄海期清晏。

不为物之先，情理分真赝。

莅政毋自矜，虚中进规谏。

岁美亿兆安，余皆属梦幻。

薄海：泛指海内外广大地区。

清晏：清平安宁。

万象涵春晚坐得句

清波一鉴尽涵春，碧落云消晚霁新。
举目东林月初上，无边风味玩芳辰。

檐端天籁有松涛，引兴偏教觅句劳。
珍重湖边艳阳景，新红浅绿柳和桃。

道光六年

上元前夕曲宴亲藩

谊笃惇宗设绮筵，欣逢春雪助春妍。
一堂联咏情无尽，亿叶承恩喜更延。
益壮精神开九九[①]，征祥瓜瓞庆年年。
依然彩服称觞地，其奈时光忽变迁。

① 朕伯仪亲王本年八十有一，精神益固，步履如常。当兹曲宴新韶，一堂联咏，歌棣华之韡韡，庆瓜瓞之绵绵，允属天家盛事。

韡韡：明盛貌。光明美丽的样子。《诗·小雅·常棣》：“常棣之华，鄂不韡韡。”

九洲清晏即事

御园寝殿沐恩宽，岁岁新韶喜驻銮。
已泮池冰知气暖，未舒岸柳逗春寒。
承基勿为一人奉，驭众先期九宇安。
礼制心而义制事，天君静泰我生观。

礼制句：《尚书·仲虺之诰》有“以义制事，以礼制心”句。制，管束、约束之意。

天君：指人心，心神，古人认为心是思维之官，是人身的主宰。

我生观：即“观我生，观民也”，所谓观民以察己之意。

万象涵春晚坐即事

窗涵万象赏春光，西岭遥看暝色苍。
庭木扶疏留古荫，盆梅淡雅绽新芳。
斜阳远衬湖波绿，好雨潜催岸柳黄。
检点封章心万里，时哉勿惮静中忙。

暝色：暮色，夜色。南北朝 谢灵运《石壁精舍还湖中作》诗：“林壑敛暝色，云霞收夕霏。”

道光七年

新正十日，曲宴宗亲即席有作

曲宴逢斋合易期，甫行春令惬亲支。
传柑一样常承泽，湛露无穷总荷慈。
欲广身阶咨众议，毋听耳语惑心知。
矢公矢慎邦基固，执法由来在屏私。

曲宴：古代君王留赐臣下的便宴，多在宫内举行，始于曹魏时期。

春令：春季，或谓春季里的节令，指春节。

九洲清晏自箴

春和不觉晓寒侵，寝殿承恩岁月深。
冰助湖光含杰阁，日衔峰影衬平林。
居安时凛丹书戒，履位常怀大宝箴。
慎满功夫先澹静，勿为诱化固初心。

丹书：朱笔写就的文字。此指道光帝祖、父等所留下的谕旨、训诫。

万象涵春晚坐有会

树杪斜阳映户庭，疏钟何处静中听。
矶头野鹜浮还没，叶底黄鹂啭复停。
泛泛新波千顷绿，苍苍远岫半房青。
仔肩任重心无暇，翻羡寒窗老一经。

清晖阁静坐

驱炎何所适，高阁展芸编。
幽卉飘清馥，长松锁碧烟。
非关尘外赏，自得静中缘。
冲淡含真趣，凉飔一室延。

尘外：世俗之外。
冲淡：亦作“冲澹”，冲和淡泊。

道光八年

正月十四日，小宴宗亲即席有作

上元前夕芳筵启，祖考垂庥衷敬承。

长长恩施宜示宠①，亲亲教戒勉加惩②。

征祥有永皇清牒③，率旧非夸五夜灯。

泽衍一堂绵万祀，阳春行庆逮云仍。

① 朕伯仪亲王今年八十有三，寿骨童颜，康强迪吉，洵为天潢盛瑞。昨降旨加恩在紫禁城内乘轿行走，并于王俸外每年加赏银五千两，敬长笃亲，用昭宠异。

② 去岁因惇亲王绵恺不自检束，宗人府议夺王爵，朕心不忍，加恩降为郡王，薄示惩诫，望其改过自新，无负教诲成全之意。

③ 我国家累洽重熙，本支蕃衍，宗人府玉牒向例十年一修。去年又届增修之期，朕命王大臣等总司其事，今岁全书可以告成。仰惟祖考垂庥，星源衍庆，凡我懿亲，感鸿慈之丕冒，征麟趾之嘉祥。当兹春宴一堂，永念泽流万祀，拈毫抚景，欣慰奚如。

养正书屋即事

御园四序各攸宜，随处安居莫尚奇。

陋巷堪希颜子乐，卑宫永守夏王规。

湖山雪霁天然景，烟月春和画里诗。

几暇怡情心勿逸，澹怀肯易昔年时。

颜子乐：颜子，指孔子弟子颜回。语出《孟子·离娄下》：“颜子当乱世，居于陋巷，一箪食，一瓢饮。人不堪其忧，颜子不改其乐，孔子贤之。”

卑宫：出自《论语·泰伯》，孔子曾以“卑宫室”（即居住在简陋的宫室）称颂大禹不畏艰辛而治水的精神，后以此喻帝王清廉俭朴。

夏王：夏朝的君主。此指夏禹。

道光九年

上元前夕曲宴宗亲即席喜成

亲亲长长礼宜优，共沐恩慈岁若流①。
何必花灯方可玩，要知兄弟总相求②。
尊崇和洽欣增蔚，惩戒章明望免尤③。
此夕华筵酬令序，惇宗永念旧章由。

① 皇考临御时，每值上元前一日锡宴宗亲，朕与诸王共蒙慈惠，即今回忆景光，依然在目。

②《诗·小雅·常棣》之篇曰：兄弟求矣。郑笺以为兄弟相求，故能立荣显之名。盖饮饫之中，和乐寓焉，非徒以藻绘之观，酬令节而已。

③ 朕伯仪亲王今年八十有四，体履康强，神明益固。比岁频加优礼，兹复免其朝贺拜跪之仪，以昭尊宠。朕弟惇亲王绵恺自降为郡王之后，深知愧奋，朕是以曲予恩宥，复其本爵。盖长长亲亲，礼所宜亦情所不容已也。

令序：犹佳节。

九洲清宴晚坐

树影扶疏月影侵，灯明室暖夕沈沈。
万方清宴民情顺，一念恩慈孺慕深。
大宝自知惭更惕，澹怀谁解昔如今。
虽云境异身无异，敢负当时朴直心。

道光十年

上元前夕曲宴亲藩

令序开筵岁有常，一堂惇睦集天潢。
共承恩泽钦皇考，永作屏藩勖众王。
举爵何须邀月色，传柑奚用借灯光。
兄兄弟弟情怀笃，昔日书斋事可详。

道光十一年

上元前夕，宴亲藩于奉三无私即事

五旬初度沛恩宜，首重亲亲固本支。
晋爵更兼荣翠羽，章身乍睹耀金芝。
同登寿寓承先泽，永睦宗藩荷考慈。
春雪更欣呈瑞景，福延奕叶大清基[①]。

① 朕五旬庆节，嘉惠宗亲，仪亲王之孙奕细封为入八分辅国公，成郡王载锐赏戴三眼花翎，庆郡王绵慜之弟绵悌封为不入八分辅国公，定亲王奕绍赏给金黄朝服蟒袍，载铨封为不入八分镇国公，惇亲王绵恺赏银三千两，惠郡王绵愉赏银二千两，奕约赏银一千两，所以敷恩衍庆，敦睦懿亲也。际兹肆筵授几，情洽欢联，洵为天家乐事，庶几赓雅歌于行苇，非徒酬令节于传柑云尔。

翠羽：绿色的羽毛。此处指顶戴花翎。
金芝：仙草名。此处疑为蟒袍上的花卉饰物。

养正书屋即事

赐额依然地不同，承恩继统惕予衷。

一言以蔽勿违正，百度惟贞在用中。

日映松窗增煦育，雪余石径助玲珑。

时光卅六何其速[①]，触目含辛仰碧空。

①“养正书屋”匾额，乃潜邸时嘉庆丙辰年，皇考御书所赐。

百度惟贞：语出《尚书·旅獒》“不役耳目，百度惟贞”句，意谓思想行为不为声色所惑，只有纯洁才是所追求的。

煦育：即化育万物，使万物勃勃生长。

慎德堂对雨喜成 五月十九日

摅诚待叩上天慈，即夕甘霖喜畅施[①]。

岚影湖光共溟漠，飞泉悬溜乍离披。

秋禾转歉真欣感，夏令咸亨溥渥滋。

以谢易祈良罕遇，敬修祀典礼坛壝[②]。

① 自方泽大祀以后，屡得阵雨，尚未深透，农田望泽甚殷。正拟亲诣天神坛虔申祈祷，即夕甘霖滂霈，连宵达旦，四野优霑。寅荷昊慈，曷胜欣感。

② 祭祀之义，有祈有报。此次诹日升香，祷吁未申，已邀歆格，喜秋禾之兆稔，卜夏令之咸亨，允宜以报易祈，敬修祀典。朕于二十五日进宫斋戒，二十六日亲诣天神坛报谢，仍派惇亲王绵恺等分诣地祇坛、太岁坛行礼，宣仁庙、凝和庙、昭显庙、时应宫、黑龙潭、觉生寺、白龙潭拈香致谢，以申诚敬而答嘉祥。

溟漠：形容一片昏暗，景色模糊。

离披：纷纷下落之貌。

咸亨：谓一切通达顺利。

坛壝：坛场。祭祀之所。

慎德堂对雨

绵绵细雨欣优渥，竟日连宵洒未休。
麦陇早逾三寸润，林泉添得几分秋。
风回沼面花光老，云护崖端黛色浮。
近水虚窗相对处，含滋晚菊镇清幽。

道光十二年

慎德堂

为爱新堂远俗缘，不雕不绘喜安便。
面开松嶂涛初起，背映冰湖月正圆。
永戒骄奢心勿放，时操勤俭力须坚。
清虚静泰承天语[①]，气志由中悟浩然。

① 奉三无私殿内，恭悬皇祖御书“清虚静泰”匾额。

上元前夕，曲宴亲藩即席志事

宴赏春宵四十六，变迁世事若奔涛。
未能斑彩娱千祀，已对菱花有二毛[①]。
座右称觥子尚幼，筵前分馔伯增高[②]。
共承德泽天家庆，长此良辰把绿醪。

① 予自六龄入学，每逢上元前夕，承恩与宴，迄今已四十有六年矣。缅昔时皇祖皇考之慈恩，睹今日伯叔兄弟之离合，时光易度，人事难期，直同波驶而不返，深可慨也。

② 皇四子奕詝、皇五子奕誴年齿尚幼，未能与宴。至朕伯仪亲王八十有七，虽

精力不逊于曩昔，而纪年已臻夫耄耋，岂筋力为礼之时，特免与宴。届期颁赐御馔一席，俾随意颐养，以示朕眷念懿亲优礼高年之至意。

斑彩：斑衣戏彩。

千祀：千年。

菱花：古代铜镜名。镜多为六角形或背面刻有菱花者，名“菱花镜”。

二毛：斑白的头发，借称老年人。

绿醪：醪，浊酒，即绿色的浊酒。

还慎德堂作

阔别芳园才几日，桃花开尽柳垂丝。

征鞍乍解停清跸，画舫旋移泛碧池。

为爱堂前松谡谡，初看窗外日迟迟。

勉勤庶政无耽逸，勿使烟霞系我思。

道光十三年

养正书屋旧植牡丹数株，日久恐至败弃，特移植于慎德堂前。抚今忆昔，不无感触于怀也

三十年前手自栽，无人管领恐残摧。

新花老干须珍护，昔日风光眼底来。

数年阔别理谁参，得地从兹雨露涵。

人事变迁真可慨，树犹如此我何堪。

慎德堂

书堂雅静四时宜，不用辉煌丹雘施。
户外长松引虚籁，阶前碧沼漾清漪。
一心黾勉期无欲，万事精研懔有为。
慎始庶能循礼度，思终未敢讵云知。

丹雘：雘，赤石脂（一种粉红色陶土）之类，红色或青色的矿物，古代用作颜料。丹雘，指可供涂饰的红色颜料。

咸丰朝

咸丰五年

圆明园基福堂述志

御园钟粹两颜楣，生我劬劳念在兹[①]。
考妣恩深何以报，敬勤志勖敢时遗。
修身身立诚艰矣，基福福臻倍惕之。
孝弟心存如赤子，音容莫睹只余悲。

① 予于辛卯六月九日生于御园之湛静斋，即今基福堂也。

考妣：古代称已死的父母。父死后称“考”，母死后称“妣”。语出《礼记·曲礼下》：“生曰父，曰母，曰妻；死曰考，曰妣，曰嫔。”

偶居基福堂有感二首

诞育辛年曾此地，慈颜已十五春违。
聊因怀旧寝兴所，那复承欢膝下依。

父母俱存恸不胜，未能继志愧多增。
何堪乐境成忧境，惟敬惟勤考眷承。

咸丰六年

题同道堂

戊申赐额福园居，此日瞻楣犹故予。
何意独蒙天眷渥，书名定位溯恩初。

戊申：即道光二十八年（1848）。

慎德堂敬纪

圣化覃敷三十年，亲聆恩命懔承先。
服膺俭德惟怀永，勉绍鸿猷倍矢乾。
继此寝兴光率履，莫教迩殖扰冲渊。
行恒言物藏修慎，出治推诚庶免愆。

覃敷：谓广布。

率履：率，循；履，礼。谓遵循礼法，“率履不越”。

冲渊：亦作“渊冲”。冲，深意，言茂盛之德如渊之深。

慎德堂红杏欲吐诗以催之

托根深幸上林栽，醉雨烘晴欲半开。
望待花时占穑事，村村万树赤云堆。

慎德堂述志，恭和高宗古稀词元韵，示军机大臣内廷翰林等，并命赓韵

几余述志偶摛词，对越寝门永志悲。
嗣统时虞孤付讬，临民无术解流离。
守成不易钦明训，惟帝其难慎哲知。
廿岁登基今逮六，途长戎逸励孜孜。

咸丰七年

慎德堂对月有述

巍峨广殿月偏多，绕树栖乌三两过。
慎宪省成予意切，朝朝勤政引鸣珂。

鸣珂：显贵者所乘之马以玉为饰，行则作响，因名。此处指居高位之人。

经营尚忆我生年[①]，受命恩深倍惕乾[②]。
往事何堪重回首，多情惟有月知圆。

① 慎德堂，落成于道光辛卯。

② 庚戌春，宣谕立储，在兹殿之寝宫。

清晖阁观书记

清晖阁，在寝殿西偏。高爽延薰，幽深障景。几暇静坐，远屏烦歊。境界清凉，心神融会。日取《资治通鉴》一二册观之，周而复始，默有所得，援笔以记，述予志也。

凡为人君者，孰不知尧舜禹汤可为法守，桀纣幽厉可为鉴戒乎？然言不顾行者多，诚心慕道者鲜矣。今有人颂其君为尧舜禹汤，其君必喜；斥其君为桀纣幽厉，其君必怒。若知可喜而不效法，知可怒而不痛绝，是诚何心哉？岂非北辕适越乎？必以实心法尧舜禹汤之实政，殚思典谟训诰之精微。言有物而行有则，古与稽而今与居。自强不息，勤政爱民，正心以正朝廷，正朝廷以正百官。庶几贤臣迭出，自有皋夔稷契辅弼谋猷，渐臻唐虞之治，喜起明良之歌，非虚誉也，乃真喜也。若徒以桀纣幽厉之行为非，而所为之事躬自蹈之，日趋迷途而不觉，欲败度，纵败礼，终归于不可救药矣。圣狂之分，皆著于简册，在人君之效法耳。汉文景、唐太宗、宋仁宗诸君，皆希圣者也。汉桓灵、唐僖昭、宋徽钦岂甘心为亡国之主哉？苦于不自觉悟，趋于祸患，非效法桀纣幽厉之所为，已踵其覆辙，如水之就下，诚可哀也。一日万几，所行之政事，常以简编时相印证。古今时势虽异，而理则同也，为臣之道亦然。孰不欲为伊吕，岂甘为莽卓乎？其弊亦在于不知效法耳。故上有圣主，必得贤臣辅佐。若举朝庸碌无能，尸禄保位，尚靦颜颂其君为尧舜禹汤，自问己之政绩，果如皋夔稷契乎？所谓虚美薰心，恐致实祸否塞矣。是书也，不可不读，不可不法。然须有卓识定见，择其善者而从之，其不善者而改之。予之才德，自知不逮古圣王远甚。然取法乎上，仅得乎中。强勉学问，以期有补于政治，此观书之要义也。

道光御制文

养正书屋记

养正书屋之义，已于“诗文集序”述之矣。予自庚辰秋孟卒罹大故，仰承皇考付托之重，自顾德薄才疏，深惭继序，勉勤庶政，日凛冰兢，居忧大内，一循成宪。呜呼！寒暑来往，日月逡巡。壬午孟冬，据礼即吉。仰遵祖考旧制，爰于癸未上春，临幸御园，居九洲清晏。奉三无私者，乃寝殿之前室也。西二楹旧无匾额，因思我皇考赐以“养正”二字。上则久眷于宸衷，下则训迪藐躬之睿虑深矣！曷敢不永矢弗忘，奉为法守乎！谨将璇题悬移于此，俾得朝夕瞻仰，如亲听命然。吁昔则初阳在下，守位而行，问安侍膳，受书习礼之余，别无所系。追思曩日承恩，免为非法佚纵者，皆由发蒙育德之所致也。是以对越瞻依，倍增罔极之怆慕矣。扩而充之，天地养万物，圣人养贤以及万民，而正心正身正朝廷，百官万民之义，皆不外乎此，敢不日深儆惕也哉。用成是记，以续过庭之意云耳。

慎德堂记

崇俭去奢，慎修思永，孰不知其所当然哉！非知之艰，行之惟艰。在士大夫犹患其位不期骄而骄，禄不期侈而侈。膺天命绍大统者，可不兢兢焉，惴惴焉！

懔夫皇天无亲，惟德是辅。念夫祖功宗德创垂不易，后世子孙坐享承平之福，纵不尚奢华，无所加增，自问已觉不安矣！若败度败礼，视富贵为己所应有，是直不可与言者也，又奚能常保厥位耶？

况我大清龙兴东土，首重朴实，列圣丕承。凡心法治法，无非以勤俭训后。诚以世变风移，敝化放心，有不期然而然之势。苟非操之固、审之精，朴素自甘，慎终如始，难与言俭也。至于饮食勿尚珍异，冠裳勿求华美，耳目勿为物欲所诱，居处勿为淫巧所惑，此犹俭德之小者。不作无益害有益，不贵异物贱用物，一丝一粟皆出于民脂民膏。思及此，又岂容遑欲妄为哉！

所谓无为而治，俾天下阴受其福，而民不知者是也。然行俭，责在一人，不以天下自奉，非概从悭吝也。若救饥拯溺，去暴安良，国用之常经，民生之休戚，正措施之不遑，又何可稍存吝惜于其间也。是以修身务存俭约之心，以期永久图治之道，可不加慎而切记之乎！

重修圆明园三殿记

予自践祚以来，于今十有七年，兢兢业业，惟虑政治之未修，民生之未裕。一切兴作，概从简略，非慕卑宫之名，惜露台之费。盖事必权其缓急，心必戒夫逸豫，惟怀永图，不敢不慎也。

若今者，圆明园三殿之重修，盖有说焉。三殿者，前曰“圆明园”，中曰“奉三无私”，后曰“九洲清晏”。溯自圣祖赐额，世宗定居，皇祖皇考因淳守朴，不改成规，爰逮藐躬，德輶任重，亦惟祇承基绪，曷敢不念负荷之艰。乃以丙申九月二十六日戌亥之交，融风告警，郁攸从之，虽绠缶有备，而涂彻已多。予心怵惕，不遑启处。惟兹三殿，乃祖宗缔构所诒，居御园之中，为寝兴之所。非若山茨水槛，仅备游观。若不及时修复，何以自安？

爰命内府诸臣，庀材鸠功，缮完补阙，惟期示俭于后，不敢增美于前。工未逾年，制已复旧。于以昭不雕不斫之风，亦以守不愆不忘之志。版筑之兴，洵不得已也。抑予之说，更有进焉。周书大诰梓材，两言作室，既底法矣。继之曰：肯堂肯构，既勤垣墉矣，继之曰涂塈茨。

自古帝王肇造丕基，规模远大，匪第令后世无以加也。亦谓数传而后，其张弛损益，因乎时，存乎人焉。故创业务期可继，而守成亦贵有为。若因循玩泄，有废莫举，所谓堂构涂塈者安在耶？然非值必不可缓之事，有必不得已之心。动辄更张，矜言改作，则前人底法之善，必至纷然，失其所守，其弊更有不可胜言者。是举也，惟愿我后人念作室之不易，则图易而思艰，睹寝成之孔安，则居安而虑殆，慎宪省成，庶几乎无废事焉！且知宫室之制度已备，国家之经费有常，工不可以创兴，役不可以轻举，持盈保泰，庶几乎无侈心焉！夫无废事，勤也；无侈心，俭也。勤者，治之本；俭者，福之源也。继自今，以引以翼，攸芋攸跻，监成宪以无愆，巩洪图于勿替。是则予之厚望也。夫工既竣，乃述颠末而为之记。

镂月开云

镂月开云，原名牡丹台，圆明园四十景之一。始建于胤禛即位之前。该景区居后湖东岸南部，西邻九洲清晏，是一处山环水抱的园中园。主殿面阔三间，雕梁画栋，檐下有乾隆帝御题匾额“镂月开云”。该殿南临曲溪，四周有游廊相通。康熙六十一年（1722）三月，康熙帝曾亲临此地赏花，时年十二岁的皇孙弘历亦在旁侍奉，并“觐于斯堂之内”。故此殿实为康雍乾三朝天子历史性的聚会之处。乾隆三十一年（1766），御题“纪恩堂”额悬于殿内，并御制《纪恩堂记》，故该殿亦称“纪恩堂”。

镂月开云北为五楹抱厦大殿，内额“御兰芬”。殿内有“虚名室”，殿之前东侧为“栖云楼”，前西侧为“养素书屋”。后湖东岸有六方亭，名曰“永春”，亭建于雍正年间。

雍正朝

春夜永春亭作

霏微池馆罨春烟，银汉迢迢淑景妍。
鱼跃清波惊犬吠，月穿绿柳觉莺眠。
折蕉戏写题花句，接竹斜通傍槛泉。
良夜寸阴应共惜，岂容虚度艳阳天。

霏微：迷濛的样子。
罨：覆盖，掩盖。
淑景：美景。

永春亭留春

小池风力软，槛外柳阴交。
花点游鱼藻，泥香乳燕巢。
淡烟浮水面，纤月挂松梢。
恋咏留春句，题笺未忍抛。

乾隆朝

乾隆九年

圆明园四十景诗　镂月开云

殿以香楠为材，覆二色瓦，焕若金碧。前植牡丹数百本，后列古松青青，环以杂花名葩。当暮春婉娩，首夏清和，最宜啸咏。

云霞罨绮疏，檀麝散琳除。
最可娱几暇，惟应对雨余[①]。
殿春饶富贵，陆地有芙蕖。
名漏疑删孔，词雄想赋舒。
徘徊供啸咏，俯仰验居诸。
犹忆垂髫日，承恩此最初[②]。

① 牡丹，四月始盛，而京师率值望雨时。朕幸圆明园，屈指已七年，而花时晏赏者只一次耳。

② 予十二岁时，皇考以花时恭请皇祖幸是园，于此地降旨，许孙臣扈侍左右云。

绮疏：雕饰花纹的窗户。

琳除：玉石的庭阶。

芙蕖：荷花之别名。

删孔：春秋时期，诗歌繁多，据司马迁记载有3000多篇，后来孔子十取其一，整理成集，成为《诗经》305篇。但历史上，“孔子删诗”一说历来争议较大。

赋舒：指唐代舒元舆曾作《牡丹赋》。

垂髫：髫指古代儿童未束发时自然下垂的短发，喻指幼儿或指人的幼童阶段。

乾隆三十一年

赋得御兰芬

卉里全脱俗，花中自有真。
底须滋九畹，信可占三春。
白石清泉侧，苍松翠竹伦。
入窗惟馥郁，猗槛别精神。
佩拟纫骚客，居如近善人。
苏家亭一例，楚颂义堪循。

九畹：意为兰花。典出《楚辞·离骚》。“余既滋兰之九畹兮，又树蕙之百亩”。王逸注：“十二亩曰畹。”一说，田三十亩曰畹。

猗：通“倚”。倚靠。

骚客：通常和文人并用，亦称“骚人”，是诗人的别称。源于屈原所作之《离骚》。

楚颂：指《楚辞·九章·橘颂》。

乾隆三十二年

养素书屋

朴屋无华饰，洒然称夙心。
琴樽亦弗藉，书史每堪寻。
闲到斯小憩，兴来或畅吟。
凭窗聊揽结，积素正弥林。

揽结：采摘编结。

积素：喻积雪。

虚明室

闻之濂溪云，静惟虚则明。
无欲静始虚，学圣有要程。
通书二十章，此义标实精。
是室颜是额，讵因揽景名。
触目当会心，会心在返诚。
可知无极真，可悉仪象情。
更为注其旨，曰深玩力行。

濂溪：即北宋著名哲学家周敦颐。
无极：无边际，无穷尽。相对“道”而言，是比太极更原始、更终极的状态。

养素书屋

平生喜读书，处处有书屋。
取义各安名，居稽与澡浴。
岂必藉林泉，亦匪称花木。
游心竹素园，涵养于斯淑。
神怡兴偶触，点笔咏亦属。

居稽：喻指怀古。
澡浴：即澡身浴德，意为修养身心，使之纯洁清白。语出《礼记·儒行》。
游心：指心神任随外物的变化而遨游。

虚明室

糊窗置大食玻璃，内外虚明朗照披。
讵谓无端便揽景，存心吾亦愿如斯。

大食：古时对阿拉伯帝国的专称。也是对阿拉伯、伊朗穆斯林的泛称。

赋得御兰芬 有序

镂月开云为圆明园四十景之一，即旧所谓牡丹台也。其后斋堂名之曰“御兰芬”。盖一轩一室，向背不同，景概顿异，而兴趣因之亦殊。故园内每有一区宅而名十数者，率是道也。夫岂以建置之多为夸胜哉。

偶临兰蕙畹，前即牡丹台。
丽岂同世尚，幽还寄别裁。
较虽三径异，可以四时开[①]。
风处香盈谷，月中曲抱隈。
标真有如士，闻远底须媒。
体物文林妙[②]，独称楚国才。

① 花中惟兰花四季皆开。
② 李善为文林郎。

隈：弓之弯曲处。此处形容弯月。

养素书屋

书斋宜四时，烟景一窗披。
有趣皆归静，无思不入奇。
元机真可契，绘事底须施。

弃暇芸编展，素心养在兹。

元机：玄机，谓微妙之理。

素心：纯洁的心地。

虚明室有会

生白其间具至灵，太虚万物各形形。

设如未解明之义，离卦犹须玩法经。

生白：“虚室生白”，道家用语。“虚室”即空室，指心灵；“白”指道。言心灵空虚，则能悟道。

太虚：指空寂深远的宇宙初始态，即本原，万物因其分化而生长发展。

乾隆三十三年

养素书屋口号

墨壶琴荐洒然清，一室春和足畅情。

举首华灯方在架，微惭未是善循名。

琴荐：置琴的垫席。

虚明室

壁观惟塞牖观通，虚实之间理可穷。

絜矩欲明方寸者，漫容一物著其中。

壁观：禅宗用语，即面壁静观，指达摩所传禅法。

絜矩：絜即度量，矩即制作方形的模具；即榜样。

虚明室

虚则有容明不蔽，于凡为切切为君。
书窗小坐试返己，未信斯之古所云。

乾隆三十四年

养素书屋

山一伏一起，河一回一往。
尺蠖屈求伸，虚室暗为朗。
万理尽如斯，学固贵涵养。
养之莫若素，华文心则放。
书屋偶有会，返已失又爽。

尺蠖：属无脊椎动物。尺蠖幼虫身体细长，行动时一屈一伸形似拱桥。

虚明室口号

明而不虚为察察，虚而不明亦空空。
让他书室称兼善，顺应由来本大公。

察察：即“察察为明”，分析明辨，在小细节中看得清楚。
空空：佛教谓一切皆空，而又不执著于空名与空见。

养素书屋

素而若可养，其素为有象。
素而若待养，其素已成鞅。
然则谓养素，实出名之强。
南华曾示人，生白趣堪想。

有象：谓有景象出现于极静之中。

鞅：通“怏”，不愉快，烦闷。

南华：即《庄子》，战国时庄周撰。唐玄宗于天宝元年诏封庄子为“南华真人”，尊其书为《南华真经》。

乾隆三十五年

题养素书屋

讵缘养素尚高清，返朴还淳义寓精。
奉若便因窥粤宛，冬藏之后始春生。

粤宛：谓天气和顺。

虚明室

窗间糊玻璃，据座便见外。
是缘屋中虚，其明乃无碍。
可悟明资虚，非虚明则昧。
宁惟一室然，万理亦因会。

乾隆三十六年

虚明室

人言虚故致生明，是否斯之未易评。
试问玻璃及铜镜，宁因空洞照形呈。

养素书屋

素为绘画先，礼居忠信后。
商可与言诗，纳约必因牖。
素亦贵存养，养非由外取。
克己仁自归，去蔽明斯受。
即境会书意，不知有合否。

素：白色。

商可与言诗：出自《论语》，“子曰：‘起予者商也！始可与言《诗》已矣。’”起，启发。商，子夏名商。

纳约句：即“纳约自牖”，纳指奉献，约即约束、限制，牖为窗户。喻指从窗户接和送。

乾隆三十七年

虚明室

如水之虚如镜明，无心照物物来呈。
泰山一指当前蔽，为是人多好恶情。

泰山一指：谚语有云“一指蔽目，泰山弗见”。

养素书屋

书屋非称华，所称窈而深。
插架有惇史，置几有文琴。
琴音不解操，史义原可寻。
千古治乱鉴，敬怠分一心。
往来戒憧憧，安和贵愔愔。
养素诠其要，可以当铭箴。

窈而深：窈形容曲折深远，喻指幽远深奥。

惇史：有德行之人的言行记录。《礼记·内则》载“有善则记之，为惇史”。

憧憧：摇曳不定。

愔愔：和悦、安舒的样子。

铭箴：铭指刻在碑版、器物上的文字；箴则指以警戒他人或自身为目的的文字。

乾隆三十八年

养素书屋

素固能养人，素亦贵人养。
相需相得彰，一二二一仿。
即如春与物，夫岂为殊两。
非春物弗生，离物春奚盎。
蕴之始无形，发之斯有象。
徒从物华观，讵识春功荡。

虚明室

虚各为虚明各明，殊途一致藉相成。
因之悟得目迷者，都为其心自满盈。

目迷：看花了眼。
满盈：全部占满，充满。

乾隆三十九年

虚明室

室置蜃窗明且虚，瓯香几净称观书。
方将深造搜四库，宁诩多闻富五车。
惟是返躬恒彼愧，可知弃暇莫斯如。
循名设更通乎政，义者濂溪止切予。

蜃窗：蜃指大蛤蜊，此指大蛤壳磨薄后镶嵌在窗子上，通光透明。

乾隆四十年

题养素书屋

一气春和万物该，有收有闼有恢臭。
漫嫌烂漫迟桃李，已自侵寻到柳梅。
笔研精良偶合耳，仄平点窜亦宜哉。
可知九十韶光丽，皆自素中能养来。

阒：掩门藏匿，引申义为隐匿。
恢炱：犹“恢台”，广大而润泽貌。
点窜：修整字句，润饰；或谓删改、修改。
九十：指一季。

乾隆四十一年

虚明室

明窗仍憩此，虚室雅开予。
物照意无固，景供静有余。
澄观味宗[①]趣，定性读程[②]书。
因悟弗明者，多缘心不虚。

① 少文。
② 明道。

乾隆四十二年

养素书屋

华固由素毓，春亦因冬养。
韶光纵尚迟，其来自不爽。
千林虽突兀，一气已酝酿。
试看诸有为，何弗始无象。
据坐味名言，其义所包广。

毓：同“育”，指生育、养育。
无象：没有形迹，没有具体形象。

乾隆四十七年

虚明室

纸窗糊以玻璃片，内外虚明洞洞然。
一指设如掩其目，泰山不见是谁愆。

掩：掩盖，遮蔽。

敬题纪恩堂

纪恩堂记纪壬寅[1]，今岁壬寅六十春。
日迈月征忽周甲，天高地厚慕深仁。
敬惟无忝励以永，设曰有成愧益真。
呼至床前赐拊眷，念兹能不泪流频。

① 见记中语。

纪壬寅：指康熙六十一年（1722），康熙、雍正、乾隆祖孙三代相聚圆明园牡丹台之事。

壬寅：指乾隆四十七年（1782）。

周甲：六十年，甲子重逢。

乾隆五十年

虚明室有会

室之美在虚，窗之美在明。
相需相得彰，憬然惕予情。

虚受无分别，人将混淄渑。

用明事苛察，无鱼戒水清。

执两弗忤物，庶几得其平。

憬然：醒悟的样子。

淄渑：淄水、渑水的并称，皆在今山东省。相传二水混合则难以辨别，喻性质截然不同的两种事物。

忤物：做事情违背天理和人情。忤，违反，抵触。

乾隆五十五年

永春亭

四时相嬗代，一气运无停。

然有不迁理，应知大造灵。

廓然御沼岸，翼若永春亭。

敬仰奎文耀[①]，苞乎色与形。

① 亭额乃皇考御书也。

大造：指天地，大自然。

廓然：形容空旷寂静的样子，空旷貌。

乾隆六十年

永春亭

后湖东岸永春亭，两字奎章万古馨。

生物之方节临向[①]，执规于意景含青。

即看橐钥敷煦妪，自有飞潜答色形。

念及吾民得所否，那能方寸暂怡宁。

① 是亭居湖东岸，面向东。

奎章：指帝王的诗文书法等。

橐钥：喻指造化，大自然。

煦妪：亦作“煦妪”，抚育，爱抚，长养。

飞潜：天上的飞禽与水里的游鱼。

嘉庆朝

嘉庆三年

御兰芬

猗兰有国香，扬芬出空谷。

春敷百卉熙，光风转和淑。

论心对素窗，无言接清馥。

漫诩桃李容，不共繁华逐。

一茎吐一花，高标最幽独。

猗兰：猗，叹词，表示赞美。兰，指兰花。

国香：极言其香，谓其香甲于一园，故云。

和淑：温和美好。

牡丹台

独冠群葩首，殿春初夏开。
纷敷遍瑶砌，层叠布琼台。
蕊放风徐转，花滋雨细催。
漫言洛阳郡，何地少奇才。

瑶砌：用玉砌造或装饰的台阶、地面等。
琼台：玉饰的楼台，亦泛指华丽的楼台。

植物百年久，仁皇昔列筵。
花沾深雨露，台绕旧云烟。
唯圣能知圣，承天益敬天。
瞻临念堂构，惕若重仔肩[①]。

① 台在御园之镂月开云。康熙壬寅春，圣祖临幸观花。燕喜之次，皇祖世宗宪皇帝以皇父御名奏闻，遂蒙圣祖眷顾，养育宫中，并有福当过予之语。维时一堂欢叙，而继绪之意隐寓其间。视周太王之传王季，并先知文王之圣德，以绵卜世卜年之祚者，不啻过之。皇父纪祖恩，益以敬天命，屡详见于圣制诗文集中。予仰兹堂构，惟兢业钦承，以祈无忝于觐扬光烈之实云。

仁皇：康熙皇帝庙号圣祖，谥仁皇帝。

嘉庆七年

敬题纪恩堂

受恩之自斯堂中，百有余载郅治崇[①]。
三朝遗泽一身荷，艰哉嘉庆承乾隆。

心殷肯构弥敬懔，苞茂攸宁适兴寝。
守成不易缅前徽，记文捧诵衷详审。

① 恭本圣制纪恩堂记语。

郅治：指大治。

嘉庆十一年

养素书屋

性不爱纷华，澹泊养吾素。
明镜勤磨砻，物来随所遇。
寸田务虚灵，守中勿驰骛。
世态任变迁，居仁遵义路。

磨砻：磨砺。
寸田：指心，因心位于胸中方寸之地，故称寸田。
虚灵：虚者，空；灵者，聪明。虚灵者，宁静淡泊智慧之意。

嘉庆十年

牡丹台

仁皇临幸考承恩，福地钟灵始建园[①]。
奕祀永垂绵渥泽，百年缅述迅高奔。
花台芝砌慈云荫，松栋萱庭湛露蕃。
心切继绳求世德，矢音扬烈念恒存。

①御园中，镂月开云为三十六景之一，庭前以文石为坡，植牡丹数百本。康熙壬寅岁，皇祖以花时恭请皇曾祖临幸于兹。是时，皇考年十有二，皇祖以御名奏闻，当蒙皇曾祖恩眷，即命随侍左右，教育宫中，并有福过于予之鉴。一堂欢聚，福地钟灵，诚千古未有之盛事也。

养素书屋

髫龄习经书，寻绎唯章句。
涵毓性之初，贤哲中心慕。
今则重仔肩，夙夜理几务。
人情近浮嚣，过半逾尺度。
古道鲜合宜，见利趋若骛。
易俗必形端，克己养吾素。

寻绎：抽引推求。
形端：合乎礼法的行为。

嘉庆十一年

牡丹台

灵台建御苑，福地百余年。
境本天成胜，考承祖泽延[①]。
观花感雨露，肯构凛冰渊。
负荷仔肩重，殚心勉绍先。

①是地为圆明园四十景之一，即所称镂月开云也，皇考额曰“纪恩堂”。盖以康熙壬寅，皇祖奉皇曾祖观花燕喜之次，以皇考名奏闻，荷蒙皇曾祖眷顾，有福过于予之鉴。因命育德宫禁，日奉慈颜。嗣后銮舆所莅，无不扈侍恭随，亲承色笑。

皇祖仰体诒孙之意，至雍正十三年，尚于诏旨宣示。我皇考临御数十年，久道化成，康强逢吉，为自古帝王所未有，曾于诗文中亹亹言之。予小子勉承堂构，敬溯前徽，爰述大略，以志景仰云尔。

养素书屋

良知禀生初，性善体我素。

惺惺操则存，慎勿迁境遇。

心镜养清辉，浮云任驰骛。

葆真幻自消，晶莹若朝露。

治理屏新奇，敬诚免谬误。

止仁莅政源，为君所先务。

惺惺：清醒貌，聪明机灵。

心镜：佛教语。指清净之心，谓心净如明镜，能照万象，故称。

驰骛：疾驰，奔腾。

葆真：即保全人的自然真性。

嘉庆十二年

养素书屋

髫岁习诗书，细绎岂章句。

潜修养寸心，毓德屏外务。

今昔境不同，旧学守吾素。

师友嗟沦亡，往诲持之固。

正己能治人，检束归尺度。

政暇玩芸编，事理悉备具。

往诲：往昔的教训。
尺度：引申为准则、法度。

养素书屋

素学尊所闻，进修在涵养。
世态任虚浮，心镜务明朗。
鉴己先鉴人，至理信非爽。
虚衷纳庶言，识见自开广。
处静观众情，刚毅息劳攘。
慎独勉守诚，斯不愧俯仰。

庶言：群言，舆论。
劳攘：纷扰，纷乱。

嘉庆十三年

养素书屋

人性本淳和，大圆智照朗。
成童嗜欲开，渐觉知识广。
善恶多岐途，趋向任汝往。
直道从如登，随流逐曲枉。
操存务坚持，淡泊消扰攘。
芸编吾良师，素学心长养。

成童：称年龄大些的儿童。

函丈幼所依，身心归尺度。

沉潜读诗书，日省屏外务。

虚浮性远除，诚实天禀赋。

琢磨忆石君，教诲岂章句。

敷政凛率由，恪遵典常固。

曷敢稍有为，俭约守予素。

函丈：对老师或前辈学者的敬称。

石君：砚之雅称。因砚以石制，故名，亦称石友。

率由：循用，沿用。

嘉庆十四年

养素书屋

守素易俗原，养心为政本。

治外始用中，由近而及远。

俭约益实多，奢侈终有损。

惠泽敷闾阎，王化先宫壶。

虚己延俊才，行简时自反。

澹泊处繁华，纪什励予悃。

闾阎：闾指里门，阎指里中门，喻指平民或百姓。

宫壶：犹言帝王后宫，亦借指后妃。

悃：真心诚意。

嘉庆十五年

虚明室

天圆涵太虚，如环括大地。
日月现光华，升恒照群类。
人心至虚灵，宰制理万事。
集虚始生明，因明虚益致。
自炫必受欺，自满渐肆志。
室额为吾箴，守中图抚字。

宰制：统辖、控制。

嘉庆十六年

养素书屋

藩邸日读书，研炼味经史。
心源养洁清，持躬循义理。
素位择善行，恭默知所止。
负扆重仔肩，守成沿旧轨。
曷敢废宪章，遇事求其是。
半百勉前修，明命凛顾諟。

藩邸：亦称潜邸，古称皇帝未正名之前所居住的第宅。
心源：犹心性，佛教视心为万法之源，故称。
负扆：扆指户牖之间的屏风。天子见诸侯时，背扆而坐。

纪恩堂记

圆明园之后记，成于昔壬戌。纪恩堂之题额，乃于今丙戌，始黾勉以亟为，既郑重以有待。事若相殊，理则一致。我皇考之为圆明园前记也，凡夫遵训，勤民亲贤，励己之要，深切言之，而于昔恭迓皇祖銮舆，欣承色笑，绸缪恳款，三致意焉。予小子敬奉先帝园囿，此对时，而此临政，故敬成后记。申阐皇考遵训勤民亲贤励已之义，惟日孜孜，毋敢少懈，黾勉亟为者以此。

若今纪恩堂之题额，实因纪皇祖之恩。纪皇祖之恩必有差，所谓不负皇祖之恩者，是不易言也。我皇考迓皇祖承色笑者，岁每一再举行，至予小子之恭承皇祖恩，养育宫中，则在康熙壬寅春，即驾临之日，而觐于斯堂之内云。斯堂在圆明园寝殿之左，旧谓之“牡丹台”，即四十景内所称“镂月开云”者。向于诗中亦经言及，惟时皇考奉皇祖观花燕喜之次，以予名奏闻，遂蒙眷顾，育之禁廷，日侍慈颜，而承教诲。即雍正十三年诏，尚以是为言。故予小子自践阼以来，敬惟古帝王所以凛承付托者，不过于其考或偶于其祖，若予则皇祖皇考付托所洊重，言念及此，自视常若不足，遑敢弛朝乾夕惕之志。故凡出治临民，罔不尽心筹度，日慎一日，至于今三十年。仰蒙天佑，内恬外辟，政虽未臻上理，而民则可谓粗安，此所谓差不负皇祖之恩者乎？郑重有待者以此。

夫人之论周室，率谓太王欲传位王季以及文王，泰伯知而避去，此非也。盖知子莫若父，王季其勤王家，实足以兴周家也，若泰伯之不从，朱子以为即夷齐叩马之心。予以为在夷齐则可，在泰伯则不可，何则？从圣父以翦寖衰之商。正也，太王知泰伯有廉让而无缔构，王季又圣，故传位焉。是亦正也。是知以及文王之言，乃后人想当之谈。政恐后人之谬为比拟，是以申而论之，然则纪皇祖之恩即所以纪皇考之恩，则先此之不敢遽云纪恩者，以有待也。

虽然，岂一题额，即可以告毕吾事而息吾肩者哉？苟吾志之偶渝，即吾言之自寒，矜矜焉，惴惴焉，将日触吾目而警吾心，且以告后来之入斯堂者，亹继绳而笃勤敬云尔。